Zum Buch:

Robinsons große Liebe hat ihn verlassen und nicht nur sein Herz mitgenommen, sondern auch seine Leidenschaft für die Countrymusik. Obwohl er seine Gitarre immer bei sich hat, kann er seitdem nicht mehr spielen – keine guten Voraussetzungen für einen Star, der mit seinen Songs ganze Hallen füllt. Deshalb braucht er eine Auszeit und will einfach den Sommer genießen. Dass er dabei ausgerechnet in Borne Manor landet, einem alten britischen Anwesen, war so nicht geplant. Und schon gar nicht, dass er dort der süßen Alice begegnet, die in einem alten Wohnwagen im Garten kampiert, während er es sich in ihrem Haus gemütlich macht. Schließlich ist das Letzte, was er jetzt will, eine neue Beziehung …

„Was für eine großartige emotionale Achterbahnfahrt"

Leserstimme auf lovelybooks

Zur Autorin:

Kat French ist mitten im Black Country geboren und aufgewachsen. Diese Region hat sie nie losgelassen, und so lebt sie auch heute noch gemeinsam mit ihrem Mann und den beiden Söhnen in den englischen Midlands. Kat ist süchtig nach Romantik, liebt es, davon zu lesen, sie zu sehen und natürlich vor allem, darüber zu schreiben.

Lieferbare Titel:

Seit ich dich gefunden habe

Kat French

Nur ein Sommer mit dir

Roman

Aus dem Englischen von
Inken Kahlstorff

mtb

MIRA® TASCHENBUCH
Band 26043

HarperCollins
PUBLISHERS
Since 1817

FSC
MIX
Papier
FSC® C014496

1. Auflage: August 2017

Deutsche Erstveröffentlichung

Titel der englischen Originalausgabe:
One Hot Summer

erschienen bei: AVON Books, London

Leseprobe:
The Piano Man Project

Übersetzerin: Andrea Härtel

Published by arrangement with
AVON Books, a division of HarperCollins Publishers, London

Umschlaggestaltung: büropecher, Köln
Umschlagabbildung: Maria_Galybina / Shutterstock
Redaktion: Christiane Branscheid
Satz: GGP Media GmbH, Pößneck
Printed in Germany
Dieses Buch wurde auf FSC®-zertifiziertem Papier gedruckt.
ISBN 978-3-95649-666-0

www.mira-taschenbuch.de

Danksagung

Vor allem danke ich meiner Lektorin Caroline Kirkpatrick. Es hat Spaß gemacht, mit dir an diesem Buch zu arbeiten! Dein Herz schlug genauso für Robinson wie meins. Danke für deine Unterstützung! Ich werde die Zusammenarbeit vermissen.

Auch allen anderen aus dem Avon-Team bei HarperCollins gilt mein Dank. Ihr seid mir immer eine große Hilfe!

Vielen Dank an Sabah Kahn von LightBrigadePR für ihre gute Arbeit!

Wie immer danke ich meinen Schreibfreundinnen, den „Minxes of Romance“. Danke, dass ihr meine Liebe zur Country-Musik geteilt habt! Eines Tages fahren wir alle zusammen nach Nashville. Stellt euch den Spaß vor! Wir rocken Music City!

An dieser Stelle auch ein riesiges Dankeschön an alle Country-Sänger! Ihr habt mich jeden Tag beim Schreiben dieses Romans inspiriert. Irgendwann besorge ich mir echte Cowboystiefel und einen Stetson. Ein Teil meines Herzens gehört für immer der Country-Musik.

Von Herzen danke ich meiner Familie und meinen Freunden. Ich schätze eure Begeisterung und euer Interesse sehr. Tausend Dank!

Zu guter Letzt geht mein Dank an meine Leserinnen und Leser, an die Blogger und all die wunderbaren, manchmal auch seltsamen Menschen in den sozialen Netzwerken. Ihr bringt mich zum Lachen, ihr haltet mich auf dem Laufenden und steht hinter mir. Danke!

Meinen schreibenden Freundinnen, den „Minxes"
Sally, Rose, Jojo, Romy, Suzanne, Lorraine,
Sri und Lacey.
Mögen uns die Worte gewogen bleiben.

1. Kapitel

„McBride: Ehe-Aus?“, titelte der „Daily Mirror“ an diesem Morgen. Weiter hieß es:

Ertappt! Geht die Fernsehliebe zwischen Brad McBride und Felicity Shaw hinter der Kamera weiter? Diese Fotos lassen keinen Zweifel. Sie zeigen den Hauptdarsteller McBride zusammen mit seiner jungen Kollegin Felicity in einer Londoner Nobelbar. Auf weiteren Fotos ist zu sehen, wie Brad am frühen Morgen des 1. Januar die Wohnung der alleinstehenden Schauspielerin verlässt. Pikant: Brad ist mit Alice McBride verheiratet.
„Sie konnten kaum die Hände voneinander lassen“, teilte ein Nachtschwärmer, der nicht namentlich genannt werden will, dem „Daily Mirror“ mit. „Kurz nach Mitternacht verließen sie knutschend den Club. Ich wette, der Taxifahrer hat große Augen gemacht!“
Die Sprecher der beiden Schauspieler wollten sich nicht zu dem Vorfall äußern.

„Alice, es ist nicht so, wie du denkst! Ich kann dir alles erklären.“

Langsam hob Alice den Blick von der Zeitung und sah ihren Ehemann an, der gestikulierend vor ihr stand. Seine Miene strafte seine Unschuldsbeteuerungen Lügen. Brad McBride. Als ehrgeizigen jungen Schauspieler hatte sie ihn vor über einem halben Jahrzehnt kennengelernt und geheiratet. Die Situation hatte sich schlagartig geändert, als er die Hauptrolle in einer neuen Polizeiserie bekommen hatte. Die Serie hatte auf beiden Seiten des Atlantiks wie eine Bombe eingeschlagen und ihn über Nacht zum gefeierten Medienliebling gemacht – und darüber hinaus in hohem Bogen in die Arme der Hauptdarstellerin befördert, sofern man dem Bericht Glauben schenken wollte.

Und dem Glauben blieb da nicht wirklich viel überlassen. Die Bilder von Brad und Felicity sprachen eine eindeutige Sprache und ließen nur eine Schlussfolgerung zu. Klar, der Zungenkuss konnte rein platonischer Natur sein. Und womöglich musste sich Felicity auf Brads Schoß setzen, weil die Beine ihr urplötzlich den Dienst versagt hatten. Unklar blieb allerdings, warum ihr eh knapper Rock bis an die Hüfte hochgerutscht war. Selbstverständlich war es auch möglich, dass er nur deshalb verschlafen vor ihrem kuscheligen Häuschen gesehen worden war, weil sein Wagen zufällig direkt vor ihrer Haustür und ausgerechnet in der Nacht des Taxistreiks liegen geblieben war. Bloß dass die Taxifahrer gar nicht gestreikt hatten. Außerdem war das genau die Nacht, in der Brad sie angerufen hatte, um ihr mitzuteilen, dass er übers Wochenende nicht nach Hause kommen würde, weil die Dreharbeiten länger dauerten als geplant. Alice hatte sich gewundert, dass über Neujahr gedreht werden sollte, hatte aber nicht nachgehakt. Sie hatte sich daran gewöhnen müssen, dass ihr Ehemann als Filmstar jetzt in der Öffentlichkeit stand und sie als seine Ehefrau oft mit ins Blitzlichtgewitter geriet. Sie genoss das nicht sonderlich, lächelte aber Brad zuliebe in die Kameras. Immerhin hatte dieser Medienzirkus ihnen ermöglicht, sich Borne Manor zu kaufen, das Landhaus in Shropshire, von dem sie immer geträumt hatten. Oder besser: von dem Alice immer geträumt hatte. Brad mochte das Haus zwar, aber es zog ihn doch immer wieder nach London. Und warum auch nicht? Sie hatten ihre Wohnung in London ja extra behalten, aber eine Familie wollten sie in dem Haus auf dem Land gründen. Diese Familie gab es natürlich noch nicht – und würde es auch nicht geben, denn so wie es aussah, fand Brad das Leben mit Alice nicht mehr aufregend genug. Seufzend verschränkte sie die Arme vor der Brust und sah ihrem Mann in die Augen.

„Ich kann's kaum erwarten."

Er kniff die Augen zusammen. „Was? Was kannst du kaum erwarten?"

Dass du deine Koffer packst und abhaust. „Dass du es mir erklärst. Die Fotos, du sagtest gerade: Ich kann dir alles erklären." Alice warf einen Blick auf die Zeitung, die auf dem Tisch vor ihr lag. „Ich bin ganz Ohr."

Sie wickelte den Morgenmantel fester um ihren Oberkörper und ließ sich erschöpft auf den Stuhl am Esstisch sinken. Dabei war es noch nicht einmal acht. Den teuren, taubengrauen Morgenmantel aus Kaschmir hatte Brad ihr erst letzte Woche zu Weihnachten geschenkt. Alice fragte sich, ob Felicity in diesem Moment denselben Mantel anhatte. Brad schrieb Effizienz groß, und Alice konnte sich gut vorstellen, dass er Geschenke gleich doppelt kaufte.

Verunsichert stutzte Brad.

„Na ja …" Er fuhr sich durch das dunkle Haar, dann rieb er sich die Wangen. Offensichtlich wollte er den Blickkontakt mit ihr vermeiden. Das waren die klassischen Zeichen, so benahm sich jemand, der lügt. Wie er sein Gesicht berührte, sich mit der Hand über den Mund fuhr, seine hektischen Blicke, der flache Atem, bei dem sich seine Brust unter dem teuren Oberhemd kaum hob und senkte. Für einen Schauspieler war diese Darstellung erbärmlich, dachte Alice. Sie musste emotionalen Abstand gewinnen, um sich zu schützen. Er wand sich. Ihm war klar, dass er in der Falle saß, und er versuchte nun verzweifelt, sich daraus zu befreien. Leicht machen würde sie es ihm bestimmt nicht. Das konnte sie gar nicht. Sie brauchte all ihre Kraft, um auf dem Stuhl sitzen zu bleiben und ihm nicht ins Gesicht zu springen.

„Es tut mir so leid, Alice", sagte er plötzlich ernst. Er zog einen Stuhl unter dem Tisch hervor, setzte sich neben sie und wandte sich ihr zu. Seine Knie berührten ihre, und der Duft seines Duschgels stieg ihr in die Nase. „Es war ein Ausrutscher. Sie bedeutet mir nichts."

Alice blickte auf ihren Schoß und ihre verschränkten Finger, die Brad nun mit seinen gebräunten Händen umschloss. Diese Hände trugen den Ehering, den sie ihm angesteckt hatte. In diese Hände hatte sie vertrauensvoll ihr Herz gelegt. Diese Hände hatten eine andere Frau berührt, dabei hätten sie nur Alice berühren dürfen. Sie schwieg. Zu reden, während ihr Herz in tausend Stücke zersprang, war unmöglich. Sie konnte es förmlich zersplittern hören, und der Schmerz fuhr ihr vom Scheitel bis in die Zehen.

„Es war nur eine Nacht, Liebling, ein Fehler, ein Riesenfehler!"

Seine Worte ergossen sich wie ein Schwall heißen Wassers über sie. Es fühlte sich an, als verbrühe sie. Beschwichtigend wirkte das, was er sagte, jedenfalls nicht. Dachte er ernsthaft, sein Verrat wiege weniger schwer, nur weil es nur einmal passiert war? Dabei war das noch nicht einmal wahr. In den letzten Monaten hatte es viele kleine Anzeichen dafür gegeben, dass etwas nicht stimmte. Eine Restaurantrechnung hier, eine Erinnerungslücke da, und jedes Mal hatte Alice das unter den Teppich gekehrt oder nach sinnvollen Erklärungen gesucht, um nicht gleich das Schlimmste zu denken. Aber das hier … diese Fotos … da gab es beim besten Willen nichts zu deuteln. Die nackte Wahrheit hieß Betrug und Untreue. Selbst ihre schlimmsten Befürchtungen konnten die schockierende Erkenntnis nicht abmildern. Die harten Fakten waren schwerer zu schlucken als bloße Mutmaßungen. Kalte Furcht kroch ihr unter die Haut, und der Morgenkaffee schmeckte bitter auf ihrer Zunge. Sie wusste, dass es jetzt auf die richtigen Worte ankam: „Geh!" oder „Bleib".

„Sag mir, was ich tun soll, Alice. Ich will das wiedergutmachen." Brad drückte ihre Hand. „Ich tue alles, was du verlangst."

Gehörte es wirklich zu ihren Aufgaben, ihm zu sagen, wie er seine Fehler ausbügeln konnte? Und warum glaubte er, dass er einen Fehltritt überhaupt wiedergutmachen konnte? Dennoch kostete es sie wahnsinnig viel Kraft, zu sagen, was sie zu sagen hatte.

„Das Einzige, was du jetzt noch tun kannst, Brad, ist, deinen Koffer zu packen und zu gehen."

„Nein! Das will ich nicht!" Tiefe Verzweiflung trübte seine Stimme. „Alice, bitte, gemeinsam schaffen wir das. Ich liebe dich und ich weiß, dass du mich auch liebst." Sein Griff um ihre Hand wurde fester. „Das muss uns unsere Ehe wert sein."

Offensichtlich war ihm nicht klar, wie viel er bereits zerstört hatte. Sie nickte, während ihr die volle Bedeutung seiner Worte bewusst wurde und heiße Wut ihr Blut erhitzte.

„Unsere Ehe war für dich nicht wertvoll genug, als du Felicity flachgelegt hast. Mir soll sie jetzt aber so viel wert sein, dass ich um sie kämpfe. Habe ich das richtig verstanden?"

Sie hob den Blick und beobachtete, wie er vergeblich nach einer Antwort suchte.

„So habe ich das nicht gemeint", sagte er leise. Das Handy in seiner Hosentasche brummte, und beide sahen auf seine Jeans, Alice wissenden Blicks, Brad schuldbewusst.

„Du solltest besser rangehen", sagte Alice so ruhig wie möglich. Sie stand auf und schob den Stuhl über die Steinfliesen. „Ich geh und hole deinen Koffer."

DREI MONATE SPÄTER

Sie hatte Brad aus der gemeinsamen Wohnung geworfen, was Alice immer noch wehtat. Ein „bewusstes Entpaaren" hatte Gwyneth Paltrow ihre Trennung von dem Sänger Chris Martin genannt. So ein Quatsch. Alice kam es eher vor, als hätte man ihr das Herz herausoperiert, ohne Betäubung. Oder als wären ihr die Lebensgeister von einem Industriestaubsauger aus den Adern gesaugt worden. Jeden Morgen, wenn sie in den Spiegel sah, war sie überrascht, dass sie noch aufrecht stand.

„Ich habe gestern all deine Zeitschriftenabos gekündigt", sagte Niamh und reichte Alice einen Becher Kaffee. Dann setzte sie sich zu ihr auf die Gartenbank. Die Sonne war gerade über Borne Manor aufgegangen und stand verheißungsvoll an dem noch kühlen, zartblauen Himmel.

„Hatte ich dich darum gebeten?", fragte Alice stirnrunzelnd. Sie konnte sich nicht daran erinnern, aber das hieß momentan nicht viel. Sie wechselte jeden Morgen ein paar Worte mit Niamh und hätte eine halbe Stunde später nicht mehr sagen können, worüber sie gesprochen hatten. Und das betraf nicht nur Niamh, sondern alles und jeden, seitdem Brad weg war. Ihr

Gehirn war Suppe – und zwar keine klare Kraftbrühe, sondern eine aus Resten zusammengerührte Pampe. Es bemühte sich zu funktionieren, doch vergeblich.

Niamh schüttelte den Kopf. „Nein, hast du nicht. Ich habe sie trotzdem gekündigt. Noch mehr Fotos von Brad, diesem Schuft, und der höschenlosen Felicity kannst du brauchen wie ein Fisch ein Fahrrad."

„Aber …" Natürlich hatte Niamh recht. Nach der Trennung von Brad hatte Alice sich angewöhnt, jeden Tag fieberhaft die Zeitschriften und Hefte zu überfliegen und nach Bildern von ihm zu suchen. Brad hatte tief in die Tasche gegriffen und sämtliche überregionalen Titel abonniert, als sie nach Borne Manor gezogen waren. Kritiken und Notizen über sich und seine Arbeit zu lesen war ihm Quell sowohl größter Freude als auch größten Frusts.

Genau genommen machte sie es derzeit nicht anders. Nur Spaß bereitete es ihr nicht. Im Gegenteil, Alice musste sich jedes Mal innerlich wappnen, und sie entspannte sich nicht, ehe sie auch die letzte Seite der letzten Zeitschrift gesichtet hatte. Andererseits vermittelte ihr die Lektüre eine Art Sicherheit. So wie einem auch der Besuch eines im Krankenhaus liegenden Angehörigen auf seltsame Weise Gewissheit gab. Immerhin wäre es noch viel schlimmer, wenn die Person überhaupt nicht mehr leben würde. Mit der Kündigung der Abos hatte Niamh gleichsam den Stecker aus der lebenserhaltenden Maschine ihrer Ehe gezogen. Dabei hätte jeder Arzt ihre Ehe ohnehin für tot erklärt, musste sich Alice eingestehen.

„Aber?", fragte Niamh und bückte sich, um ein Apportierstöckchen für Pluto aufzuheben. Der ehemalige Rettungshund war ihr treuester Gefährte. „Du willst lieber eine lange Folter statt kalten Entzug? Da schrillen meine Alarmglocken. So ein Unsinn, Alice."

Die beiden Frauen schauten Pluto hinterher, der überglücklich über den feuchten Rasen jagte und auf der Suche nach dem Stöckchen in Richtung Wald abdüste. Er war ein großartiger Hund, allerdings auf einem Auge blind, und sein zweites war auch nicht gerade ein Adlerauge.

„Ich wette, das war ein gefundenes Fressen für Davina", brummte Alice bei dem Gedanken an die Besitzerin des Tante-Emma-Ladens, der gleichzeitig das Postamt des Ortes war. Die dunkelhaarige Davina mit ihren listigen Augen hatte ihre Ohren überall und auch schon alle Männer des Dorfes in ihrem Bett gehabt. Sie schnitzte Kerben in ihre Bettpfosten, munkelten die betrogenen Ehefrauen nach einigen Gin abends im Pub. Der mädchenhafte Typ war sie nicht gerade. Vormittags schnatterte sie fröhlich mit den Müttern vorm Schultor, nachmittags beglückte sie deren Ehemänner. Auch Brad hatte sie ein paar Mal angebaggert, nachdem er und Alice vor nicht ganz anderthalb Jahren nach Borne Manor gezogen waren. Was er Alice jedes Mal freudestrahlend erzählt hatte. Damals hatte sie sich darüber nicht den Kopf zerbrochen. Solange er ihr davon erzählte, hieß das wohl, dass er kein gesteigertes Interesse an Davina hatte. Rückblickend war sich Alice jetzt allerdings nicht mehr so sicher. Hätte Davina ihn in einem schwachen Moment erwischt, hätte Brad sich womöglich mehr als nur Briefmarken und Erdbeeren von ihr besorgen lassen.

Niamh lachte. „Oh ja, sie hat ihre Fühler ausgestreckt. Sie hat treuherzig geguckt und an ihren Haaren gespielt, während sie mich nach dir und Brad ausquetschte. Ganz die Unschuld vom Lande und voller Sorge um euer Wohlergehen."

Alice nippte an ihrem Kaffee und beobachtete Pluto, der am Waldrand herumstromerte. Das Grundstück und vor allem der Garten machten den besonderen Reiz von Borne Manor aus. Alice hatte sich hier Kinder vorgestellt, die Hütten zimmerten und im Wald zelteten. Brad hingegen hatte sich Gartenpartys und Bälle ausgemalt, zu denen er die Stars und Sternchen der Szene einladen wollte. Seine ersten Erfolge waren ihm sofort zu Kopf gestiegen, und er hatte sich schon inmitten der High Society gesehen. Alice verdrängte den Gedanken an ihren abtrünnigen Ehemann und dachte stattdessen voller Sorge an den Brief, der vor wenigen Tagen im Briefkasten gelegen hatte.

„Es kann sein, dass ich das Haus verliere, Niamh", sagte sie nüchtern und umfasste mit beiden Händen den Kaffeebecher. Es war kalt an diesem Märzmorgen. „Es trudeln immer mehr Briefe von der Bank ein. Brad wird den Kredit nicht ewig weiterzahlen. Und ich kann es mir nicht leisten. Ich habe ja noch nicht einmal einen Job."

„Lass dich scheiden und bezahl das Haus von dem Unterhalt. Sag der Bank, sie soll warten."

„Das geht nicht schnell genug. Selbst wenn ich heute zum Anwalt ginge, würde es sich Monate hinziehen." Sie erwähnte nicht, dass sie noch nicht bereit war, sich dem Scheidungsprozess zu stellen. Für eine Scheidung brauchte man Kraft, und sie fühlte sich außerstande, diesen Kampf in absehbarer Zeit zu bewältigen.

„Hältst du es für möglich, dass Brad das Haus haben will?"

„Nur über meine Leiche!", sagte Alice wie aus der Pistole geschossen. Allerdings hatte sie nicht den Hauch einer Ahnung, wie sie ihn daran hindern konnte, sollte er versuchen, sie zu vertreiben. Das Haus gehörte ihr! Auch wenn auf der Urkunde beide Namen standen. Sie kannte jeden Ziegel, jede Zinne, sie liebte jede Ecke und jeden Winkel des Hauses. Sie kannte seine Geschichte, sie wusste alles über das Anwesen. Begeistert hatte sie alles über den Ort gelesen. Sie hatte Borne Manor auf den ersten Blick in ihr Herz geschlossen und dem lichten Gemäuer ewige Liebe geschworen. Wie bei ihrem Ehegelübde. Bloß dass Brad sie enttäuscht hatte, Borne Manor nicht. Dafür wollte sie sich jetzt erkenntlich zeigen.

Nur wie sie das anstellen sollte, war ihr leider mehr als unklar.

„Wie viel Zeit bleibt dir?"

Unglücklich zuckte Alice mit den Schultern. „Vielleicht noch zwei Monate?"

Niamh hielt geräuschvoll den kalten Atem an. „Dann sollten wir uns schnell etwas überlegen."

Wir. Nicht du. Sie hatte „wir" gesagt. Dankbarkeit erfasste Alice, und das nicht zum ersten Mal. Niamh war ihre Nachbarin, seit sie und Brad nach Borne Manor gezogen waren. Aber erst nachdem Brad sie verlassen hatte, war ihre Freundschaft über den gelegentlichen Kaffee im Dorf oder den Plausch an der Gartenpforte hinausgegangen. Niamh hatte angeklopft und gefragt, ob sie Pluto auf das Grundstück lassen dürfe, das sei sicherer als auf freiem Gelände. Seitdem kam sie jeden Morgen vorbei. Dann saßen sie, jede mit einer Tasse Kaffee in der Hand, auf der Gartenbank hinter dem Haus und redeten stundenlang über Gott und die Welt. Alice vermutete, dass Niamh mitbekommen hatte, welche Sorgen sie in letzter Zeit hatte, und ihr deshalb nun zur Seite stand. Sie gehörte zu den Menschen, die so etwas taten. Wenn Alice so darüber nachdachte, waren sie eigentlich mehr als Nachbarn. Auch die vier Häuschen, die an das Haupthaus grenzten, gehörten ihr, sie war also somit auch

Niamhs Vermieterin. Was nicht hieß, dass Alice von Tür zu Tür ging und die Miete kassierte. Diesbezüglich war alles genau im Kaufvertrag geregelt worden.

Im ersten Häuschen wohnte Stewie Heaven, ein ehemaliger Pornodarsteller aus den Siebzigern. Er war dauergebräunt und hatte zu jeder Gelegenheit die passende Perücke parat. Bisher hatte Alice ihn immer nur zwischen Tür und Angel erwischt, da er die Winter meist in Benidorm verbrachte. Aber wie Niamh ihr erzählt hatte, war er seit etwa einer Woche mit allerhand Geschichten über seine Eroberungen im Gepäck zurück. Seine monatliche Miete belief sich auf die hochherrschaftliche Summe von einem britischen Pfund. Ein symbolischer Betrag für eine irgendwie geartete Leistung an den Vorbesitzer von Borne Manor. Worin genau diese Leistung bestanden hatte, hatte niemand den Mumm zu fragen.

Im zweiten Haus lebte Hazel, eine Frau, so breit wie groß, die jedem, der es hören wollte oder auch nicht, erzählte, dass sie eine praktizierende Hexe sei. Bei ihr wohnten außerdem ihr Sohn Ewan, ein pubertierender Grufti und Langschläfer, und Rambo, ihr sprechender Vogel, ein Beo, der meist auf ihrer Fensterbank saß und den Passanten Schimpfworte hinterherrief. Hazel zahlte doppelt so viel Miete wie Stewie, nämlich zwei Pfund im Monat. Im Gegenzug hatte sie Borne Manor angeblich vor zwanzig Jahren von einem Poltergeist befreit.

Blieb noch Niamh. Sie war letzten Sommer nach Borne zurückgekehrt, um ihre Mutter nach einem Schlaganfall zu pflegen. Nachdem diese einige Monate später gestorben war, war Niamh geblieben. Im Kaufvertrag stand ausdrücklich, dass Niamhs Mutter und alle ihre Kinder solange mietfrei in Haus

Nummer drei wohnen dürften, wie sie es wollten oder brauchten. Ein weitere Erklärung dazu gab es nicht, und Alice hinterfragte diese Regelung auch nicht – ganz im Gegensatz zu Brad, doch da hatte sie, was ungewöhnlich für sie war, ein Machtwort gesprochen und ihm jegliche Diskussion schlichtweg untersagt. Jetzt war sie jeden Tag froh, ihm Einhalt geboten zu haben, denn Niamh war ihr eine treue Freundin in dieser schweren Zeit geworden.

Das letzte Haus in der Reihe, die Nummer vier, stand leer, seit Bornes ältester Bewohner, Albert Rollinson, verstorben war. Laut Hazel suchte er jetzt als Geist die Häuser und ihre Bewohner heim und stahl ihnen morgens die Zeitungen, um die aktuellen Ergebnisse der Pferderennen in Aintree zu lesen. Albert, der zu Lebzeiten Wetten und ein Bier zu schätzen gewusst hatte, war, wenn überhaupt, ein sehr nettes Gespenst. Casper, der freundliche Geist, war dagegen geradezu bösartig. Nach Alberts Tod und damit auch dem Ende der ebenfalls nur symbolischen Mietzahlungen hatte der Makler vor einigen Monaten einen Käufer für das Häuschen mit den je zwei Räumen auf zwei Stockwerken gefunden. Bislang war dort allerdings noch niemand eingezogen.

„Pluto!", rief Niamh, stellte ihren Kaffeebecher neben die Bank und stand auf. „Bei Fuß! Ich muss los. Ich habe einen Termin. Gleich kommt ein Hofbesitzer aus der Gegend, der seiner Frau ein Aktbild zum Geburtstag schenken will. Wieso glauben Männer eigentlich, dass ihre Frauen sie nackt auf einem Gemälde sehen wollen?"

Alice musste trotz ihrer gedrückten Stimmung lachen. „Vielleicht kannst du ihm eine Hand Bananen oder eine Weintraube als Lendenschurz andrehen. Sag ihm, das sei Kunst."

Niamh schnaufte verächtlich und beugte sich über Pluto, um ihm die Leine anzulegen. „Leider habe ich keine Bananen oder Trauben im Haus. Glaubst du, er wäre beleidigt, wenn ich ihm stattdessen eine schrumpelige Feige gebe?"

„Seine Frau würde es wahrscheinlich nicht merken", bemerkte Alice. Die Frauen lachten leise, während Alice Niamh zum Gartentor begleitete. „Sag Bescheid, falls er übermütig wird. Dann komme ich mit meiner Obstschale."

„Keine Sorge. Ich habe ja meinen Wachhund." Niamh strich Pluto über den Kopf, und Pluto warf Alice mit seinem guten Auge zum Abschied einen Blick zu.

„Bis morgen. Zur selben Zeit am selben Ort."

„Der Termin ist notiert", rief Niamh winkend über ihre Schulter. Bedächtig schloss Alice die Pforte zu dem Weg, der hinunter zu den Häuschen führte, und ging zurück zur Gartenbank. Dort beobachtete sie die rosa- und goldfarbenen Wolken am morgendlichen Himmel. Ihre Lieblingstageszeit war nun schon vorüber, und es war noch fast zu früh fürs Frühstück.

Würde es jetzt immer so sein? Dass ihr jeder neue Tag wie eine Bergbesteigung vorkam? Der Brad-hat-mein-Herz-gebrochen-Berg hatte zwar einen unaussprechlichen Namen, stand aber unverrückbar auf der Landkarte ihres Lebens. Und der Erdrutsch drohte sie heimatlos zu machen.

Alice beugte sich vor, um die leeren Becher aufzuheben, und ließ dabei ihren Blick über die weitläufigen Gärten bis zum Wald schweifen. Durch die Bäume sah sie das silbrige Glänzen des amerikanischen Retro-Wohnwagens, den sie letzten Herbst spontan auf Ebay gekauft hatte. Sie hatte vorgehabt, den Anhänger aufzurüsten, um damit Wochenendausflüge mit Brad zu machen. Berühmt wie er war, war es nahezu unmöglich, Städtetrips zu unternehmen und in Hotels zu übernachten, ohne dass er erkannt wurde. Daher hatte sie sich wildromantische Campingausflüge ausgemalt oder einen Abstecher nach Frankreich übers verlängerte Wochenende, mit Wein, Käse und Sex. Jetzt machte sie der Anblick des Wohnwagens traurig. Vielleicht könnte sie da einziehen, falls die Bank ihr den Kredit kündigte und sie das Haus verlassen müsste. Sie könnte einfach mit dem Wohnwagen ihren geliebten Garten besetzen. Sie seufzte und machte sich auf den Weg in die warme Küche.

Alice stellte die Lasagne, ein Fertiggericht für eine Person, auf den Küchentisch. Dazu ein Glas und eine Flasche Wein, und zwar den höchstprozentigen, den sie hatte finden können. Das einzige Geräusch in der nun viel zu großen und viel zu ruhigen Küche war das Ticken der Uhr. Ganz anders als vor einiger Zeit, als sie noch mit Brad hier gelebt hatte. Die Küche war Mittelpunkt ihres Zusammenlebens gewesen und das Zimmer, das sie am meisten liebte.

Gleichzeitig war es der Raum, in dem sich die unschönen Szenen am Ende ihrer Ehe abgespielt hatten, die Vorwürfe und gegenseitigen Beschuldigungen. Die Wand hatte sie neu streichen müssen, nachdem sie einen Becher Kaffee nach Brad geworfen und ihn knapp verfehlt hatte. Zwar sagte sie sich, dass sie absichtlich danebengezielt hatte, doch er hatte es fertiggebracht, innerhalb kürzester Zeit zuerst die besten und dann die schlechtesten Seiten an ihr zum Vorschein zu bringen.

Wäre ihr Leben ein Film, säße Alice jetzt einsam und allein am Küchentisch, während der Abspann lief und die Zuschauer das Kino ohne Happy End verließen. Vielleicht war die Rolle der verlassenen Ehefrau, die Alice sich auf den Leib schrieb, zu melodramatisch, schließlich war sie noch nicht einmal dreißig. Aber manchmal konnte sie einfach nicht mehr und hätte am liebsten alles aufgegeben und sich in ihrem Brautkleid auf den Dachboden unter die Spinnweben verzogen.

Sie stocherte lustlos in der Pasta auf ihrem Teller. Ihr Blick glitt zu dem Stapel ungeöffneter Briefumschläge mit den Mahnungen. Sie zu verdrängen war auch keine Lösung, das wusste Alice. Sie würde erst ihre Pappmahlzeit beenden und dann ihren Mut zusammennehmen und die Briefe öffnen. Allein der Anblick machte sie ganz krank, so konnte das nicht weitergehen. Zur Berieselung schaltete sie den Fernseher ein, aber das war kaum tröstlich. Auf BBC 1 lief „East Enders", eine Daily Soap, in der die mit viel buntem Lippenstift geschminkten Darsteller ihre Streitigkeiten in einem Pub austrugen. Die Serie „Central" hatte sich Alice verboten, für den Fall, dass Brad und Felicity dort unerwartet auftauchten und voller Leidenschaft ihren Leinwandclinch vollführten. Somit blieb ihr nur die Wahl zwischen einer Dokumentation über Igel und der x-ten Wiederholung der Sitcom „The Good Life" aus den Siebzigern. Sie entschied sich für Letzteres und musste mitansehen, wie liebevoll Tom Good und seine Frau Barbara trotz ihres bescheidenen Lebensstils miteinander umgingen. Wehmütig erinnerte sie sich, wie glücklich sie mit Brad gewesen war, bevor er berühmt geworden war und seine Gummistiefel gegen schicke Armani-Schuhe getauscht hatte.

Sie schob ihren Teller beiseite, griff zum Weinglas und legte ihren Kopf auf den Tisch. Dann genehmigte sie sich den Luxus, ein, zwei Tränen zu vergießen. Sie schenkte sich ein weiteres Glas Wein ein und vergoss noch mehr Tränen. Immer größere Tropfen, mit Schnodder und Schniefen und noch größeren Schlucken

Wein dazwischen, sodass sie ihr Glas viel zu schnell ein drittes Mal auffüllte. Die nächste Stunde badete sie in Selbstmitleid, eine noch glorreichere Inszenierung als ihr Dinner for One davor, nur getoppt von der darauffolgenden halben Stunde, in der sie das Radio aufdrehte und aus voller Kehle alle traurigen Liebeslieder mitsang, die sie auf den Sendern finden konnte.

Als sie die Flasche Wein schließlich geleert hatte, sank Alice auf ihren Stuhl zurück. Die Wange auf der Tischplatte, die Augen geschlossen. Denn was sie sah, wenn sie die Augen öffnete, war der riesige, furchteinflößende Stapel Briefe. Wenn ich die Augen zumache, verschwinden die Mahnungen vielleicht, dachte sie. Hazel, ihre Nachbarin, hatte ihr viel von positivem Denken erzählt. Wenn sie es sich nur doll genug wünschte, würden die Briefe verschwinden. Alice versuchte es. Sie gab wirklich ihr Bestes, was es nur umso schlimmer machte, die Augen zu öffnen und den Stapel Briefe immer noch daliegen zu sehen, der nun sogar noch größer aussah als vorher.

Die letzten Funken ihrer weinseligen Hochstimmung zerstoben in just diesem Moment in ihrer Küche, genauso wie die Hoffnung, ihr geliebtes Borne Manor halten zu können.

Den Kopf auf dem Tisch, sank Alice in einen schweren und unruhigen Schlaf. Wieder spukte der Wohnwagen in ihrem Garten durch ihre Gedanken. In ihrem Traum befand sie sich diesmal auf einem zertrampelten Campingplatz wie in einer Szene aus der Doku „My Big Fat Gypsy Wedding“ über Roma und Sinti. Ihre neuen Zigeunerfreunde beschützten sie mit Stöcken und Kampfhunden vor Brad, der in seinem Range Rover und seinen schnieken Armani-Schlappen vorfuhr.

„Ich ziehe in den Wohnwagen.“

Niamh sah Alice an, als hätte diese gesagt, sie fliege zum Mond und sei rechtzeitig zum Mittag wieder da. Alice nickte nur und ließ ihren Blick zum Wald gleiten.

„Die Idee kam mir gestern, nachdem du gegangen warst.“

Niamh runzelte die Stirn. „Ich habe lediglich deine Zeitschriftenabos gekündigt, nicht dein ganzes Leben. Hast du dir den Kopf angestoßen?“

„Ich meine es ernst, Niamh. Ich habe gestern den ganzen Tag lang darüber nachgedacht. Es könnte funktionieren.“

Eine Lüge war das nicht, eher ein sparsamer Umgang mit der Wahrheit. Sie hatte nicht den ganzen Tag lang darüber nachgedacht, denn die Idee war ihr erst um vier Uhr morgens gekommen, als sie ihre Wange von der Tischplatte gelöst hatte und ins Bett gewankt war. Im Traum hatte sie den Wohnwagen gesehen, verschmutzt und unordentlich. Aber die Saat für eine durchaus praktikable Idee war gesetzt, und als sie an diesem Morgen aufgewacht war, hatte sie sie vollends gepackt.

Pluto ließ seinen Ball zu Niamhs Füßen plumpsen. Sie hob ihn auf und warf ihn über den Rasen. „Das musst du mir erklären. Mir ist schleierhaft, was ein Umzug in den Wohnwagen bringen soll.“

„Wenn ich im Wohnwagen wohne, kann ich das Haus untervermieten und mit der Miete den Kredit abzahlen.“

Niamh stutzte. „Darfst du das denn?“

Alice legte die Stirn in Falten. „Warum sollte ich das nicht dürfen?“

„Keine Ahnung … Da gibt es doch sicher … Bestimmungen und Regeln.“

Alice nagte auf ihrer Lippe. „Darum kümmere ich mich

dann. Echt jetzt, Niamh. Das ist die einzige Lösung, um Borne Manor nicht zu verlieren. Wenigstens nicht, bis ich bereit bin, es selbst aufzugeben, und erst recht nicht wegen dieser verflixten Felicity Shaw."

Einen Augenblick lang schwieg Niamh. Dann griff sie hinter sich unter die Gartenbank. Als sie sich wieder aufsetzte, hatte sie eine halb leere Flasche Rum in der Hand, den Nottrunk, wie sie ihn nannten, für besonders kalte Wintermorgen oder besonders schwere Notfälle. Der Umzug aus dem stattlichen Herrenhaus in den womöglich nicht einmal wetterfesten Wohnwagen fiel eindeutig in die zweite Kategorie. Niamh goss je einen großzügigen Schluck in ihre Kaffeebecher und stieß mit Alice an.

„Dann lass uns austrinken und gleich dein neues Zuhause ansehen."

„Das ist … Das ist …" Niamh unterbrach sich, als sie hinter Alice den Wohnwagen betrat. Es hatte ein wenig gedauert, bis sie die Tür aufbekommen hatten. Nachdem sie das Schloss aufgebrochen und mit aller Kraft gezogen hatten, schlug ihnen als Erstes ein moderiger Geruch entgegen.

„… irgendwie kuschelig?", beendete Alice den Satz beim Anblick der schäbigen Holzmöbel, die auch Niamh in dem Moment sah, nur nicht durch eine rosarote Brille. „Lass uns die Fenster öffnen und den muffigen Geruch rauslassen. Wenn wir erst gelüftet haben, wird's schon gehen."

„Glaubst du?" Niamhs Blick wanderte von dem wuchtigen Doppelbett an dem einen Ende des Wohnwagens über die schäbige Kochnische und den löchrigen Linoleumboden zu der abgenutzten Sitzecke am anderen Ende. „Und das Bad?"

Alice machte einen Schritt in den Wohnraum hinein, wodurch sich alles etwas zur Seite neigte, sodass sich beide Frauen an der Wand festhalten mussten.

„Huch! Ich muss die Standbeine festmachen.“ Alice lachte nervös. „Das Bad ist hier“, sagte sie und deutete mit einer ausladenden Bewegung auf eine schmale Tür neben dem Bett. „Da drin ist ein Klo … und so.“

Aus dem Augenwinkel sah sie ihre Freundin und deren skeptischen Blick. „Mach nicht so ein Gesicht. Du musst mir mit deiner Fantasie beistehen. Du bist Künstlerin. Kannst du dir das hier nicht als weiße Leinwand vorstellen, die nur darauf wartet, bemalt zu werden?“ Sie strich mit den Fingern über den alten Küchenschrank aus Holz. „Ein bisschen schmirgeln hier, ein Pinselstrich dort … und dazu schöne Vorhänge?“

Alice sah, wie Niamh die Einrichtung betrachtete, und hoffte inständig, sie würde hinter die heruntergekommene Fassade sehen. Niamh nickte langsam.

„Ja? Siehst du es?“ Niamhs bedächtiges Nicken gab Alice Aufwind. „Ich habe vorhin im Internet nachgesehen. Guck dir das mal an, die Retro-Wagen und wie sie aufgemöbelt wurden. Jetzt sieht der Wagen vielleicht noch wie ein hässliches Entlein aus. Aber man kann was draus machen. Das ist doch das Wichtigste, stimmt's?“ Alice wollte unbedingt, dass Niamh ihre Vision teilte. Nicht zuletzt deshalb, weil sie selbst kaum einen Knopf annähen konnte, während Niamh imstande war, ihre Hightech-Nähmaschine mit links zu bedienen.

„Die Karre ist ganz schön alt. Aber solide gebaut. Vielleicht lässt sich wirklich etwas daraus machen“, erwiderte Niamh mit der ihr üblichen Zurückhaltung.

Alice nickte aufgeregt ihrer Freundin zu. „Super! Lass uns was im Greta-Garbo-Stil machen!“

„Gemach, gemach. Wir fangen im Mutter-Beimer-Stil an und können uns dann immer noch hocharbeiten."

Angemessen ernüchtert ging Alice die Angaben des Verkäufers auf eBay durch, bei dem sie den Wagen ersteigert hatte. „Es funktioniert alles. Wasser, Gas, Strom. Wir müssen die Karre nur auf Vordermann bringen."

„Und eine Heizung?" Niamh krempelte die Ärmel ihres Pullis auf.

Alice nickte, obwohl sie sich nicht daran erinnern konnte, dass beim Kauf von einer Heizung die Rede gewesen wäre. „Ach, es wird hier richtig gemütlich werden."

„Willst du dich wirklich in diesem Bett einmummeln?", fragte Niamh mit Blick auf die durchgelegene Matratze. Alice sah ebenfalls hin und atmete tief durch.

„Ich hole einfach meinen Matratzenschoner aus dem Haupthaus. Das geht schon."

Sie drehten sich um, als Pluto schnaufend in der Tür erschien und polternd seinen nassen Ball auf den Boden fallen ließ. Erwartungsvoll sah er sie mit seinem guten Auge an.

„Doch nicht auf Alice' guten Teppich, Pluto!", schalt Niamh ihren Hund und erntete für ihre sarkastische Bemerkung einen Stoß in die Rippen, als die Frauen nach draußen, zurück in die normale Welt, traten. Alice entging nicht, dass es draußen ein, zwei Grad wärmer war als im Wohnwagen, trotz der frostigen Morgentemperatur. Sie nahm sich vor, später eine extradicke Wolldecke aus echter Wolle zu bestellen. Gab es nicht auch Schlafsäcke für Arktisurlauber? Mit Frostschutz? Auf dem Weg zurück zum Haus knirschte der steif gefrorene Rasen unter ihren Füßen. Ja, hoffentlich gab es Frostschutzwolldecken.

2. Kapitel

„Sind Sie sicher, dass es hier ist?" Robinson Duff sah stirnrunzelnd aus dem Beifahrerfenster des Taxis, das vor Borne Manor zum Stehen gekommen war. Das Haus war von der Straße aus weit nach hinten gesetzt, am Ende einer großzügigen Auffahrt, und ganz anders, als seine Schwester ihm erzählt hatte. Sie hatte was von „modern" und „letzter Schrei" gesagt. Robinson erinnerte sich deutlich an das Telefongespräch, in dem sie von dem perfekten Haus geschwärmt hatte, das sie für ihn im Internet gefunden habe.

Modern war das Haus schon mal nicht. Sobald er ausgepackt hatte, würde er seine Schwester anrufen und ein paar ernste Worte mit ihr wechseln: „Was hast du dir dabei gedacht, mich für ein halbes Jahr in Mittelerde einzuquartieren? Für wen hältst du mich? Für einen verdammten Hobbit?!"

Wie sich das Haus im gleißenden Licht der tief stehenden Sonne in die Landschaft schmiegte, sah es ganz reizend aus. Reizend mit großem R. Solche Häuser sah man sonst nur auf der Webseite der Tourismusbehörde neben Landschaftsaufnahmen mit sanften Hügeln und Werbung für Shakespeare.

Schön und gut – aber „reizend" war absolut nicht sein Ding. Himmelherrgott, das helle Gemäuer schimmerte geradezu rosa! Und war das Blauregen, der sich da um die alte Holztür herumrankte? Unwillkürlich musste Robinson an Märchen und die englische Tea Time denken. Keine üblichen oder auch nur ansatzweise willkommenen Gedanken für jemanden, der an rappelvolle Konzerthallen und Aufnahmestudios voller Technik gewöhnt war. Wer zum Geier mochte hier leben? Goldlöckchen vielleicht, aus dem Märchen mit den drei Bären?

„Ja, hier ist es“, bestätigte der Taxifahrer mit einem Blick auf das Navi seines iPhones, das am Armaturenbrett klemmte. „Soll ich Ihr Gepäck aus dem Kofferraum holen?“

Seufzend öffnete Robinson den Sicherheitsgurt. „Da hilft wohl nichts.“

Barfuß eilte Alice über die kalten Steinfliesen in dem großzügig geschnittenen Hausflur. Schon als sie zum ersten Mal einen Fuß auf diese Fliesen gesetzt hatte, hatte sie sich in Borne Manor verliebt. Im Geiste hatte sie im Winter das Feuer im alten Steinkamin lodern sehen und im Frühjahr den Strauß bunter Blumen auf der Anrichte. Die zufallenden Autotüren draußen ließen ihr Herz jetzt heftig gegen ihre Rippen schlagen. Das musste der neue Mieter sein. Sie wusste nicht, ob sie aus Freude oder vor lauter Panik so aufgeregt war.

Einer der Vorteile an der Ehe mit Brad war die exzellente Rechtsberatung, die ihr zuteilwurde. Die war ihr in der letzten Woche bei der Vermietung von Borne Manor zugutegekommen. Brad war es egal. Solange er nicht den Kredit bedienen musste, war er mit allem, was Alice mit dem Haus machte, einverstanden. So zumindest verstand sie seinen Anwalt, der ihr geholfen hatte, die Vermietung des Hauses in die Wege zu leiten. So hatte sie sich nicht mit den rechtlichen Einzelheiten befassen müssen, sondern ihre Habseligkeiten ausräumen und das Haus für den neuen Bewohner vorbereiten können.

Alles war erstaunlich schnell vonstattengegangen, nachdem

der Ball erst mal ins Rollen gekommen war. Innerhalb weniger Tage hieß es bei dem Makler erst „zu vermieten“, dann „für sechs Monate vermietet“.

Alice wunderte sich ein wenig darüber, dass die neuen Bewohner das Haus nicht hatten besichtigen wollen, bevor sie den Mietvertrag unterschrieben. Aber letztlich war sie einfach nur erleichtert, Borne Manor de facto immer noch zu besitzen, auch wenn sie selber leider nicht mehr in dem Haus würde wohnen können, zumindest nicht in den kommenden Monaten.

Der Klopfer fiel dreimal gegen die Tür. Es war Zeit, den neuen glücklichen Bewohnern Hallo zu sagen. Glücklich, weil sie Borne Manor nun ihr Zuhause nennen durften. Und es wurde auch Zeit für Alice, ihr neues Zuhause zu beziehen. Sie atmete tief ein und aus, setzte ein Lächeln auf und griff nach der Türklinke.

Robinson blickte dem davonfahrenden Taxi hinterher, pochte dann mit dem schweren, schwarzen Klopfer dreimal gegen die Tür und wartete. Es war merkwürdig, dass die Besitzer ihn unbedingt persönlich hier treffen wollten, statt eine unpersönliche Schlüsselübergabe zu vereinbaren.

Um ehrlich zu sein, konnte er gut auf den Tee und die Kekse und die gemeinsame Besichtigung des Hauses verzichten. Allerdings war er jetzt in England – der Heimat des Tees, der Kekse und der Besichtigungstouren. Also stählte er sich innerlich und nahm sich vor, das alles so schnell wie möglich hinter sich zu bringen.

Seine Vorstellung eines märchenhaften Goldlöckchens schob er beiseite und wettete insgeheim, dass ihm ein älterer Mann in Tweedhosen oder eine genauso alte Frau in wollenem Zweiteiler und mit Perlenohrsteckern die Tür öffnen würde. Oder ein Butler. Er hatte zig Filme gesehen, in denen große englische Häuser wie dieses vorkamen. Es war durchaus möglich, dass es in diesem Haus Bedienstete gab.

Und vielleicht wäre das gar nicht mal so schlecht. Wenn er hier schon eine Weile wohnen musste, dann gäbe es wenigstens jemanden, der für ausreichend kaltes Bier im Kühlschrank sorgte. Und vielleicht hätte er sogar richtig Glück und der Butler spielte auch noch Billard ... Robinson riss sich aus seinen Tagträumen, als die Klinke von innen heruntergedrückt wurde und im nächsten Augenblick die Tür aufschwang.

Donnerwetter! Vielleicht hatte er mit dem Märchen doch nicht so falschgelegen. Dieses Haus schien tatsächlich einem wunderschön gezeichneten Kinderbuch entsprungen zu sein. Und was noch seltsamer war: Sogar Goldlöckchen höchstpersönlich lebte hier.

Gut, sie trug statt eines Trägerkleidchens zerrissene Jeans und einen weiten Pulli, der ihr über die linke Schulter rutschte. Aber ihr Haar war exakt wie aus dem Märchen. Es fiel ihr in goldenen Wellen bis über die Ellenbogen. Ihre lebhaften, intensiv blauen Augen sahen direkt in seine, und ihre Lippen verzogen sich zu einem zaghaften Lächeln.

„Mr. Duff? Ich bin Alice McBride."

Sie reichte ihm die Hand, und Robinson ließ sein Gepäck auf die breiten Stufen fallen, damit er sie ergreifen konnte. Er warf einen Blick über ihre Schulter, um zu sehen, ob die drei Bären womöglich irgendwo hinter ihr auftauchten, dann schüttelte er ihre Hand.

Sie warf ihrerseits einen Blick über seine Schulter, wobei sie es schaffte, gleichzeitig die Stirn zu runzeln und zu lächeln.

Für eine so zierliche Frau war ihr Händedruck erstaunlich kräftig.

„Kommen Sie rein“, sagte sie und ließ seine Hand los. Dabei trat sie einen Schritt zurück, sodass er eintreten konnte. Das Märchen ging weiter: Der Flur war so geräumig, dass er als eigenes Zimmer gelten konnte. Das prasselnde Feuer im Kamin nahm der Luft die Kälte. Seine Gastgeberin warf unterdessen einen kurzen Blick auf die leere Auffahrt, schloss dann die Haustür und wandte sich ihm zu.

„Kommt Ihre Familie später nach?“

„Meine Familie?“ Entgeistert runzelte er die Stirn.

Alice stutzte.

„Entschuldigen Sie, ich nahm an … Da das Haus sehr groß ist und …“ Ihre Worte blieben in der Luft hängen, und ihre Wangen färbten sich rosenrot. Mit der Wärme des Kaminfeuers hatte das allerdings nichts zu tun.

„Vielleicht später. Im Moment bin nur ich hier.“

Robinson ging nicht weiter darauf ein. Ihre Vermutung irritierte ihn. Sein Leben mit anderen zu teilen war das Letzte, was er wollte. Er war hierhergekommen, um den Schnüfflern und neugierigen Nachbarn zu entkommen, und nicht, um schnurstracks Gegenstand von Klatsch und Tratsch zu werden.

Alice gewann die Fassung zurück und lächelte ihn wieder an. „Soll ich Ihnen das Haus zeigen? Oder möchten Sie lieber erst eine Tasse Tee? Sie müssen erschöpft sein nach der Reise.“

Das war so typisch englisch. Offensichtlich wollte sie besonders freundlich sein. Aber Robinson wollte nur allein gelassen werden, um einen klaren Kopf zu kriegen.

„Sie haben recht. Ich bin erschöpft. Morgen bekäme ich doch

sicherlich auch ein Ticket für die Museumsführung. Und einen Platz zum Schlafen finde ich selber.“

Er bemerkte, dass Alice einige Sekunden brauchte, um seine Antwort zu verstehen, so höflich er sie auch formuliert hatte.

„Selbstverständlich. Natürlich.“

Sie stockte, ihr Lächeln war noch da, erreichte aber nicht mehr ihre Augen. Sie schien einen Moment lang verloren und rieb ihre Handflächen an ihrer Jeans, als wisse sie nicht recht, wohin sie gehen sollte. Er sah auf ihre nackten Füße und hoffte, dass sie nicht barfuß nach draußen gehen wollte.

„Gut, dann lasse ich Sie mal allein“, sagte sie schließlich und fügte dann verlegen hinzu: „Hier geht's lang.“ Sie wandte sich ab und ging durch eine der großen Türen, die vom Hausflur abgingen.

Neugierig folgte er ihr, in Richtung Küche, wie er schnell erkannte.

„Dies ist die Küche“, sagte sie überflüssigerweise. Er beobachtete, wie sie im Vorübergehen mit ihren Fingern über die Kochinsel fuhr, eine beinahe zärtliche Berührung. „Der Herd ist ein wenig eigensinnig. Aber ich zeige Ihnen, wie man ihn anstellt, wenn Sie wollen.“

„Ich bin kein großer Koch“, brummte er. Ein Understatement. Er hatte je kaum mehr als Speck und Eier in seinem Leben gebraten.

„Okay.“

Sie ging zur Hintertür und hielt dann mit der Hand auf dem Türgriff inne.

„Ich gehe dann mal“, sagte sie und ließ ihren Blick über ihn und die Küche schweifen.

Machten die Engländer das so? Dass sie das Haus durch

die Hintertür verließen? Falls ja, hatte er noch nie davon gehört. Er beobachtete, wie sie hinaustrat und ein Paar knallrote Gummistiefel unter einer Gartenbank neben der Tür hervorzog. Ihr Haar fiel ihr dabei wie ein Vorhang über die Schulter. Gut, zumindest würde sie nicht barfuß gehen.

„Sagen Sie mir Bescheid, wenn Sie irgendetwas brauchen."

Er nickte, doch dann wurde ihm bewusst, dass er nicht wusste, wo sie wohnte.

„Wo finde ich Sie?"

Sie blickte auf den feucht glitzernden Garten. „Ganz einfach. Dort drüben."

Damit wandte sie sich zum Gehen.

Verwirrt beobachtete er sie einige Augenblicke lang.

„Sie wohnen in meinem Garten?", rief er ihr hinterher. Sie hielt einen Moment inne und drehte sich dann zu ihm um.

„Das stimmt nicht ganz", sagte sie mit erhobenem Zeigefinger. „Im Mietvertrag steht, dass Sie das Haus und den oberen Garten bekommen, der Rest des Grundstücks gehört mir."

Verdutzt runzelte er die Stirn.

„Ich wohne hinter den Bäumen dort", sagte sie. „Ich kann einen Zaun errichten, um die Unterteilung des Gartens deutlich zu machen, wenn Sie möchten." Sie sah ihn leicht gereizt an. „Ich dachte, das sei nicht nötig. Vielleicht hatte ich unrecht."

Robinson stellte fest, dass er nicht nur höflich gewesen war, als er ihr vorhin sagte, er sei müde. Er war hundemüde, erschöpft bis in die Knochen. Sosehr er sich auch anstrengte, verstand er nicht, was hier vor sich ging. Er wollte ein Bad, ein Bier und ein Bett, wo auch immer das stehen mochte.

„Ich werde darüber nachdenken", erwiderte er. Sie winkte flüchtig und wandte sich dann endgültig zum Gehen.

Einige Stunden später hatte Alice im Wohnwagen den Kampf mit der vorsintflutlichen Heizung bereits aufgegeben. Sonderlich überrascht war sie nicht, enttäuscht ja, aber nicht überrascht. Wenn der Gasherd lief, war das ein Glücksfall. Der Wasserhahn hingegen war definitiv Schrott. Der Verkäufer auf Ebay, von dem sie den Wagen hatte, hatte das gute Stück in der Anzeige funktionaler geschildert, als es in Wirklichkeit war. Aber Alice ließ sich davon nicht ins Bockshorn jagen. Dies war jetzt ihr Zuhause. Sie konnte sich glücklich schätzen, ein Dach über dem Kopf zu haben, auch wenn es aus Aluminium und nicht zu hundert Prozent wasserdicht war.

Während Alice sich ein Sandwich machte und Wasser für ihre zwei Wärmflaschen aufsetzte, dachte sie über ihren neuen Nachbarn nach. Das Letzte, das sie erwartet hatte, als sie an diesem Nachmittag die Tür zu Borne Manor geöffnet hatte, war ein 1,90 Meter großer Cowboy. Schon gar kein Cowboy mit derart breiten Schultern, strahlend grünen Augen und dieser zurückhaltenden Art, die sie ehrfürchtig den Atem anhalten ließ. Er war … interessant.

Alice kletterte auf ihr riesiges Schlaflager und machte sich bettfertig. Sie hatte sich verflucht, als sie die schwere Memoryschaummatratze den ganzen Weg vom Haus zum Wohnwagen geschleppt hatte. Jetzt aber war sie heilfroh darüber und ebenso über die unzähligen Kissen und Wolldecken. Besonders dankbar war sie für den Fellüberwurf, eigentlich ihr Weihnachtsgeschenk für Brad, das er aber bei seinem Auszug zurückgelassen hatte. Die Ausstattung des Wagens ließ ansonsten zwar zu wünschen übrig, doch das Bett samt Laken und Bezügen aus extrafeiner Baumwolle hatte die Qualität eines Luxushotels.

Zufrieden sank Alice in ihre Kissen und zog sich die Decke

übers Kinn. Durch die Bäume konnte sie schwach das Licht in der Küche ihres Hauses erkennen. Sie stellte sich vor, wie sie vor ihrem gusseisernen Herd stand und sich wärmte und wie sich die Bodenheizung unter ihren Füßen anfühlte.

Ach, wer brauchte schon derartige Annehmlichkeiten? Sie wackelte mit ihren Zehen, die unter der Wärmflasche am unteren Bettende lagen, und schaltete ihren Kindle an, der sanftes Licht in den ansonsten dunklen Wohnwagen warf. Im Internet ging sie auf der Suche nach neuem Lesestoff die Kaufempfehlungen durch. Sie schnaufte verächtlich, als sie auf einen Liebesroman mit einem Cowboy stieß. Der Klappentext versprach einen heißen, gefährlichen Texaner, der mit seinen geschickten Fingern mehr anstellen konnte, als nur Gitarre zu spielen. Sie wollte „Kaufen" anklicken, überlegte es sich dann anders und sprang zur nächsten Empfehlung. Cowboys mochten 1a-Stoff für Liebesromane abgeben, aber von solchen Geschichten hatte sie erst einmal genug. Zuletzt hatte die Liebe ihr ein gebrochenes Herz, eine nicht funktionstüchtige Heizung und einen unfesten Wohnsitz beschert. Kurz entschlossen wählte sie eine vielversprechende Neuerscheinung, einen schön blutigen Thriller, und begann zu lesen.

Im Haupthaus nahm unterdessen Robinson den Kaffee, den er sich gerade aufgebrüht hatte, und schaltete das Licht in der Küche aus. Hinter den Fenstern herrschte Dunkelheit, er konnte kein einziges Licht, kein Lebenszeichen hinter den Bäumen ausmachen. Was für ein merkwürdiger Tag. Es schien ihm, als sei er auf bizarre Weise im Direktflug von Nashville, USA, mitten auf einem Landgut in England gelandet – einem Anwesen, dessen Gutsherr er nun war, mit einem Garten, auf dessen Grund Feen und Elfen lebten.

3. Kapitel

„In meinem Haus wohnt jetzt ein Cowboy." Alice schälte sich aus dem klammen Mantel und hängte ihn an den Haken neben Niamhs Haustür. Sie hatte sich im Wohnwagen den Parka übergeworfen und war frühmorgens zu den Nebenhäusern aufgebrochen. Sie konnte es kaum erwarten, Niamh von dem neuen Bewohner in Borne Manor zu erzählen.

Sie ließ sich in den Sessel neben dem Kamin fallen und nahm dankbar den Becher Kaffee, den Niamh ihr reichte. Diese hatte Alice bereits erwartet und vorausschauend eine ganze Kanne gekocht.

„Ein Cowboy?" Niamh hockte sich auf den Sessel ihr gegenüber. „Wie Elvis und Mustang und Rothaut?"

„Elvis war doch kein Cowboy!"

Niamh zuckte mit den Schultern. „Es gibt ein Bild von ihm mit Cowboyhut, außerdem hat er wie ein Cowboy geredet. Hugh!"

Angesichts Niamhs misslungenen Versuchs, amerikanisch zu klingen, zog Alice eine Augenbraue hoch. „Elvis war weniger Cowboy als der neue Mieter. Er hat eine Gitarre, er trägt die Jeans wie ein Cowboy, und er hat diesen typischen Akzent."

Niamh dachte kurz über Alice' Worte nach. Dann sagte sie fragend: „Wow! Moment mal … Er trägt seine Jeans wie ein Cowboy? Was soll das heißen?"

Alice suchte nach den richtigen Worten und verzog das Gesicht. „Du weißt schon … Sie sitzen sehr eng … und irgendwie tiefergelegt. Und es sieht aus, als sei er gerade aus dem Sattel gestiegen."

„Sag bloß, er sieht gut aus?!"

Alice überlegte einen Augenblick.

„Auf seine Art, ja. Er sieht … lässig und braun gebrannt aus, wie ein Cowboy halt." Sie sah wieder zu Niamh, die mit großen Augen auf eine ausführlichere Schilderung wartete. Alice wand sich. Sie wollte sich lieber nicht genau festlegen, was den zwar gut aussehenden, aber eben auch sehr schlecht gelaunten Mann anging, der jetzt in ihrem Haus wohnte.

„Ich weiß auch nicht. Er hat etwas an sich. Er ist irgendwie charismatisch."

Niamh lachte in ihren Kaffeebecher hinein.

„Ich muss ihn mir wohl selbst ansehen. Glaubst du, er würde sich von mir malen lassen?"

Alice schüttelte den Kopf. „Vermutlich nicht. Ehrlich gesagt kam er mir wie ein Muffel vor. Obwohl …"

„Obwohl was?"

Alice warf einen Blick auf die Leinwand, die auf der Staffelei hinter dem Sessel stand. Das Aktgemälde des älteren Herren, mit dem Niamh gestern begonnen hatte, nahm nur allzu deutlich Konturen an.

„Nichts", sagte sie hastig, und ihr Blick huschte zurück zu Niamh. „Nur seiner Jeans nach zu urteilen, reicht eine schrumpelige Feige da nicht."

Später an dem Morgen zog Robinson die Schlafzimmervorhänge just in dem Moment auf, in dem seine Vermieterin, die Waldnymphe, über den Rasen in Richtung ihres geheimnisvollen Unterschlupfes jenseits der Bäume rannte. Wobei sie an diesem Morgen eher einem Eskimo als einer Nymphe glich. Er hätte sie nicht erkannt, wenn die blonden Zöpfe, die unter der Kapuze hervorschauten, und ihre knallroten Gummistiefel, in denen sie durch den strömenden Regen lief, sie nicht verraten hätten. „Willkommen in England", brummte er und fuhr sich durch sein vom Schlaf zerzaustes Haar. Verdammter Jetlag!

Beim Zähneputzen wanderten seine Gedanken erneut zu seiner Vermieterin. Wo mochte sie so früh am Morgen gewesen sein? Oder war sie gerade nach Hause gekommen, nachdem sie die Nacht woanders verbracht hatte? Den unliebsamen Gedanken verdrängte er und ging nach unten. Er hätte nichts dagegen, wenn sie sich hin und wieder im Garten aufhielte. Andererseits würde es verdammt schwierig werden, hier unbemerkt zu leben, wenn das Grundstück ständig von Alice' Freunden und Liebhabern bevölkert wäre.

Vielleicht sollte sie den Zaun, den sie gestern erwähnt hatte, besser doch errichten.

„Alice?"

Obwohl sie sich bislang noch nicht richtig mit Mr. Duff unterhalten hatte, erkannte sie seine Stimme sofort. Niemand sonst in Shropshire beziehungsweise niemand in ganz England sprach ihren Namen in diesem halb kehlig-rauen, halb seidig-weichen Ton aus. Schwungvoll öffnete sie die Tür des Wohnwagens und verzog die Augenbrauen angesichts des grau-feuchten Himmels hinter dem Vordach.

„Morgen", sagte sie möglichst unbeteiligt. „Brauchen Sie jetzt doch eine Führung?"

„Sie wohnen in einem Wohnwagen."

Alice sah ihm direkt in die Augen, seine Unverblümtheit brachte sie ein wenig aus der Fassung.

„Stimmt."

Seinem Gesicht war die Verwirrung darüber anzusehen. „Sie sind aus dem großen Haus aus- und in den Wohnwagen in Ihrem Garten eingezogen?"

Es ärgerte sie, dass er seine Gedanken nicht für sich behielt. Vor allem weil sie nicht bereit war, ihm ihre Situation darzulegen. Genauso wenig wie er gestern Abend seine.

„Haben Sie damit ein Problem?", fragte sie mit leicht spitzem Unterton.

Jetzt war er sprachlos und schüttelte nur kaum merklich den Kopf.

„Nein. Solange Sie hier nicht nächtelang Partys feiern."

Alice überlegte, was sie sagen sollte. Wenn sie auf ihrem Recht bestand, zu tun und zu lassen, was immer sie wollte, dann musste sie sich auf eine Antwort einstellen, die meterhohe Zäune und Privatsphäre beinhaltete. Unterm Strich entschied sie sich dafür, nicht gleich mit harten Bandagen zu kämpfen. Vor allem weil es noch früh am Morgen war und ihr Gehirn dringend noch mehr Koffein benötigte.

„Sie haben Glück, ich bin nicht der Partytyp." Sie nickte bedächtig. „Es regnet. Kommen Sie lieber rein."

Sie trat zurück in den Wohnwagen und zündete den Gasherd an. Zum Glück funktionierte er diesmal reibungslos.

„Einen Kaffee?"

Robinson betrat den Wagen. Alice beobachtete aus den Augenwinkeln, wie er sich umsah. Es war mehr als offensichtlich, was er dachte: Warum sollte man aus dem großen Haus ausziehen, um in diesen Wohnwagen umzusiedeln? Er betrachtete die bunte Ansammlung von Teppichen und Läufern, die sie zwecks Deko und Isolierung über den alten Linoleumboden gelegt hatte. Dann wanderte sein Blick über die zerschlissenen kirschroten Lederbezüge der Sitzbank, auf der ein Sammelsurium hübscher Kissen lag, die Niamh genäht hatte, ebenso wie die Vorhänge. Ein Palast war dies gewiss nicht, aber die Einrichtung strahlte einen gewissen weiblichen Charme aus, der vor Alice' und Niamhs Bemühungen noch nicht da gewesen war. Besonders begeistert war Alice von dem Dach über ihrem Bett. Das hatte sie so lange poliert, dass die Balken und Bolzen aus Chrom nachts bei Kerzenschein wunderschön schimmerten. Jetzt hatte es etwas überraschend Intimes, als sich Robinson ihr Bett ansah. In dem engen Wagen stand er gleichzeitig in ihrer Küche, in ihrem Wohn- und ihrem Schlafzimmer. Seine Schultern schienen in diesem kleinen Raum noch breiter zu sein.

„Ich mag diese alten Gegenstände", sagte er zu ihrem Erstaunen und fuhr mit der Hand über die von einem Tischler maßgefertigten Küchenschränke. Gut, vielleicht hatte sie seine Gedanken doch nicht richtig gelesen. „Als ich klein war, hatten wir auch so einen Wagen. Unsere Ferien haben wir immer an dem einen oder andern See verbracht, sind auf Bäume geklettert und liefen einfach nur frei umher."

Alice tätschelte die Arbeitsplatte. Wider Willen freute sie sich, dass ihm ihr neues Zuhause gefiel.

„Ich bin mir zwar nicht sicher, ob ich damit draußen herumfahren könnte. Aber hier drinnen gefällt's mir. Setzen Sie sich doch", sagte sie und zeigte auf die Sitzbank, die längs des Wagens bis zum Bett reichte. Er zwängte sich dicht hinter ihr am Herd vorbei. Obwohl er sie nicht berührte, nahm sie seine Nähe erstaunlich bewusst wahr. Sie bekam eine Gänsehaut.

„Zucker?", fragte sie verlegen. Warum spielte ihr Körper ihr solche Streiche? Ihr Kopf war doch mit ganz anderen Sachen beschäftigt, wieso also wollte ihr Körper ihm voreilig Avancen machen? Das erschreckte sie und jagte ihr Angst ein.

Robinson schüttelte den Kopf, nahm den Becher, den sie ihm hinhielt, und stellte ihn auf dem Tisch vor sich ab. Alice nahm ihre schon halb ausgetrunkene Tasse und setzte sich ihm in sicherer Distanz gegenüber.

„Also, Mr. Duff, wie war Ihre erste Nacht im Haus?" Es kostete sie einige Mühe, nicht „in meinem Haus" oder gar „in meinem Bett" zu sagen.

„Robinson."

Alice verzog kaum merklich das Gesicht. Sie war sich nicht sicher, ob Duzen eine gute Idee war, da doch ihr Körper gerade so überschwänglich auf ihn reagiert hatte. *Robinson Duff.* Hatte sie den Namen nicht schon einmal gehört? Er musste ihr die Frage von der Stirn abgelesen haben, denn er seufzte und rutschte unbehaglich ein Stück vom Tisch ab.

„Es ist nur Ihr Name", sagte Alice. „Er kommt mir so bekannt vor."

Er nahm seinen Kaffee und trank ihn langsam. Mit gesenkten Lidern blickte er in den Becher.

„Das bezweifle ich." Er zuckte beiläufig mit den Schultern.

Zweifelnd drehte Alice den Kopf zur Seite und sah ihn eindringlich an.

„Nein … Ich bin mir fast sicher, dass ich ihn schon mal gehört habe." Sie spürte sein Unbehagen, konnte sich aber nicht erklären, was der Grund dafür war.

Jetzt seufzte er vernehmlich.

„Vielleicht haben Sie ihn schon mal gehört, vielleicht aber

auch nicht. Es ist ein nicht ganz ungewöhnlicher Name. Und überhaupt: Ist das so wichtig?“ Sein kontrollierter Gesichtsausdruck sollte Regungslosigkeit vermittelt, aber seine Augen verrieten ihn. Sein Blick sagte ihr, dass sie aufhören sollte. Klipp und klar. Alice verstand die Botschaft und hielt den Mund, obwohl sie nur zu gern darauf hingewiesen hätte, dass Robinson Duff alles andere als ein gewöhnlicher Name war.

„Ich war Sänger, früher, zu Hause“, sagte er tonlos, den Blick wieder auf den Kaffeebecher gerichtet. „Nächstes Thema.“

Alice wünschte, er würde aufblicken. Es war schwer, in seinem Gesicht zu lesen, wenn sie nicht in den Genuss kam, ihm in die Augen zu sehen. Aber seine melancholische Stimme verriet ihr, dass ihn etwas bedrückte.

„Das muss es sein“, sagte sie behutsam und nahm sich vor, ihn später zu googeln. Sie hatte den Namen schon mal gehört, da war sie sich jetzt ganz sicher.

„Wo ist zu Hause, Robinson?“

Für eine Weile schwieg er.

„Hier. Jetzt ist es hier“, sagte er schließlich und sah auf.

Die Art und Weise, wie er das sagte, bedeutete ihr, dass sie auch in diesem Punkt nicht weiter nachfragen sollte, dass er ganz klar das Thema wechseln wollte. Und Alice fragte nicht nach. Die jüngsten Ereignisse in ihrem Leben hatten sie gelehrt, dass manche Dinge nur schwer auszusprechen waren. Wenn Robinson etwas für sich behalten wollte, dann sollte er das ruhig tun. Sie hoffte bloß, dass er sich nicht ewig mit seinen Geheimnissen in ihrem Haus einigelte. Denn früher oder später wollte sie ihr Heim zurück. Er hatte ihr mit seinen gereizten, kurz angebundenen Antworten zu verstehen gegeben, dass sie zwar Nachbarn waren, aber keine Freunde werden würden. Damit hatte Alice auch kein Problem. Denn etwas an Robinson Duff irritierte sie. Er war zu sehr Mann. Er hatte zu breite Schultern und strahlte zu viel Körperlichkeit und Lebendigkeit aus. Ihrem Körper sagte das durchaus zu, aber mitnichten ihrem Kopf oder ihrem Herzen. Damit landete er abrupt ganz oben auf ihrer Liste der zu meidenden Dinge. Resolut rieb sie ihre Hände über ihre Jeans und beschloss, die Geschäftsfrau und Vermieterin zu geben. Das zumindest konnte sie. Sie konnte seine Vermieterin sein.

„Soll ich Ihnen jetzt das Haus zeigen? Es gibt ein, zwei Besonderheiten, über die Sie besser Bescheid wissen sollten."

Sein Ausdruck entspannte sich, als fände er eine rein geschäftliche Beziehung zu ihr ebenfalls leichter zu handhaben.

„Das ist eine gute Idee, Darling. Das Bad und das Bett habe ich zwar ohne größere Schwierigkeiten gefunden. Aber das Haus ist wirklich riesig."

Das war reinster Cowboy-Slang, wie Bobby Ewing in *Dallas*. Sein tiefes „Darling" hatte ihr unerwartet ein zweites Mal Gänsehaut beschert. Sie hätte ihn am liebsten gebeten, das nicht wieder zu sagen. Aber das hätte verklemmt und herrisch gewirkt.

„Es gehört also Ihnen?"

Fragend sah sie ihn an. Worüber hatten sie gerade gesprochen?

„Das Haus", half er ihr. „Es gehört Ihnen?"

Ja, klar. „Ja, das gehört mir, ja."

Einige Minuten lang sah Robinson sie schweigend an.

„Und? Kommt Ihre Familie später nach? In den Wohnwagen?"

Seine Frage klang genauso unschuldig wie sarkastisch. Aber so leicht ließ sich Alice nicht an der Nase herumführen.

Gut. Dieses Spiel spielten sie also. Sie hatte seine Verärgerung demnach richtig gedeutet, als sie ihn gestern gefragt hatte, ob seine Familie nachkommen würde. Jetzt feuerte er seinerseits einen Schuss hinter die feindlichen Linien.

Jetzt war es an ihr, nicht zu viel von sich preiszugeben. Robinson standen die Fragen ins Gesicht geschrieben. Sie beschloss, keine einzige zu beantworten.

„Das Dorf wird Ihnen gefallen", sagte sie und wechselte bewusst das Thema. „Sie bekommen dort alles, was Sie brauchen. Und The Siren ist ein ganz guter Pub."

„Pub?", fragte er.

„Gaststätte", erklärte sie. „Wenn Sie ein Bier trinken gehen wollen … die Atmosphäre dort ist sehr nett … nettes Publikum …" Alice schweifte ab. Ihr war bewusst, dass es klang, als würde sie ihn einladen. Was natürlich nicht der Fall war!

„Ich bin allerdings eher der zurückgezogene Typ."

Und das klang wie eine Zurückweisung.

„Ich wollte nicht …", sagte er nach einer Weile, doch dann ließ er den Satz unvollendet und zuckte mit den Schultern.

„Macht nichts", sagte sie etwas zu fröhlich und zu schnell. Sie schob ihren Becher auf dem Tisch zurück und stand entschlossen auf.

„Kommen Sie, ich zeige Ihnen jetzt das Anwesen."

Robinson folgte Alice eilig über den Rasen und durch die Hintertür ins Haus. Dort zogen beide ihre Mäntel und die nassen Stiefel aus.

„Ist es hier immer so?", fragte er, enttäuscht über das Wetter in England.

„Das ist der Aprilregen. Es heißt aber, der Sommer soll dieses Jahr sehr heiß werden." Alice lächelte. Sie zog den zweiten

Stiefel aus und hängte ihren Parka an den Haken. „Kommen Sie rein und wärmen Sie sich an dem Ofen."

Sie ging wie gestern barfuß über die Fliesen.

„Entschuldigung", sagte sie, als er sich zu ihr an den Herd stellte. „Das klang, als ob das meine Küche sei, nicht wahr? Das ist die Gewohnheit."

„Es dauert immer, bis man sich an neue Umstände gewöhnt hat", kam er ihr zu Hilfe. Dabei fragte er sich, wie um Gottes willen sie in dem Wohnwagen in ihrem Garten gelandet war. Vielleicht würde sie ihm das erzählen, wenn sie sich näher kannten. Sie war so ganz anders als die Frauen, mit denen Robinson bislang zu tun gehabt hatte. Sie strahlte Ruhe und Gelassenheit aus. Sie schien in sich selbst zu ruhen, was ihn gleichermaßen faszinierte wie anzog. Obwohl er hier doch Abgeschiedenheit und Einsamkeit suchte. Ganz durchschaut hatte er sie noch nicht. Aber eins war klar: Sie liebte dieses Haus.

Nachdem sie ihm eine kurze, aber komplizierte Einführung in den tückischen Landhausherd gegeben hatte, beschloss Robinson, nur noch Mahlzeiten zu besorgen, die er in der Mikrowelle aufwärmen konnte. Dann folgte er ihr in die großzügige Eingangshalle.

„Hier ist das Esszimmer", sagte sie und öffnete eine breite Tür zu einem Raum mit hoher Decke und Doppelfenstern, die den Blick über den Rasen freigaben. Die Möbel waren passend zum Zimmer ausgewählt worden. Ein langer, eleganter Esstisch stand unter dem imposanten Kronleuchter. Trotz der wohlüberlegten Möblierung sah der Raum nicht zu zeremoniell aus. Wie der Rest des Hauses war er perfekt eingerichtet, soweit er das beurteilen konnte. Es herrschte die richtige Balance zwischen dezentem Luxus und rustikaler Gemütlichkeit.

„Und hier ist das Wohnzimmer." Alice öffnete die nächste Tür zu einem ebenfalls großzügigen, hellen Zimmer mit verglasten Türen, die auf die Terrasse hinausführten. Große, weiße Sofas luden zum Entspannen ein, in der Ecke stand ein riesiger Kamin aus Stein. In dem Korb daneben stapelten sich frische Scheite, und Robinson nahm sich vor, abends ein Feuer anzuzünden.

„Wir haben hier Satellitenfernsehen. Die Stereoanlage ist auch ganz passabel", sagte Alice. Sie nahm wohl an, dass ihm das wichtig sei. In seinem vorherigen Leben wäre das sogar verdammt wichtig gewesen.

Er nickte geistesabwesend, dann führte sie ihn zurück in den Hausflur zu den breiten Treppen. An der Tür unter dem ersten Treppenabsatz blieb sie stehen, zögerte einen Moment und öffnete sie dann.

„Da unten ist der Keller", sagte sie und tastete an der Wand nach dem Lichtschalter. „Ich zeige Ihnen die Räume, weil Sie wissen sollten, wo der Sicherungskasten ist. Manchmal fliegt hier die Sicherung raus."

Sie ging eine Stufe nach unten und drehte sich dann zu ihm um. „Passen Sie auf, die Stufen sind sehr steil."

Robinson folgte Alice die Stufen hinab in den kalten Keller.

„Kommt jetzt der Part, in dem Sie mich ermorden und meine Leiche zu den Vormietern in die Tiefkühltruhe legen?"

„Solange Sie die Miete pünktlich zahlen, lasse ich Sie am Leben", murmelte Alice. Dann zeigte sie ihm den Sicherungskasten und erklärte ihm, was er wissen musste.

Eigentlich brauchte Robinson keine Erklärungen. Er kannte sich mit Elektroanlagen aus. Vor seinem Durchbruch in Nashville hatte er sein Geld als Tischler auf dem Bau verdient. Dabei hatte er Seite an Seite mit Elektrikern gearbeitet, sodass er nahezu über elektrotechnisches Fachwissen verfügte. Dennoch hörte er Alice weiter zu, als sie ihm die Anlage erklärte. Hin und wieder nickte er, denn es bereitete ihr offensichtlich Freude, ihr Wissen über das Haus mit jemandem zu teilen. Als sie den Sicherungskasten schließlich zuklappte, drehte er sich um und inspizierte den Raum dahinter.

„Spielen Sie Schlagzeug?“, fragte er hörbar erstaunt.

Obwohl sie mit dem Rücken zu ihm stand, sah er, wie angespannt sie plötzlich war, und als sie sich zu ihm umdrehte, versuchte sie, möglichst unbeteiligt zu wirken. „Nein, ich nicht. Es gehört meinem Mann. Der hat allerdings auch nicht oft gespielt.“

„Ihr Mann?“ Sie hatte sich vorhin schon vor seiner Frage nach ihrer Familie gedrückt. Instinktiv sah Robinson auf ihre Hand. Der Ringfinger war nackt. Sein prüfender Blick war ihr nicht entgangen, und als er ihn schnell wieder hob, sah sie ihn geradewegs an.

„Er ist zurzeit nicht hier“, antwortete sie mit einer Stimme, die gemessen an ihrem Gesichtsausdruck viel zu leicht klang. „Sie können gerne Schlagzeug spielen, wenn Sie möchten.“

Er mochte nicht. Auf keinen Fall würde er Schlagzeug spielen und auch nicht den Stutzflügel, das wunderschöne Piano, das im Wohnzimmer stand. Wahrscheinlich würde er noch nicht einmal auf seiner geliebten Gitarre spielen. Er hatte sie nur mitgenommen, weil sie zurückzulassen sich anfühlen würde, als hätte er eine seiner Gliedmaßen daheimgelassen. Seit er fünfzehn war, ging er nirgendwo ohne seine Gitarre hin. Noch nicht einmal seine Hochzeitsreise hatte er ohne sie angetreten. Jetzt lehnte sie an der Wand in der Ecke seines Schlafzimmers, fast außer

Sicht, obgleich sie ihm nie ganz aus dem Kopf ging. Dass er sie nicht spielte, hieß noch lange nicht, dass seine Finger sich nicht danach sehnten, sie zu halten und über die vertrauten Saiten zu gleiten. Würde er jemals wieder aufhören, so verbittert zu sein? Lena hatte ihm ganz schön zugesetzt. Sie hatte ihm nicht nur das Herz gebrochen, sondern im Grunde auch die Finger. Er wusste gar nicht mehr, was schmerzhafter war – Lena verloren zu haben oder die Lust daran, Gitarre zu spielen und zu singen. Er verdrängte die Gedanken und folgte Alice die Kellertreppe hinauf und weiter ins zweite Stockwerk.

„In dem Haus gibt es sieben Schlafzimmer", sagte Alice. „Fünf auf diesem Stockwerk und zwei weitere mit eigenem Bad unter dem Dach. Sie nehmen besser eins auf diesem Stockwerk, weil der Dachboden recht niedrig und nicht für Menschen über eins sechzig gebaut wurde." Alice bewegte den Kopf in Richtung der Treppen, die nach oben zu den Zimmern führten, in denen sie sich eines Tages ihre Kinder vorgestellt hatte. Sie straffte ihre Schultern und ging weiter den breiten Flur entlang.

„Dies ist mein Lieblingsbadezimmer", sagte sie und führte Robinson zu einer Tür auf der linken Seite. „Ein Klo mit Ausblick sozusagen."

Das Bad war eins der Dinge, die sie bei ihrem ersten Besuch in Borne Manor verzaubert hatten. Wie verwunschen lag es in einer Ecke des Hauses, und die Panoramafenster gaben den Blick auf die Gärten frei. Seitdem hatte sie hier bei Kerzenschein unzählige Abende in der gusseisernen Wanne, die in der Mitte des vertäfelten Bades stand, genossen, im Winter mit einem lodernden Kaminfeuer und einem Buch in der Hand ... wobei ein Buch sie zu jeder Jahreszeit begleitete.

Sie schloss die Tür wieder und ging den Flur entlang. Dabei öffnete sie nacheinander alle Holztüren, um ihm die Zimmer dahinter zu zeigen.

„Hier ist das große Schlafzimmer“, sagte sie und öffnete die Tür, die erst vor zwei Tagen noch zu ihrem Schlafzimmer geführt hatte und vor einigen Monaten noch zu dem gemeinsamen Schlafzimmer von ihr und Brad.

„Ja, ich habe …“ Robinsons Worte blieben in der Luft hängen, als er mit Alice in der Tür stand und das ungemachte Bett, die an die Wand gelehnte Gitarre und den Koffer sah, den er letzte Nacht auf der Suche nach seinem Rasierapparat auf dem Fußboden durchwühlt hatte.

Der Anblick ihres Schlafzimmers, das von jemand anderem benutzt wurde, hätte sie eigentlich nicht schockieren dürfen. Schließlich war das der Deal. Wenn man sein Haus möbliert vermietete, dann benutzten die Mieter eben deine Sachen. Sie kochten in deiner Küche, sie sahen auf deinem Sofa fern und schliefen in deinem Bett. Trotzdem brauchte Alice ein paar Sekunden, bis sie ihre Sprache wiederfand. Sie war von der Vorstellung, dass er es sich in ihrem Bett gemütlich machte, entsetzt. Hatte er auf ihrer oder auf Brads Seite geschlafen? Die Lage der Decke ließ keinen Rückschluss zu. Das Bett sah so zerwühlt aus, als habe er sich die ganze Nacht lang gedreht und gewendet.

Robinson schien ihr Unbehagen zu bemerken, denn er fasste an ihr vorbei die Türklinke und zog die Tür zu.

„Ich habe … das Zimmer bereits entdeckt“, führte er seinen Satz murmelnd zu Ende.

„Sieht so aus“, sagte Alice und versuchte sich zusammenzureißen. „Sieht so aus.“

Sie eilte voraus, nahm zwei Stufen auf einmal und ging

schnurstracks in die Küche. Ihre nackten Füße tappten leise über die Fliesen.

„Danke, Alice. Wahrscheinlich werde ich noch tausend Fragen haben, während ich mich hier einlebe“, sagte er, lehnte sich gegen den Küchentisch und sah sie an. *Das ist mein Tisch, auf dem du mit deinem Hintern hockst*, dachte sie. *Mein Tisch und du schläfst in meinem verdammten Bett!*

„Vielleicht sollten Sie eine Liste machen“, antwortete sie tonlos.

Die Besichtigung des Hauses hatte Alice schmerzlich an das Leben erinnert, das sie hier hatte führen wollen. Zu Unrecht verübelte sie ihm seine bloße Anwesenheit, statt sich über die Mietzahlungen zu freuen, das wusste sie.

Er nickte unbeschwert. „Ich weiß ja, wo ich Sie finden kann.“

„Ich bin viel unterwegs“, sagte sie schnell. Eine Lüge, die ihn davon abhalten sollte, sie zu besuchen. „Hinterlassen Sie einfach eine Nachricht am Wohnwagen, wenn es etwas Dringendes ist.“

Offensichtlich nahm er den Korb, den sie ihm gerade gegeben hatte, nicht gut auf, und sie konnte gar nicht schnell genug von hier verschwinden. Rasch stieg sie in ihre Gummistiefel, schnappte sich ihren Mantel und riss die Tür auf.

„Gut. Das hätten wir. Einen schönen Tag noch“, rief sie munter in ihre Kapuze. Dann huschte sie in den Regen hinaus und lief hinüber zu dem Wohnwagen, auf sicheres Terrain. Sie war froh, dass es regnete. Die Tropfen verbargen die Tränen, die ihr über die Wangen liefen, und der Wind verschluckte die Schluchzer, die sie ausstieß, während sie über den Rasen rannte.

Robinson stand gegen den Türrahmen gelehnt und seufzte. Man musste nicht sehr scharfsinnig sein, um zu erkennen, dass Alice

McBride eine Frau mit gebrochenem Herzen war. Sie war stets auf der Hut, mit wachen Augen und scharfen Worten. Sie trug keinen Ring. Mauer um Mauer errichtete sie um ihr verletztes Herz, um andere Menschen auf Abstand zu halten.

Er erkannte die Symptome. Weil er Patient auf derselben Station war. Ihre Reaktion eben verriet ihm, dass sie noch nicht so lange in dem Krankenhaus der gebrochenen Herzen lag wie er. Ihr Schmerz schien jünger zu sein, kaum zu beherrschen. Er war nicht in der Lage, ihr Trost zu spenden. Durchatmen und hoffen, dass der Schmerz am nächsten Tag ein wenig nachlässt – das wären keine sehr tröstlichen Worte.

4. Kapitel

Schwungvoll öffnete Alice die Tür ihres Wohnwagens, um den Nachhall des abendlichen Unwetters zu betrachten. Der Sturm hatte sich gelegt, ihm folgte nun tiefe Ruhe. Es roch verheißungsvoll nach feuchtem Frühlingsgras und Kirschblüten, die ihre durchnässten samtenen Köpfe vom Baum hängen ließen.

Es war kurz nach zehn. Durch die Bäume hindurch konnte sie Licht in der Küche des Haupthauses sehen, Robinson war also zu Hause. Was sie nicht überraschte. Nach dem, was er ihr vorhin gesagt hatte, war ihm genauso wenig danach, wilde Partys zu feiern, wie ihr. Vorsichtig ging Alice die Stufen vor dem Wagen hinab und trippelte auf ihren nackten Zehenspitzen über das nasse Gras, um die Lichterkette anzuknipsen, die sie letzte Woche in einem Anflug von Sentimentalität an dem Vordach angebracht hatte. Das Licht der knallrosa, mintgrünen und lavendelblauen Lämpchen spiegelte sich in der silbern glänzenden Aluminiumhülle des Wohnwagens. Sie lief zurück in den Wagen, zog ihre roten Gummistiefel an und schlang sich einen Wollschal um die Schultern. Dann zog sie die Flasche Rum, die sie aus ihrem Garten evakuiert hatte, und ein Whiskyglas hervor.

Sie setzte sich mit dem halb vollen Glas in der Hand auf die Stufen vor den Wagen und tat etwas, das sie sich nur höchst selten erlaubte: Sie schwelgte in Erinnerungen. Sie erinnerte sich daran, wie sie und Brad das erste Mal Borne Manor besichtigt hatten. Daran, wie ihr die Sicht über den üppig wuchernden Garten förmlich die Kehle zugeschnürt hatte und ihr beinahe die Tränen gekommen wären. Sie ließ all die Gefühle, die sie damals gehabt hatte, wieder hochkommen: unbändige Freude. Aufregung. Vorfreude auf alles, was vor ihr lag. Es war, als hätte das Anwesen seine Arme ausgebreitet und sie willkommen geheißen. Fast als hätte es gesagt: Willkommen zu Hause! Borne Manor hatte ihr in den vergangenen Wochen und Monaten Schutz geboten. Sogar jetzt, da sie im Garten wohnte, fühlte sie sich beschützt. Das hier war ihr Zuhause, der Ort, an dem sie am liebsten war, ihr Zufluchtsort. Alice trank einen großen Schluck, schloss die Augen und spürte, wie der Rum in ihrer Kehle brannte und sich die Wärme in ihrem Körper ausbreitete. *Zuflucht.* Wenn sie Borne Manor mit einem Wort beschreiben sollte, dann so: Zuflucht. Genau in diesem Moment kam ihr die Idee, sie flog ihr zu wie der puschelige Samen einer Pusteblume.

„Ist in der Flasche noch etwas drin?"

Alice schreckte aus ihren Gedanken auf und öffnete die Augen. Robinson stand unter dem Vordach. Er sah aus wie ein Mann, der einen Drink gebrauchen konnte. Seine Augen waren müde und zerfurcht, er war von oben bis unten zerknittert, von der verwaschenen Jeans bis zum faltigen Karohemd, das er gerade erst aus seinem Koffer gezerrt haben musste. Es war hauteng und aus dieser feinen Baumwolle gemacht, die sich samtweich unter ihren Fingern anfühlen würde, das wusste Alice vom bloßen Anblick her. Jetzt spannte es sich über seinen breiten Schultern und seinem straffen Bizeps. Er schob die Hände in seine Hosentaschen und neigte leicht den Kopf, während er auf ihre Antwort wartete. Klar, sie musste etwas sagen. Alice räusperte sich und schenkte ihm ein Lächeln.

„Sie haben Glück.“ Sie hievte sich hoch, trat in das Wageninnere und holte ein zweites Glas, in das sie einen ordentlichen Schluck Rum goss. „Da lehnt ein Liegestuhl außen am Wagen, nehmen Sie ihn, wenn Sie wollen“, rief sie nach draußen und beobachtete ihn durch das Fenster über der Spüle. Er wirkte fremd, exotisch und irgendwie fehl am Platz, so gar nicht englisch. Stirnrunzelnd sah er kurz auf den zusammengeklappten Stuhl und hockte sich dann auf ihre Kühlbox, die ebenfalls draußen stand, direkt neben der Treppe. Seine Ellbogen stützte er auf die Knie, dann fuhr er sich mit den Händen über sein Gesicht und durch das Haar.

„Jetlag?“, fragte sie, als sie wieder nach draußen trat und ihm den Drink reichte.

„Geht schon“, sagte er, guckte kurz auf und nahm den Rum. Er trank einen Schluck und umfasste das Glas mit seinen kräftigen, sonnengebräunten Händen.

Alice machte es sich wieder auf der obersten Stufe bequem und zog das Tuch enger um ihre Schultern. Sie bot vermutlich einen ziemlich ungewöhnlichen Anblick in den roten Gummistiefeln und ihrem zerfransten weißen Baumwollröckchen, unter dessen Saum ihre blassen Knie hervorlugten. Sein Blick wanderte über die Bäume zum Haus dahinter.

„Tolle Hütte.“

„Jep“, sagte sie nach einer kurzen Pause. „Man kann sich dort sehr gut erholen.“

Er sah ihr gerade in die Augen. „Sie glauben, dass ich deshalb hier bin?“

Seine direkte Frage überrumpelte sie. Obwohl seine sanfte Stimme den Worten die Schärfe nahm.

Sie betrachtete ihn einen Augenblick lang. „Das tut mir leid. Ich wollte nicht neugierig sein.“

„Sie lagen gar nicht so falsch“, räumte er ein, dabei schwenkte er das Glas und blickte starr auf die kleinen Wellen auf seinem Rum. „Wenn es nach mir geht, jedenfalls. Meine Schwester nannte es Flucht, mein Label meint, ich sei rücksichtslos, und meine Exfrau sagt, ich laufe davon. Suchen Sie sich eine Variante aus!“

Wow. Das waren ganz schön viele Informationen auf einmal. Eine altkluge Schwester, eine verärgerte Exfrau und eine Plattenfirma, die hinter ihm her war. Kein Wunder, dass er so einen zerknitterten Eindruck machte. Sie hätte ihm einen größeren Schluck Rum einschenken sollen.

„Ganz schön viel auf einmal“, sagte sie möglichst unverfänglich.

„Und das ist längst nicht alles.“

Herrje! Das klang unheilvoll.

„Ich muss die aber nicht alle mit einem Knüppel verjagen, oder?“ Alice erinnerte sich daran, wie sie nach Brads Affäre von den Paparazzi verfolgt worden war. Die hatten ihr das Leben, das ohnehin schon komplett aus den Fugen geraten war, noch schwerer gemacht. Im Rückblick wünschte sie sich, sie wäre stark genug gewesen, sich dagegen zur Wehr zu setzen, als diese Bluthunde ihren Garten zertrampelt und ihre Privatsphäre zerstört hatten. Sie würde so etwas nicht noch einmal mitmachen. Selbst wenn es sich genau genommen nicht um ihre eigene Privatsphäre handelte, die es diesmal zu schützen galt.

Er schüttelte seufzend den Kopf, sein Gesichtsausdruck war schwer zu deuten. „Eine Zugbrücke gibt es hier wohl nicht, die man im Notfall einholen kann, oder?“

„Leider nicht, Cowboy. Einen Graben gibt es auch nicht.“ Hatte sie ihn gerade Cowboy genannt? Echt jetzt? Insgeheim nannte sie ihn so, das war okay, aber sie hätte das Wort nicht in den Mund nehmen sollen. Falls es ihn überraschte, ließ er es sich zum Glück nicht anmerken.

„Dachte ich mir schon. Wir könnten einen ausheben."

Etwas an der Art und Weise, wie er „wir" statt „ich" gesagt hatte, brachte sie aus der Fassung. Sie sah vor ihrem inneren Auge, wie sie sich mit Robinson gegen den Rest der Welt in Borne Manor verschanzte.

„Im Schuppen liegt 'ne Schaufel. Falls es zu schlimm wird …" In ihrem Fall war es in letzter Zeit oft schlimm gewesen. „Ein oder zwei Leute würde ich auch gern verbuddeln", rutschte ihr heraus.

Er hob eine Augenbraue. „Dann kaufe ich einen zweiten Spaten."

Alice strich über den Rüschensaum ihres Rockes. „Abgemacht", sagte sie leise.

In einvernehmlichem Schweigen saßen sie eine Weile beieinander und lauschten einer Eule, die irgendwo in den Bäumen vor dem Wohnwagen rief.

„Cowboy?", fragte er schließlich und bedachte sie mit einem Seitenblick. Der Spitzname war also doch nicht unbemerkt geblieben.

„Stimmt doch, oder?"

Zustimmend hob er leicht die Schultern – ein halbes Achselzucken. „Ich habe eine Ranch, und ich habe Countrymusik gesungen. Also könnte man mich wohl als Cowboy bezeichnen."

Ihr fiel auf, dass er in der Vergangenheitsform von seiner Musik sprach.

„Singen Sie nicht mehr?"

Der Schein der Lichterkette fiel auf sein Gesicht, pastellfarbene Schatten huschten über seinen Mund, den er jetzt verzog, als hätte er eine bittere Pille geschluckt. War es Schmerz oder Ekel? Schwer zu sagen.

„Irgendwie habe ich die Leidenschaft für die Musik verloren."

Zum zweiten Mal an diesem Abend kam es Alice vor, als hätte sie etwas Unbedachtes gesagt. Es war klar, dass er nicht darüber sprechen wollte.

„Ich frage schon wieder zu viel. Hören Sie einfach nicht hin."

Er leerte sein Glas. „Wir machen einen Deal, Goldlöckchen. Sie erwähnen nicht mehr meine Musik und ich nicht Ihren abwesenden Ehemann. Wie klingt das?"

Aha, das war also die Quittung für ihr grenzdebiles Verhalten nachmittags im Haus.

„Goldlöckchen?", fragte sie und ahmte ihn mit der Frage nach dem Spitznamen nach.

Da lächelte er und seine Augen blitzten im Dunkel der Nacht auf. Das war das erste Mal, dass Alice ihn fröhlich sah. Und sein schiefes Grinsen rührte sie.

„Das hier", sagte er und deutete mit dem leeren Glas in der Hand über das Anwesen, „ist ein bisschen wie im Märchen. Finde ich jedenfalls."

Stimmt, dachte Alice.

„Und dann sind Sie da, mit Ihren blonden Locken und den rosa Wangen, und wohnen in meinem Garten wie eine Elfe."

„In meinem Garten", wandte Alice ein und musste doch fast lachen über seine fantasievolle Beschreibung.

Er verdrehte die Augen und korrigierte sich. „Gut. Ihr Garten. Wie auch immer, es hat was von ‚Alice im Wunderland'."

„Jetzt bringen Sie aber die Märchen durcheinander."

Ihre Blicke trafen sich. Und einen Moment lang hielten beide die Verbindung zwischen sich aufrecht. Der Witz wich und wurde ernst, als beide in dem anderen eine verwandte Seele, eine verletzte Seele, erkannten. Dann schüttelte er kaum merklich den Kopf, und der Augenblick war vorüber. Alice senkte den Blick und nahm sein leeres Glas. Einfach um irgendetwas zu tun. Sie stand auf und trat zur Tür, woraufhin er sich ebenfalls erhob. Dabei führte er in einer nur angedeuteten Bewegung die Hand zum Gruß an seine Stirn.

„Danke für den Rum."

Er schob die Hände tief in seine Jeanstaschen. Eine Geste, die ihr bereits vertraut war. Alice schaute ihm hinterher, als er zurück zum Haus schlenderte, und wieder wurde ihr Blick von seinen breiten, hochgezogenen Schultern angezogen.

„Achtung, Cowboy, da sind drei Bären im Wald", rief sie ihm hinterher und verschränkte die Arme vor der Brust.

Im Gehen drehte er sich um. „Ich bin ein ausgezeichneter Schütze", antwortete er und schenkte ihr wieder dieses Lächeln, bevor er zwischen den Bäumen in der Dunkelheit verschwand.

Aus dem Kopf ging er ihr allerdings nicht, als sie die Wohnwagentür hinter sich zuzog und den letzten Tropfen Rum austrank. Die Erwähnung der Märchen und die neuen Details aus dem Leben des Robinson Duff, dazu sein wölfisches Grinsen, hatten sie verwirrt. Müsste sie jetzt selber eine Heldin aus einem Kinderbuch wählen, die ihr ähnelte, würde sie – wie sie besorgt registrierte – mit aller Wahrscheinlichkeit Rotkäppchen nehmen.

„Guten Morgen, Burgfräulein", rief Stewie und zog anstelle eines Hutes seine zottelige blonde Perücke. Alice stand an

Niamhs Gartentür und lächelte Stewie zu, während er vorbeischlenderte. Der Schoß seines seidenen Hausrocks raschelte im Gehen unter seiner Regenjacke. Er war gerade erst aus dem Urlaub in seinem geliebten Benidorm zurück. Seine gebräunte Haut passte hervorragend zu der Farbe des Orangensaftes, den er mit der zusammengeklemmten Zeitung unterm Arm trug, und seine orientalischen Pantoffeln boten nur notdürftig Schutz vor dem regennassen Gehweg. Aber das tat nichts zur Sache. Stewies Liebe zu allem Bunten und Ausgefallenen machte ihn letztlich so liebenswert. Bei ihm war alles eine Nummer größer und pompöser. Er gehörte eindeutig nicht zu den Menschen, die eine stinknormale Strickjacke bei „Marks and Spencer" kauften.

Niamh öffnete ihre Haustür, und Pluto kam herausgeschossen. Seine Krallen klapperten auf dem alten Kopfsteinpflaster.

„Sei gegrüßt, Pluto!", rief Stewie, ohne anzuhalten, bis er schließlich an seiner eigenen Gartentür am Ende des Weges ankam.

„Guten Morgen, Stewie", grüßte auch Niamh, noch in ihrem Nachthemd, und streckte den Kopf durch die Tür. „Das Blond gefällt mir."

„Im Andenken an die göttliche Marilyn, Schätzchen", sagte er mit volltönender Stimme. Mit der freien Hand strich er über die Perücke und öffnete am anderen Ende des Weges seine Haustür. Er verschwand im Haus, nur um dann eine Hand nach draußen zu strecken und die Perücke gründlich auszuschütteln.

„Außerdem ist sie so lang, dass sie mir den Regen aus den Augen hält", fügte er so laut hinzu, dass sie ihn noch immer hören konnten. Dann verschwand seine Hand samt Haarpracht im Haus, und die Tür fiel so schwungvoll wie lautstark ins Schloss.

Alice folgte Niamh ins Haus, gefolgt von Pluto, der seinen nassen Ball umständlich hineinbugsierte und Alice mit seinem guten Auge flehentlich ansah, bevor er sich auf seine Decke vor dem Kamin legte.

„Das nächste Mal, Freundchen." Alice kraulte ihn hinter den Ohren. Resigniert schloss er die Augen. Er hatte den Satz schon zu oft gehört, um ihm Glauben zu schenken. Unruhig rutschte Alice auf ihrem Stuhl hin und her.

„Raus mit der Sprache."

Erstaunt sah sie Niamh an.

„Du hast doch was auf dem Herzen. Du zappelst ja vor Aufregung wie ein Kleinkind."

Sie könnte das rundheraus verneinen, überlegte Alice kurz und gab unter dem erwartungsvollen Blick von Niamh dann doch recht schnell nach.

„Ich weiß jetzt, wie ich Borne Manor behalten kann. Die Idee kam mir letzte Nacht."

Niamh nickte und war ganz Ohr.

„Als ich dasaß und über die Gärten blickte, zum Baumhaus und dahinter zum See, wo das alte Bootshaus steht, weißt du?"

Niamh legte die Stirn in Falten. „Ja, schon, aber was hat das …?"

„Ich will aus dem Grundstück eine Glampsite machen. Du weißt schon, der letzte Schrei, ein glamouröser Zeltplatz, Glamour und Camping – Glamping!"

Niamh sah Alice eindringlich an. „Im Baumhaus? Im Bootshaus? Die Hütte ist total vermodert. Ich weiß das, weil ich dort manchmal male."

Alice wischte Niamhs Bedenken beiseite. „Stell dir das doch mal vor, Niamh! Das Baumhaus, ausgebaut als Liebesnest für zwei Personen. Das Bootshaus, aufgemotzt, herrlich abgelegen, für die Flitterwochen, auf dem Steg sitzen und die Sonne untergehen sehen. Vielleicht irgendwo ein Tipi oder eine Jurte. Heutzutage gibt es so viele komische Ferienangebote, und ich könnte hier x Übernachtungsmöglichkeiten bieten." Sie betrachtete ihre Freundin genau und hoffte, dass der zweifelnde Ausdruck auf ihrem Gesicht verschwinden würde. Doch das tat er nicht. „Es scheint unmöglich, ich weiß, aber letztlich ist nichts unmöglich. Man muss es nur wollen." Sie holte den Laptop aus ihrer Tasche. Zurzeit hatte sie keinen eigenen Internetzugang, weil der Wohnwagen zu weit vom Haus entfernt stand. „Wenn ich dein WLAN stibitzen darf, zeige ich dir, was ich meine."

Nach einer Stunde und stapelweise auf Niamhs Drucker ausgedruckten Seiten voller Bilder hatten sie einen roten Ordner gefüllt, den Niamh aus einem Schrank neben dem Kamin gezogen hatte.

„Den finde ich toll!", sagte Alice und tippte auf das Bild eines alten umgebauten Getreidelasters. „Wo könnte ich so einen Laster herkriegen?"

„Eins nach dem anderen … Wir stecken noch nicht einmal in den Kinderschuhen", wandte Niamh ein und klappte den Ordner zu. Aber mittlerweile stand ihr der Enthusiasmus ebenso wie Alice ins Gesicht geschrieben. „Lass uns mit dem Baumhaus anfangen und sehen, wie es läuft."

Alice wusste, dass sie recht hatte, und wollte gerade den Laptop zuklappen, als ihr etwas einfiel und sie den Computer wieder öffnete.

„Alice? Was hast du vor?"

„Psst. Ich suche nicht weiter nach Iglus aus Holz, versprochen.“ Ihre Finger flogen über die Tastatur, und sie drückte die Enter-Taste.

„Was suchst du dann?“

Alice klickte den obersten Treffer-Link an. „Robinson Duff.”

„Den Countrysänger?“

Alice wusste nicht, wohin sie zuerst schauen sollte: auf den Monitor oder auf Niamh. Sie entschied sich für Letzteres.

„Du kennst ihn?“

Niamh blies sich den dunklen Pony aus der Stirn. „Ob ich ihn kenne? Mein Gott, den kennen doch alle!“

Alice überflog die Einträge auf der Internetseite und machte immer größere Augen. „Nur ich anscheinend nicht.“ Bilder über Bilder von Robinson waren da zu sehen, offizielle Fotos, Fotos aus der Yellow Press, Fotos von Fans, die ihn auf Bühnen vor einem riesigen Publikum zeigten. Wow. Ihre Lippen formten das Wort tonlos. „Er ist ziemlich berühmt, oder?“

„Ich habe sein neues Album auf Spotify.“ Niamh nahm die Fernbedienung und klickte sich durch die Apps auf ihrem High-End-Gerät. „Moment …“

Musik erfüllte plötzlich den Raum, dann erklang eine Stimme, und Alice erkannte sofort, dass sie zu dem Mann gehörte, mit dem sie letzte Nacht Rum getrunken hatte. Der Song kam ihr vage aus dem Radio bekannt vor, ebenso wie ihr sein Name vage bekannt vorgekommen war. Er musste gedacht haben, sie lebe hinterm Mond, da sie nicht sofort Bescheid gewusst hatte. So jedenfalls kam sie sich jetzt vor.

„Das ist der Cowboy.“

Niamh nickte und summte das Lied glücklich mit. „Cowboy durch und durch.“

„Niamh, nein, das ist der Cowboy. Der Cowboy, der in meinem Haus wohnt."

Niamh als schockiert zu beschreiben wäre noch untertrieben gewesen. Sie hörte abrupt auf zu summen, ihre braunen Augen weiteten sich auf mindestens die doppelte Größe. „Robinson Duff wohnt in Borne Manor?"

Alice nickte. „Jetzt in diesem Moment. Und bis auf absehbare Zeit. Ja."

„Hast du ihn schon singen hören?" Niamh krallte vor Aufregung ihre Finger in Alice' Unterarm. Schwer zu sagen, ob sie überhaupt noch atmete.

„Kein einziges Tönchen." Es käme ihr illoyal vor, irgendjemandem, selbst Niamh, weiterzusagen, was er ihr über seine Karriere erzählt hatte. Letzte Nacht war ihr gar nicht klar gewesen, was für eine große Sache es für ihn sein musste, mit dem Singen aufzuhören.

„Was um Himmels willen macht Robinson Duff hier in Borne?", flüsterte Niamh entgeistert.

„Keine Ahnung. Alles, was ich weiß, ist, dass er von der Bildfläche verschwinden will. Also bleibt das unter uns, abgemacht?"

Niamh bekreuzigte sich über ihrem rot gepunkteten Nachthemd. „Ehrenwort."

5. Kapitel

Bis Mittag war klar, dass es mit Niamhs Ehrenwort nicht allzu weit her war. Als Alice vom Supermarkt zurückkam, fand sie fast alle Bewohner der Borne-Häuser auf den Liegestühlen oder auf umgedrehten Eimern sitzend vor ihrem Wohnwagen vor. Pluto sprang aufgeregt zwischen den Bäumen hin und her.

„Schätzchen, da bist du ja", tönte Stewie aus seinem voll ausgeklappten Liegestuhl, als sie aus dem Auto stieg und den Kofferraum öffnete. „Ich helfe dir, die Taschen zu tragen." Er gab dem schlaksigen Goth-Teenie, der links von ihm saß, mit seinen blauen Wildlederstiefeln einen sanften Schubs, sodass dieser von seinem Eimer auf den Rasen rutschte. „Hopp, hopp, Ewan, pack mit an!"

Ewan rappelte sich auf und warf Stewie einen vernichtenden Blick zu. Im Gehen wischte er sich die nassen Grashalme vom Hintern.

„Ach, geht schon, danke, Ewan, das schaffe ich allein", sagte Alice und sah Niamh böse an. „Was macht ihr alle hier?"

„Wir feiern deine Einweihung! Eine Wohnwageneinweihungsparty!" Niamh sprang auf und riss ihre Arme auseinander. Das triumphierende Grinsen auf ihrem Gesicht war mindestens ebenso breit. „Überraschung!"

Stewie tat es ihr nach und winkte fröhlich. Auch Hazel, Ewans Mutter, nickte eifrig. Ihr Sohn seinerseits ließ sich zurück auf den Eimer sinken, nickte kurz und zuckte halbherzig mit den Schultern. Für seine Verhältnisse signalisierte das wahre Begeisterung.

„Okay", sagte Alice langsam und sah einen nach dem anderen an. „Und ihr seid nur deswegen alle hier, weil ihr mich sehen wollt?"

Vier Augenpaare blinzelten schuldbewusst in Richtung Borne Manor, wo seit Neuestem ein Superstar hauste. Dann richteten sie ihren Blick energisch wieder auf Alice. Hazel erhob sich unter dem Klirren ihrer Perlenketten und Armreifen von den Stufen des Wohnwagens. Die winzigen Spiegel an ihrem Rocksaum klingelten wie der Hüftschmuck einer Bauchtänzerin, als sie ihr bodenlanges Kleid glatt schüttelte.

„Ich dachte, ich könnte deine neue Bleibe einsegnen und ein Einweihungsritual zelebrieren", sagte sie mit geschlossenen Augen und rollte beherzt die Schultern.

Alice räusperte sich. „Danke, Hazel, geht schon."

Hazel öffnete ein Auge. „Sicher?"

Alice schloss die Tür zum Wohnwagen auf. „Nun ja, es ist ein bescheidenes Heim, aber ihr seid herzlich willkommen", sagte sie, wohlwissend, dass keiner ihrer Gäste sich für den Wagen interessierte. Niamh kannte ihn bereits, die anderen drei konnten ihre Augen kaum von dem Haupthaus am anderen Ende des Gartens abwenden.

„Tee?", fragte Alice durch das Fenster, da niemand in den Wagen hereinkam.

„Whisky?", fragte Stewie hoffnungsvoll zurück und rückte seine pechschwarze Elvis-Perücke zurecht.

„Ich habe leider keinen da, tut mir leid", gab Alice zurück. Stewies Gürtelschnalle war riesig, golden und im John-Wayne-Stil, bemerkte sie. Westernstiefel. Elvis-Perücke … Und dazu dieser Cowboygürtel. Ein Blinder mit Krückstock konnte sehen, dass Stewie mit seinem Outfit Eindruck schinden wollte. Wen auch immer er beeindrucken wollte, Alice ganz bestimmt nicht. Nun gut.

„Ich hoffe, niemand nimmt Zucker. Der ist mir ausgegangen", sagte sie und öffnete den Hängeschrank.

„Soll ich schnell nach Borne Manor laufen und welchen holen?" Hazel sprang eilfertig auf – und wurde unsanft von Niamh zurück auf die Stufen geschubst.

„Ich gehe! Ich weiß, wo der Zucker ist!", stieß Niamh zwischen zusammengebissenen Zähnen hervor und lächelte eisern, während sie Hazel wie ein Sumoringer auf ihren Sitz drückte.

Von der Tür aus beobachtete Alice ihre Nachbarinnen, die auf den Stufen ihres Wohnwagens in etwas verwickelt waren, das manche Zeitgenossen als handfesten Streit bezeichnen würden. Sie ließ einen Augenblick verstreichen und räusperte sich dann geräuschvoll.

„Äh, hallo?"

Schwer atmend sahen Niamh und Hazel auf. Alice sah Niamh mit hochgezogener Augenbraue an und bekreuzigte sich dann demonstrativ.

„Ehrenwort, ja?"

Kleinlaut sagte Niamh: „Es ist nicht meine Schuld, Alice. Nachdem du weg warst, habe ich vor lauter Aufregung meine Lieblingslieder von Robinson voll aufgedreht. Dann kam Rambo über die Fensterbank in mein Wohnzimmer geflogen."

Hazel nickte und tat sich augenblicklich wieder mit Niamh zusammen. „Das stimmt, Alice. Ich musste gehen und ihn holen. Du weißt ja, Niamh mag keine Vögel. Auch wenn mein Rambo keiner Fliege was zuleide tut."

„Der verfluchte Vogel flucht andauernd!“, rief Niamh empört ihrer Nachbarin zu.

„Ich muss doch sehr bitten!“ Kampfeslustig plusterte Hazel sich auf wie ein Pfau. „Der Vogel hat bessere Manieren als die Queen! Wenn er Schimpfworte sagt, dann nur, weil du sie ihm vorgesprochen hast.“

Hinter dem Rücken seiner Mutter schaute Ewan skeptisch drein, und Alice wechselte einen wissenden Blick mit ihm. Jeder in Borne kannte Rambo, Hazels geliebten Beo. Die meiste Zeit verbrachte der Vogel auf ihrer Fensterbank, von wo aus er den Passanten unflätige Zoten an den Kopf warf und in keckerndes Gelächter verfiel, wenn diese sich erschraken. Hazel machte stets Andeutungen über eine düstere Zigeunervergangenheit, wenn man sie fragte, wie Rambo zu ihrem schwarz glänzenden Intimus geworden war. Dabei senkte sie die Stimme um eine Oktave und verstand es, zweifelhafte Einzelheiten zu verschleiern. Sie wusste genau, dass er fluchte wie ein Seemann, und doch verteidigte sie seine Vogelehre, sollte es jemand wagen, das Fluchen zu erwähnen.

„Wie auch immer“, sagte Niamh und rollte mit den Augen. „Hazel kam, um Rambo zu holen. Dabei erwähnte sie, dass Robinson Duff ihr absoluter Lieblingssänger ist. Ich musste gar nichts sagen, das ergab sich so, ein Wort gab das andere, du weißt schon …“ Niamh verstummte. „Aber Stewie hab’ ich’s nicht gesagt. Das war Hazel“, fügte sie hastig hinzu, als ob es das besser machen würde.

„Hab’ ich nicht!“, schoss prompt Hazel zurück. „Ich bin die Verschwiegenheit in Person. Echt. Ich hab’s nur Ewan gesagt. Und der zählt nicht. Der gehört zur Familie.“

Die drei Frauen sahen Ewan an. Der Teenager spielte nervös

an seinem Nasen-Piercing. „Rambo?", nuschelte er fragend und wenig überzeugend. Womöglich wurde er rot, aber das war schwer zu beurteilen unter seinem Make-up und dem schwarz gefärbten Haar, das ihm ins Gesicht hing.

„Äh, wo ist Stewie überhaupt?", rief Hazel, als ihr Blick auf den leeren Liegestuhl fiel.

Ewan deutete mit einer Kopfbewegung und möglichst unbeteiligtem Gesichtsausdruck zum Haupthaus. „Während ihr zwei euch gekeilt habt, ist er in Richtung Haupthaus abgedüst."

Alice seufzte und sank gegen den Türrahmen. In Gedanken sandte sie eine Entschuldigung in dieselbe Richtung. Was Robinson von Bornes Antwort auf Elvis Presley halten mochte, blieb der Fantasie überlassen. Hoffentlich.

„Ooh nein!"

Alice folgte dem Blick der geschockten Niamh und entdeckte Robinson, der mit Stewie und Pluto im Schlepptau zu ihnen herübermarschiert kam. Obwohl sie Robinson ja schon ein wenig kennengelernt hatte, sah sie ihn nun mit anderen Augen, seit sie wusste, wie berühmt er war. Stewie stolzierte mit geschwellter Brust über die Wiese, wie ein Schulkind, das am Haustiertag einen echten, lebenden Tiger in den Unterricht mitbrachte.

„Robbie", sagte er nonchalant, hakte seinen Daumen in die Gürtelschlaufe und neigte den Kopf in Niamhs Richtung. „Diese junge Dame heißt Niamh. Sie ist unsere Künstlerin." Niamh stand auf und knickste ungelenk. Als Robinson sich lächelnd und unbedarft vorbeugte und ihr einen Kuss auf die Wange hauchte, schwankte sie leicht.

„Eine Künstlerin, ja?", sagte er im Plauderton.

Niamh nickte dümmlich. „Ich male nackte Männer."

Alice sah den leicht verdutzten Ausdruck auf Robinsons Gesicht.

„Das … macht sicherlich viel Spaß“, sagte er schließlich.

Alice bewunderte ihn insgeheim dafür, dass er auf Niamhs Aussage eine Erwiderung gefunden hatte. Stewie bedachte Niamh mit einem finsteren Blick und schob Robinson weiter.

„Und dies hier, Süßer, ist Hazel“, sagte er, obwohl das streng genommen nicht nötig gewesen wäre, denn Hazel war schon aufgesprungen und hängte sich geradezu mit ihrem ganzen Körpergewicht an Robinson. Stewie hüstelte und murmelte: „Die geht aber ran.“ Alice fragte sich unwillkürlich, wann Hazel das letzte Mal einen gut aussehenden Mann zu Gesicht bekommen hatte.

„Ihre Aura“, hauchte Hazel und umfasste Robinsons Gesicht mit ihren beringten Händen. „Sie zieht mich magisch an.“

„Sie ist durchgeknallt“, warf Niamh ein und machte mit ihrem Zeigefinger eine entsprechende Geste an ihrer Schläfe.

Hazel warf Niamh über ihre Schulter hinweg einen vernichtenden Blick zu, bevor sie sich wieder Robinson zuwandte. „Mutter Natur ist hier. Spüren Sie ihre Energie, Robinson? Sie sind der männliche Pol, und ich bin die weibliche Mittlerin, wir sollten …“

„Mum, das ist so uncool, so uncool!“, brach es aus Ewan hervor. Er stand auf. „Du besteigst ihn ja regelrecht. Lass das!“ Er drängte sich zwischen seine Mutter und den erleichtert wirkenden Robinson. Dann streckte er ihm seine Hand so verhuscht entgegen, wie das nur Teenager fertigbringen. Wahrscheinlich mochte er keine Countrymusik, aber er war von so einer Berühmtheit, die man sonst nur im Fernsehen oder auf Covern von Zeitschriften sah, genauso fasziniert wie alle anderen.

„Mr. Duff", sagte er höflich und klang eher wie ein vierundvierzigjähriger Geschäftsmann als ein siebzehnjähriger Schüler. „Ich heiße Ewan." Robinson ergriff seine Hand und schüttelte sie.

„Hi, Ewan. Nenn mich Robinson." Seine Worte ließen Ewan zum zweiten Mal an diesem Nachmittag rot anlaufen.

„Alice kennen Sie ja schon", sagte Stewie, immer noch in der Rolle des Zirkusdirektors.

„In der Tat hatte ich bereits das Vergnügen", sagte Robinson und sah sie endlich an. Seine tiefe, honigweiche Stimme verriet keine Gefühlslage, dafür kannte sie ihn nicht gut genug. An seiner Miene konnte sie auch nicht ablesen, ob ihm der Überfall und der Starrummel gleichgültig waren, ob es ihn amüsierte oder gar nervte.

„Jetzt starr ihn doch nicht so an, Mädchen", lachte Stewie laut, beinahe hysterisch. „Besorg ihm lieber einen Drink. Whisky, Robbie?"

Robinson sah auf seine Uhr. „Ist noch ein bisschen früh dafür."

„Kaffee?", fragte Alice resigniert und holte eine Tasse.

Stewie führte Robinson zu dem Liegestuhl, auf dem er zuvor selbst gesessen hatte. Mit übertriebener Geste wischte er die Sitzfläche mit der Hand sauber und verbeugte sich, als wolle er dem neuen König von Borne seinen rechtmäßigen Thron anbieten. Die Szene wäre richtig theatralisch gewesen, wenn er nicht einen so tiefen Diener gemacht hätte, dass ihm seine Elvis-Perücke von der Glatze und auf den Liegestuhl fiel wie ein Meerschweinchen auf der Flucht. Ohne mit der Wimper zu zucken, griff Stewie danach und setzte sie sich flugs – allerdings verkehrt herum – wieder auf den Kopf.

Alice durchquerte mit der Kaffeetasse in der Hand das kleine Lager und reichte sie Robinson. „Der Kaffee, Majestät." Sie deutete einen mädchenhaften Knicks an. „Ich glaube, ich muss noch irgendwo eine Plastikkrone haben", fügte sie hinzu und erntete von ihrem Mieter einen Blick aus zusammengekniffenen Augen. Er sah aus, als wollte er etwas sagen, wurde aber abgelenkt von Niamh zu seiner linken und Hazel zu seiner rechten Seite. Sie hockten sich auf umgedrehte Eimer – ein ungewöhnliches Paar Diener.

„Ich muss Ihnen sagen: Ich bewundere Ihre Musik", sagte Niamh mit glänzenden Augen. „Ich habe Sie vor einigen Jahren live in Manchester gesehen. Erinnern Sie sich? Ich war die ganz vorne mit dem Spruchband, auf dem stand: ‚I'll be your Mrs. Robinson'."

„Auf Ihre Gesundheit!", sagte Stewie und hob sein Glas.

„Ich vermute, Mrs. Robinson ist eine reifere Frau", schnarrte Hazel. Ihre Stimme klang fast so tief wie die von Eartha Kitt. Sie fuhr mit der Zunge über ihre Lippen, zog die Spange aus ihren langen, dunklen Haaren und schüttelte ausgelassen ihr Haupt. „Ich habe vor Kurzem mein fünfzigstes Erdenjahr gefeiert, seitdem spüre ich meine Körperlichkeit voll und ganz."

Ewan vergrub das Gesicht in seinen Händen und stöhnte laut auf. Stewie hingegen horchte auf.

„Meiner Meinung nach, und ich muss es wissen, können ältere Frauen jungen Männern einiges bieten."

Angesichts der Tatsache, dass Stewie in den Siebzigern ein äußerst produktiver Pornodarsteller gewesen war, wollte Alice den Faden dieser Unterhaltung auf gar keinen Fall fortlaufen lassen. Bevor sie selber in die Bresche springen konnte, räusperte Robinson sich und setzte zum Sprechen an. Da hörte sogar

Pluto auf, den Ball über den Rasen zu stupsen, und legte sein Kinn auf Robinsons Knie.

„Leute, hört mal her, ich weiß, wir kennen uns kaum, aber ich möchte euch um einen Gefallen bitten."

Niamh und Hazel sahen aus, als würden sie liebend gern von einer Klippe springen, wenn Robinson sie darum bäte. Stewie war nicht viel besser. Er bemerkte noch nicht einmal, dass Alice seine Elvis-Perücke drehte und ihm richtig herum aufsetzte.

„Ich wäre euch sehr verbunden, wenn ihr niemandem verratet, dass ich hier bin. Ich möchte nicht, dass das in die Welt hinausposaunt wird. Versteht ihr das?"

Alle nickten ernst.

„Du kannst uns vertrauen, dein Geheimnis ist bei uns sicher, Buddy", sagte Stewie. Wahrscheinlich war ihm selbst weder bewusst, dass er den gedehnten, im Süden der USA gesprochenen Akzent imitierte, noch dass er zum Duzen übergegangen war.

Niamh nickte und tat, als verschlösse sie ihre Lippen mit einem Reißverschluss. Hazel faltete ihre Hände vor der Brust und senkte den Kopf.

„Auf euch ist Verlass. Danke." Robinson stand auf und wollte gehen. Alice verzog das Gesicht, als Hazel die Hand ausstreckte und kurz davor war, ihm über den Hintern zu streicheln.

„Bis bald", sagte er und tippte mit der Hand an einen imaginären Cowboyhut, bevor er sich auf den Weg zurück zum Haus machte. Alice fragte sich, wie er wohl aussah, wenn er tatsächlich einen Stetson trug.

„Und keiner hat ihn gefragt, ob er Zucker hat", nuschelte Ewan. Er nippte an dem lauwarmen Kaffee, verzog das Gesicht und schüttete den Rest ins Gras.

6. Kapitel

Später am Nachmittag klopfte Alice an die Hintertür des Hauses. Sie befürchtete, dass Robinson nach dem denkwürdigen Treffen mit dem Robinson-„Robbie"-Duff-Fanclub nicht mehr mit ihr reden würde.

„Es ist offen." Seine Stimme drang durch ein offenes Fenster im ersten Stock. Alice machte die Tür auf und genoss dabei das vertraute Gefühl des Türgriffs unter ihrer Hand. Sie liebte all die kleinen Dinge an Borne Manor, das weiche Eichenholz des Treppengeländers, die knarrende Diele auf der dritten Stufe der Bodentreppe. Als sie letzte Nacht die Augen in ihrem Wohnwagen schloss, war sie in Gedanken durch das Haus gegangen, hatte langsam die Zimmer inspiziert, sich an alles erinnert und sich selbst davon überzeugt, dass sie eines Tages wieder dort wohnen würde. Sie brauchte bloß Zeit, bis ihr Glamping-Plan aufging.

„Ich bin's nur", rief sie und schlüpfte aus ihren Stiefeln. Sie ging durch die Küche in den Hausflur. In dem Moment lief Robinson barfuß und nur in Jeans gekleidet die Treppe herunter. Alice öffnete den Mund. Sie wusste nicht, ob es ihr gelingen würde, cool zu sein. Daher schloss sie ihn wieder, denn die einzigen Worte, die ihr in den Sinn kamen, waren: Oh Gott, ein echtes Sixpack, direkt vor meiner Nase! Sein Haar war nass und verwuschelt. Das Handtuch in seiner Hand bestätigte ihr, dass er gerade erst aus der Dusche gekommen war.

„Ich weiß. Ich habe Sie kommen sehen", sagte er und schien sich nichts daraus zu machen, dass er nur halb bekleidet war. Anders als Alice angesichts seiner bronzefarbenen, sonnengeküssten Haut und der weichen Haare auf seiner Brust. Von hier verliefen sie bis unter den Saum seiner tief sitzenden Jeans wie eine Angelrute, sodass Alice sich fragte, was da am Haken hing. Angesichts dieser geballten Tatsachen fiel es ihr jedenfalls schwer, lässig zu blieben. Herrje, sie musste sich zusammenreißen! Angelhaken? Was war denn bloß mit ihr los? In ihrer Gefühlswelt ging es drunter und drüber, seit sie in den Wohnwagen gezogen war. Die Aufregung musste ihre Libido in Aufruhr versetzt haben. Besonders verrückt spielte sie in Gegenwart des neuen Bewohners von Borne Manor. Es war verwirrend: Liebeskummer wegen des einen Mannes zu haben und gleichzeitig einem anderen Mann an die knappe Wäsche zu wollen, das war verkehrte Welt.

„Ich möchte mich für vorhin entschuldigen", sagte sie und folgte ihm in die Küche, mit Blick auf seine nackten Schultern. Da gab es nichts zu deuteln – breite Schultern waren ihr Ding. Und Robinsons waren besonders schön. Sie riefen komische Gefühle in ihrem Bauch hervor. Plötzlich kribbelte er. Das musste die Höhlenfrau in ihren Genen sein. Sobald sie breite Männerschultern sah, wollte sie nichts anderes, als gepackt, über diese Schultern geworfen und ins Schlafzimmer getragen zu werden.

„Ach, kein Ding", sagte er lässig und holte zwei Flaschen aus dem Kühlschrank. „Ein Bier?"

Wollte sie wirklich ein Bier mit dem halb nackten und absolut umwerfenden Superstar von nebenan trinken? Ach, warum denn eigentlich nicht?

Wenn Brad sie jetzt sehen könnte. Er würde bereuen, sie mit der vermaledeiten Felicity betrogen zu haben. Robinson öffnete die Flaschen und reichte ihr eine. Dann griff er sich das T-Shirt, das über der Heizung hing, und zog es sich über. Tschüss, schöne Schultern. Auf Wiedersehen, Bauchmuskeln. Stumm nahm Alice Abschied von der nackten Haut, die unter dem dunklen Baumwollstoff verschwand. Ließ er sich seine Kleidung auf den Leib schneidern? fragte sie sich, als sie sah, wie sich das Stück Stoff eng an ihn schmiegte.

„Ich bin übrigens nicht durchs Dorf gerannt und habe Ihre Ankunft verkündet", stellte sie klar und lehnte sich gegen den Ofen, wie sie es immer tat. „Ich habe es nur Niamh erzählt, und das auch nur durch Zufall, weil ich Sie gegoogelt habe, als ich bei ihr war." Zu spät bemerkte sie, dass sie ihm wie eine Stalkerin vorkommen musste. „Weil mir doch Ihr Name bekannt vorkam und ich nicht wusste, warum", fügte sie in dem Versuch, zu retten, was zu retten war, hinzu. Wobei: Jetzt hatte sie ihn vermutlich beleidigt, weil sie zugegeben hatte, dass sie ihn nicht kannte. Mann, war das kompliziert! Sie hatte geglaubt, nicht mehr mit Brad zusammen zu sein hatte den Vorteil, nichts mehr mit empfindlichen Künstlerseelen zu tun zu haben. Und jetzt das. Sie schloss die Augen, legte den Kopf in den Nacken und trank einen großen Schluck Bier. Als sie die Augen wieder öffnete, hatte er einen Hocker unter der Theke hervorgezogen und sich gesetzt.

„Die Niamh, die nackte Männer malt?"

Alice grinste. „Unter anderem. Sie ist genial. Und meine beste Freundin hier im Ort."

Robinson trank aus seiner Flasche, und Alice' Blick fiel auf seinen Adamsapfel, der sich bei jedem Schluck bewegte. Sie versuchte, die Groschenromanheldin in sich verstummen zu lassen, und wandte den Blick von seinem Hals ab. Okay, sie steckte in der Patsche. Vielleicht war es ein typisches Symptom von Liebeskummer, dass frau sich auf den erstbesten gut aussehenden Mann stürzen wollte, der ihr über den Weg lief.

„Wer ist Stewie?", fragte er.

Alice lachte. „Seine Elvis-Perücke kannte ich auch noch nicht, die muss neu sein."

„Er hat mehr als nur eine Perücke?"

„Oh ja! Hunderte. Er war ein viel beschäftigter Schauspieler."

„Echt?", Robinson sah sie interessiert an. „Hat er bei irgendetwas mitgespielt, das ich kenne?"

„Vielleicht, vielleicht nicht", sagte Alice ausweichend und fragte sich, wie sie Stewies bumsfidelen Beruf am besten beschreiben sollte. „Sagen wir mal so: Sein Künstlername war ‚Stewie The Snake Heaven'. Vielleicht können Sie sich jetzt vorstellen, an welcher Art Filmen er ... mitgewirkt hat."

Robinson brach in Gelächter aus. Dieses süße, leicht schiefe Lachen, das sich über sein ganzes Gesicht zog, hatte sie schon gestern Abend fasziniert. „Verdammte Scheiße. Eine Aktzeichnerin und ein Pornostar. Und ich dachte, hier wäre es schön langweilig und eintönig."

„Nicht zu vergessen, dass Hazel eine praktizierende Hexe ist", warf Alice ein und breitete die Arme aus. „Willkommen in Borne, Cowboy!"

Er lachte leise in sich hinein und nippte an seinem Bier. In Alice' Augen sah er aus wie ein Typ, der in der Bar total entspannt am Tresen saß und ein paar Bierchen trank. Mit dem Flaschenhals zeigte er auf sie und sagte: „Und dann sind da noch Sie, Goldlöckchen."

Ihr neuer Spitzname klang aus seinem Mund sehr sexy.

„Was soll mit mir sein?“

Er zuckte mit den Schultern. „Ich würde sagen, wir beide haben etwas gemeinsam.“

„Echt, ja? Und was wäre das?“ Dabei war sich Alice überhaupt nicht sicher, ob sie das hören wollte.

„Unterbrechen Sie mich, falls es Sie stört. Ich hatte eigentlich versprochen, das nicht wieder zu erwähnen. Aber Ihre Ehe scheint genauso zerrüttet wie meine zu sein.“

Er warf einen Blick auf ihre linke Hand, und Alice schaute auf den verräterisch blassen Streifen Haut an seinem Ringfinger. Sie hatte keine Ahnung, was sie als Nächstes sagen sollte. Also hielt sie den Blick lieber auf seine Hand gerichtet, als ihm in die Augen zu schauen. Seine Hände waren schön. Die Art von Händen, unter deren Berührung man sich besonders sexy vorkam. Hände, in die man sein Herz legen konnte. Brad hatte allerdings auch schöne Hände. Und die hatte er benutzt, um ihr Herz zu zerquetschen. So sehr, dass sie sich fragte, ob es je wieder seine ursprüngliche Form annehmen würde.

„Fast ein halbes Jahr ist es jetzt her“, sagte sie leise. Die Zeit war auf merkwürdige Weise zugleich blitzschnell und quälend langsam verstrichen. Erst vor einem Monat hatte sie ihren Ehering abgenommen und nach ganz unten in das Schmuckkästchen gelegt.

„Ein bisschen über ein Dreivierteljahr ist es bei mir her“, sagte er. Endlich blickte sie auf und sah in seinen Augen das Spiegelbild ihres eigenen gebrochenen Herzens.

„Wollen Sie mir auch sagen, dass es irgendwann leichter wird?“, fragte sie. Alle anderen sagten das immer.

„Wenn Sie wollen, dass ich Sie anlüge, dann ja.“

Sie schüttelte den Kopf und seufzte laut. „Lügen habe ich schon mehr als genug gehört."

Er stieß seine Flasche sanft gegen ihre und seufzte ebenfalls. Zwischen ihnen herrschte das Verständnis zweier Liebender, die von den Menschen betrogen worden waren, die ihnen am meisten im Leben bedeutet hatten. Sie wusste nicht mehr, wieso ihre Unterhaltung so persönlich geworden war. Sie wusste nur, dass sie schnellstmöglich aus diesem gefährlichen Fahrwasser fliehen wollte. Denn immer wenn sie Brad erwähnte, fühlte sie sich wahnsinnig dünnhäutig und verletzlich. Robinson schien das zu merken, denn er rutschte von seinem Hocker.

„Bevor ich's vergesse", sagte er und verschwand im Wohnzimmer. Als er zurückkam, hielt er die teure Kamera in der Hand, die Brad ihr vor ein oder zwei Jahren zum Geburtstag geschenkt hatte. „Die lag da. Ich dachte, Sie hätten sie vielleicht rausgelegt und dann vergessen mitzunehmen."

Alice sah die Kamera an und fragte sich, ob sie ehrlich sein und ihm sagen sollte, dass sie sie nie benutzt und deshalb aussortiert hatte, oder ob sie einfach so tun sollte, als sei seine Vermutung richtig. Die Kamera in Robinsons Hand erschien ihr auf eigenartige Weise wie ein Pflaster, das von einer Wunde gerissen wurde. Die Wunde war noch längst nicht verheilt und hätte auch nie zugepflastert werden dürfen.

„Stört es Sie, wenn ich schnell etwas aus dem Keller hole?"

Robinson legte die Kamera auf die Theke. „Lassen Sie sich so viel Zeit, wie Sie brauchen. Machen Sie, was Sie wollen. Solange Sie nicht anfangen, im Garten Schlagzeug zu spielen."

Alice stellte die leere Bierflasche zu dem Altglas und ging zur Kellertür. „Das habe ich nicht vor. Nur etwas, das ich schon längst hätte erledigen sollen."

Robinson hörte, wie Alice unten im Keller rumorte. Sie räumte Kisten und Möbel hin und her, stieß hin und wieder einen Fluch aus und ächzte vor Anstrengung. Er war bereits zweimal unten gewesen, um ihr Hilfe anzubieten. Sie hatte höflich, aber bestimmt abgelehnt. Instinktiv wusste er, was immer sie suchte, sie wollte es alleine finden. Sie war schwer zu lesen. Sie machte einen zarten, fast scheuen Eindruck auf ihn, der seinen Beschützerinstinkt weckte. Aber sie war auch lustig, verspielt und sehr lebhaft. Er hatte eisernen Willen in ihren Augen aufblitzen sehen, wenn sie sich in die Ecke gedrängt fühlte. Wenn sie seine Schwester wäre, würde er ohne zu zögern den Kerl vermöbeln, der ihr das Herz gebrochen hatte. Sie war aber nicht seine Schwester, und sein Körper reagierte auf sie mit Regungen, die alles andere als brüderlich waren. Nachdem Lena ihn verlassen hatte, war er zwar mit zwei Frauen zusammen gewesen, beide braunhaarig, sehnig und heißblütig. Aber sie waren ein schlechter Ersatz für die Frau gewesen, die er eigentlich hatte haben wollen – die Frau, die jetzt das Bett mit seinem besten Freund teilte. Alice war das genaue Gegenteil von Lena. Vielleicht war es das, was er an ihr so anziehend fand? Dass sie so gar nichts von seiner südamerikanischen Frau hatte und deshalb keine Gefahr für sein Herz darstellte? Er tat der Frau da unten im Keller damit keinen Gefallen, das wusste er. Aber diese Gedanken ergaben irgendwie Sinn und erklärten, warum sein Körper so stark auf sie reagierte.

Zurück im Schutz des Wohnwagens, machte sich Alice eine Suppe warm und toastete ein paar Scheiben Brot. Dabei vermied sie es, den großen dunklen Lederkoffer anzusehen, den sie mühsam aus dem Haus herübergeschleppt hatte und der nun auf dem Tisch lag. Robinsons Hilfsangebote hatte sie dankend abgelehnt.

Sie aß stehend an die Arbeitsplatte gelehnt und sah aus dem Fenster, der Koffer hinter ihr, sicherheitshalber außer Sicht.

Der Abwasch zögerte das Ganze um weitere zehn Minuten hinaus. Danach fegte sie jeden Läufer einzeln, bis ihr Wohnwagen picobello sauber war. Ein Blick auf die Uhr verriet ihr, dass es gerade erst neun war. Sie könnte einfach die Wärmflaschen füllen, schön früh ins Bett gehen und lesen, bis ihr die Augen zufielen. Der Koffer könnte bis zum nächsten Morgen ungeöffnet stehen bleiben. Morgens war doch immer alles einfacher, oder? Sie war schon dabei, das Wasser für die Wärmflaschen aufzusetzen, doch dann seufzte sie und setzte den Kessel ab, ohne das Gas anzumachen. Selbst wenn sie das Bett wärmte, würde sie auf gar keinen Fall schlafen können, ohne den Koffer wenigstens einmal geöffnet zu haben. Eine rot blinkende Lampe oder eine Sirene hätte den gleichen Effekt. Der Inhalt war ein Blindgänger, eine Bombe, die sie entschärfen musste.

Schließlich konnte sie sich nicht länger vor dem Unvermeidlichen drücken. Sie holte ein Staubtuch unter dem Spülbecken hervor und setzte sich auf die Bank an den Tisch. Langsam zog sie den Koffer zu sich heran. Vor über acht Jahren hatte sie die silbernen Verschlüsse zum letzten Mal geöffnet. Sie rieb mit dem Tuch über das rissige Leder und fuhr bedächtig mit ihrem Zeigefinger über das Messingschild, in das die Initialen B. A. C. eingraviert waren. Benjamin Alan Collins. Ihr Vater. Der Koffer hatte ihm gehört, bevor er in Alice' Besitz übergegangen war. Er hatte ihn ihr zum einundzwanzigsten Geburtstag gegeben, so wie sein Vater ihm. Eine Tradition, hatte er gesagt und gelächelt, weil er wusste, wie viel Alice das bedeuten würde. Zuerst hatte sie sich nicht getraut, ihrem Vater zu sagen, dass sie in seine Fußstapfen treten und Fotografin werden wollte. Ben Collins war ein preisgekrönter Fotojournalist, der in Krisengebieten arbeitete und als einer der weltweit besten Kriegsreporter anerkannt war. Bis er eines Tages bei einem besonders gefährlichen Auftrag in Afghanistan ums Leben gekommen war. Die posthume Auszeichnung für seinen mutigen Einsatz war eine verdiente Anerkennung für diesen Mann, dem die Gefahren seines Berufs bewusst waren und der sich nichtsdestotrotz mit ganzem Herzen in die Arbeit stürzte, weil er wusste, dass ein gutes Bild mehr als tausend Worte sagte. Er war davon überzeugt gewesen, dass er die Welt verändern konnte. Und er hatte sie verändert. Er hatte Alice, sein einziges Kind, sein kleines Mädchen, mit links aufgezogen, wie es schien. Alice' Mutter hatte die Familie verlassen, als Alice noch ein Kleinkind gewesen war. Dank Bens unbeirrbarer Liebe und Zuneigung hatte Alice ihre Mutter nie vermisst, eine Frau, an die sie sich nicht einmal erinnern konnte. Wenn ihr Vater zum Arbeiten ins Ausland musste, war sie sicher und wohlbehütet bei den Großeltern untergebracht, die in ihrer Rolle als Pflegeeltern aufblühten und ihre Enkelin vergötterten. Ihr Leben war gut gewesen, bis zu dem Moment, in dem eine Kugel Ben Collins' Herz traf und damit auch Alice' Herz. Sie hatte diesen Koffer zwei Monate nach der Beerdigung ihres Vaters verschlossen. Seit dem Tag war er verschlossen geblieben. Irgendwann musste sie ihn öffnen. Warum nicht heute?

Alice fuhr mit den Daumen über die Verschlüsse. Mit geschlossenen Augen ließ sie sie aufschnappen. Angerostet wie sie waren, ließen sie sich nur schwer bewegen. Der Deckel saß ebenfalls fest. Sie griff an die Ecken und schüttelte den Koffer ein wenig. Schließlich löste sich der Deckel. Alice holte tief Luft und klappte ihn ganz zurück.

Wie erwartet überfielen sie prompt die Erinnerungen. Der Geruch ihrer Kindheit. Die Ehrfurcht vor den alten Fotoapparaten ihres Vaters, vor den Fotografien, vor dem dicken Stapel Beileidsbriefen und dem Verdienstkreuz. Der Geruch war einzigartig und hatte über die Jahre nicht nachgelassen. Er war kaum zu fassen, ein wenig Holz, ein wenig der Koffer selbst, der Inhalt natürlich, und der Mann, der ihn besessen und geliebt hatte. Alice hatte lebhafte Erinnerungen daran, wie sie neben ihrem Vater auf dem Boden vor dem geöffneten Koffer saß. Sie durfte seine Kamera halten, auch als sie noch viel zu klein und zu jung war, um den Apparat mit der nötigen Sorgfalt zu handhaben. Sie war unglaublich stolz gewesen, als er einen Vortrag vor ihrer Klasse in der Grundschule gehalten hatte und die anderen Kinder ebenfalls in den Koffer hatten gucken dürfen. Er hatte ihr das Fotografieren beigebracht, er hatte ihr die unterschiedlichen Linsen erklärt und wie man mit dem Licht arbeitete. Er hatte ihr nicht nur das praktische Wissen vermittelt, sondern ihr vor allem die Leidenschaft vererbt, den Wunsch, einen Augenblick im Leben, einen flüchtigen Eindruck, einen bestimmten Ausdruck auf Film festzuhalten.

Dies hier war nicht bloß ein Koffer. Es war, als säße sie neben ihrem Vater. Alice streckte die Hand aus und berührte die braune Ledertasche der Nikon. Wie von selbst fuhr ihr Finger über den geriffelten Rand der Linsenfassung, wie er es damals getan hatte, als sie klein gewesen war.

Sie hatte sämtliche Erinnerungen in den Lederkoffer eingeschlossen. Versiegelt hatte sie damit auch alle ihre Hoffnungen, die Fotografie zum Beruf zu machen. In dem halben Jahr nach dem Tod ihres Vaters war sie immer seltener zum Unterricht erschienen. Bis ihre Lehrer darüber verzweifelten, dass eine so begabte Schülerin ihrer Berufung den Rücken kehrte. Sie war außerstande gewesen, die Liebe zur Fotografie von der Trauer um ihren Vater zu trennen, das eine hatte auf das andere abgefärbt. Die einzige Art, mit dem Verlust umzugehen, hatte für Alice darin bestanden, sich neu zu erfinden. Ein völlig anderes Leben zu führen hatte ihr zunächst geholfen. Zumindest hatte sie so erst einmal weitermachen können. Die Beziehung zu Brad hatte sie unweigerlich in ihrer neuen Rolle zementiert. Sie waren auf ihr Einkommen angewiesen gewesen, denn während seines Schauspielstudiums hatte er nur kleine Nebenjobs ergattern können. Im Laufe der Zeit hatte sie sich selbst ihre eigene Version der Geschichte abgenommen. Sie vergaß, wie sehr sie das liebte, was sie und ihr Vater miteinander geteilt hatten, die Leidenschaft und Begeisterung, die sie gemein hatten. Sie hatte aufgehört, die Welt unentwegt durch das kleine Rechteck aus Daumen und Fingern zu betrachten, als Sucher, um den besten Winkel zu finden. Das ging sogar so weit, dass sie Brad nie von ihrem lang gehegten Traum erzählt hatte. Dem Traum, in die Fußstapfen ihres Vaters zu treten. Das hatte ihr Leben grauer, aber auch einfacher gemacht. Bis jetzt.

Ihre Welt war auf den Kopf gestellt und geschüttelt worden wie eine Schneekugel. Nun saß sie da, mutterseelenallein, im Schneegestöber und ohne Fußstapfen, in die sie treten konnte. Kein Vater, kein Brad. Zum ersten Mal in ihrem Leben war sie ganz auf sich allein gestellt, und die einzigen Fußspuren im Schnee waren ihre eigenen. Also war es wohl an der Zeit, auf eigenen Füßen zu stehen.

7. Kapitel

„Du wirst dir noch den Hals brechen."

Robinson stand am Fuße des Baumes und hatte den Kopf in den Nacken gelegt, um zum Baumhaus hochsehen zu können. Er hatte Alice kaum zu Gesicht bekommen, seit sie vor etwa einer Woche ihre geheimnisvolle Fracht aus dem Keller geschleppt hatte. Seitdem hatte es unaufhörlich geregnet. Er hatte die Zeit damit verbracht, tagsüber unsägliche Fernsehsendungen zu schauen und nachts der Reihe nach alle Schlafzimmer in dem großen Haus zu testen, in dem verzweifelten Versuch, eine Mütze Schlaf zu kriegen. Bisher hatte er den Frieden und die Ruhe, die er hier suchte, nicht gefunden. Vielleicht lag es an dem grauen Himmel. Vielleicht war es die Unwirklichkeit dieses Anwesens. Vielleicht lag es auch daran, dass er hier so weit von seinem echten Leben entfernt war. Auf jeden Fall fühlte er sich vollkommen fremd. Er war kurz davor, bei Stewie anzuklopfen, um mit ihm ein Bier zu trinken und sich von ihm seine Perückensammlung zeigen zu lassen. Aber nur fast. Der verdammte Regen hatte heute Morgen endlich aufgehört. Als er erfreut darüber die Hintertür geöffnet hatte, hatte er ein Hämmern gehört. Dem Geräusch war er gefolgt und hatte Alice gefunden, die im Garten einen auf Pfadfinderin machte. Zuerst hatte er nur ihre roten Regenstiefel gesehen und ein zweites Mal hinsehen müssen, um sicherzugehen, dass es wirklich Alice war, die in den Zweigen einer großen alten Eiche im hinteren Teil des Gartens hing. Von

Nahem sah er nun, dass sie Jeans trug, die – wie es schien – bemalt waren, dazu einen figurbetonten schwarzen Pulli.

„Schon möglich“, rief sie fröhlich und schaute über den Rand des Baumhauses. Ihr blondes Haar hatte sie zu Zöpfen gebunden, die lustig im Wind wehten. Ihr hübsches Gesicht war nicht geschminkt.

„Du siehst aus wie dreizehn. Spielst du da oben mit deinem Puppenhaus?“

„So was in der Art“, sagte sie lächelnd und verschwand hinter dem Holzverschlag. „Komm hoch!“

Vorsichtig setzte Robinson einen Fuß auf die wackeligen Bretter, die stufenförmig um den Baumstamm herum verliefen. Die Bretter hielten und Robinson stieg nach oben, bis sein Oberkörper in das Baumhaus ragte. Auf dem Boden verstreut lagen Werkzeug und Nägel, und in einer Ecke lehnte ein Fuchsschwanz an der Wand.

„Soll ich überhaupt noch fragen, was du hier machst?“

Alice legte den gefährlich aussehenden Hammer beiseite und pustete sich eine Haarsträhne aus den Augen.

„Lieber nicht.“

Er nickte und sah sich im Inneren des Baumhauses um.

„Eine Höhle für deine Teddybären?“

Alice schüttelte den Kopf. „Noch besser.“

„Ein Höhle für Erwachsene?“ Während er das sagte, schossen ihm Bilder von sehr erwachsenen Menschen durch den Kopf, die sehr erwachsene Dinge in dieser Höhle miteinander anstellten. Zu den harmloseren gehörte eine Erdbeere im Bauchnabel des einen, an der der andere knabbern durfte.

„So ungefähr“, sagte Alice vage, dabei rieb sie sich mit der Fußspitze des linken Beins den Knöchel des rechten. Bildete er sich das ein, oder hatten ihr Gesichtsausdruck und ihre Körperhaltung etwas Zweideutiges?

Er hievte sich in das Baumhaus hinein und blickte über das Gelände.

Wie es sich für dieses herrschaftliche Anwesen gehörte, war auch das Baumhaus kein gewöhnliches für Kinder. In Tennessee hatte er sich als Kind einen ähnlichen Verschlag aus Holz in einem Baum gebaut. Aber wenn er zusammen mit Fitz und Derren darin hockte, war es rappelvoll gewesen. Dies hier war anders. Hier konnte man eine ganze Schulklasse unterbringen, und es wäre immer noch Platz.

„Du hast die Schnauze voll vom Wohnwagen und willst wieder umziehen?“

Das würde er Alice durchaus zutrauen. Sie entriegelte die Fensterläden und stieß sie weit auf. Warme Luft und ein paar Sonnenstrahlen strömten herein und verliehen ihrem Haar einen lichten Schimmer, fast wie ein Heiligenschein. Ja, sie hatte etwas Engelsgleiches an sich, nicht zuletzt wegen ihrer zarten, rosigen Haut. Er fragte sich, was sich darunter verbarg. Lena und alle Frauen, die er kannte, waren feurig und direkt. Man wusste immer, was in ihrem Kopf vorging, noch bevor sie den Mund aufmachten und es einem kundtaten. Alice war anders. Sie hatte eine zurückhaltende Art, die in ihm den Wunsch aufkommen ließ, an der Oberfläche zu kratzen, um zu sehen, was darunterlag.

„Reich mir mal die Säge“, bat sie und deutete hinter sich. Seine Frage schien sie überhört zu haben. Er reichte ihr den Fuchsschwanz und beobachtete, wie sie ein Stück Holz gegen ein Loch in der Wand hielt und mit einem Bleistift, den sie hinter ihrem Ohr hervorholte, eine Markierung einzeichnete.

„Gelernt ist gelernt", murmelte er. Er hatte zehn Jahre lang Häuser repariert und stets einen Bleistift hinter dem Ohr gehabt. Bis er eines Tages durch Zufall groß rausgekommen war, weil er an dem Haus arbeitete, das, wie sich rausstellte, dem Manager von Music City, einer Plattenfirma, gehörte. Zum Zeitvertreib hatte er seine Liedchen geträllert, während er die Veranda von Donald Marshall zimmerte. Es war sein letzter Job als Zimmermann gewesen, denn Marsh, wie ihn seine Geschäftsfreunde nannten, wurde sein bester Freund und treuester Unterstützer. In diesem Moment allerdings bereute er wahrscheinlich, Robinson Duff jemals beschäftigt zu haben, sei es als Zimmermann für seine Veranda oder als Rockstar.

Alice trug das Stück Holz nach draußen auf den Vorbau des Baumhauses und kniete sich hin, um entlang der Markierung das Stück Holz über dem Vorsprung abzusägen. Robinson hätte mehrere Dinge zu bemängeln gehabt: *Das Sägeblatt des Fuchsschwanzes ist stumpf. Arbeite niemals ohne Schraubstock. Du wirst dir noch deine Hand absägen, wenn du das so machst.* Nichts davon sagte er. Er biss sich auf die Zunge, bis sie das Brett zersägt hatte und das überstehende Ende zu Boden fiel. Zu spät schaute Alice über den Rand, um zu prüfen, dass niemand unter dem Baum stand, der nun im schlimmsten Falle eine Gehirnerschütterung gehabt hätte. Dann stand sie auf und marschierte mit ihrem frisch zurechtgesägten Stück Holz nach drinnen.

„Lass mich raten. Du willst dir einen riesengroßen Hund anschaffen." Er fragte sich wiederholt, was sie mit diesem Baumhaus vorhaben mochte.

„Pluto wäre über einen zweiten Hund auf seinem Grundstück bestimmt nicht glücklich", nuschelte Alice, die sich einen Nagel zwischen ihre Lippen geklemmt hatte. Himmel, sie war ein wandelndes Beispiel für sämtliche Unfallgefahren, die auf dem Bau lauerten.

„Auf meinem Grundstück“, sagte Robinson nachsichtig. Er nahm den Hammer und reichte ihn ihr. Alice zog die Augenbrauen hoch, dann hielt sie das Stück Holz gegen das Loch in der Wand.

„Mein Grundstück“, sagte sie erwartungsgemäß.

„Auf das du aber nicht gelangst, ohne durch meinen Garten zu gehen“, entgegnete er. Eine Tatsache, die ihn überhaupt nicht störte. Im Gegenteil. Den Mietwagen, der ihm heute Morgen gebracht worden war, hatte er extra umgeparkt, damit sie ungehindert zu ihrem Wohnwagen fahren konnte.

Mit zusammengekniffenen Augen schlug Alice den ersten Nagel in das Holz. Das unbefestigte Ende des Holzstücks baumelte herab, als sie aus ihrer Hosentasche einen zweiten Nagel zog. Herrje, sie bewahrte doch nicht etwa Nägel in der Tasche ihrer Jeans auf! Er bekam einen Herzinfarkt nach dem anderen.

„Wenn du es drauf anlegst, könnte ich über den Hof hinter dem Haus zum Wohnwagen gelangen“, erwiderte sie. „Dann müsste ich zwar durch den Fluss schwimmen, aber ich könnte es schaffen.“

„Oder du könntest dir eine Brücke zimmern“, schlug er vor. „Den nötigen Willen hast du. Nur dein handwerkliches Geschick lässt ein wenig zu wünschen übrig, und das Werkzeug sieht aus wie aus dem Museum.“

Sie sah ihn prüfend an. „Vielleicht ist es das. Das Werkzeug war schon hier, als wir einzogen. Brad war nicht fürs Heimwerken zu haben. Deshalb haben wir kein neues Werkzeug gekauft.“

Robinson registrierte diese Information über ihren Ehemann genau wie die über das Schlagzeug, das er gekauft, aber nie benutzt hatte. Es gab nicht viel, was er an dem Mann bewunderte – außer seiner Ehefrau.

„Und was war das gerade mit dem handwerklichen Geschick?“, fragte sie, als seien ihm seine Worte erst jetzt bewusst geworden. Skeptisch sah sie ihn an. „Du weißt genau Bescheid und kannst das beurteilen, weil …?“

„Ich weiß genug, um zu wissen, dass man beim Sägen einen Augenschutz trägt, und zwar auch dann, wenn die Säge stumpf ist. Hosentaschen als Aufbewahrungsort für spitze Nägel bergen das Risiko einer Oberschenkelvenenstichverletzung.“

Kurz schien sie verunsichert, als ahnte sie, dass er recht hatte, doch die Genugtuung, vor seinen Augen die Nägel aus der Tasche zu entfernen, gönnte sie ihm nicht.

Sie drückte den Rücken durch und sagte: „Ich mach mal weiter.“

„Weil du das Baumhaus nutzen willst, um …?“ Genau wie sie vor wenigen Minuten wartete er, dass sie den Satz für ihn vervollständigte.

„Genau“, sagte sie, ohne darauf einzugehen. „Ich will es nutzen.“

Wenn sie damit hinterm Berg hielt, um ihn aufzuziehen, dann stand es eins zu null für sie. Plötzlich erinnerte er sich an die teure Kamera, die er ihr letzte Woche gegeben hatte, und ihm kam ein fürchterlicher Verdacht.

„Du baust doch hier kein Versteck für die Presse, von dem aus sie mich ausspionieren können, oder?“

Er merkte sofort, dass er etwas Falsches gesagt hatte. Ihr Gesicht sprach Bände. Aber sie blieb ruhig. Einen Moment lang sah sie ihm fest in die Augen. Er las darin, dass er sie getroffen hatte. Sie wechselte in den Modus der unnahbaren Vermieterin und Geschäftsfrau.

„Ihre Privatsphäre, Mr. Duff, und Ihr Ruhm sind für mich

nicht von Belang. Seien Sie versichert, dass ich die Presse nicht leiden kann und auf meinem Grundstück auch nicht dulden werde."

„Mr. Duff" und „Sie"? Auweia. Sie hatte ihn mit ihrer Geheimniskrämerei verunsichert, und er hatte sie seinerseits mit seinem Verdacht verletzt. Außerdem musste sie die Vorstellung gewonnen haben, er sei ein Gockel mit aufgeblasenem Ego.

„Ich werde mich zurückziehen, Mrs. McBride", verkündete er, ihren Ton imitierend, neigte den Kopf zum Abschied und stieg die Treppe hinunter. Wieder auf festem Boden angekommen, hielt er inne und wollte sich bei ihr entschuldigen. Dann überlegte er es sich anders, schob seine Hände in die Hosentaschen und ging, ohne einen Blick zurückzuwerfen, zum Haupthaus.

Alice stand auf dem Vorbau des Baumhauses und sah ihn über die Wiese zum Haus schlendern. Ihr Herz pochte immer noch schnell. Seit der Trennung von Brad hatte sie eindeutig genug von Reportern und den Paparazzi. Auch ihr Vater hatte nichts für deren allzu forsche Methoden übriggehabt. Nur über ihre Leiche würden die Leute hier wieder aufkreuzen. In vieler Hinsicht war Robinson Duff überhaupt nicht wie Brad, aber auf eine beunruhigende Art war er aus demselben Holz geschnitzt, was seine Berühmtheit und das Streben nach Ruhm anging. Wenn sie die sechs Monatsmieten, die er im Voraus bezahlt hatte, nicht so dringend bräuchte, würde sie ihn mit seinen VIP-Koffern zum Teufel jagen und ihm sagen, er solle sie gefälligst in Ruhe lassen.

Ein paar Stunden später ließ sich Alice erschöpft auf die Sitzbank in ihrem Wohnwagen sinken und legte die Stirn auf die Tischplatte. Ihr tat ihr Körper an Stellen weh, von denen sie noch nicht einmal wusste, dass es sie gab. Außerdem war sie überzeugt, dass sie den Dreck unter ihren Nägeln nie mehr wegbekommen würde. Den ersten Tag ihres Renovierungsprojekts konnte sie durchaus als Erfolg bezeichnen. Ihr Körper musste sich nur noch an diese Art von Erfolg gewöhnen.

„Alice?"

Das war Robinsons Stimme. Sie hoffte, er war nicht gekommen, um wieder in den Ring zu steigen, denn sie war amtlich k.o.

„Komm morgen wieder. Es sei denn, Borne Manor steht in Flammen", grummelte sie gerade laut genug, damit er es draußen hören konnte. Das war furchtbar unhöflich, aber sie war einfach zu fertig, um auch noch nett zu sein.

„In Flammen steht es nicht. Aber es ist trotzdem eine Art Notfall."

Angst kroch ihr den Rücken hoch. Flugs stand sie auf und riss die Tür auf. Er machte keinen allzu panischen Eindruck auf sie, aber das musste nichts heißen, schließlich war er ein cooler Cowboy.

„Was ist denn los?"

„Es gibt ein Problem mit dem Wasser im Bad. Es steht überall." Er grinste entschuldigend. „Könntest du … könnten Sie rüberkommen und es sich ansehen? Da gibt es wohl doch so ein, zwei Tricks und Kniffe, die ich nicht beherrsche."

Alarmiert machte Alice' Herz einen Satz.

„Mist! Ich komme sofort."

Die Sanitäranlage war eigentlich in Ordnung. Allerdings war es schwer und vor allem sehr kostspielig, einen Klempner zu finden, der die Rohre in dem alten Haus reparieren konnte. Geld, das sie schlicht nicht besaß. Sie seufzte und schlüpfte schnell in ihre Regenstiefel. Sie bedeutete Robinson voranzugehen. Im

Haus ließ sie die Stiefel an der Tür stehen und sprang an ihm vorbei die Treppen hoch zum Hauptbad. Sie hoffte inständig, dass sich das Problem mit dem Wasser irgendwie lösen lassen würde, ohne Geld ausgeben zu müssen.

Aber da gab es nichts zu lösen. Sie hatte sich innerlich gegen eine drohende Katastrophe gewappnet, als sie die Tür zu dem Eckbad aufstieß. Aber soweit sie sah, gab es keine Katastrophe und auch kein anderes Problem. Eigentlich sah es im Bad ganz fantastisch aus. Ein Kelch mit Wildblumen stand auf dem Waschtisch. Eine dicke cremefarbene Kerze flackerte auf der niedrigen Fensterbank aus Holz. Besonders schön: Die Wanne war gefüllt mit duftendem Schaumwasser. Außerdem war der Raum kuschelig warm dank des Feuers, das im Kamin loderte.

Langsam drehte sie sich zu Robinson um, der beinahe schüchtern hinter ihr in der Tür stand.

„Was ist das?“, fragte sie verständnislos und noch immer mit pochendem Herzen.

„Eine Wiedergutmachung dafür, dass ich vorhin so ein Idiot war“, sagte er sanft. „Ich dachte, die Dusche im Wohnwagen reicht heute vielleicht nicht aus.“

Alice war sprachlos. Er hatte sie völlig überrumpelt. Eine nervige Stimme in ihrem Kopf soufflierte ihr: „Sehr nett, aber Sie haben mir einen Riesenschrecken eingejagt, nein, danke!“ Eine lautere Stimme sagte: „Wie herrlich, wie verführerisch!“ Die lautere Stimme siegte.

„Ich weiß gar nicht, was ich sagen soll“, sagte sie. Sie wusste es wirklich nicht. Es war eine recht schlichte Geste, aber sie zeugte von so viel Mitgefühl und Warmherzigkeit – das hatte sie nicht erwartet.

In den Jahren mit Brad war er immer derjenige gewesen, der Rückendeckung gebraucht hatte. Sie war in die Rolle der treu sorgenden Unterstützerin gerutscht, sie war seine Köchin, seine Putzfrau und seine Sekretärin gewesen und manchmal auch diejenige, die ihm als Überraschung ein Bad hatte einlaufen lassen. Ihr Ehemann war nicht herrisch oder tyrannisch gewesen, es hatte sich nach und nach einfach so entwickelt. Am Anfang hatte sie das nicht gestört. Doch je mehr Brads Selbstwertgefühl und Selbstvertrauen wuchsen, desto mehr schrumpften ihre. Kurzum, Alice konnte sich nicht daran erinnern, wann sich jemand das letzte Mal so um sie gekümmert hatte.

„Der Bademantel hing an einer Tür in einem der Schlafzimmer", sagte er und deutete mit einer Kopfbewegung auf den Kaschmirmantel, der neben zwei flauschigen, weißen Handtüchern auf der viktorianischen Wäschetruhe aus Holz lag. Der graue Mantel würde sie vom Hals bis zu den Knöcheln bedecken. Trotzdem wäre es sehr intim, ihn in seiner Gegenwart zu tragen. Sie zögerte kurz. Ach, was soll's, sie würde einfach sehen, wie es ihr nach dem Bad ging. Zur Not konnte sie auch wieder in ihre Arbeitsklamotten schlüpfen.

„Bleib, solange du willst", sagte er. Bevor sie etwas erwidern konnte, hatte er die Tür hinter sich zugezogen, und sie stand alleine da. Instinktiv öffnete sie die Tür und schaute um die Ecke.

„Robinson?", rief sie ihm in den Flur hinterher. „Danke."

Er sah sie an.

„Steig in die Wanne, bevor das Wasser kalt wird", sagte er, und sie hörte ihm an, dass er ihre Dankbarkeit schätzte. „Ich werde ein paar Zutaten in einen Topf tun. Komm zum Essen runter, wenn du fertig bist."

8. Kapitel

In der Küche kämpfte Robinson mit dem Herd. Sicher, er war nicht der weltbeste Koch, aber zu Hause gelang es ihm wenigstens, den verdammten Ofen einzuschalten. Wo bitte schön war denn hier der Anschaltknopf? Dieses Ding war doch eher eine Requisite aus „Downton Abbey". Er hockte sich auf den Boden vor den Herd und überlegte, welche der Türen er zuerst öffnen sollte. Sich zu konzentrieren wäre wahrscheinlich einfacher, wenn ihn nicht der Gedanke an die Badenixe dort oben in seiner Wanne ablenken würde. Zum Glück war das Haus so groß, dass er sie nicht hören konnte. Was ihn jedoch nicht davon abhielt, sich lebhaft auszumalen, wie verlockend sie mitten in dem Schaumwasser wohl aussah.

Dank des englischen Wetters hatte er nie mehr als Alice' nackte Füße und ihren perfekt geschwungenen Hals zu Gesicht bekommen. Aber er war stolzer Besitzer einer lebhaften Fantasie und hatte daher keine Probleme, die Leerstellen auszufüllen. Ihre Haut war bestimmt seidenweich und weiß wie Sahne, von der Wärme des Kaminfeuers und des Badewassers jetzt wahrscheinlich rosa angehaucht. Ihr Haar hatte sie vielleicht zu einem Dutt aufgebunden, den Kopf auf die Nackenrolle in der Wanne gebettet und die Augen geschlossen. Oder sie hatte die Augen offen und beobachtete den Tanz der Flammen im Kamin. Er hoffte, dass sie entspannen konnte. Ja, sie war entspannt, entschied er. Eine selige, selbstvergessene Entspannung. War genug Schaum da, um sie ganz zu bedecken? Oder lugte hier und da ein Stück Haut daraus hervor? Ja, doch, dachte er. Er stellte sich vor, wie ihre Schultern im Widerschein des Kerzenlichts feucht glänzen würden. Und etwas tiefer könnte er ihre Brüste unter den Seifenblasen erahnen. Wenn er diese sanft wegblasen würde, würden sie sich zeigen, ihre rosa Brustwarzen von der Farbe der Rosen unter den Fenstern. Die Kälte außerhalb des wohlig warmen Badewassers würde sie steif werden lassen, und Alice' Lippen würde ein zartes Lächeln umspielen. Bog sie sich fast unmerklich, sodass er einen besseren Blick auf ihren Busen hatte? Sein Blick wanderte ihren Körper entlang, abwärts, über die sanfte Wölbung ihres Bauches zu ihren Hüftknochen … In Gedanken riss Robinson sich sein T-Shirt über den Kopf und streifte die Jeans von den Hüften, um in die Wanne zu gleiten und sie an sich zu ziehen, Haut auf Haut. Sie würde sich warm anfühlen, heiß. Heißer als der Auflauf, den Hazel vorhin vorbeigebracht hatte, wenn er den Ofen nur jetzt endlich zum Laufen brächte. Robinson fuhr sich mit der Hand durchs Haar und stand auf. In Gedanken war er bereits zu tief in der Wanne neben Alice versunken, als dass er mit den Küchengerätschaften noch einen kühlen Kopf bewahren konnte. Vielleicht fand er hier irgendwo eine Mikrowelle.

Oben im Bad ließ sich Alice unterdessen in das wattig-weiche Schaumbett sinken. Sie hätte vor Wonne schreien mögen. Körperlich war es eine Wohltat, weil ihr sämtliche Glieder schmerzten. Seelisch war es eine Wohltat, weil sie diesen Raum so liebte. Ihr fielen die Lider zu, und sie gönnte sich den Luxus, sich vorzustellen, sie würde noch in diesem Haus wohnen. Ihr war selbst nicht klar, was sie mehr vermisste: das Haus oder den Mann, mit dem sie für immer darin hatte leben wollen. Ihr fiel es schwer, in der unmittelbaren Nachbarschaft zu wohnen und nicht kommen und gehen zu dürfen, wie es ihr gefiel. Sie hatte dieser Tage viel um die Ohren, hatte Pläne und Ideen, aber ihr fehlte eindeutig die Muße. Dies hier vermisste sie, diesen Raum, dieses Bad, diese Seligkeit. Aber da war noch etwas. Seit Brad gegangen war, hatte sie hier allein gelebt. Borne Manor war zu groß für eine Person, eigentlich war es sogar zu groß für zwei. Als sie hier allein gewohnt hatte, war die Einsamkeit nicht von ihr gewichen. Jetzt hier mit Robinson zu sein erinnerte sie daran, wie sie sich ihre Ehe vorgestellt hatte. Die Wirklichkeit hatte sich letztlich als anders herausgestellt, als sie es sich bei ihrem Einzug ausgemalt hatte. Und ganz ehrlich, das lag nicht an dem Haus, sondern an Brad. Es war nicht leicht, der Wahrheit ins Gesicht zu sehen. Aber dieser simple Akt, dass ihr jemand ein Bad eingelassen hatte und ihr jetzt eine Mahlzeit zubereitete – das war nie zuvor passiert. Sie ließ den Blick über das Bad schweifen. Der Kelch mit den Blumen aus dem Garten, der Schein des Feuers, die cremeweiße Kerze, die sich im dunklen Fenster spiegelte. Unzählige Male hatte sie hier schon gebadet, aber diese Atmosphäre hätte sie selbst nicht erschaffen können, weil die freundliche Absicht dahinter es zu etwas Besonderem machte. Die liebevolle Geste, die Überraschung. Robinson hatte ihr heute Abend einen größeren Gefallen getan, als ihr Ehemann es je getan hatte.

Alice tapste in die Küche, wo Robinson zwei Teller auf den Tisch gestellt hatte, dazu eine Flasche Rotwein und die passenden Gläser. Sie war froh, dass er den gemütlichen Küchentisch und nicht den steifen Esszimmertisch gedeckt hatte. Sie selbst hatte meist auch in der Küche gegessen.

„Fühlst du dich besser?“, fragte er und blickte von den Knöpfen an der Mikrowelle am anderen Ende der Küche auf.

„Tausend Mal besser“, sagte Alice, ein wenig verlegen wegen des Bademantels, obwohl er genauso viel bedeckte wie ihre normale Kleidung. Der einzige Unterschied bestand darin, dass man nur am Gürtel ziehen musste, und schon wäre sie splitterfasernackt. Zur Sicherheit prüfte sie noch einmal, ob der Knoten fest genug war. „Brauchst du Hilfe?“, fragte sie und ging zu ihm. Sie versuchte, durch die Scheibe der Mikrowelle zu spähen. „Was ist das?“

„Hazel hat vorhin einen Auflauf vorbeigebracht“, antwortete er, und als ein kurzer Piepton erklang, zog er die Klappe auf, um ihr die Auflaufform zu zeigen, deren Inhalt bereits Blasen warf. „Ich glaube, es ist fertig.“

„Echt? Mir hat sie nur eine Willkommenskarte vorbeigebracht, als ich eingezogen bin“, sagte Alice lächelnd, während Robinson die heiße Form auf den Tisch stellte. „Du musst einen größeren Eindruck auf sie gemacht haben als ich.“

Insgeheim wunderte Alice sich natürlich gar nicht darüber. Ohne nachzudenken, griff sie nach dem Servierlöffel in der Besteckschublade. Dann fiel ihr plötzlich ein, dass das nicht mehr ihre Küche war.

„Entschuldige“, sagte sie und verharrte mit der Kelle in der Hand auf halbem Weg zwischen Schublade und Tisch.

„Ist okay, Alice. Mach dir keinen Kopf“, sagte er und trug einen Stuhl für sie an den Tisch. „Ich hätte doch ohnehin nicht gewusst, wo der Löffel ist. Danke, dass du mir hilfst.“

Er hatte diese lockere Art an sich, die bewirkte, dass die Menschen in seiner Nähe ebenfalls locker wurden. Also setzte sich

Alice und ließ sich ihren Teller füllen. Sie roch daran, konnte aber nicht erkennen, was es war.

Robinson nahm das Besteck zur Hand. „Hazel sagte etwas von Wildschwein und Süßkartoffeln. Glaube ich.“

Alles klar. Deshalb konnte Alice das schwer anmutende Gericht vor ihrer Nase nicht einordnen. So wie sie Hazel kannte, hatte die noch eine Handvoll ganz besonderer Zutaten untergerührt, um bei ihrem berühmten neuen Nachbarn Eindruck zu schinden.

„Das … sind interessante Zutaten.“ Alice zögerte, sie wollte lieber warten, bis Robinson das Essen probiert hatte, bevor sie sich darantraute. Sein Blick streifte kurz ihren, dann nahm er beherzt eine Gabel voll. Einen Augenblick später nickte er und zog eine Augenbraue hoch.

„Es ist … nicht schlecht.“

Alice probierte zaghaft einen Bissen. Richtig, es war nicht schlecht, obwohl es Hazel mit dem Chili etwas zu gut gemeint hatte.

„Ich glaube, sie sagte, da sei auch Schokolade drin.“ Robinson schenkte ihnen Wein ein. Alice nickte und fragte sich, was Hazel noch alles in das Essen getan hatte. Vielleicht ein Aphrodisiakum … Sie nahm einen Schluck Wein und betrachtete Robinson. Er sah wirklich unverschämt gut aus, seine hohen Wangenknochen, die dunklen Wimpern. Sein verwaschenes rotes T-Shirt konnte seine starken Schultern und die gebräunten Oberarme nicht verstecken. Die Härchen auf seinen Armen hatte die Sonne goldblond gebleicht. Er war nicht schön wie ein Model, sondern schön wie ein quicklebendiger, kraftstrotzender Mann. Alice fühlte sich geradezu magisch angezogen, auf eine sehr ureigene Männchen-Weibchen-Art. In dem Moment schaute er auf und schien ihre Gedanken lesen zu können, sodass sie vom Hals bis zum Haaransatz errötete.

„Alles in Ordnung?“, fragte er sanft.

Sie nickte. „Ich glaube schon.“

„Habe ich etwas falsch gemacht?“ Er trank einen Schluck Wein und sah sie an. „Ich habe nicht darüber nachgedacht, dass das vielleicht falsch bei dir ankommen könnte, Alice.“

„Freundlichkeit kann doch nie falsch sein.“

Er zuckte mit den Schultern. „Ich sehe ja, wie sehr du an dem Haus hängst. Ich wollte dich nicht an all das erinnern, was du verloren hast.“ Er schwieg kurz. „Die glückliche Vergangenheit und so.“

Sie staunte, wie mitfühlend er war. „Du hast recht, Robinson. Ich hänge sehr an dem Haus. Aber meine Vergangenheit hier … war nicht immer glücklich.“

Sie las ihm vom Gesicht ab, dass er verstand, was sie meinte. Schweigend aß er weiter. Dann legte er das Besteck beiseite.

„Ich glaube, wir beide tun dasselbe, nur jeder auf seine Art, Alice. Ich bin hergekommen, weil ich es zu Hause nicht mehr ausgehalten habe. Aus demselben Grund lebst du in dem Wohnwagen. Du wolltest nicht mehr mit deinem Mann in diesem Haus leben, nicht wahr?“

Alice schüttelte den Kopf.

„Ganz so ist es nicht.“

Sie schwenkte den Rotwein in ihrem Glas und suchte nach den richtigen Worten.

„Brad wollte dieses Haus nie wirklich haben. Es war *mein* Traum. Daran liegt es, dass ich nicht viele schöne Erinnerungen an eine gemeinsame Vergangenheit habe.“

„Das wundert mich“, sagte er. „Das ist doch ein guter Ort, um sich niederzulassen.“

Alice nickte. „Finde ich auch. Aber Brad … ich weiß auch nicht. London ist sein Leben. Hier musste er auf zu vieles verzichten.“

„Und du wolltest das Haus nicht verkaufen und mit ihm zurück nach London gehen?“

Alice seufzte leise. „Wir haben nie darüber geredet. Er hat immer Entscheidungen für sich getroffen, ohne mich zu fragen. Eine seiner Entscheidungen war, mit seiner Kollegin ins Bett zu hüpfen, sowohl vor als auch hinter der Kamera.“

Robinsons grüne Augen blitzten auf. „Das muss hart gewesen sein, Darling.“

Sie musste ihm zustimmen. „Das war es. Und das ist es noch.“

Robinson schenkte ihnen erneut nach.

„Zum Glück musstest du nur bis ans Ende deines Gartens laufen. Ich bin einmal um die halbe Welt geflohen und muss leider sagen, es tut immer noch weh.“

Alice stieß mit ihm an.

„Auf den Club der gebrochenen Herzen!“

„Denn zwei einsame Herzen sind zusammen schon ein bisschen weniger einsam, Goldlöckchen“, erwiderte er und schob seinen halb leer gegessenen Teller von sich. „Ich mag nicht mehr.“

Alice tat es ihm nach, erstaunt, dass sie unter diesen Umständen überhaupt so viel gegessen hatte. Wieder fragte sie sich, ob Hazel einen Zaubertrank in das Essen gegeben hatte, denn als er „Goldlöckchen“ sagte, wurde ihr ganz warm, obwohl die Feministin in ihr eigentlich auf die Barrikaden gehen müsste.

„Was machst du, wenn das halbe Jahr hier in Borne um ist?“

Robinson schob seinen Stuhl zurück und räumte die Teller zusammen. „Keine Ahnung. Ich hangele mich von Tag zu Tag. Wenn es gut läuft, von Woche zu Woche."

„Musst du nicht irgendwann wieder anfangen zu arbeiten?", fragte sie. Bestimmt musste jemand, der so ein Leben führte, früher oder später wieder zurück. Sie dachte an die Ausschnitte seiner Konzerte, die sie im Internet gesehen hatte, an all die Fans, den Ruhm. Sein Aufenthalt in Borne konnte gar nicht von langer Dauer sein.

Über Robinsons Gesicht huschte ein trauriger Ausdruck. Er legte seine Hände flach auf den Tisch und blieb regungslos sitzen. „Meine Finger sehnen sich geradezu schmerzlich nach der Gitarre, wenn ich nicht spiele", gestand er mit gesenktem Blick.

Sie erinnerte sich an die Gitarre oben in dem Schlafzimmer. „Warum spielst du nicht?"

Langsam schüttelte er den Kopf. „Ich kann mir einfach nicht mehr vorstellen, jemals wieder Musik zu machen, Alice."

Sie konnte sich kaum vorstellen, wie schwer es für ihn sein musste, seine Kreativität verloren zu haben. Er sah so groß und stark aus. Aber wie er jetzt dasaß, sah sie, dass ein großer Teil von ihm fehlte. Seine Musik.

„Das muss hart sein", sagte sie mit seinen Worten, weil ihr nur das angemessen erschien. Dann beugte sie sich vor und legte ihre Hand auf seine. Weil ihr das in dem Moment vollkommen angemessen erschien.

Er hielt den Blick auf seine Hand gerichtet, auf ihre Hand, die auf seiner lag. Sie senkte ebenfalls den Blick, als seine Finger sich warm und kräftig um ihre schlossen. Was als verständnisvolle und dankbare Geste begann, wandelte sich in etwas anderes, als er mit seinem Daumen über ihr Handgelenk und die empfindliche Stelle über ihrem rasenden Puls streichelte. Alice registrierte die Bewegung, und ihr stockte der Atem. Er hatte Liebeskummer, sie hatte Liebeskummer, eigentlich war das hier falsch. Trotzdem wollte sie nichts mehr, als dass er fortfuhr, ihre Haut zu streicheln. Und doch schnappte sie erstaunt nach Luft, als er ihren Stuhl zu sich heranzog, sodass sich ihre Schultern fast berührten, und er ihr zärtlich über das Kinn strich.

„Alice, ich will offen sein und dir nichts vormachen. Als Lena mich verließ, war ich am Boden zerstört. Aber wenn ich dir jetzt hier gegenübersitze, denke ich nur eins: Was trägst du unter diesem Bademantel?“

9. Kapitel

So gern Alice den Bademantel geöffnet und ihm gezeigt hätte, dass sie nichts daruntertrug – sie tat es nicht. Stattdessen nahm sie seine Hand und führte sie von ihrem Gesicht weg, legte sie auf seinen Oberschenkel.

„Robinson, nicht. Das macht es nicht besser."

„Bist du sicher, Alice?", flüsterte er und streichelte weiter ihre Hand. Sein Gesicht war so nah an ihrem, dass sie seinen Atem auf ihrer Wange spürte. „Ich fühle mich gerade sehr wohl."

Mein Gott, die Versuchung war groß. Er war unwiderstehlich, sein Körper war stark, warm und sexy. Seine Lippen waren halb geöffnet, und sie wollte nichts mehr, als ihn zu küssen.

„Nein, das glaube ich nicht", sagte sie stattdessen und legte eine Hand an seine Wange. „Du bist einsam und traurig, wie ich."

Ein müdes Lächeln huschte über sein Gesicht. „Du bist nicht sie, ich bin nicht er. Heute Nacht gibt es nur dich und mich, Alice und Robinson. Das wäre nicht schlecht, oder?"

Alice schüttelte den Kopf. Sie konnte ihm nicht antworten, weil es unmöglich war, ihm zu widersprechen.

„Ich will ja nichts Ernstes, und ich glaube, du auch nicht", sagte er. „Wir haben das schon hinter uns, den Glauben an eine dauerhafte Beziehung, die enttäuschten Hoffnungen. Die Karten liegen offen auf dem Tisch."

„Genau deshalb ist dies hier keine gute Idee", flüsterte sie.

„Blöde Ideen fühlen sich aber oft sehr gut an“, sagte er und legte zwei Finger an seine Brust. „Hier drin fühlt es sich gut an. Und dein Blick verrät mir, dass du dich auch gut fühlst.“

Er führte seine zwei Finger an den Kragen ihres Bademantels und ließ sie dort an der Ader über ihrem Schlüsselbein ruhen.

„Wenn ich dich küsse, weißt du vielleicht besser, ob es eine gute oder eine schlechte Idee ist“, hauchte er, während seine Finger ihren Hals entlang- und in ihr Haar hineinglitten. Seine Berührung war so zart, kaum spürbar, dass sie sich ihm sehnsüchtig entgegenbog. Ihre Münder waren so nah beieinander, der Abstand so klein, dass nur noch ein Hauch fehlte. Alice hatte seit Jahren niemand anderen geküsst als Brad. Zu neunzig Prozent war sie jetzt total versessen darauf, ihn zu küssen, die restlichen zehn Prozent waren reine Panik.

„Ich habe Angst“, hauchte sie, fast ohne die Lippen zu bewegen.

„Das brauchst du nicht“, flüsterte er. Dann beugte er sich leicht nach vorn und legte seine Lippen auf ihre. Sie brauchte wirklich keine Angst zu haben. Sein Kuss war so sanft und sacht, seine Lippen bewegten sich kaum, seine Hände umfassten ihren Kopf. Alice schloss die Augen und atmete ihn ein. Ihre Hand fuhr über die warme Rundung seiner Schulter. Er fühlte sich himmlisch an, sein Körper war stark und kräftig, seine Lippen weich und warm. Unter ihrer Berührung schmiegte er sich enger an sie. Mit seinen Lippen öffnete er ihre und ließ seine Zunge zu ihrer gleiten. Das war der beste erste Kuss ihres Lebens. Sie schien zu zerfließen, das Blut in ihren Adern jubilierte. Ihr Mund, ihr gesamter Körper, ihr Herz, überall explodierten gleichzeitig kleine Feuerwerke. Sie merkte kaum, wie er sie zu sich auf den Schoß zog und die Arme um sie schloss. Sie wollte nur noch näher bei ihm sein und dass er nie wieder aufhörte. Seine Hände fuhren ihren Rücken hinab, und sie schmiegte sich noch enger an ihn. Sie zog seinen Kopf zu sich heran und verstärkte den Druck ihrer Lippe. Er reagierte sofort und vergaß seine Zurückhaltung. Sein Kuss war nun tief, voller Leidenschaft und Begehren. Er war erregt, Alice spürte sein heißes, hartes Glied unter sich und keuchte auf. Er stöhnte und biss in ihre Unterlippe, während er durch den dünnen Stoff des Mantels ihre Brust umfasste. Sie hätte ebenso gut nackt sein können. So jedenfalls fühlte es sich an, als er ihre Burstwarze berührte.

„Jetzt weiß ich, was du unter dem Mantel trägst", raunte er und ließ seinen Mund zu ihrem Ohr wandern, wo er die weiche Haut küsste. Er wickelte ihr Haar um seine Finger und zog sanft daran, sodass sie ihren Kopf neigte und er ihren Hals mit seinen Lippen berühren konnte.

Als er seine Hand unter den Mantel schob und ihre Brust liebkoste, atmete Alice tief ein. Seine Haut an ihrer. Er stöhnte ihren Namen, dann küsste er sie aufreizend träge, im selben Rhythmus umkreiste er ihre Brustwarze. Es war so erregend, so zauberhaft, so wunderschön – und so neu, so ganz anders als mit Brad, dass sie die Augen öffnete und ihn ansah, als er seine flache Hand auf ihre Brust legte. Beide hielten sie den Atem an, als er sie massierte. Sie sahen sich noch immer in die Augen, als er die Hand zurückzog und mit den Fingerspitzen ihre Burstwarze umspielte.

Das war so erotisch und berührte sie so tief, dass ihr Tränen in die Augen traten und über ihre Wangen rollten. Robinson zog seine Hand unter ihrem Mantel hervor und wischte die Träne mit dem Daumen ab. Dann zog er sie an sich und drückte seinen Mund auf ihre Stirn.

„Alles ist gut. Das passiert, wenn man sich nahekommt", sagte er und strich ihr übers Haar. Er verstand sie ohne Worte. Eine Weile blieben sie so sitzen. Er roch so gut, frisch und erdig und männlich. Alice atmete seinen Geruch tief ein, schlang die Arme um ihn und vergrub ihr Gesicht an seinem Hals. Sie wollte nicht gehen.

„Ich muss los."

Er drückte sie fester an sich und seufzte.

„Okay."

„Danke für den Kuss." Sie lächelte zaghaft. „Ich musste wohl mal geküsst werden. Von jemand anderem als ihm, meine ich."

„Stets zu Diensten, Ma'am", sagte er. „Jederzeit gerne wieder, wenn du deine Grenzen testen willst."

„Du stehst ganz oben auf meiner Liste, Cowboy."

„Du führst eine Liste?"

Sie mochte seine locker-lässige Art. „Sie ist neu, und du bist bislang der einzige Kandidat."

„Ich bin froh, dass ich dein einziger Kandidat bin, Alice."

Sie wusste nicht, was sie sagen sollte. Eigentlich wollte sie gar keine Liste mit Kandidaten.

„Lass uns gehen", sagte er. „Ich bringe dich nach Hause."

Sofort war die Traurigkeit zurück. Klar, dies hier war nicht mehr ihr Zuhause – vorerst.

„Du musst mich nicht begleiten."

Mit ihr im Arm erhob er sich. Dann stellte er sie vorsichtig auf den Boden.

„Das möchte ich aber."

„Ich kann den Wohnwagen von hier aus sehen", wandte sie ein und zog an der Hintertür ihre Stiefel an.

„Aber im Wald wohnen doch die Bären", sagte er grinsend

und nahm eine Lederjacke von der Garderobe, um sie ihr über die Schultern zu legen. Das Leder fühlte sich weich auf ihrer Haut an, es roch genauso erdig wie sein Hals.

„Ich brauche keinen Beschützer", sagte Alice lachend, als sie im Mondschein über die Wiese gingen. Das meinte sie ernst. Sie machte gerade so viele Veränderungen durch. Wenn sie dabei eins gelernt hatte, dann, dass sie niemanden brauchte, der auf sie aufpasste.

„Okay, das merke ich mir", sagte er. Nach einer Weile blickte er nach oben. „Heute Nacht stehen Sterne am Himmel." Seine Stimme klang jetzt anders.

Auch Alice hob den Kopf und sah zu den kleinen Lichtpunkten am schwarzen Himmel auf. „Im Radio haben sie gesagt, dass das Wetter umschlägt. Wir sollen einen langen und heißen Sommer bekommen."

Robinson ging voran. In der nächtlichen Stille waren zwischen den Bäumen nur ihre Schritte zu hören. Am Wohnwagen angekommen, stieß er die unverschlossene Tür auf und spähte hinein, bevor er zurücktrat.

„Alles klar. Keine Bären, die dich fressen könnten."

„Gut", sagte sie, voller Angst, dass er sie eventuell wieder küssen würde. Sie sah über ihre Schulter in den Wohnwagen hinein. „Ich werde dich nicht auf einen Absacker hineinbitten."

Er schob seine Hände in die Hosentaschen und nickte. Ein Lächeln umspielte seine Lippen, sein Blick war gesenkt.

„Sehr schlau."

„Vergiss deine Jacke nicht", sagte sie und streifte sie sich von den Schultern.

„Behalte sie heute hier, sie steht dir."

Sie nickte und umklammerte die Jacke. „Gute Nacht."

„Nacht, Alice, schlaf gut."

In einer kaum merklichen Geste hatte er ihr beim Umdrehen zugezwinkert. Sie sah ihm nach, bis er aus ihrem Blickfeld verschwand. Dann zog sie die Tür zu und legte sich ins Bett. Unter der Bettdecke hielt sie seine Lederjacke fest umschlungen und schlief ein.

Am nächsten Morgen hörte Robinson das laute Klopfen an der Haustür und fragte sich, ob er sie öffnen sollte oder nicht. Alice war es nicht, sie würde die Hintertür benutzen. Also war es einer von den Nachbarn, die er letzte Woche kennengelernt hatte, oder jemand Fremdes. Letzteres würde er vorziehen, weil er nach der E-Mail von seinem Manager heute Morgen nicht in der Stimmung war, Gäste zu empfangen. Es war gerade zehn Uhr, und erst vor fünf Minuten hatte er mit dem Gedanken geliebäugelt, nach einer Flasche Tequila zu suchen.

„Komme gleich!", rief er. Seine guten Südstaatenmanieren hatten doch die Oberhand gewonnen. Bevor er zur Tür ging, warf er durch das Fenster einen Blick auf den schicken Sportwagen in der Einfahrt. Er kannte den Wagen nicht. Stirnrunzelnd schloss er die schwere Haustür auf. Ein ihm unbekannter Mann stand auf dem Absatz, etwas kleiner als er und sehr viel geschniegelter, von den korrekt gestutzten Haaren bis zu den auf Hochglanz polierten und wahrscheinlich sehr modischen Schuhen. Automatisch stellten sich ihm die Nackenhaare auf – das war entweder ein Journalist oder ein Werbefritze.

„Hallo", sagte der Typ. Robinson nickte und wartete, ohne etwas zu entgegnen.

„Ist Alice da?"

Robinson kniff grübelnd die Augen zusammen. „Sie wohnt hier nicht mehr, Kumpel."

Der Typ sah suchend die Auffahrt hinunter, dann nahm er seine Sonnenbrille ab und steckte sie oben in sein offenes Hemd. „Wissen Sie, wo ich sie finden kann?"

Wenn sich Robinson mit etwas auskannte, dann damit, seine eigene Privatsphäre und die anderer zu schützen.

„Wer sind Sie?"

Den Fremden vor seiner Haustür schien die Frage zu irritieren, als müsste Robinson wissen, wer er war.

„Ich bin Brad McBride. Alice' Ehemann."

Robinson nickte, er hatte sich das schon gedacht und sich gefragt, ob es sehr unhöflich wäre, wenn er seine Faust auf McBrides wohlgeformtem Kinn landen ließ. Blut würde sich gar nicht gut auf dessen ausgesuchtem Outfit machen. Dieser Mann hatte allerdings auch gar nichts Gutes mit Alice' Herz angestellt. Und das war weit schwieriger in Ordnung zu bringen als ein bisschen vergossenes Blut.

„Mein Anwalt erwähnte, dass das Haus vermietet wird. Sie müssen unser neuer Mieter sein" sagte Brad aalglatt und streckte ihm die Hand entgegen. „Entschuldigen Sie, ich wusste nicht, dass es so schnell gehen würde."

Unser neuer Mieter? Er hatte den Vertrag mit Alice abgeschlossen, nicht mit diesem Typen.

„Sorry, ich weiß nicht, wo sie ist. Wenn ich sie sehe, sage ich ihr, dass Sie hier waren. Soll ich ihr etwas ausrichten?"

Brad setzte zum Sprechen an. Als jedoch in derselben Sekunde Alice' Stimme aus dem Haus zu ihnen nach draußen drang, schloss er den Mund wieder. Sie rief Robinsons Namen.

Robinson verfluchte sich dafür, dass er die Hintertür vorhin aufgeschlossen hatte.

„Ich bringe dir deine Jacke zurück", rief sie und trat in den Hausflur, barfuß wie immer, seine Lederjacke überm Arm. Sie blieb abrupt stehen, als sie den Mann vor der Haustür erblickte.

Brad machte keine Gefangenen.

„Sie wissen also nicht, wo sie ist, ja?", sagte er zu Robinson und mimte nicht länger den netten Typen von nebenan.

„Es ist nicht meine Schuld, dass Sie nicht wissen, wo Ihre Ehefrau steckt, Brad", sagte Robinson bewusst abfällig. Das fühlte sich gut an.

„Wo sie steckt und mit wem sie unter einer Decke steckt, nicht wahr?", erwiderte Brad, hektische rote Flecken im Gesicht.

Alice machte einen Schritt Richtung Tür und stellte sich neben Robinson. „Was willst du, Brad?"

„Ich will unter vier Augen mit meiner Frau sprechen, falls das unter diesen Umständen nicht zu viel verlangt ist."

„Dies ist das nächste halbe Jahr mein Haus", entgegnete Robinson. „Machen Sie einen Termin mit meinem Anwalt, wenn Sie es betreten wollen."

Alice legte eine Hand auf Robinsons Unterarm. „Schon in Ordnung. Ich rede mit ihm."

Robinson sah auf sie herab. Er wusste, dass ihn das nichts anging und er sich nicht einmischen sollte. Und trotzdem – obwohl er wusste, dass er das besser unterlassen sollte, neigte er den Kopf und küsste Alice. Es war ein schneller, harter Kuss. Überrumpelt und überrascht öffnete sie ihre Lippen, und seine Zunge glitt kurz über ihre. Ein Schauer jagte ihm über den Rücken. Als er von ihr abließ und einen Schritt zurücktrat, sah sie ihn mit großen Augen an.

„Ich bin in der Küche, falls du mich brauchst", sagte er und berührte ihre Wange. Dann drehte er sich um und ließ die beiden allein.

Alice führte Brad ins Wohnzimmer. Er warf die Tür hinter sich zu und sah sie wütend an.

„Was denkst du dir dabei?"

„Wie bitte?"

Brad deutete mit dem Kopf in Richtung Küche. „Der da. Wer ist das überhaupt?"

Alice seufzte. „Der neue Mieter. Ich habe dir von ihm erzählt, beziehungsweise ich habe deinen Anwalt wissen lassen, dass der Vertrag unterzeichnet ist."

„Neuer Mieter und noch so einiges anderes, wie es aussieht", knurrte Brad. „Da hast du nichts anbrennen lassen. Schwupp, schon knutschst du mit einem anderen."

Eine Weile lang sah sie ihm in die Augen. „Du scheinst vergessen zu haben, dass du mich wegen einer Neuen verlassen hast. Was hast du denn erwartet, Brad? Dass ich hier sitze und Trübsal blase? Dir hinterherweine? Ist das das Problem? Du willst mich nicht mehr, jemand anderes darf mich auch nicht haben?"

„Du bist immer noch meine Frau."

„Ich war auch deine Frau, als du mit Felicity Shaw geschlafen hast! Das hat dich auch von nichts abgehalten."

Nervös fuhr er mit den Fingern durch sein Haar. „Ich fasse es einfach nicht", grummelte er. Und Alice sah ihm an, dass er es tatsächlich nicht fassen konnte. Eine Stärke von Brad war immer sein Glaube an sich selbst gewesen. Es musste wirklich hart für ihn sein, dass sie sich von ihm losgesagt hatte. Hatte sie das denn? Wäre er gestern hier aufgekreuzt, wäre die Antwort Nein gewesen. Aber gestern war nicht heute. Der Tag, nachdem sie mit Robinson Duff am Küchentisch geknutscht hatte. Also, ja, sie war ein bisschen mehr von ihm losgekommen. Und es war auf eine gewisse Art eine Genugtuung, dass es Brad zu verletzen schien. Auch wenn es seinen Stolz mehr verletzte als sein Herz.

„Warum bist du gekommen?", fragte sie ihn gelassen.

„Ehrlich gesagt, hatte ich ein schlechtes Gewissen, dir das sagen zu müssen. Aber jetzt nicht mehr", sagte er und richtete sich zu voller Größe auf. „Dies ist mein Haus, und ich will es zurückhaben. Ich will Borne Manor."

10. Kapitel

„Warum hast du das gemacht?“, fuhr Alice Robinson an, als sie in die Küche gestürmt kam. Brad hatte sie so wütend gemacht, dass sie nahe dran war zu explodieren.

Robinson lehnte am Herd, ihrem Lieblingsort im ganzen Haus, und verschränkte die Arme vor der Brust. Reue zeigte er nicht.

„Das hat er verdient.“

„Und das hast du zu entscheiden, ja? Hast du dir auch nur eine Sekunde lang überlegt, was ich will? Nein, antworte erst gar nicht! Denn ich sag es dir: Nein, Robinson, das hast du nicht, das hast du verdammt noch mal nicht getan!“

Unbeeindruckt zuckte Robinson mit den Schultern. „Du möchtest, dass ich mich entschuldige? Das werde ich nicht tun, Alice. Ich habe ihn mit seinen eigenen Waffen geschlagen. Das geschieht ihm recht. Er kann sich glücklich schätzen, dass ich ihm nicht die Fresse poliert habe.“

Sie starrten sich quer durch die Küche an.

„Ist dir bewusst, was du hier tust? Du projizierst deine Eheprobleme auf meine. Da draußen läuft ein Typ rum, den du am liebsten verprügeln würdest. Und in deiner verdrehten Logik glaubst du, das wettmachen zu können, indem du es Brad heimzahlst. Schön und gut, vielleicht kommst du dir jetzt besonders männlich vor, ich aber finde das idiotisch.“

Seine Mundwinkel zuckten, und in seinen Augen flammte

Zorn auf. Doch das war Alice egal. Er war nur halb so wütend, wie sie es gerade war. Sie riss die Hintertür mit so viel Kraft auf, dass die Scharniere ächzten. Wutentbrannt drehte sie sich noch einmal zu ihm um.

„Und küss mich nie wieder, Robinson Duff! Nicht aus Rache oder sonst irgendeinem Grund, hörst du?“

Wo war der verdammte Tequila, wenn man ihn brauchte? Robinson rutschte, mit dem Rücken am Herd, zu Boden, den Kopf in die Hände gestützt. Alice hatte recht, und er wusste das. Er wünschte, er hätte bei Lena anders gehandelt, andere Dinge gesagt. Und ja, vielleicht war seine Reaktion eben unangebracht gewesen. Er war an dem Morgen schon wegen der E-Mail von Marsh gereizt gewesen. Ganz gleich, wie viele Tickets schon verkauft und wie viel Geld in die Tournee gesteckt worden waren, er würde unter keinen Umständen auftreten und Konzerte geben.

Er war einmal um die halbe Welt gereist, um dem Ärger zu Hause zu entfliehen. Und was bekam er jetzt hier? Nicht nur, dass ihm die alten Probleme einmal um die halbe Welt herum folgten. Hier bekam er gleich noch einen Haufen neuer Probleme auf die alten obendrauf.

„Zwei Rotwein, bitte“, sagte Niamh an dem Abend, als sie am Tresen im Siren saßen.

„Gib uns gleich die ganze Flasche, Dessy“, sagte Alice, „die werden wir brauchen.“

Erstaunt zog Dessy die Augenbraue hoch. „So schlimm, Liebes? Soll ich mir ein Glas nehmen und mich dazusetzen?“

Alice schüttelte den Kopf. „Frauenprobleme.“

„Dabei wollte ich doch auch immer zum Frauenfußball“, sagte Dessy geknickt und zupfte an seinem Hemd mit dem Blumenmuster. „Aber meine Mutter hat mich zu den Jungs gesteckt.“

Alice und Niamh entdeckten einen freien Tisch in der Nähe des Kamins und setzten sich.

„Ich bin so froh, dass der Auftrag bald erledigt ist“, nörgelte Niamh. „Wenn ich mir noch länger den schrumpeligen Schniedel von Brice Robertson ansehen muss, werde ich nie wieder Lust auf Sex haben.“

Alice musste grinsen. Die ersten Gläser hatten sie so schnell ausgetrunken, dass sie schon zum ersten Mal nachschenkte. „Wie weit bist du?“

„Morgen kommt er zum letzten Mal, um mir Modell zu sitzen. Gott sei Dank. Ich werde mich heute Abend sinnlos betrinken, dann habe ich morgen einen guten Grund, eine Sonnenbrille zu tragen.“

Die Idee, sich zu besaufen und sämtliche Probleme im Alkohol zu ertränken, fiel bei Alice auf fruchtbaren Boden. „Brad ist heute Morgen aufgetaucht“, sagte sie und hob das Weinglas.

„Was? Warum? Du hättest mich rufen sollen, ich hätte sonst was mit ihm gemacht!“

Alice schnaubte. „Robinson hat das für dich erledigt.“ Sie war immer noch unglaublich wütend auf den Cowboy in ihrem Haus.

Niamh sah auf. „Aha, erzähl! Ich wollte dich eh fragen, ob er sich eingelebt hat.“

„Er hat auf dicke Hose gemacht, dann hat er mich geküsst und ist abmarschiert.“

Niamh presste eine Hand auf ihre Brust und machte große

Augen. „Robinson Duff hat dich geküsst? Oh Mann. Ist er ein guter Küsser?"

„Darum geht's doch jetzt gar nicht, Niamh. Ich sagte: Er war voll der Macho und hat sich in Dinge eingemischt, die ihn nichts angehen!"

Niamh klatschte aufgeregt in die Hände. „Jaja, darüber reden wir gleich. Ich will erst den Spaß, dann den Ernst. Du hast Robinson Duff geküsst – Details, bitte. "

Alice nestelte an ihrem Armband herum. „Er war genervt. Es war kein liebevoller Kuss."

„Verstehe ich nicht", sagte Niamh gequält. „Er hat dich einfach so, wie aus heiterem Himmel, geküsst, nur um Brad zu ärgern?"

„So ungefähr."

„Aber er küsst doch gut, oder? Bitte sag Ja. Meine Träume wären zerstört, wenn nicht."

Alice verdrehte die Augen. „Wenn er will, dann ja."

Über ihr Weinglas hinweg sah Niamh ihre Freundin eindringlich an. „Das heißt, er hat dich nicht zum ersten Mal geküsst?"

Alice wollte sich und Robinson nur ungern verraten, andererseits brauchte sie dringend den Rat ihrer Freundin. „Letzte Nacht in der Küche, da hat er mich geküsst."

„Und?"

„Und was?"

Niamh rückte näher an den Tisch. „Und du hast seinen Kuss erwidert und gemerkt, dass dein untreuer Mann nicht der Nabel der Welt ist, sondern es noch andere Männer gibt. Und sein Kuss war so heiß, dass deine Lippen geradezu brannten. Und du hast ihn in dein Bett geschleift und ihn vernascht, mindestens dreimal hintereinander, ohne dass er seinen Cowboyhut abgesetzt hat."

„Niamh!", rief Alice schockiert und drehte hektisch den Kopf hin und her, um zu sehen, ob jemand mitgehört hatte. „Nein, natürlich nicht. Er hat mir ein Bad eingelassen, danach haben wir zusammen gegessen. Wir haben geredet, und der Kuss hat sich halt so ergeben."

„Ich wünschte, ich wäre du", seufzte Niamh melodramatisch. „Das ist doch nicht fair. Du kriegst den Pimmel vom Cowboy, während ich mir das schrumpelige Ding von Brice Robertson ansehen muss. Es sieht aus wie eine vertrocknete Kröte."

Alice versuchte, das Bild schnellstmöglich aus dem Kopf zu kriegen. „Niamh, ich habe ihn nur geküsst. Und ich werde es nach allem, was heute Morgen vorgefallen ist, so schnell nicht noch einmal tun."

„Vorgefallen? Du meinst, dass er deinem treulosen Exmann gezeigt hat, wo der Hammer hängt und wie blöd er war, dich gehen zu lassen?"

Alice seufzte. „Robinson hat das doch nur seinetwegen getan, Niamh, nicht meinetwegen. Er hat selbst Eheprobleme und dachte wohl, wenn er sich in meine einmischt, bringt ihn das irgendwie weiter."

Niamhs Lippen wurden schmaler. „Wenn das bedeutet, dass er Brad eins ausgewischt hat, dann verstehe ich nicht, wieso dich das so ärgert."

Alice trank einen großen Schluck Wein. „Das ist ein einziges Chaos, Niamh. Brad kam, um mir mitzuteilen, dass er das Haus will."

„Borne Manor?", fragte Niamh entgeistert, und augenblicklich waren ihre leidenchaftlichen Fantasien verschwunden. „Er will Borne Manor?“

Alice nickte niedergeschlagen. „Das hat er gesagt, ja.“

„Warum? Ihm gefällt das Haus doch gar nicht.“

„Ich vermute, dass Felicity dahintersteckt“, antwortete Alice. „Er hat so etwas gesagt wie ‚prima Rückzugsort‘ und warum gerade ich die Ruhe und Frieden auf dem Land bräuchte.“

Sie schüttelte den Kopf, als sie sich an die hitzige Diskussion mit Brad erinnerte. Es war so offensichtlich, dass seine eifersüchtige neue Freundin ihm diese Worte eingeflüstert hatte. Nun war Alice mehr als froh, die Idee mit der Zwischenvermietung gehabt zu haben und dass es tatsächlich alles so schnell geklappt hatte. Die Sterne mussten da günstig gestanden haben. Besonders günstig auf ihr Schicksal wirkte sich natürlich der Rockstar aus. Sie würde ihm dafür glatt danken, wenn sie im Moment nicht so wütend auf ihn gewesen wäre. Auch wenn Brad das Haus haben wollte, Robinsons Mietvertrag über die Dauer von sechs Monaten war wasserdicht. Bis Ende Oktober lief der Vertrag, was Alice ausreichend Zeit zum Nachdenken gab.

„Aber du gibst nicht kampflos auf, oder?“

Alice nickte bedächtig. Sie war nie entschlossener und sich selbst so sicher gewesen wie jetzt. „Ich muss die Idee mit dem Glamping unbedingt umsetzen.“

Die versprochene Sonne schien am nächsten Morgen sehr früh und schickte bündelweise Licht in den Wohnwagen und an die silbern glänzende Deckenwölbung über Alice’ Bett. Mit noch halb geschlossenen Augen genoss sie die wohlige Wärme, die durch die dünnen Vorhänge drang. Schläfrig streckte sie sich wie eine Katze in alle Richtungen und wollte sich einen Kaffee machen und damit direkt zurück ins Bett. Sie öffnete ein Auge, sah zum Wasserkocher hinüber und wünschte, er würde sich von selbst in Gang setzen. Wenn der Kaffee sich dann noch von selbst in einen Becher gießen würde und zu ihr ins Bett käme, wäre das der perfekte Start in den Tag. Das war das Gute an dem Wohnwagen: Alles war so nah. Egal, wo sie stand, sie kam an fast alles heran, ohne sich groß bewegen zu müssen. Aber eben nur fast. Ehrlich gesagt fand sie es hier gar nicht so übel. Sosehr sie das Haus liebte, zuletzt war es dort sehr einsam gewesen. Hier hatte sie es kuschelig und gemütlich. Der Wagen war wie eine Blase aus Aluminium, die sie vor Brad, Felicity und auch vor Robinson schützte.

„Alice!"

Sie stöhnte und spitzte die Ohren, als es an der Tür klopfte.

„Alice, mach auf, ich bringe Kaffee."

Hm. Das klang nach Hazel. Alice warf noch einen Blick auf den Wasserkocher. Erstaunlich, was intensives Wünschen alles bewirkte. Oder vielleicht waren Hazels spirituelle Kräfte doch ausgeprägter, als alle annahmen. Wie auch immer, sie setzte sich auf und fuhr sich mit den Fingern durchs Haar.

„Ich komme", rief sie und krabbelte aus dem Bett. Sie zog den Morgenmantel über ihr Nachthemd. Beim Knoten des Gürtels erinnerte sie sich, dass sie den Mantel zuletzt bei Robinson in der Küche getragen hatte. Mit einem Haargummi, das sie in der Manteltasche fand, bändigte sie ihre Mähne und verdrängte die Erinnerungen an diesen Abend. Für so etwas war es viel zu früh am Morgen.

„Guten Morgen, Hazel", sagte sie, als sie die Tür öffnete. Ihre Nachbarin hatte es sich schon auf den Stufen gemütlich gemacht. „Schöne Überraschung, komm rein."

„Lieber nicht, Liebes", sagte Hazel und warf einen Blick zum Dach des Wagens. „Rambo ist mir gefolgt, er würde auch mit reinkommen wollen."

Alice lehnte sich aus der Tür hinaus und schaute nach oben zu dem Beo. Der Vogel sah mit seinen schwarzen Knopfaugen zu ihr herab.

„Wechsel die Laken, du Sau!", krächzte er und ahmte perfekt Hazels Tonfall nach.

Alice zuckte zusammen. Sie warf dem Vogel einen bösen Blick zu und gesellte sich zu Hazel nach draußen auf einen Liegestuhl.

„Entschuldige. Das ist alles, was er sagt, seit er gestern gehört hat, wie ich mit Ewan wegen seines unaufgeräumten Zimmers geschimpft habe."

Alice lächelte und trank aus dem rosafarbenen Kaffeebecher, den Hazel ihr in die Hand gedrückt hatte.

„Das tut gut", sagte sie und fragte sich, warum in aller Welt Hazel so früh bei ihr auftauchte.

„Fangt nicht ohne Stewie an!", schallte eine Stimme quer über das Grundstück. Kurz darauf erschien er höchstpersönlich, gekleidet in einen schwarzen Seidenpyjama und mit einem grünen Kopftuch anstelle einer seiner Perücken. In einer Hand trug er eine Teetasse, in der anderen, was ungewöhnlich war, einen Pinsel. Bevor Alice sich erkundigen konnte, was los war, kam Niamh um die Ecke gejoggt. Sie holte Stewie ein, und zusammen erreichten sie den Wohnwagen, wo sie sich einen Sitzplatz suchten.

„Was wird das? Ein weiterer Versuch, Robinson Duff einen Besuch abzustatten?", fragte Alice neugierig und streichelte Pluto über den wuscheligen Kopf. „Allerdings ist er vermutlich kein Morgenmensch, im Gegensatz zu euch.“ Verstohlen sah sie auf ihre Uhr. Es war noch nicht einmal halb acht.

„Du Sau!“, krächzte Rambo wie ein Hahn. Alice schloss kurz die Augen.

„Wir sind nicht wegen Robbie hier“, erklärte Stewie. „Obwohl, wie geht’s dem alten Haus? Wir könnten, wenn wir hier fertig sind, rübergehen und ihm Hallo sagen. Vielleicht hat er mal Lust, Hoppe, hoppe Reiter zu spielen und mit zum Pferderennen zu kommen. Der müsste mal hier raus, der Junge.“

Alice bezweifelte, dass Robinson das gefallen würde, aber sie behielt ihre Gedanken für sich. Was wusste sie schon, was Robinson gefiel und was nicht?

„Wir sind hier, um zu helfen“, sagte Hazel geheimnisvoll.

„Wir können streichen“, fiel Stewie ein und hielt den Pinsel hoch. So wie er das Malerutensil hielt, war klar, dass er in seinem ganzen Leben noch nie irgendetwas gestrichen hatte.

Hilfe suchend sah Alice zu Niamh, vielleicht konnte sie ihr verraten, was hier vor sich ging.

„Ich habe es ihnen erzählt“, sagte sie, und ihr hübsches Gesicht nahm einen nachdenklichen Ausdruck an. „Es geht uns ja alle an, Alice. Dir gehören die Häuser, und wir wollen, dass es so bleibt. Hier siehst du deine Arbeitstruppe.“

Alice ließ den Blick über die kleine Versammlung schweifen und fragte sich, ob Niamh den Verstand verloren hatte.

„Ewan gehört auch zur Truppe, wenn er denn aus dem Bett kommt“, fügte Hazel hinzu.

Sie alle blickten zu Rambo, der mit sichtlicher Genugtuung schwieg.

„Ich hatte noch nie von Glamping gehört, bis Niamh es mir heute Morgen erklärt hat“, sagte Stewie. „Großartige Idee, hier mal mehr Bewegung und Verkehr reinzubringen, nicht wahr?"

Alice zuckte zusammen. „Wann habt ihr denn darüber gesprochen?", fragte sie Niamh.

„Krisensitzung, sechs Uhr heute Morgen, Süße", sagte Stewie und blinzelte schelmisch.

„Ich war gerade im Garten, um die atmosphärischen Schwingungen zwischen Nacht und Tag aufzunehmen, da rief Niamh mir über den Zaun zu", erklärte Hazel mit heiligem Ernst.

„Und dann kam ich die Straße entlang. Ich war auf dem Nachhauseweg von einem Treffen mit alten Kollegen." Stewie war wirklich ein Schwerenöter. Alice wollte sich lieber nicht vorstellen, wie ein Treffen ehemaliger Pornostars ablief.

„Du Sau!", krächzte Rambo wie aufs Stichwort.

„Du sagst es, Rambo", sagte Stewie augenzwinkernd. „Junge, Junge, meine Knie tun mir immer noch weh."

Niamh räusperte sich, um nicht lachen zu müssen. „Gut. Wo fangen wir an?"

Alice sah sich in der Runde der mehr oder weniger arbeitstauglich Bekleideten um. „Sollten wir uns nicht erst mal alle ordentlich anziehen?"

Stewie hievte sich aus seinem Stuhl. „Gute Idee, Leute. Hopp, hopp, auf in die Hütten!"

Niamh wartete, bis die anderen gegangen waren. „Wahrscheinlich hältst du uns für verrückt, Alice, und wahrscheinlich sind wir das sogar. Aber die Sache ist die: Du bedeutest uns etwas, wir lassen dich nicht allein, wir stehen hinter dir und kämpfen an deiner Seite um das Haus. Denn es gehört dir, und so soll es bleiben! Du sollst wissen, dass du nicht allein bist." Niamh drückte Alice' Schulter. „Ich gehe schnell nach Hause, frühstücke und ziehe mir was an. Du solltest dasselbe tun. Du bist jetzt die Anführerin der wohl seltsamsten Truppe, die die Welt je gesehen hat."

Gegen Mittag hatte die Truppe bereits einige Stunden gearbeitet, jeder „Arbeiter" an dem ihm zugewiesenen Platz. Hazel war das Grundstück abgegangen, um zu prüfen, wo die Energiewellen für mögliche Unterkünfte am besten waren. Dabei hatte Alice gesehen, wie Hazel die alte Eiche am anderen Ende des Waldes inniglich umarmt und wie sie im Schneidersitz auf dem Steg des Bootshauses gesessen und mit den Wassergeistern gesprochen hatte. Sogar Ewan war am späten Vormittag aufgekreuzt und hatte sich bereit erklärt, zusammen mit Stewie Holz zu hacken, das sie für das Baumhaus und weitere Bauten brauchten.

Alice und Niamh arbeiteten am Baumhaus weiter. Sie lagen bäuchlings auf dem Boden und hatten eine riesige Landkarte vor sich ausgebreitet, daneben lag der Ordner mit all den Plänen und Zeichnungen, die Alice gemacht hatte.

„Brauchst du eine Erlaubnis für den Betrieb des Platzes?", fragte Niamh und schrieb den Punkt auf die To-do-Liste.

„Mein Anwalt kümmert sich schon darum", antwortete Alice. Sie versuchte gar nicht erst, alle rechtlichen Bestimmungen zu verstehen, und war froh, jemanden zu haben, der sich damit auskannte.

„Toiletten?", fragte Niamh und verzog das Gesicht:

„Plumpsklos", gab Alice zurück, sie hatte sich gerade erst vor ein paar Tagen damit beschäftigt. „Man kann sie bestellen, sie sind in kleinen Holzhütten versteckt und kompostieren sich selbst."

„Und was ist mit Robinson? Hast du ihm erzählt, was du vorhast auf deinem Grundstück?"

Die Grimasse, die Alice zog, war Niamh Antwort genug.

„Alice, du musst ihm das sagen! Wenn du wirklich in acht Wochen die ersten Gäste haben willst, wird ihn das am meisten betreffen."

„Ich weiß, ich weiß." Alice seufzte. „Ich werde es ihm sagen. Ihm wird es nicht gefallen, fürchte ich. Das ist alles." Schließlich war Robinson nach Borne Manor gezogen, um hier seine Ruhe zu haben und Abstand von dem ganzen Trubel zu gewinnen. Wenn dieser nun direkt vor seiner Haustür kampierte, würde ihm das sicher nicht gefallen.

„Dann lass dir besser etwas einfallen, um ihn auf deine Seite zu ziehen. Denn wenn er dagegen ist, könnte das ganze Projekt scheitern. Ich glaube nicht, dass das Dorf etwas gegen deinen Plan haben wird, aber er ist dein nächster Nachbar. Er muss damit einverstanden sein. Sprich mit ihm. Und schieb es nicht auf die lange Bank, okay?"

Alice sah zum Haus hinüber. Ihr Magen zog sich dabei merkwürdig zusammen. Besonders prächtig verstanden sie sich im Moment ja nicht gerade. „Okay. Ich spreche mit ihm."

11. Kapitel

Am Nachmittag servierte Alice ihrer Truppe Tee und Kekse. Kurz darauf schickte sie ihre Arbeiter vom Baumhaus aus in den Feierabend und nach Hause in ihre Badezimmer und jeweiligen Betten. Am Morgen noch war sie angesichts der bunt zusammengewürfelten Gruppe sehr skeptisch gewesen. Aber allein die Tatsache, dass sie da waren und guten Willen bewiesen, ließ das ganze Unternehmen ein bisschen weniger gewagt erscheinen. Selbst Hazels Suche nach dem Energiefluss hatte ein paar interessante und nützliche Ideen zutage gefördert. Sie betrafen zwar hauptsächlich seltene und schützenswerte Bäume und weniger den „Spirit" des zukünftigen Glampsite, aber immerhin. Stewie, der alte Haudegen, war mit Ewan an seiner Seite geradezu aufgeblüht. Alice fürchtete zwar, dass die Anekdoten, die er dem Siebzehnjährigen erzählte, nicht jugendfrei waren. Aber der Stapel Holz, den sie gehackt hatten, war beeindruckend, das musste Alice zugeben.

Immer wieder über den Tag verteilt hatte ihre Truppe ihr Tipps und Ideen zugerufen, die sie in ihrem Ordner notiert hatte. Sie wollte den Abend damit zubringen, ihre Notizen in Ruhe durchzugehen. Etwas musste sie allerdings vorher noch erledigen. Sie blinzelte in die untergehende Sonne. Ihr Instinkt sagte ihr, dass dies der perfekte Zeitpunkt war. Also kletterte sie geschwind die Stufen des Baumhauses hinab und eilte durch den Garten zum Wohnwagen zurück.

Sie lag wie angegossen in ihrer Hand. Seit mehr als acht Jahren hatte Alice sie nicht mehr zur Hand genommen. Aber als sie den Film in die Nikon ihres Vaters einlegte, bewegten sich ihre Finger wie von selbst. Ebenso automatisch stellte sie die Belichtungszeit ein, ihr Verstand und ihre Finger arbeiteten instinktiv zusammen, während sie die Lichtverhältnisse einschätzte. Sie trabte durch den Wald, jede Minute zählte, wenn es um die richtige Aufnahme ging. Der Sonnenuntergang war die bevorzugte Tageszeit ihres Vaters gewesen, er hatte seine Liebe für die Fotografie und die ewige Suche nach dem perfekten Bild und der perfekten Einstellung seiner Tochter vererbt. Sie ließ allerdings nicht zu, dass die sentimentalen Gefühle ihre kühle Urteilskraft überschatteten, als sie sich auf den Steg am Bootshaus hockte. Die Kamera hatte sie zur Seite gelegt, während sie ihre Finger als Sucher benutzte.

Sie konnte seine Ratschläge regelrecht hören, als stünde er neben ihr und fachsimpelte mit ihr. Fündig geworden, hob sie die Kamera vors Auge. Die vertrauten Bewegungen und der alte Apparat hatten etwas Tröstliches. Freude und Wehmut mischten sich, und sie verlor sich ganz in dem Moment. Jahrelang hatte sie vermieden, genau das zu tun. Und jetzt war es vielmehr tröstlich als schmerzlich, den schöpferischen Prozess zu genießen, den ihr Vater sie zu lieben gelehrt hatte. Als er gestorben war, hatte sie die Schuld daran auf seinen Beruf geschoben, auf seine Berufung, sein unerbittliches Arbeitsethos … Die Fotografie hatte ihr den Vater genommen. Jetzt allerdings, Jahre später, spürte sie, was sie damals nicht spüren wollte: seine Hände auf der Kamera, die sie nun in ihren Händen hielt, seine geübten Augen an dem Sucher. Das Gerät benutzen zu können war eine Gabe, und ein Geschenk war es gewesen, ihren Vater jahrelang als Lehrer zu haben.

Sie ließ sich Zeit. Es war ihr Trost und Freude, die Kamera in der Hand zu halten und auf den richtigen Augenblick zu warten. Das Licht schwand, und sie ließ die Kamera sinken, behielt sie aber in der Hand, das Lederband lag warm und vertraut um ihren Hals. Lächelnd erinnerte sie sich an den blassen Streifen Haut im ansonsten sonnengebräunten Nacken ihres Vaters, der nie verschwand. Er rührte von diesem Lederband, das zumindest diesen schmalen Streifen vor der sengenden Sonne auf seinen Auslandseinsätzen geschützt hatte.

„Darf ich für dich posieren?"

Alice sah auf. Robinson stand am Bootshaus.

„Zu spät. Die Sonne ist weg."

Sie war immer noch sauer auf ihn wegen seines Verhaltens Brad gegenüber. Was Brad über sie beide denken mochte oder auch nicht, bereitete ihr keine Sorge. Wahrscheinlich war es Robinson selbst nicht bewusst, aber mit seinem Auftritt hatte er eigennützig ihre Gefühle mit Füßen getreten und ihr keine Wahl gelassen.

„Die ist alt", sagte er mit Blick auf die Kamera.

„Sie hat meinem Vater gehört."

„Er lebt nicht mehr?"

Alice schüttelte den Kopf und sah auf den See hinaus. „Er starb vor ein paar Jahren."

Robinson setzte sich schweigend neben sie auf den Steg. „Er schien viel Ahnung zu haben", sagte er schließlich und tippte auf die Kamera.

„Er gehörte zu den besten Fotoreportern seiner Zeit", sagte Alice. „Er starb bei der Arbeit in Afghanistan."

Knapp und klar hatte sie das gesagt. Sie war selbst erstaunt, dass sie ihm etwas anvertraute, das sie in all den Jahren nicht einmal ihrem Ehemann hatte erzählen können.

„Du bist stolz auf deinen Vater?"

Alice antwortete nicht, es war ohnehin mehr eine Aussage als eine Frage. Robinson nahm einen flachen Stein und ließ ihn über das immer dunkler werdende Wasser hüpfen.

„Es tut mir leid, dass ich dich geküsst habe, Alice."

Sie nickte.

„Das zweite Mal, meine ich, nicht das erste." Er sah sie von der Seite an. „Den ersten Kuss bereue ich nicht."

„Danke, dass du dich entschuldigst."

Robinson atmete hörbar aus. „Ich habe mich über etwas geärgert und den Ärger an dir ausgelassen. Ich wünschte, ich hätte das nicht getan."

„Das wünschte ich auch", sagte sie ruhig, denn sie hörte, dass er es ernst meinte.

„Du redest auch von dem zweiten Kuss, oder?"

Sie verdrehte die Augen. „Du weißt ganz genau, was ich meine."

„Weil der erste Kuss echt gut war, oder?" Er stieß sie sanft mit der Schulter an, und sie musste grinsen.

„Ich kann mich nicht richtig erinnern. Ich hatte einen Wein getrunken oder zwei."

„Doch, doch, du erinnerst dich, Goldlöckchen." Das Lächeln zauberte ihm Grübchen auf die Wangen, und seine Augen funkelten im Dämmerlicht. „Sonst frische ich deine Erinnerungen auf, wenn du willst."

Sein kleiner Finger spielte mit ihrem, ihre Hände lagen flach auf den Holzbohlen des Stegs. Die kleine Bewegung reichte, um sie vollkommen abzulenken. Er beugte sich ein wenig zu ihr hinüber und sah ihr in die Augen, halb scherzhaft, halb ernst.

„Ich glaube, ich erinnere mich doch", hauchte sie, halb ängstlich, dass er sie noch einmal küssen würde. Denn das wäre eine ganz schlechte Idee. Sie war eh so gefühlig, in dem Zustand war es nicht unwahrscheinlich, dass sie ihn in den Wohnwagen zerrte und Sachen mit ihm anstellte, die sie am nächsten Morgen bereuen würde.

Sie erhob sich und klopfte den Staub von ihrer Jeans. Die Kamera hing sicher um ihren Hals.

„Schön, dass wir wieder Freunde sind", sagte er, halb flapsig, halb ernst, und kam ebenfalls auf die Füße. Zusammen gingen sie in Richtung des Wohnwagens. Freunde? Er war ganz allein hier in England, sie war der einzige Mensch in seinem jetzigen Leben. Wahrscheinlich war sie ihm wirklich so etwas wie eine Freundin.

„Willst du mir erzählen, was dich gestern so geärgert hat?", fragte sie so beiläufig wie möglich.

Er stieß mit der Stiefelspitze den Staub auf dem Schotterweg auf. „Da gibt es nicht viel zu erzählen. Ich sollte woanders sein, an einem Ort, an dem ich im Moment nicht sein möchte. Im Moment nicht, und so, wie es mir gerade geht, nie wieder."

„Geht es um deine Arbeit? Oder deine Frau?"

„Exfrau", korrigierte er sie. „Nein, sie hat mich dieses Mal nicht geärgert. Oder doch, natürlich, weil allein der Gedanke an sie mich jeden Tag nervt. Aber diesmal ging es um Arbeit."

So abfällig, wie er das sagte, war es die Untertreibung des Jahres, bei seiner glanzvollen Karriere als Countrymusik-Star.

„Hast du Verpflichtungen zu Hause?"

„Genau das ist es, Alice. Zu Hause fühlt sich überhaupt nicht mehr an wie zu Hause.“ Er schob seine Hände tief in seine Hosentaschen. Seine Arme waren verkrampft, seine Schultern nach vorne gebeugt. Seine Haltung brachte seinen emotionalen Zustand perfekt zum Ausdruck. „Sagen wir mal so: Mir ging es dort zuletzt nicht gut.“

„Und hier? Geht es dir hier besser?“, fragte sie.

Sein Mund zuckte. „Jein.“

Die Antwort machte sie auch nicht schlauer. Alice schwieg in der Hoffnung, dass er mehr erzählte. Sie hatte Glück.

„Hier habe ich Freiraum, hier kann ich atmen, ausspannen, den ganzen Mist mal kurz vergessen. Aber dabei weiß ich genau, dass alle Probleme noch da sind und auf mich warten. Denn der ganze Mist hat viel Geduld und am Ende immer den längeren Atem, verstehst du?“

Alice verstand. Sie war selbst Expertin darin, ihre Gefühle und Probleme unter einer dermaßen dicken Schicht an Plänen und Projekten zu begraben und zu hoffen, dass sie darunter so platt gedrückt würden, dass sie verschwanden und sie sich nicht mehr darum zu kümmern brauchte.

„Was für ein Mist ist das?“, fragte sie. Das Licht im Wald war fast ganz verschwunden, und die Bäume trugen ihr schwarzes Nachtgewand.

Robinson lachte in sich hinein, doch das Lachen klang schal und freudlos. „Ach, Mist heißt, dass, wenn ich meinen Hintern nicht nach Nashville zurückbewege und meine Verträge erfülle, sie mich verklagen werden, bis mir Hören und Sehen vergehen.“

Okay, kein Wunder, dass er abfällig von seiner Arbeit sprach und so frustriert war.

„Oje“, sagte sie.

Robinson lachte, diesmal weicher. „Du sagst es.“

Alice öffnete die Tür zum Wohnwagen. „Kaffee?“

Alice hatte keine Ahnung, warum sie das fragte. Jede Faser ihres Körpers sagte ihr, dass es ein Wagnis war, ihn hereinzubitten. Und doch tat sie es. Robinson Duff war ein Mann, in dessen Gegenwart ihr Verstand versagte und sie sich sehr verletzlich vorkam. Und das machte ihn sehr gefährlich.

12. Kapitel

Robinson seinerseits wollte eigentlich erwidern: „Nein, danke." Alles in ihm schrie, dass es keine gute Idee wäre, Zeit mit ihr alleine zu verbringen. Und dann tat er es doch. Alice McBride stellte sich als eine Frau heraus, die seinen Verstand übersteuerte und direkt seinen Körper ansprach. Und das machte sie sehr gefährlich.

„Kaffee wäre toll", sagte er. „Und ein Whisky wäre noch besser."

Alice warf ihm einen Blick über ihre Schulter zu, als sie ihn in den Wohnwagen führte.

„Erstens habe ich keinen Whisky da, und zweitens ist es noch nicht mal acht Uhr, und ich habe noch nichts gegessen. Ein Whisky, und ich wäre in null Komma nichts blau."

„Blau?", fragte er grinsend. „Besoffen, meinst du?"

Sie nickte. „Blau, besoffen … genau."

„Und was genau wäre daran verkehrt?"

„Ich hätte morgen einen Kater und würde es bitter bereuen, Robinson, deshalb", sagte sie und drehte das Gas unter dem Wasserkocher auf. Mittlerweile beherrschte sie das wie aus dem Effeff. „Setz dich."

Er machte es sich auf der Sitzbank bequem und sah ihr beim Hantieren in der kleinen Kochnische zu. Sie zauberte ein paar Sandwiches auf den Tisch, dazu servierte sie den Kaffee. Dann fiel ihr ein, dass sie eine Flasche Wein im Kühlschrank hatte, und sie holte auch noch zwei Weingläser.

„Das ist der Nachtisch, mehr gibt es nicht“, sagte sie und stellte die Flasche zu den Gläsern auf den Tisch.

„Wein als Nachtisch – super“, sagte er. Er war ein Mann. Für ihn schlug Alkohol Schokolade um Längen und war in jeder Lebenslage super. Alice nahm ihm gegenüber Platz und schob ihm seinen Teller zu.

„Geflügelsalat. Das ist alles, was ich grad dahab’“, sagte sie entschuldigend.

Er schüttelte den Kopf und war vollkommen zufrieden mit dem Mahl.

„Köstlich. Ich ernähre mich von Pizza und Fertiggerichten aus der Mikrowelle. Auch wegen des Herdes, der ins Museum gehört. Dagegen ist das hier Haute Cuisine.“

„Also hat Hazel keinen Auflauf mehr vorbeigebracht?“ Alice nahm sich ein Sandwich und schenkte ihnen Kaffee ein. Während des Essens plauderten sie angeregt, hauptsächlich ging es um ihre Nachbarn. Robinson erfuhr, dass Stewie ein ganzes Zimmer voller Perücken hatte und seine Sammlung liebevoll hegte und pflegte. Und dass er viel Geld und Zeit in Puppen- und Perückenköpfe investierte, die er auf Ebay ersteigerte. Die brauche er, um seine Kollektion stilecht auszustellen. Robinson erfuhr auch, dass Hazel behauptete, einmal ein ganzes Dorf mit einem vierundzwanzig Stunden anhaltenden Liebeszauber belegt und sämtliche Einwohnerinnen in Nymphomaninnen verwandelt zu haben und dass eine Aktmalerei von Niamh in der National Gallery in London hing.

„Und was ist mit dir, Alice?“, fragte er sie, nachdem sie den Tisch abgeräumt hatte und er den Wein geöffnet und eingeschenkt hatte. „Hast du auch eine geheime Leidenschaft?“

Sie drehte das Weinglas in ihrer Hand, und er betrachtete ihre schlanken, ringlosen Finger.

„An mir ist nichts geheimnisvoll", sagte sie und zuckte mit den Schultern. „Ich wünschte, ich könnte etwas Interessantes erzählen, aber ich bin einfach ich."

„Du lebst in einem Wohnwagen in deinem Garten, das finde ich ganz schön interessant", sagte er. „Wie kommt das?"

In ihre blauen Augen schlich sich Traurigkeit. „Was glaubst du?"

„Ich glaube, dass du nicht alleine, ohne deinen Mann, in Borne Manor leben wolltest."

Der Ausdruck auf ihrem Gesicht sagte ihm, dass er mit seiner Vermutung falschlag.

„Ich liebe Borne Manor", sagte sie. „Es ist mein Zuhause. Auszuziehen ist mir sehr schwergefallen. Ich vermiete es, um die Kosten decken zu können."

„Du bist ausgezogen, damit du es nicht verkaufen musst, heißt das?"

Sie blies ihre Wangen auf und seufzte tief. Also ja.

„Und jetzt hat sich mein toller Ehemann zusammen mit seiner noch tolleren neuen Freundin in den Kopf gesetzt, dass er das Haus haben will."

Alice sah in dem Moment so zerbrechlich und zart aus, dass Robinson nur noch eins wollte: sie vor allem Ungemach dieser Welt beschützen.

„Wir kommen aus sehr unterschiedlichen Welten, Alice, aber wir befinden uns zurzeit in einer ähnlichen Situation", sagte er und trank einen Schluck des kühlen Sauvignons. Dabei stellte er sich vor, es wäre warmer Bourbon. „Andere haben unser Leben auf den Kopf gestellt, und jetzt versuchen wir, in dieser Welt wieder einen Platz zu finden.“

Alice nickte. „Nur dass du Tausende von Meilen weit weggezogen bist und ich bloß in meinen Garten.“

„Vielleicht bist du besser dran als ich“, sagte er. „Du weißt, wohin du gehörst. Du bist nur nicht mit dem Menschen zusammen, mit dem du zusammen sein möchtest.“

„Während du in einem fremden Land gelandet bist, in dem seltsame Menschen leben, die Zimmer voller Perücken haben und ganze Dörfer mit ihrem Liebeszauber belegen“, sagte sie augenzwinkernd.

„Ganz genau, Goldlöckchen.“ Er lachte leise. „Dagegen hast du es leicht.“

Alice schenkte Wein nach.

„Ich bin für dich da“, sagte sie. „Wenn du dir etwas von der Seele reden willst, ich habe immer ein offenes Ohr für dich.“

Robinson konnte nur noch daran denken, dass er am liebsten an ihrem Ohr knabbern und es küssen wollte.

„Das meine ich ernst“, sagte sie, als er nicht antwortete. „Was du gerade durchmachst, verstehe ich sehr gut.“

Wollte er überhaupt über Lena reden? „Weißt du, Alice, ich glaube, da gibt es nichts zu reden. Es ist ein Klischee: Ich habe einen meiner besten Freunde dabei ertappt, wie er in meinem Bett mit meiner Frau geschlafen hat. Von da an ging alles bergab.“

„Oh, Robinson, wie schrecklich!“, entfuhr es Alice. Voller Mitgefühl verzog sie das Gesicht. Nachdenklich schwenkte sie ihr Weinglas. „Schlimm genug, wenn der Partner einen betrügt. Aber auch noch mit einem engen Freund. Das muss entsetzlich sein. Was geht bloß in den Menschen vor? Ich mag mir gar nicht ausmalen, wie du dich gefühlt haben musst.“

„Ich war so wütend, dass ich ihm eine verpasst habe und Lena den Notarzt rufen musste", sagte er.

Alice zuckte nicht einmal mit der Wimper. „Recht so." Sie trank einen großen Schluck Wein. „Ehrlich gesagt bin ich sogar neidisch."

Ihre Reaktion überraschte ihn.

„Wieso?"

„Ich habe mir so oft gewünscht, ich könnte Felicity Shaw irgendwas antun, ihr den blöden Pferdeschwanz abschneiden oder so." Sie sprach den Namen voller Verachtung aus. So viel Bösartigkeit sah Alice gar nicht ähnlich. Aber er wusste genau, woher das kam.

„Ich glaube, aus dem Grund habe ich dich geküsst, als dein Mann vor der Haustür stand", gestand Robinson. „In meiner Vorstellung stand auch Lena vor der Tür, und sie sollte mitansehen, wie ich eine bildhübsche Frau küsse."

„Ja, Rache ist süß", pflichtete sie ihm bei. In ihren Augen las er Verständnis.

„Ist es wirklich so schlimm, wenn dein Mann denkt, wir beide hätten was miteinander?" Robinsons Blick glitt unweigerlich zu ihrem Bett, das die andere Hälfte des Wagens ausfüllte.

Alice zögerte. Ihr zweites Glas Wein hatte sie fast ausgetrunken. Sie nahm die Flasche und schenkte sich und ihm noch einmal nach.

„Ich will nur keine Spielchen mit ihm spielen. Das hohe moralische Ross zu reiten ist alles, was mir bleibt. Verstehst du das?"

Sie lag falsch. Und es war ihm wichtig, ihr das zu sagen.

„Dir bleibt so viel mehr, du hast so viel mehr, Alice", entgegnete er. „Du bist wunderbar. Du hast diese unglaublich süße, sexy Art an dir. Du bist wie der Sommerhimmel und wie

Zuckerwatte. Und manchmal bist du genau das nicht, und das macht dich nur noch attraktiver."

Verdutzt starrte sie ihn an. Die unbändigen Locken, die rosa Wangen und der leicht geöffnete Mund, aus dem sie ein „Oh" hauchte, spiegelten seine Worte perfekt wider. Allein ihr Anblick erregte ihn.

„Ich wette, dein Exmann kocht vor Wut bei dem Gedanken, dass wir etwas miteinander haben", sagte er. „Er weiß ja nicht, dass wir keinen Sex haben."

Herrje, was war bloß in diesem Wein? Die Worte kamen aus seinem Mund gepurzelt wie einem Teenager beim Flaschendrehen. Alice sah ihn verblüfft an.

„Nee, weiß er nicht. Geschieht ihm recht." Sie stand auf. „Willst du 'nen Rum?"

Typisch, plötzlich war sie das böse Mädchen. Und von böse verwandelte sie sich nachgerade zu sündig, als sie um den Tisch herumging und sich auf die Zehenspitzen stellte, um an den Hängeschrank über ihm zu gelangen. Ihre Hüften bettelten geradezu darum, von ihm gehalten zu werden. Die Bitte konnte er ihnen nicht abschlagen.

Sie hielt still und sah auf ihn hinab. Ihr Arme streckte sie weiterhin nach oben und lehnte sich an den Schrank.

Sein Blick wanderte ihren Körper entlang zu ihren erwartungsvollen Augen hoch.

„Robinson ..." Sie hauchte seinen Namen, und er setzte in die Tat um, was seine Gedanken beherrschte. Er zog ihren Körper sanft zu sich, so nah, dass er seinen Mund auf den schmalen Streifen nackter Haut über ihrem Rock drücken konnte. Sie sah zu ihm hinab, er zu ihr hinauf. Dann schien sie den Rum vergessen zu haben und legte stattdessen ihr Bein über seinen

Oberschenkel. Er hätte nicht sagen können, ob sie sich setzte oder er sie herabzog. Jedenfalls saß sie wenig später auf seinem Schoß. Ihr Atem ging so flach und schnell, dass ihre Brüste sich in dem eng anliegenden Oberteil vor seiner Nase auf und ab bewegten und er unbedingt wissen wollte, wie sie ohne aussahen.

„Alice", sagte er heiser. Er schob ihr Haar zurück und hielt ihr Gesicht zwischen seinen Händen. „Wir wissen beide, dass das nichts bringt." Er hoffte inständig, dass sie ihn verstand.

„Ja, und wir wollen es nicht noch komplizierter machen", stimmte sie zu. Er griff mit beiden Händen an den Ausschnitt ihrer Bluse und öffnete mit einem Ruck die Knöpfe.

„Guter Gott", stammelte er, unfähig, den Blick von ihren wohlgeformten Brüsten abzuwenden, die aus ihrem schwarzen Spitzen-BH quollen. „Trägst du das immer unter deiner Arbeitskleidung?"

„Immer", sagte sie und zog ihm das T-Shirt über den Kopf.

„Du weißt, dass ich eine andere Frau liebe", sagte er.

„Und du weißt, dass ich keine Beziehung will", entgegnete sie und fraß ihn förmlich mit ihren Blicken auf. „Mir ist wirklich noch nie ein Mann untergekommen, der so gut aussieht."

„Du bist noch unglaublicher, als ich dachte, Alice." Er legte beide Hände auf ihre Hüfte und zog sie an sich, sodass ihr Busen gegen seine Brust gedrückt wurde.

„Dachte? Du hast darüber nachgedacht?" Sie zog eine Augenbraue hoch. Dabei fuhr sie mit beiden Händen über seinen Körper, von den Schultern bis zum Bauch. Unter ihrer Berührung zuckten seine Muskeln.

„Ich schlafe schlecht, Baby", sagte er als Erklärung. Dann streichelte sie sein Gesicht. In ihren Augen las er, dass sie ihn verstand. Er drehte seinen Mund in ihre Handfläche und küsste sie.

„So gut habe ich mich lange nicht mehr gefühlt", sagte sie, als seine Hand ihren Rücken hinabfuhr und er sein Gesicht zwischen ihren Brüsten vergrub. Gott, ihre Haut war so weich, und sie roch herrlich, nach frischer Luft und Erde, nach Blumen, genau so wie eine wunderschöne Gartenelfe riechen sollte.

„Mein süßes, verdammtes Goldlöckchen", flüsterte er. Er war jetzt Feuer und Flamme. Er grub seine Hände in ihre Haare, küsste ihre wogenden, vollen Brüste und dann ihren Hals, den sie ihm darbot, indem sie den Kopf in den Nacken legte. Robinson wusste von ihrem ersten Kuss in der Küche, dass Alice in erregtem Zustand sehr heißblütig war. Damit, wie heiß ihre Glut tatsächlich war, hatte er nicht gerechnet, so heiß, dass die Hölle in ihm ausbrach und sein Herz stillstand. Sie bewegte sich schaukelnd auf ihm. Er konnte keinen klaren Gedanken mehr fassen – außer dass er mehr wollte.

Er fasste auf ihrem Rücken nach dem Verschluss ihres BHs, fand aber nur ein dünnes Bändchen schlüpfriger Seide. Alice lachte leise, während er suchend das Stück Stoff ein zweites Mal abtastete. Er kam sich wie ein notgeiler Teenager vor und nicht wie ein siebenunddreißigjähriger Mann, der wusste, was er tat.

„Vorne", flüsterte sie.

Sie rückte ein wenig von ihm ab und fasste an den Verschluss zwischen ihren Brüsten. Sie blickte auf, sah ihm unter ihren dichten Wimpern hervor in die Augen, ihre Haut wie Pfirsich und Sahne, ihr Körper fest und weich zugleich. Er fühlte sich an die Reklame an den Highways zu Hause erinnert, die Männer ins Schleudern brachte. Ihr Selbstvertrauen berauschte ihn weit mehr als der Wein. Ihre Augen sagten: Sieh mich an! Ihr Körper rief: Fass mich an! Er war trunken vor Glückseligkeit, überglücklich in ihrer Gegenwart und wollte es bleiben, solange sie ihn ließ. Das hier war besser als alles, was er in letzter Zeit erlebt hatte.

Dann öffnete sie ihren BH. Und ihm wurde klar, dass es noch so viel mehr zu erleben und zu fühlen gab. Einen Augenblick lang konnte er nichts anderes tun, als sie anzusehen. In dem Moment war er der glücklichste Mann auf der ganzen Welt. Sie war noch schöner, als er sie sich ausgemalt hatte. Obwohl er einen Vorgeschmack bekommen hatte, als er sie in der Küche vor ein paar Tagen berührt hatte, machte ihn jetzt ihre bloße Schönheit sprachlos.

„Lässt du mich zappeln, Cowboy? Du hast mich noch nicht einmal geküsst", raunte sie und sah ihn verführerisch an, halb augenzwinkernd, halb mit einem hungrigen „Ich vernasch dich"-Blick.

Er schüttelte den Kopf und lachte leise. „Dann komm her, Mädchen."

Selten zuvor hatte sich Alice so befreit und so mächtig gefühlt wie in diesem Moment. Robinson sah sie auf eine Weise an, die deutlich signalisierte, wie sehr ihm gefiel, was er sah, wie erregt er war und dass er Augen und Hände nicht von ihr lassen wollte.

Er war so atemberaubend ohne sein Hemd, die Farbe seiner Haut erzählte von warmen Tagen am Strand, seine starken Schultern sagten: Lehn dich an mich, halt dich an mir fest. Sie hatte gewusst, dass er einen durchtrainierten Körper hatte, das verlangte sein Job im Showbusiness. Aber er war nicht auf die Fitnessstudio-Art trainiert, nicht zu perfekt, nicht künstlich, sondern von einer wahren und ursprünglichen Kraft, die von echter körperlicher Arbeit kam. Einer Kraft, die Schutz versprach. All das sah sie in ihm, und sie liebte es, dass er diese Kraft nicht ausspielte, sondern sich zurückhielt, dass er nicht drängte, sondern sich nach ihrem Tempo richtete. Als hätte man ihr die Schlüssel für einen Ferrari gegeben und nun läge es an ihr, das Tempo zu bestimmen: berauschend schnell oder lieber behutsam. Alice gehörte zu den Frauen, die instinktiv langsam anfahren, um sicherzugehen, dass sie nicht aus der Kurve fliegen. Jetzt merkte sie, dass sie es in der Hand hatte und, ja, dass sie auf Hochtouren fahren wollte.

Sie wollte seinen Mund. Also beugte sie sich vor und nahm ihn sich. Ihre Arme schlang sie um seinen Hals und vergrub ihre Hände tief in sein Haar. Ah, so fühlte sich seine Haut an ihrer an, warm wie die Sonne am Mittelmeer. Und oh, sein Kuss schmeckte nach Weißwein und heißem Begehren. Und das Gefühl seiner Zunge an ihrer ... Fest und zugleich sanft berührten seine Hände ihre Brüste. Sein tiefes Stöhnen erregte sie, seine Finger an ihren Brustwarzen ließen sie aufseufzen. Ja, bitte, mehr, mach das noch einmal!

Sie waren jenseits von Worten, von Gedanken, Gedanken daran, aufzuhören, Gedanken an Dritte.

„Komm ins Bett“, flüsterte sie und berührte den obersten Knopf seiner Jeans.

„Ja“, flüsterte er an ihren Lippen. Schwer atmend zog er sie halb über die Sitzbank, dann hob er sie hoch. Sie schnappte nach Luft, als er sie auf halbem Weg an die kalte, verspiegelte Badezimmertür lehnte und sich mit seinem ganzen Körper an sie presste. Sein Kuss war tief und fest.

„Alice“, flüsterte er in ihr Ohr und dann noch einmal an ihrem Mund. Er küsste sie, und sie schlang ihre Beine um ihn und zog ihn an sich. Ihr Bedürfnis, ihm nah zu sein, war unbändig. Sie wollte ihn über sich und in sich haben. Sie wollte ihn so sehr, dass sie hätte schreien können.

„Zieh mich aus, Robinson“, flüsterte sie an seiner warmen Halsbeuge.

Er lächelte. „Komisch, das hast du letzte Nacht in meiner Fantasie auch gesagt“, raunte er und zog eine Spur von Küssen von der Schulter zu ihren Brüsten. Er leckte und saugte und küsste. Seine Hände öffneten den Knopf ihrer Jeans. Ihr Atem ging flach und schnell. Dann sank er auf seine Knie, zog ihr die Hose herunter, und sie hielt abrupt die Luft an.

„Du Sau!“

Alice riss die Augen auf, und Robinson hielt mitten in der Bewegung inne, seine Daumen unter ihrem Seidenhöschen.

„Was, wer …?“, fragte er heiser. Draußen erklang noch einmal: „Du Sau!“ Diesmal begleitet von einem Krächzen und Klackern auf dem Dach des Wohnwagens. „Dem werd’ ich Beine machen“, grummelte Robinson, sprang auf und zog seine Jeans hoch. Dann warf er ihr ein Hemd zu und stieß die Tür auf.

Alice zog die Jeans über ihre Hüfte und schlüpfte in das Hemd. Sie versuchte, wieder zu Atem zu kommen, und betrachtete Robinsons Rücken. Sie wusste, dass der Übeltäter auf dem Dach Beine und Flügel hatte. Sie hätte Rambo in diesem Moment am liebsten den Hals umgedreht.

„Es ist ein Vogel!“, rief er entgeistert und blickte auf das Dach des Wohnwagens.

„Das habe ich mir schon gedacht“, sagte Alice und ging zu ihm nach draußen. „Er heißt Rambo. Er ist wohl wieder entwischt.“

„Das ist Hazels Vogel?“

„Du Sau!“, rief das Tier noch einmal und flog auf einen der Liegestühle herab.

„Ist der immer so ungezogen?“, fragte Robinson und kreuzte die Arme vor der nackten Brust. „Dann mag ich ihn nicht.“

„Ja, der ist immer so.“ Alice sah Rambo genauer an und entdeckte Blut auf einem Bein des Vogels. „Ist sein Bein verletzt? Siehst du das auch?“

Robinson kam näher. Dann seufzte er. „Gib mir mal mein T-Shirt.“

Als Alice ihm das T-Shirt reichte, zog er es nicht an, sondern wickelte es um Rambo und hob den Vogel vorsichtig hoch. Rambo ließ das nur ungern geschehen und versuchte, die nackte Haut seines Retters mit seinem spitzen Schnabel zu attackieren.

„So hatte ich mir den Fortgang des Abends nicht vorgestellt“, grummelte Robinson. Der Blick, den er ihr zuwarf, sagte Alice, dass es ihm schlechter ging als einem kleinen Jungen, der zu Weihnachten nicht das heiß ersehnte Fahrrad bekam. Unangemessene Witze, in denen das Wort „vögeln“ vorkam, schossen ihr in den Sinn, während ihre Lust und ihre Leidenschaft langsam abklangen. Dann begann sie zu lachen. Robinson schüttelte ungläubig den Kopf und trug den verletzten Vogel auf seinem Arm durch den Wald.

„Wir sind noch nicht fertig“, rief er zurück, bevor er im Dunkeln verschwand. „Fortsetzung folgt, Goldlöckchen!“

13. Kapitel

„Er ist ein Held. Robin Hood ist nichts dagegen."

Hazel lehnte sich an den Wohnwagen. Die Hand hielt sie zum Schutz vor der Sonne über ihre Augen und sah verträumt zu Borne Manor hinüber. „Er hat sein T-Shirt ausgezogen, um es um Rambo zu wickeln. Wie viele Männer würden ihr T-Shirt hergeben, um einen verletzten Vogel zu retten? Er hat ihn an der Hintertür gefunden, hat er gesagt und ihn zu mir getragen, obwohl es schon Mitternacht war." Beinahe beschlugen Hazels Brillengläser, so hastig erzählte sie. „Unter uns beiden, Alice, ich trug ja nur mein Nachthemd. Ich glaube ...", sagte sie und zeichnete mit ihren Fingern Anführungszeichen in die Luft, „ ... *glaube*, dass mein Aphrodisiakum ein wenig zu stark dosiert war."

„Aphrodisiakum?", fragte Alice und ahnte nichts Gutes.

Hazel nickte. „Ich habe was in den Auflauf letzte Woche getan." Sie beugte sich zu Alice hinüber und fuhr flüsternd fort: „Wenn Rambo nicht gewesen wäre, glaube ich, dass er sich auf mich gestürzt hätte. Er hatte diesen Blick, du weißt schon." Diesmal malte sie Anführungszeichen um das Wort „diesen".

Alice kannte „diesen" Blick. Den hatte sie ja letzte Nacht selbst gesehen. Allein die Erinnerung daran ließ sie nervös an ihrem Zopf spielen.

„Ich wusste nicht, dass du auf Männersuche bist, Hazel", sagte sie voller Sorge darüber, was die Leute im Dorf sagen würden, wenn sie wüssten, was zwischen ihr und Robinson vorgefallen war. Sowohl Hazel als auch Niamh schienen ebenfalls ein Auge auf ihren berühmten neuen Nachbarn geworfen zu haben.

„Oh, das bin ich nicht, Alice! Ich bin doch eine alte Frau und keine Raubkatze." Sie lachte und ahmte mit ihren Fingern Katzenkrallen nach. Dazu fauchte sie. „Ich wollte das Aphrodisiakum nur ausprobieren. Ach, und es wirkt wirklich!" Ihre Augen weiteten sich. „Obwohl, vielleicht ist es einen Tick zu stark. Robinson sah wirklich aus wie..." Auf der Suche nach dem richtigen Ausdruck runzelte Hazel die Stirn, „... wie ein brünstiges Tier, weißt du, was ich meine?"

„Wie geht's Rambo?", wechselte Alice das Thema. Sie war sicher, dass ihre Wangen feuerrot waren.

„Ach, er flucht wie ein Seemann, das heißt, ihm geht es besser", sagte Hazel fröhlich. „Ich muss gleich zurück zu ihm. Kein einfacher Patient, mein Rambo." Plötzlich runzelte sie wieder die Stirn. „Weißt du, was er heute Morgen zu mir sagte, als ich ihn füttern wollte?"

Alice schluckte und schüttelte den Kopf. Hazel beugte sich vor, um ihr ins Ohr zu flüstern: „Er sagte – entschuldige die unanständigen Ausdrücke –, Zitat: Wenn du mich noch einmal störst, dann dreh ich dir den Hals um, du verficktes Federvieh!" Hazels Stimme hatte sich gegen Ende des Satzes um eine Oktave nach oben geschraubt, und sie warf ihre Hände in die Luft. „Zitat Ende. Ehrlich, Alice, wo kann er bloß gewesen sein, dass er solche Ausdrücke gehört hat? Ich bin bloß dankbar, dass er in Borne Manor und bei Robinson gelandet ist."

Alice musste sich auf die Zunge beißen. Kopfschüttelnd zog sie einen Weidenkorb unter dem Wohnwagen hervor.

„Die habe ich vor ein paar Tagen beim Bootshaus gefunden. Ich dachte, du kannst damit vielleicht etwas anfangen. Das ist Kamille, oder?“, fragte Alice und reichte Hazel den Korb mit den Pflanzen.

„Ja, das ist Kamille“, sagte Hazel und berührte die weißen Blütenblätter. „Wachsen da mehr?“

Alice nickte. „Ja, pflücke, so viel du magst.“

Hazel legte die Blüten in ihre Tasche und zog Robinsons T-Shirt hervor. „Kannst du ihm das geben, Alice? Ich habe vorhin bei ihm geklingelt, aber er war nicht da.“

Alice nahm das weiche Baumwollshirt, das sie letzte Nacht von seinem Körper gestreift hatte. „Ich werde es ihm geben.“

Hazel winkte, wobei ihre Armreifen klirrten, und schwebte über den Rasen davon. Bevor sie entschwand, drehte sie sich noch einmal um und rief: „Alice, magst du Pferde?“

Alice war nie geritten, aber sie mochte Pferde. „Ja. Warum fragst du?“

„Ach, nur so“, flötete Hazel scheinbar unbekümmert. Die Antwort war eine offensichtliche Lüge. „Bis bald.“

Alice verzichtete darauf, Hazel auszuquetschen. Sie schien ihre Geheimniskrämerei zu genießen. Hazels Miene gab Alice unmissverständlich zu verstehen: Du kannst mich fragen, was du willst, ich verrate nichts.

Ja, die Bewohner von Borne pflegten so ihre Eigenarten. Robinson musste sich vorkommen, als sei er wie Alice im Wunderland in einen Kaninchenbau gefallen.

„Robinson?“

Mit dem T-Shirt in der Hand klopfte Alice später am Abend an die offen stehende Hintertür des Hauses.

„Hi!“, rief er und kam durch die Küche auf sie zu.

„Hazel war vorhin da und hat mir das hier für dich gegeben.“ Sie legte das Hemd auf den Küchentisch. „Sie hat dich zu ihrem Helden ernannt.“

„Und ich dachte, du würdest mich zu deinem Helden ernennen. Wie geht es unserem Vogel?“, fragte er, und sein Mundwinkel hob sich zu einem winzigen Lächeln. Alice kam sich vor wie ein Backfisch mit Schmetterlingen im Bauch.

„Ganz gut. Allerdings hat er heute Morgen etwas Seltsames zu Hazel gesagt. So was wie: Wenn du mich noch einmal störst, dann dreh ich dir den Hals um, du verficktes Federvieh!“, berichtete Alice. „Wo er das bloß herhat …?“

„Das Federvieh kann von Glück sagen, dass es noch am Leben ist“, sagte Robinson lachend. „Wie wär’s mit einem Drink? Um auf den Sommer anzustoßen?“

Das klang so einfach und unkompliziert aus seinem Mund. Dabei hatten ein paar Gläser Wein gestern Abend alles so kompliziert gemacht. Oder war es in Wirklichkeit ganz einfach und nur ihre Gedanken so kompliziert?

Er schnappte sich zwei Flaschen Bier aus dem Kühlschrank und ging voran zur Gartenbank neben der Küchentür.

„Der englische Petrus hat endlich den Sommer angeknipst“, sagte er und drehte sein Gesicht in die niedrig stehende Abendsonne. Die rosa und orangefarbenen Farbtupfer am Horizont verhießen einen rot glühenden Sonnenuntergang. In dem Licht funkelten Robinsons Augen wie ein kristallgrüner Gebirgssee. Lagen auf dem Grund Geheimnisse, die es zu heben galt? Sicher waren da welche, aber sie war sich genauso sicher, dass sie ihre Netze besser nicht auswerfen sollte.

„Wir müssen uns über letzte Nacht unterhalten“, sagte er

ohne Umschweife. Alice nippte an ihrem Bier und schluckte schwer.

„Typisch amerikanisch“, sagte sie dann bemüht heiter. „Vom Wetter geht’s nahtlos zum Sex über. Gemach, Cowboy!“

Er grinste und schüttelte den Kopf.

„Okay. Merke ich mir. Die Engländerin möchte lieber übers Wetter reden.“ Er deutete zum Horizont. „Die Wolken hängen tief und … sind rosa?“

Sie nickte und freute sich darüber, dass er versuchte, sich nach ihr zu richten. „Das stimmt, Robinson. Tief und rosa.“

Er leckte an seinem Finger und hielt ihn in die Luft.

„Und morgen wird es … warm werden“, sagte er und nahm einen kräftigen Schluck Bier. „Mache ich das gut?“

„Sehr gut“, lächelte sie.

„Gut genug, um jetzt zum nächsten Thema zu kommen, der Nacht im Wohnwagen?“, fragte er und lehnte sich zu ihr hinüber. „Tut mir leid, Alice, Small Talk ist nicht mein Ding. Ich presche immer vor und nenne die Dinge beim Namen.“

„Gut“, sagte sie. Er hatte ja recht. Und es war erfrischend, dass er darüber reden wollte, statt den Vorfall unter den Teppich zu kehren. „Schieß los.“

„Das hatte ich vor“, entgegnete er trocken, trank sein Bier aus und stellte die leere Flasche auf den Boden. „Das Ding ist, ich bin hergekommen, weil ich ein ruhiges Fleckchen gesucht habe. Einen fremden Ort, wo ich für mich sein kann, wo ich allein sein kann. Ich brauchte das und brauche es noch immer.“

Alice nickte und schwieg.

„Zu Hause habe ich viel Ärger am Hals. Probleme, Verpflichtungen, alle möglichen Leute wollen etwas von mir“, fuhr er fort. Sie wartete geduldig. Er schien sich erst mal warmreden zu müssen, um zum Punkt kommen zu können. Als wolle er um ihret- und seinetwillen das Terrain abstecken. „Nun bin ich also hier, und es ist alles so unglaublich englisch. Und dann treffe ich dich, Alice McBride, mit deinem blonden Schopf und den roten Gummistiefeln. Und ernsthaft, du bist für mich wie ein Hauch frischer Bergluft. Ich mag dich." Er hielt inne und holte tief Luft. Seine rechte Hand lag auf der Lehne der Gartenbank, während die Finger seiner linken über ihre nackte Schulter kreisten. Der Pulli war ihr über die Schulter gerutscht. „Ich mag dich wirklich. In deiner Gegenwart bin ich viel unbeschwerter und lockerer als zu Hause. Weil du so herrlich unkompliziert bist. Im Vergleich zu dem, was mich in Nashville erwartet."

„Ich mag dich auch", sagte sie. Das war die Wahrheit. Obwohl er ihr auch Angst machte und sie ihn kaum kannte.

Er sah ihr in die Augen und seufzte dann. „Alice, ich kann dir nichts geben. Ich bin mit meinen Gedanken sonst wo. Ich bin ein abgehalfterter Countrysänger, und eigentlich bin ich nicht einmal mehr das."

„Sag das nicht", sagte sie und legte ihre Hand auf sein Knie. „Lass dir Zeit."

Er zuckte mit den Schultern. „Ich will noch nicht mal mehr. Es ist vorbei, Alice. Der ganze Zirkus, der Druck, die Kameras, und nie darfst du was Falsches sagen. Und was hat es mir gebracht? Gut, ich habe Geld, aber das hält mich nachts nicht warm. Ich habe viele Fans, aber die sind wählerisch und haben schnell einen neuen, so wie Lena." Er rieb sein Kinn. „Ich erzähle das nicht, um dein Mitleid zu erregen. Ich brauche kein Mitgefühl. Mir geht es ziemlich gut im Vergleich zu vielen anderen. Ich will nur, dass du mich verstehst, dass du weißt, wie durcheinander ich bin, damit ich dich nicht auch durcheinanderbringe. Verstehst du das?"

Seine Finger drehten jetzt keine kleinen Kreise mehr auf ihrer Schulter, sondern massierten sie langsam. Als ihre Blicke sich trafen, sah sie, wie dünnhäutig und verletzlich er war. Sie wollte etwas sagen, doch er legte ihr einen Finger auf die Lippen.

„Lass mich bitte ausreden. Ich möchte, dass du das weißt, okay?" Sein Daumen strich über ihre Unterlippe, dann fuhr er mit den Fingerrücken über ihren Kiefer. „Letzte Nacht war …"

Sie überlegte, ob sie den Satz an seiner Stelle beenden sollte. Doch sie wusste nicht, was genau er sagen wollte, und schwieg daher.

„Ich will dich, Alice. Ich habe nichts außer meinem Körper und meiner Zeit, die ich dir geben kann. Und ich erwarte im Gegenzug nichts außer deinem Körper und deiner Zeit", sagte er. „Oh Gott, ich höre mich an wie ein Arschloch. Bin ich eins? Bin ich selbstsüchtig und lüstern, wenn ich sage, dass es sich gut anfühlt, dich zu küssen? Und dass ich seit letzter Nacht nur noch daran denken kann, wie umwerfend gut du auf meinem Schoß aussahst?"

Alice war dankbar für seine Ehrlichkeit und Offenheit, sehr viel dankbarer, als er ahnte.

„Nein, Robinson, du bist nicht selbstsüchtig. Oder wenn du es bist, bin ich es auch", erwiderte sie sanft. „Ich bin einsam und du bist einsam. Wir wissen beide, dass wir unsere gescheiterten Beziehungen noch nicht verarbeitet haben. Aber wenn du mich berührst … dann vergesse ich alle meine Probleme."

Er wickelte eine Haarsträhne von ihr um seinen Finger und rückte näher an sie heran. „Ich möchte nicht, dass du an deine Probleme denkst."

„Dann lass sie mich vergessen", sagte sie und stellte zu ihrer beider Überraschung ihre Flasche Bier beiseite und beugte sich vor, um ihn zu küssen. Er erwiderte ihren Kuss, langsam und lasziv, dann löste er sich ein Stück von ihr, aber nur so weit, um sprechen zu können.

„Alice …“

Sie hob einen Finger und legte ihn auf seine Lippen. Ihre Gedanken und Gefühle spielten verrückt.

„Psst, jetzt bin ich dran.“

Sie schmiegte sich an seine Schulter, in den Arm hinter ihr auf der Bank. Ihre Hand fuhr seinen Oberschenkel entlang.

„Wenn du in meinen Kopf schauen könntest, würdest du sehen, dass er genauso durcheinander ist wie deiner. Ich habe vor unzähligen Dingen Angst, Robinson. Davor, dass ich das Haus verliere, dass ich nie wieder glücklich werde, dass ich mich von dem Mann scheiden lassen muss, mit dem ich glaubte, glücklich zu werden. Das letzte halbe Jahr war die Hölle, der Liebeskummer, der Presserummel, unsere Ehe wurde in aller Öffentlichkeit durch den Dreck gezogen, weil Brad nun mal im Licht der Öffentlichkeit steht. Die Journalisten haben wochenlang vor dem Haus ausgeharrt. Jedes Mal, wenn ich einkaufen gegangen bin, sprang mir Brad in irgendwelchen kompromittierenden Situationen und Posen von den Zeitschriftencovern förmlich ins Auge. Es war schrecklich, und ich fühle mich oft immer noch schrecklich.“

Er hörte ihr aufmerksam zu und sah ihr in die Augen, während er mit ihrem Haar spielte.

„Und dann bist da du, Robinson. Es macht mir Angst, dass du auch berühmt bist. Sogar noch berühmter. Sobald nach draußen dringt, dass du hier bist, fällt die Presse hier wieder ein, und der ganze Zirkus beginnt noch einmal von vorne. Und noch mal stehe ich das nicht durch, glaube ich.“

„Dann gehe ich“, unterbrach er sie. „Wenn es das für dich leichter macht, dann gehe ich.“

„Ich will nicht, dass du gehst. Solange niemand weiß, dass du hier bist, möchte ich, dass du bleibst.“

„Ich will auch nicht, dass irgendjemand erfährt, dass ich hier bin“, sagte er. „Es kommt mir hier vor wie im Urlaub, als hätte ich Urlaub von meinem eigenen Leben. Das gefällt mir.“

Alice schlang den Arm um seinen Rücken. Er neigte den Kopf und küsste ihre Halsbeuge. „Wir wissen beide, dass du irgendwann zurückmusst“, sagte sie und schloss die Augen, als sein Mund die Haut an ihrem Hals berührte.

„Jetzt bin ich hier“, flüsterte er in ihr Ohr.

„Jetzt sind wir beide hier“, flüsterte sie zurück. „Ich musste den ganzen Tag lang an letzte Nacht denken.“

„Ich auch“, sagte er und hob ihre Hand an sein Gesicht, um sie zu küssen. „Willst du mein Urlaubsflirt sein, Goldlöckchen?“

Alice hatte noch nie einen Urlaubsflirt gehabt, auch keinen One-Night-Stand oder eine Beziehung, bei der man die Karten so offen auf den Tisch legte, bevor man sich kopfüber hineinstürzte. In diesem Augenblick aber mochte sie seine Ehrlichkeit, seine Offenheit, seine Ich-will-niemanden-verletzen-Haltung. Dann küsste er sie auf den Mund, und sie öffnete ihre Lippen für ihn, woraufhin er sie so eng an seine sich heftig hebende und senkende Brust zog, dass sich auch noch ihr letzter klarer Gedanke in die Ferien verabschiedete.

„Es kann nichts Falsches daran sein, wenn wir beide uns so gut dabei fühlen“, sagte er zwischen zwei Küssen. Er umschlang sie, ihre Körper verschmolzen miteinander.

„Die Leute im Dorf haben in letzter Zeit viel über mich geredet. Ich will nicht, dass sie das wieder tun.“

„Die Leute in Nashville haben zuletzt auch viel über mich geredet, und zwar schlecht", sagte er und lehnte seine Stirn gegen ihre. „Lass uns das hier, was immer das ist, geheim halten. Niemand braucht davon zu wissen. Zu zweit einsam zu sein ist weniger schlimm, als alleine einsam zu sein."

„Heimliche Liebhaber?", fragte sie. Die Vorstellung hatte etwas Prickelndes.

„Das beste Geheimnis, das ich je gehütet habe", flüsterte er und schob seine Hand unter ihren Pulli. „Kommst du mit rein?"

Sie stockte, öffnete die Augen und sah hinter sich auf das Haus.

„Nicht in dem Haus?", fragte er einfühlsam.

„Ich glaube, das kann ich nicht."

„Gott sei Dank hast du einen Wohnwagen, der übrigens ein amerikanisches Modell ist. God bless America." Auf seinem Gesicht zeigte sich wieder dieses unwiderstehliche Halblächeln, das sie jedes Mal um den Verstand brachte.

„Und du hältst mich nicht für vollkommen verblödet?", fragte sie mit Blick auf das Haus mit den unzähligen Schlafzimmern, die sie und Brad weiß Gott nicht alle benutzt hatten.

„Ich halte dich auf liebenswerte Weise für verrückt, und es ist mir total egal, wo wir hingehen, solange ich dir gleich die Klamotten vom Leib reißen darf", sagte er und streckte ihr seine Hand entgegen.

Sie stand auf, und er zog sie an sich und küsste sie voller wilder, entschlossener Leidenschaft. Plötzlich hielt er inne.

„Warte", brachte er hervor, verschwand im Haus, kam kurz darauf zurück, bückte sich und warf sie dann mit einer schnellen Bewegung über seine Schulter. Alice lachte laut auf, als er sie fest im Griff quer über die Wiese trug.

„Bist du ein Cowboy oder ein Höhlenmann?“, rief sie lachend. Sie zog das T-Shirt über seinem Rücken hoch und küsste ihn kopfüber auf die warme Haut. Er roch so gut, sie wollte am liebsten ihr Gesicht an ihn pressen und nie wieder von ihm ablassen.

14. Kapitel

Am Wohnwagen angekommen, trug Robinson sie hinein, stieß die Tür hinter sich zu und warf Alice auf das Bett.

„Warum bist du eben noch einmal ins Haus gegangen?“, fragte sie ihn. Aus der Gesäßtasche seiner Jeans zog er kleine knisternde Päckchen hervor, ohne dabei auch nur im Geringsten verschämt zu wirken.

„Du bist dir deiner Sache sehr sicher, Cowboy“, sagte sie, als er sich zu ihr auf das Bett legte und sie mit seinem Körper halb bedeckte.

„Das ist ein Ferienflirt, hast du das vergessen? Da macht man das so.“

„Das vergesse ich bestimmt nicht“, gab sie zurück. „Müssten wir nicht vorher bunte Cocktails trinken?“

„Dazu haben wir keine Zeit. Ich bin zu geil auf dich. Danach können wir Tequila trinken“, sagte er und zog ihr den Pullover aus. Dann riss er sich sein T-Shirt über den Kopf.

„An dieser Stelle hat uns letztes Mal Rambo unterbrochen“, flüsterte sie atemlos und strich mit ihren Handflächen über seine nackte Brust. Es schien, er war ausschließlich aus festen Muskeln und weichem, goldbraunem Haar gemacht, das bis zu seinem Hosenbund verlief und dort verschwand. Diesmal würde sie sehen, wo es endete, dachte sie glückselig.

„Wenn der verrückte Vogel in den nächsten Stunden hier aufkreuzt, sorge ich eigenhändig dafür, dass er im Kochtopf landet“, entgegnete Robinson und zog eine Spur zärtlicher Küsse von ihrem Hals zu ihrem Schlüsselbein. „Außerdem stimmt das nicht ganz.“ Er fasste hinter ihren Rücken und fand dort auf Anhieb den Verschluss ihres grau-schwarzen Seiden-BHs. „So bezaubernd dieses Stück Stoff auch sein mag, es muss erst weg, und dann sind wir an der Stelle, an der uns das Federvieh das letzte Mal unterbrochen hat.“

Damit streifte er ihr den BH von der Schulter und seufzte glücklich auf. Alice wünschte sich, der Moment würde ewig dauern. Denn so wie er sie jetzt bewundernd ansah, kam sie sich so schön vor wie noch nie zuvor in ihrem Leben.

„Sollen wir es erst ganz schnell machen und dann noch mal ganz langsam? Was meinst du?“, fragte er. Er kniete über ihr, umfasste ihr Brüste und küsste sie. Seine Augen glühten vor Verlangen.

„Ich meine: Mach dich nackig!“, rief sie lachend. Sie strich über sein Haar und fuhr mit den Fingernägeln über seinen braun gebrannten Rücken. Er stöhnte auf und griff an den Reißverschluss ihrer Jeans, genau in dem Moment, als sie an seinem Hosenbund zog. Wenige Sekunden später lagen sie nackt wieder auf dem Bett. Die Nähe und Vertrautheit war so überwältigend, dass Alice aufstöhnte und einen Moment stillhielt. Robinson schien zu verstehen, was in ihr vorging, und verlangsamte das Tempo, obwohl es ihm selbst nicht schnell genug gehen konnte. Er kniete zwischen ihren Oberschenkeln und sah sie aufmerksam an.

„Hör auf zu denken!“, forderte er sanft. Dann küsste er sie, süßer, zarter als je zuvor, und sagte: „Immerhin sind wir im Urlaub. Hör mal …“ Er strich ihr das Haar hinters Ohr. „Die See, hörst du sie?“

Alice lächelte zaghaft. Mit geschlossenen Augen ließ sie sich von ihm entführen.

„Wir liegen am Strand, meine Schöne“, sagte er, und sie hörte, wie er das knisternde Plastiktütchen aufriss. Dann nahm er ihre Hände und hielt sie über ihrem Kopf sanft auf das Kissen gedrückt. „Nur du und ich.“

Er hörte auf zu reden und drang in sie ein, sein Gesicht nahe an ihrem. Sie sog scharf die Luft ein. „Ist gut, alles ist gut“, flüsterte er in ihr Ohr. Und obwohl er doch gesagt hatte, dass er eine schnelle Nummer wollte, bewegte er sich kaum. Er sah sie an, hauchte einen zarten Kuss auf ihre Lippen, dann hielt er still und ließ sie die Führung übernehmen.

Sie nickte. Sie dachte an niemand anderen als an ihn, an nichts als das Hier und Jetzt, völlig überwältigt von der Nähe nach all den Monaten der Einsamkeit. Sie bewegte sich so selbstverständlich, wie sie atmete. Er antwortete mit einem Seufzen und passte sich ihr an.

„Du bist so schön“, sagte er heiser. Er legte seine Hände auf ihr Haar. „Als hätte ich Sex mit einem Engel.“

Alice gab sich ihm ganz hin, gab sich der Umarmung hin, wie sie nur zwischen Frau und Mann existierte, der Verschmelzung, dem köstlichen Anschwellen der Lust und dem Höhepunkt. Er berührte sie überall, am ganzen Körper. Dann kam er und sie hielt ihn, bis er über ihr und in ihr zusammensank, schwer und großartig.

Minuten vergingen, und Alice hielt ihn immer noch, streichelte seinen Rücken. Sein Kopf ruhte auf ihrer Schulter, und während er zu Atem kam, schaute sie ihn an. Seine Augen waren geschlossen, seine vollen Lippen leicht geöffnet. Ein Ausdruck größter Zufriedenheit lag auf seinen Zügen, als schliefe er und träumte den schönsten aller Träume.

„Jetzt verstehe ich, warum du in den Wohnwagen gezogen bist“, murmelte er schließlich und rollte ein wenig zur Seite, um sie von seinem Gewicht zu befreien. „Es ist fantastisch. Darf ich hier auch wohnen?“

„Es ist hier nur deshalb so fantastisch, weil du hier bist“, antwortete sie entspannt und zauberte damit ein Lächeln auf seine Lippen.

„Ich muss verdammt gut sein“, sagte er und brachte sie damit zum Lachen. Sie knuffte ihn in den Oberarm, obwohl sie ihm vollkommen recht geben musste. Er war gut. Besser als gut. Es war ein Gefühl, als leuchte sie von innen, ein weißes Leuchten wie Mondschein. Sie hob die Hand und betrachtete sie. Es hätte sie nicht gewundert, wenn ihre Finger phosphorgrün in der Dunkelheit des Wohnwagens geleuchtet hätten.

„Hörst du immer noch das Meer und die Wellen, Goldlöckchen?“, fragte er, und seine Hand glitt besitzergreifend über ihre Brust.

Sie neigte den Kopf, als lausche sie, und er tat es ihr nach, um sie zu küssen.

„Ich glaube schon“, sagte sie mit geschlossenen Augen. Sie ließ sich fallen und wurde eins mit den Decken unter ihr und Robinson halb auf ihr.

„Dies ist der beste Urlaub, den ich je hatte“, sagte er lachend. Dann glitt er an ihr hinab, und Alice hörte endgültig auf zu denken.

Die Morgensonne schien durch das Fenster in den Wohnwagen und tauchte Robinson in golden tanzendes Licht. Alice setzte sich im Bett auf und lehnte sich an die Wand. Ihre Arme legte sie um ihre angezogenen Knie und beobachtete ihn. Erst da merkte sie, dass sie ihn noch nie zuvor so entspannt gesehen hatte. Er lag auf dem Rücken, ein Arm über seinem Kopf ausgestreckt auf dem Kissen, der andere Arm war nach ihr ausgestreckt. Er strahlte Ruhe und Zufriedenheit aus, und sie verspürte den Wunsch, sich dazuzulegen und den Frieden an diesem Samstagmorgen zu genießen. Aber erst wollte sie ihn noch eine Weile ansehen. Sie bereute nichts. Nicht das erste, schnelle Mal, nicht das zweite, langsame Mal danach, und schon gar nicht das schläfrige, dritte Mal mitten in der Nacht, bei dem sie nur halb wach gewesen waren. Diese Art von Sex würde kein vernünftiger Mensch bereuen. Robinson würde es wohl als „hot" bezeichnen. Der Sex war tatsächlich so heiß gewesen, dass sie sich wunderte, dass der Wohnwagen nicht in Flammen aufgegangen war.

„Komm her, meine Schöne", sagte Robinson, ohne die Augen zu öffnen, und hob auffordernd die Decke an. Mit geschlossenen Augen hatte er gespürt, dass Alice' bewundernder Blick über seinen Körper wanderte. Sie seufzte zufrieden und krabbelte zu ihm, schmiegte sich mit dem Rücken an seinen warmen Körper, und er schlang seine starken Arme um sie.

„Wie spät ist es?", murmelte er.

„Gleich sechs." Alice schloss die Augen und lauschte seinem Atem an ihrem Ohr. Er strich ihr Haar beiseite und knabberte an ihrem Hals.

„So früh", hörte sie ihn mit einem Lächeln in der Stimme sagen. „Wie schön."

„Ja", gab sie zurück. Sie nahm seine Hand, führte sie an ihr Gesicht und küsste die weiche Innenfläche.

„Lass uns noch ein bisschen im Bett bleiben", sagte er. Und

die Bewegung, in die er hinter ihr geriet, offenbarte, dass er dabei nicht an Schlaf dachte. Zum Glück, denn Schlaf hatte sie auch nicht im Sinn.

„Alice!"

Niamh hämmerte mit der Faust gegen die Wohnwagentür.

„Alice, wach auf! Ich muss mit dir reden."

Alice war augenblicklich hellwach und bekam Panik. Wie versteckte man einen eins neunzig großen Cowboy in einem kleinen Wohnwagen? Antwort: gar nicht. Niamh durfte auf keinen Fall reinkommen, also musste sie nach draußen. Eilig warf sie sich einen Morgenmantel über und band ihr Haar zusammen. Sie öffnete die Tür einen Spaltbreit und huschte nach draußen. Die Tür fiel hinter ihr sofort wieder ins Schloss.

„Morgen", brachte sie hervor, während sie den Gürtel zuknotete und sich zu dem schwanzwedelnden Pluto hinabbeugte. „Wasgiebs?"

Niamh blickte über Alice' Schulter zum Haus rüber. „Sollen wir es eigentlich immer noch geheim halten, dass ein Promi in unserem Dorf wohnt?"

„Auf jeden Fall", kam prompt die Antwort. *Ganz besonders nach der letzten Nacht und diesem Morgen*, fügte sie in Gedanken hinzu. „Warum fragst du?"

„Na ja … hast du Kaffee?", fragte Niamh mit hoffnungsvollem Blick gen Wohnwagen.

„Ist leider alle. Warum fragst du nach Robinson?"

„Hast du Tee?", wich Niamh aus.

„Ja, aber keine Milch", log Alice. Sie ahnte Böses. „Niamh, was ist los?"

Niamh gab auf und fragte nicht weiter nach einem Heißgetränk. Stattdessen ließ sie sich auf einen der umgedrehten Eimer fallen. Pluto setzte sich neben sie und legte seinen Kopf auf ihren Schoß.

„Nichts", sagte sie in einem Ton, der verriet, dass sehr viel los sein musste. „Na ja, gestern Abend war ich im Pub, im Siren, und da kamen mir ein paar Dinge etwas seltsam vor."

„Welche Dinge denn?" Alice runzelte die Stirn. Sie hockte auf dem Rand eines Liegestuhls und zog den Morgenmantel über ihre Knie.

Niamh legte ihr Gesicht in Falten. „Dessy, zum Beispiel. Gut, er zieht gerne mal ausgefallene Klamotten an, das muss man nicht überbewerten, aber Lederhosen und Cowboyhut, das ist allgemein für jemanden, der hinter der Bar steht, und im Speziellen für Dessy vielleicht doch etwas zu ausgefallen."

Alice hatte den Barkeeper schon in vielen merkwürdigen Outfits Bier zapfen sehen, deshalb dachte sie sich nicht allzu viel dabei.

„Das alleine wäre noch nicht so schlimm", fuhr Niamh fort. „Aber dann erschien Jase im Partnerlook auf der Bildfläche, nur oben ohne und mit einem Lasso über der Schulter."

Ja, das war nun doch ein wenig besorgniserregend. Die beiden Besitzer vom Siren waren schöne Männer, und Alice hegte keinen Zweifel daran, dass sie auch in dieser Kostümierung größte Würde bewahrten. Dennoch klingelten bei Alice die Alarmglocken.

„Kommt noch mehr?", fragte sie und kaute auf ihrem Daumennagel.

„Davina."

Die Erwähnung der Inhaberin der hiesigen Postfiliale sandte

einen Schauer über Alice' Rücken. Sie hatte nicht vergessen, wie Davina Brad angebaggert hatte – mehrmals! Zwar erfolglos, aber Alice würde alles daransetzen, dass sie sich nicht an Robinson Duff ranmachte.

„Was hat sie gesagt?" Alice' Herz schlug heftig gegen ihre Rippen. Wenn Davina erfuhr, dass Robinson Duff hier lebte, würde noch vor dem Mittag das ganze Dorf Bescheid wissen. Alice seufzte und sah schon das Ende der schönsten, süßesten und kürzesten aller Affären nahen.

„Sie hat ihn nicht namentlich erwähnt, aber sie hat mich über deinen Mieter ausgequetscht wie eine Zitrone. Es scheint, als hätte sie Wind davon bekommen, dass ein Prominenter hier lebt, und sie will unbedingt die Erste sein, die es erfährt."

„Du hast ihr doch aber nichts gesagt, oder?" Alice wusste, dass sie sich die Frage ebenso gut hätte sparen können.

„Nein! Natürlich nicht", rief Niamh. „Aber er sollte den Ball wirklich flach halten, wenn er nicht will, dass er zum Klatsch und Tratsch des ganzen Dorfes wird."

„Der Klatsch und Tratsch vom Rest der Welt macht mir größere Sorgen", sagte Alice leise.

„Ich weiß, Süße. Deshalb bin ich ja auch hier. Er braucht vielleicht eine Verkleidung, wenn er das Haus verlässt."

Alice räusperte sich. „Hast du einen Vorschlag?"

„Er könnte eine Perücke von Stewie leihen", lachte Niamh. „Oder vielleicht kann Hazel ihn mit einem kleinen Zauber unsichtbar machen?"

Alice ging nicht auf Niamhs wenig überzeugende Vorschläge ein und stützte nachdenklich ihr Kinn in die Hände.

„Hilfst du mir dabei, sein Geheimnis zu hüten, Niamh? Ich will nicht, dass er geht", fügte sie leise hinzu.

Niamh legte sogleich den Kopf schief. „Gibt es da etwas, das du mir erzählen willst, Mrs. McBride?“

„Nein, nichts“, sagte Alice in just dem Moment, in dem die Tür des Wohnwagens aufschwang und Robinson splitterfasernackt im Türrahmen erschien. Bewundernswerterweise zuckte er nicht mal mit der Wimper, selbst als Niamh ihre Hand vor den Mund schlug, um den entsetzten Lacher zu unterdrücken, und Alice ihr Gesicht mit den Händen bedeckte.

„Die Damen“, sagte er galant und führte die Hand zum Gruß an den nicht vorhandenen Stetson, bevor er wieder im Wageninneren verschwand.

„Du hast keinen Kaffee, ja?“

Alice blinzelte zwischen ihren Fingern hindurch. „Milch auch nicht.“

„Aber dafür Sex ohne Ende mit dem nackten Cowboy!“ Niamhs Augen hätten nicht funkelnder strahlen können, selbst wenn es Diamanten gewesen wären.

„Erzähl es niemanden, Niamh“, sagte Alice flehentlich. „Keiner Seele. Verstehst du?“

„Alice, komm runter. Natürlich werde ich das nicht tun. Es freut mich einfach, dass du mal einen kleinen Kick in deinem Leben erlebst. Noch dazu mit, kreisch, Robinson Duff!“ Niamh gelang es irgendwie, gleichzeitig zu quieken, zu flüstern und zu schmachten, alles in einem Ton. „Ha! Felicity Shaw! Da guckst du dich um, was?“

„Niamh!“

„Ja, schon gut.“ Niamh verdrehte die Augen. „Ich sollte das nicht sagen. Aber ich sage es an deiner Stelle. Du bist ja zu nett dafür.“

„Nein, es ist nur … so kompliziert.“

„Dann mach es nicht noch komplizierter." Niamh beugte sich zu ihr, sie hatte aufgehört zu lachen. „Alice, das ist genau das, was du jetzt brauchst. Mach es dir nicht schwerer als nötig. Nimm es, wie es ist, und genieße es."

Alice nickte. „Ja, das werde ich."

Niamh lachte wieder und legte ihre Hände an Alice' tiefrot gefärbte Wangen. „Das, was ich da eben gesehen habe, kann ich nicht aus meinem Gedächtnis ausradieren. Das Bild bleibt da jetzt für immer drin, weißt du?" Sie tippte sich an die Schläfe und stand breit grinsend auf.

Alice konnte nicht anders und stimmte in ihr Lachen ein. „Lass es ja da drin! Wenn du es auf eine Leinwand bannst, war's das mit unserer Freundschaft, ist das klar?"

Sie ergriff die Hand, die Niamh ihr entgegenstreckte, und ließ sich von ihr aus dem Liegestuhl ziehen.

„Aber nur weil du meine beste Freundin bist. Meine Finger kribbeln, wenn sie so etwas Exquisites nicht malen dürfen."

„Komm, zieh Leine, geh zu deinem alten Bauernmännchen." Alice knuffte Niamh in die Seite.

Niamh knuffte sie zurück, dann warf sie einen Ball, den sie aus ihrer Tasche gefischt hatte, um damit Pluto in die richtige Richtung zu lenken. „Ganz toll. Geh du zu deinem feschen Cowboy."

„Tja, das Leben ist nicht immer gerecht", lachte Alice. Sie sah Niamh hinterher, dann ging sie in den Wohnwagen und schloss die Tür hinter sich.

15. Kapitel

„Ich bin der Vorsitzende, in Ordnung?“, tönte Stewie und beugte sich über den Tisch im Hinterzimmer des Siren zu Alice hinüber. Es war kurz nach drei Uhr am Nachmittag, als Dessy ihnen ein Tablett mit Drinks an den Tisch brachte. Auf halbem Wege blieb er stehen und schob sich den Stetson aus den Augen.

„Ein Pfefferminzlikör“, sagte er und schnupperte vorsichtig, als er Hazel das Sherryglas mit der smaragdgrünen Flüssigkeit hinstellte. „Mit Schuss, vielleicht? Wie wäre es mit einem Spritzer Domestos?“

„Männer, ihr wisst einfach nicht, was gut ist“, sagte Hazel, nippte mit hochgezogenen Augenbrauen an dem Getränk und brummte genussvoll.

„Ein Scotch für dich, Stewie-Junge, ohne Eis.“ Dessy stellte ihm den Whisky pur auf den Tisch.

„Und Rebsaft für die Damen“, sagte Jase, der hinter Dessy mit einer Flasche gekühltem Weißwein und ein paar Gläsern auftauchte.

„Sorry, junger Mann“, sagte Dessy zu Ewan und reichte ihm eine Cola. Dann beugte er sich zu ihm, flüsterte außer Hörweite von Hazel: „Da ist Rum drin“, und zwinkerte dem Teenager verschwörerisch zu.

Alice sah sich die Versammlung an, die sich auf Einladung von Niamh in dem Nebenzimmer des Pubs eingefunden hatte. „Geschlossene Gesellschaft, nur auf persönliche Einladung“

stand auf dem Zettel, den sie an die Tür geheftet hatte. Nachdem alle den Raum betreten hatten, hatte Stewie, völlig unnötig, durchgezählt. Daraufhin hatte er für den Fall, dass sich ein Gast aus der Bar hierher verirrte, einen Stuhl unter den Türgriff geschoben.

Dass Alice nichts auf seinen Ausruf erwidert hatte, deutete Stewie als Zustimmung. Er schob seinen Stuhl zurück und erhob sich. Dann räusperte er sich vernehmlich, bis alle ihm ihre volle Aufmerksamkeit schenkten. Selbst Pluto blickte von seiner Wasserschale unter dem Tisch auf und sah Stewie treu ergeben aus seinem guten Auge an.

„Geschätzte Damen, sehr verehrte Herren … liebe Vierbeiner“, sagte er so pompös, wie er nur konnte. Zudem versuchte er sich an einer Verbeugung, verneigte sich aber nur leicht, weil seine braune Lockenpracht zu verrutschen drohte, die er in Referenz an die Achtziger und Kevin Keegan trug. Schnell richtete Stewie sich wieder auf.

„Wir sieben, genannt Gruppe 7 aus Borne, kurz: G7B, haben uns heute hier versammelt, weil uns eine große Aufgabe überantwortet wurde. Aber wie ein Großer der Weltgeschichte einst sagte: Mit großer Verantwortung geht große Macht einher.“

Dessy runzelte die Stirn und setzte den Stetson ab. „War das nicht anders herum? Und welchen Großen der Weltgeschichte meinst du? Stammt das nicht von Spiderman?“

Stewie überhörte den Einwand und fuhr fort. „Wir alle“, sagte er gestikulierend, „sind berufen als Wächter und Hüter, als Bewahrer des geheimsten Geheimnisses, das sich je in unserem Ort verbarg.“

Im Raum war es mucksmäuschenstill, alle sahen gebannt Stewie an, der seinerseits einem nach dem anderen bedeutungsvoll in die Augen sah und ernst nickte. Dabei strich er sich über seinen Bauch unter dem Seidenhemd, als wäre er hochschwanger.

„Wie wir alle wissen, hat Brad McBride Borne Manor mit wehenden Fahnen und blinkenden Lichtern verlassen." Er tätschelte Alice auf die Schulter. „Sehr unschön, Liebes, sehr unschön."

Alice musste ihm da zustimmen.

„Er überließ dieses arme, wehrlose Wesen seinem Schicksal", sagte Stewie. Alarmiert sah Alice ihn an und wollte aufstehen.

„Was heißt wehrlos?", setzte sie an, doch er drückte sie mit sanfter Gewalt zurück auf ihren Sitz und sprach ungerührt weiter.

„Und so begab es sich, dass Trübsal in ihr Leben einzog. Sie musste das prächtige Anwesen verlassen und in die Hütten der Bediensteten ziehen, während das Herrenhaus von einem neuen Herrscher in Besitz genommen wurde."

Niamh begann zu lachen und murmelte: „Märchenstunde." Alice griff resigniert nach ihrem Weinglas. Alle Anwesenden kannten die Geschichte mit Brad eh, der Regenbogenpresse sei Dank. Aber Stewie Einhalt gebieten zu wollen, während er in voller Fahrt war, wäre genauso sinnvoll, wie sich vor einen fahrenden ICE zu werfen.

„Stewie, bist du sicher, dass das kein Plot aus einem deiner Filme ist?", schaltete Jase sich lachend ein.

Stewies Augen verengten sich zu Schlitzen, als er angestrengt nachdachte. „Jetzt, da du es erwähnst, Jason, 1973 hatte ich die Rolle eines schnuckeligen jungen Gutsbesitzers. Das Haus ähnelte Borne Manor. Die Dienstmädchen mussten sich alle nebeneinander aufstellen, und ich habe sie der Reihe nach auf dem Küchentisch rangenommen", sagte er und lächelte selig in Erinnerung an seine Zeit als Schauspieler.

Ewan wehrte sich gegen seine Mutter, die ihm die Ohren zuhalten wollte. Dessy schaukelte derweil auf den Stuhlbeinen und feixte.

„Hoffentlich bist du dem neuen Herren auch zu Diensten, Alice, Liebes.“ Er prostete ihr zu. Niamh streichelte Plutos seidige Nase und fing Alice’ Blick auf. Aber sie schwieg, und Alice fragte sich, wieso sie diesem Meeting überhaupt zugestimmt hatte.

„Silentium, bitte! Lasst mich fortfahren, Kinder!“, rief Stewie. Je mehr Whisky er trank, desto mehr ging er in seiner Rolle als Oberlehrer auf. Er klatschte in die Hände, bis er sich der allgemeinen Aufmerksamkeit wieder sicher war.

„Wir haben es hier mit einer vertrackten Angelegenheit zu tun, liebe Gruppe 7 B. Robby Duff hat Borne übergangsweise zu seinem neuen Heim auserkoren, um hier in Ruhe und Frieden Urlaub zu machen. Sobald bekannt wird, dass hier ein Prominenter lebt, und seine Privatsphäre perdu ist, zieht er aus. Aber ich möchte, dass er so lange wie möglich bei uns bleibt.“

„War er nicht bei Take That?“, fragte Jase, obwohl er sehr genau wusste, dass „Robby“ nicht der Robby von Take That war. Er zwinkerte Niamh zu, die eine Karikatur von Stewie auf einen Bierdeckel kritzelte und sie Alice hinschob.

„Soweit ich weiß, nennt ihn niemand Robby“, warf Alice ein, damit wenigstens die harten Fakten stimmten. „Auch nicht Rob, Robin oder Bob. Er heißt Robinson.“

Dessy meldete sich zu Wort. „Ich möchte an dieser Stelle mal sagen, dass ich es total unfair finde, dass Jase und ich die Einzigen aus dieser Truppe 7 B sind, die ihn noch nicht persönlich kennengelernt haben.“

„Habe ich ins Protokoll aufgenommen“, sagte Niamh, während sie auf den Bierdeckel „Vergiss es!“ schrieb und ihn sodann Dessy breit grinsend entgegenhielt.

„Der Mann ist ein waschechter, wandelnder Rockstar“, sagte Stewie voller Inbrunst. „Wir müssen es schaffen, das für uns zu behalten“, sagte er und bedachte Dessy und Jase in ihren bunten Cowboyhüten mit einem schulmeisternden Blick. „Wer weiß schließlich, wer ihn im Laufe des Sommers alles besuchen kommt? Es könnte rauschende Partys im Haus geben. Ich möchte wetten, dass er Hugh Hefner und die gesamte Redaktion des Playboys kennt.“ Verträumt drehte Stewie an seinen Locken. „Ich war selber mal auf einer Playboy-Party, 1978 war das. Die Mädchen in ihren Häschenkostümen, ich seh’ sie immer noch vor mir, mit ihren nackten Brüsten und den niedlichen Hasenschwänzchen.“ Seufzend zeichnete er mit den Händen eine weibliche Silhouette in die Luft und wackelte mit dem Hinterteil.

„Im Ernst, Leute, es ist wirklich wichtig, dass niemand herausfindet, dass Robinson hier ist“, sagte Alice mit mahnendem Blick zu Stewie. Der bekam davon allerdings nichts mit, weil er in Gedanken irgendwo in Hollywood in den seligen Siebzigern in einem Whirlpool zu weilen schien. „Er ist hierhergekommen, weil er Ruhe und Abgeschiedenheit braucht, vor allem keine Groupies und keine Paparazzi. Ich für meinen Teil verstehe das voll und ganz. Und außerdem: Er ist ein wirklich netter Kerl, wenn man ihn erst mal kennengelernt hat. Er hat seine Probleme, wie jeder von uns auch, und braucht jetzt einfach unsere Hilfe.“

Alice wusste, wovon sie sprach. Das Scheitern seiner Ehe war lang und breit im Internet diskutiert worden, sehr viel reißerischer als ihre eigene Trennung.

„Ihr habt ihn zwar noch nicht kennengelernt“, sagte sie in Richtung von Dessy und Jase, „und ihr habt keinen Grund, ihm einen Gefallen zu tun. Aber tut es trotzdem, meinetwegen, nicht seinetwegen, ich bitte euch. Ich könnte es wirklich nicht verkraften, wenn die Presse hier noch einmal einfallen würde.“

Alle nickten. Sie alle, die hier am Tisch beisammensaßen, hatten Alice in ihr Herz geschlossen. Trotz ihrer verschiedenen Macken und Marotten hielten sie alle zusammen, wenn es darauf ankam.

„Mein Wunsch ist, aus dem Anwesen ein sogenanntes Glampsite zu machen. Wenn hier die Hölle losbricht, kann ich das aber nicht“, erklärte sie. „Und wenn ich das Geschäft nicht zum Laufen bringe, wird das Haus mit großer Wahrscheinlichkeit verkauft, oder Brad und seine Tussi bekommen es und ich muss raus.“ Alice schnürte es die Kehle zu, und Niamh drückte ihre Hand. „Ich will Borne nicht verlassen. Ich mag diesen Ort und ich mag euch, so verrückt ihr auch seid.“ Sie lächelte, während eine kleine Träne über ihre Wange lief. Wäre Brad hier, würde er wegen des perfekten Timings ihres Gefühlsausbruchs vor Neid erblassen. Nur dass Alice’ Gefühle ganz und gar echt waren.

„Einer für alle, alle für einen!“, rief Jase und hielt sein Weinglas in die Höhe. „Robinson? Was für ein Robinson?“

„Ich schwöre, der Gruppe 7 B treu zu sein!“, fiel Dessy ein. Reuig setzte er den Stetson ab und legte ihn auf den Tisch. „Die Sirenen halten den Mund, die Lippen des Pubs sind hiermit versiegelt!“

Hazel trank ihren Pfefferminzlikör aus und stellte das Glas vorsichtig neben den Cowboyhut. „Robinson kann sich auf unsere Diskretion verlassen.“ Sie klang wie die Queen höchstpersönlich. Mit königlichem Gebaren legte sie dann auch ihre

Hand auf Ewans Schulter, um anzudeuten, dass sie für sie beide sprach.

Ihr Sohn warf einen bedeutungsvollen Blick auf seine Schulter, dann sah er der Reihe nach die Anwesenden an, als sei ihm erst jetzt aufgefallen, dass er nicht alleine war. „Gruppe 7 B fürn Arsch“, lallte er und kicherte vor sich hin, das leere Glas Rum-Cola in der Hand.

„Das war großartig“, sagte Niamh, als sie wenig später an ihrer Gartenpforte standen. Hazel hatte panisch aufgeschrien, als Ewan plötzlich zur Seite gekippt und auf dem Fußboden gelandet war. Beschämt hatte Dessy zugeben müssen, dass womöglich, eventuell, vielleicht und ganz versehentlich ein klitzekleiner Schuss Rum per Zufall in der Cola gelandet sein könnte. Daraufhin hatte er Ewan geschultert und huckepack nach Hause getragen. Niamh und Alice waren hinterhergetrabt. Nur Stewie war an der Bar geblieben, wo er die Geschichte mit Hugh Hefner einem konsterniert dreinblickenden Bauern, den Alice vom Sehen kannte, erzählte.

„Hoffentlich geht unser Plan auf“, sagte Alice. Sie griff in eine Dose mit Leckerlis, die Niamh an der Gartenmauer versteckt hatte, und fütterte Pluto, der sich hingebungsvoll an ihr Bein schmiegte.

„Wird schon“, sagte Niamh und öffnete die Pforte. „Ich wurde in Borne geboren … in Boan geboan, sozusagen.“ Weißweinselig lachte sie über ihren eigenen Witz. „Ich kenne die Menschen hier. Alle ein bisschen plemplem, aber tief drinnen: grundehrlich.“ Sie sah zu ihrem Häuschen und seufzte. „In all den Jahren hatten wir hier schon viele Geheimnisse, Alice, wir wissen uns bedeckt zu halten.“ Zufrieden mit sich und der

Welt, torkelte sie den Weg zur Haustür entlang. Sie lotste erst Pluto ins Haus und warf Alice einen Luftkuss zu, dann ging sie selbst hinein.

In Gedanken versunken, ließ Alice den Blick über die Häuser schweifen. Obwohl sie ihr faktisch gehörten, kamen sie ihr nicht vor wie ihr Eigentum. Wahrscheinlich lag das daran, dass ihre Mieter einen Appel und ein Ei zahlten. Sie hatte noch nicht einmal Mietverträge zu Gesicht bekommen, geschweige denn bare Münzen. Vor Haus Nummer vier blieb sie stehen und suchte nach einem Lebenszeichen. Aber da war keins. Seltsam. Eine Hälfte der Verkaufssumme war vor einigen Wochen auf ihrem Konto gelandet – Geld, das sie dringend zum Leben und für den Aufbau des Glampsite brauchte. Auch Robinsons Miete in der Rückhand half ihr, über den Sommer zu kommen, um dann – so Gott will – einen Kredit für das Haus aufnehmen zu können. Die Milchmädchenrechnung hatte zwar Fehler, die ihr den Schlaf raubten. Aber immerhin hatte sie einen Plan, an den sie sich klammern konnte wie an einen Rettungsring. Sie würde nicht untergehen! Sie würde sich irgendwie über Wasser halten. Denn eins hatte sie in der schwierigen Zeit mit Brad gelernt: Sie mochte zierlich wirken, aber sie war viel zäher, als die meisten dachten. Und auch wenn es auf der Versammlung im Pub munter zugegangen war, wussten ihre Freunde, dass ihre Lage im Grunde genommen äußerst ernst war.

Als Alice den Wohnwagen betrat, stand ein nackter Cowboy vor ihr. Außer seinen Stiefeln trug er nur einen breiten Wildledergürtel, der knapp seine Scham bedeckte. Er begrüßte sie mit in die Hüften gestemmten Händen und einem lasziven Lächeln. Ein echter Cowboy eben!

„Ich habe ein Geschenk für dich“, sagte Robinson, woraufhin Alice ihren Blick von seiner festen Brust hinunter zu seiner Taille wandern ließ.

„Einen Werkzeuggürtel?“

„Du sollst die Nägel nicht mehr in deiner Hosentasche tragen, Goldlöckchen.“

Sie war gerührt. Sein Geschenk war so einfach und so richtig. Langsam drehte er sich um, sodass sie seinen knackigen Hintern bewundern konnte. Über die Schulter hinweg blinzelte er sie frech an.

„Gefällt dir, was du siehst?“, fragte er und kam dann zu ihr.

„Ja, sehr“, sagte sie, und ein Lächeln umspielte ihre Lippen. Sie legte ihm die Hände auf die Brust und atmete tief aus.

„Probiere ihn an“, sagte er. Mit einer Hand ließ er die Jalousie vorm Fenster runterfahren, mit der anderen löste er den Gurt und ließ ihn zu Boden fallen.

16. Kapitel

„Hast du mal mit deinem Exmann zusammen in der Wanne im Haus gebadet?“

Alice stützte sich auf den Ellbogen und betrachtete Robinsons Dreitagebart.

„Nein. Warum fragst du?“

„Weil ich die Vorstellung, wie wir beide in die Wanne gleiten, nicht mehr aus dem Kopf kriege, seitdem du dort ein Bad genommen hast.“ Er fuhr mit dem Finger ihr Schlüsselbein entlang. „Lass uns das heute Abend machen.“

Alice zögerte. Sie liebte das Badezimmer und konnte gar nicht sagen, wie oft sie schon in der Wanne gelegen und sich vergeblich gewünscht hatte, Brad würde zu ihr kommen. Tatsächlich war das eine ihrer liebsten Fantasien, die sie mit dem Haus verband. Konnte sie dieselbe Fantasie mit einem anderen Mann ausleben?

„Okay“, sagte sie unsicher. „Ich glaube, das mag ich.“

„Und der Küchentisch?“, fragte er und küsste ihre Schulter.

Ein weiterer Traum, der bislang unerfüllt geblieben war. Sie schüttelte den Kopf.

„Aber auf der Treppe habt ihr es doch getrieben?“ Er sah sie fragend an. Alice schloss die Augen und seufzte, beinahe schämte sie sich.

„Nur im Schlafzimmer. Und vielleicht einmal im Wohnzimmer.“

„Du erinnerst dich nicht?“

Doch, sie erinnerte sich. Aber sie war sich nicht sicher, ob das eine Mal überhaupt zählte. Brad war so angetrunken gewesen, dass er quasi mittendrin eingeschlafen war. Und das war etwas, das sie liebend gern aus ihrem Gedächtnis gestrichen hätte.

„Wenn wir diese beiden Zimmer meiden, dann könnten wir doch ein wenig Zeit im Haus verbringen, oder?", fragte er. „Sosehr mir diese fahrbare Laube auch gefällt", sagte er und klopfte liebevoll gegen die Wand des Wohnwagens, „es wäre doch eine Schande um all die tollen Möglichkeiten, die sich uns da drüben bieten. Meinst du nicht auch?"

Doch, das meinte sie auch. Genau das waren ihre Gedanken gewesen, als sie das Haus gekauft hatte. Sie fürchtete nur, dass es sich verdammt komisch anfühlen würde, mit jemand anderem dort zusammen zu sein.

„Mach es nicht so kompliziert, mein Schatz", sagte er sanft. Er beherrschte es anscheinend perfekt, ihre Gedanken zu lesen.

Alice nickte und schmiegte sich an seine Brust. Er streichelte ihr über das Haar, bis sie einschlief. Sie träumte unruhig, hauptsächlich von ihrer Hochzeit mit Brad. Als sie ihrem Mann ins Gesicht sah, war es plötzlich Robinson, der sie vor dem Altar anlächelte, und sie erschrak. Abrupt erwachte sie mit pochendem Herzen und Tränen in den Augen. Als sie sich wieder in Robinsons Umarmung schmiegte, verblasste der Traum, doch die Beunruhigung blieb.

Das Baumhaus wurde langsam richtig schön. Regendicht war es schon. Vom Küchenfenster aus sah Robinson amüsiert zu, wie zahlreiche Schnäppchen, die Alice auf Ebay erstanden hatte – antike Einrichtungsgegenstände und allerlei Schnickschnack –, nach und nach auf Borne Manor angeliefert wurden. Als der Installateur des Plumpsklos am letzten Freitag im Mai die Auffahrt hochgefahren kam, konnte Robinson seine Neugier nicht mehr zügeln. Alice hatte ihm immer noch nicht erzählt, warum sie so viel Arbeit in das Baumhaus steckte. Wenn sie also nicht plante, selbst dort einzuziehen, verheimlichte sie ihm irgendetwas.

„Alice?“, rief er und deutete mit einem Kopfnicken in Richtung der Männer, die sich ein paar Meter entfernt vom Baum an die Arbeit machten. Seine alltägliche Verkleidung in Form eines Baseball-Käppis und einer Sonnenbrille schien zu funktionieren, denn die Arbeiter würdigten ihn kaum eines Blickes, als er an ihnen vorbeiging und die Stufen um den Baumstamm herum hochstieg.

„Wow.“

Er trat ein und schob seine Hände tief in seine Hosentaschen. Er pfiff anerkennend und drehte sich einmal um seine eigene Achse, um das Ergebnis ihrer Arbeit zu begutachten.

Alice stand an der Tür zum Balkon. „Gefällt es dir?“

Als Robinson das letzte Mal hier gewesen war, war das Baumhaus noch muffig und voller Spinnweben gewesen. Das war jetzt anders. Dank Alice’ Renovierungsarbeiten war es nun eine gemütliche Holzhütte. Ein Bettgestell aus Messing, kleine Teetische und ein bequemes Sofa standen darin, davor lagen farbenfrohe Läufer. Es war auf stilvolle Art urig, mit weichen Kissen und luftigen Vorhängen. Man hätte es für ein Lifestyle-Heft ablichten können. Es war einzigartig und in gewisser Weise ganz und gar wie Alice.

„Die Eichhörnchen werden sich hier oben wohlfühlen, Goldlöckchen.“

Alice sah zu Boden. „Es ist eichhörnchensicher.“

Robinson nickte und sah zur Decke. „Und wasserfest – und

das Wichtigste: vogelfest. Ich glaube, dies ist das ungewöhnlichste Baumhaus, das ich je gesehen habe, Alice."

Sie lächelte schüchtern. Er sah ihr an, wie stolz sie war.

„Willst du mir verraten, was du hier vorhast?", fragte Robinson bewusst beiläufig. Denn immer wenn er fragte, schwieg sich Alice über ihr Baumhausprojekt aus.

„Sollen wir uns später hier treffen?", fragte sie nebulös. „Gegen sieben?"

„Soll ich etwas mitbringen?"

Alice sah ihm fest in die Augen. Dann sagte sie etwas, das ihm den Atem verschlug.

„Ich würde mich sehr freuen, wenn du deine Gitarre mitbrächtest, Robinson."

Er starrte sie an, dann drehte er sich auf dem Absatz um und verließ das Baumhaus.

Merkwürdigerweise war Alice nervös. Dabei lebte Robinson nun schon seit einem Monat in Borne, und sie fühlte sich wohl in seiner Gegenwart – und in seinen Armen. Sie erzählten sich viel. Er kannte Geschichten aus ihrer Vergangenheit, von ihrem Vater, Geschichten, die sie niemand anderem je erzählt hatte. Sie wusste, dass er von einem Pferd gefallen war, als er sieben war, und sich beide Arme gebrochen hatte. Er hatte sie weinen sehen, sie hatte ihn zum Lachen gebracht. Ganz besonders liebte sie den Ausdruck von höchstem Genuss auf seinem Gesicht, wenn er im Bett die Zügel fahren ließ. Sie waren sich sehr nahegekommen, sowohl körperlich als auch seelisch. Dennoch sagten sie sich, dass sie emotional verrücktspielten, und versicherten sich gegenseitig erneut, dass sie lediglich eine kurze, aber glorreiche Urlaubsaffäre miteinander hatten.

Der Balkon in den Bäumen sah so schön aus, wie sie es sich vorgestellt hatte. Hunderte kleine solarbetriebene Lämpchen der Lichterkette, die sie um die Streben gelegt hatte, leuchteten in sanftem Weiß, nachdem sie tagsüber ein langes Sonnenbad genommen hatten. Alice selbst hatte die Wärme ebenfalls genossen. Die Haut auf ihren Schultern war jetzt leicht gebräunt, das passte hervorragend zu dem Lipgloss, den sie aufgetragen hatte. Für diesen Abend hatte sie sich ganz besonders zurechtgemacht. Dies war eine richtige Verabredung, daher war es auch förmlicher als ihre üblichen ungezwungenen Treffen. Dementsprechend fiel auch ihr Styling aus: Ihr Haar hatte sie zu einem Zopf geflochten und ihre sonst heiß geliebten Jeans samt T-Shirt gegen ein zitronengelbes Sommerkleid getauscht. Sie ging zurück ins Baumhaus und wühlte in der Tasche, die sie aus dem Wohnwagen mitgebracht hatte. Sie holte Salz und Essig und eine Flasche kalten Prosecco hervor. Dazu Sektgläser und Teller, das Besteck hatte sie schon draußen auf den kleinen Tisch auf dem Balkon gelegt. Auf ihren nackten Füßen ging sie wieder hinaus und legte alles ab. Als sie sich wieder aufrichtete, verharrte sie abrupt. Sie sah Robinson über die Wiese kommen, er sah umwerfend gut aus in seiner Jeans und dem schwarzen, halb offenen Hemd. Seine Gitarre trug er auf dem Rücken, während er gemächlich zu ihr schlenderte.

Alice war in dem Moment wie vom Blitz getroffen. Ohne seine Gitarre war er schlicht Robinson, der Cowboy, der hergekommen war, um hier zu leben. Es war leicht, die Rolle, die er in der Öffentlichkeit spielte, zu verdrängen, weil er sie nie erwähnte und sie ihn als Sänger kaum kannte. Aber ihn jetzt mit seiner Gitarre auf sich zukommen zu sehen erinnerte sie unverkennbar an den Menschen, der er in Wirklichkeit war, und an die Welt, aus der er kam.

Sie strich mit ihren plötzlich feuchten Händen ihr Kleid glatt, als er die Stufen am Baum hochstieg, und als er im Haus erschien, hatte sie sich wieder gefasst.

„Es riecht lecker“, sagte er, nahm seine Gitarre vom Rücken und lehnte sie kommentarlos gegen die Wand.

„Fish and Chips.“ Alice war eben noch zum Imbiss im Dorf gegangen und hatte die Leibspeise der Briten besorgt. „Es wird Zeit, dass du echtes englisches Essen kennenlernst.“

Robinson lächelte. „Vielleicht kann ich mich irgendwann revanchieren und dich zu Meat and Three einladen.“

Sie sah ihn fragend an, während sie den Fisch auspackte.

„Meat and Three? Fleisch und drei was?“

Robinson grinste genießerisch. „Ah, das würdest du mögen. Fleisch, also Hühnchen oder Schinken oder auch ein Steak, dazu drei Beilagen, was immer du willst. Am liebsten mag ich Käsepasta, Kohl und Keks.“

„Ich verstehe kein Wort“, lachte Alice und folgte ihm nach draußen auf den Balkon. Sie servierte ihm das Essen in der Originalpapiertüte und setzte sich zu ihm an den Tisch. „Kekse als Hauptgericht? Absurd.“

Er schüttelte den Kopf. „Wenn du es probierst, weißt du, was ich meine. Es ist köstlich!“

Alice erwiderte nichts. Sie beide wussten, dass er sie nie zu Meat and Three einladen würde. Für sie gab es nur das Hier und Jetzt, Fish and Chips direkt aus der Tüte. Sie sah ihm beim Essen zu, während sie ihnen Prosecco einschenkte.

„Lecker“, sagte er und tat sich noch mehr Ketchup auf sein Essen. Sie freute sich über sein Lob, obwohl sie für die Mahlzeit ja nichts anderes hatte tun müssen, als zum Laden zu gehen.

„Deine englischen Fans würden für diesen Anblick wahrscheinlich sterben“, sagte sie. Sofort veränderte sich seine Miene. Eben war er noch entspannt gewesen, nun sichtlich auf der Hut. Wie vorhin, als sie ihn gebeten hatte, die Gitarre mitzubringen.

„Dann muss ich ja froh sein, dass sie mich nicht sehen können“, sagte er kurz angebunden.

Aus Erfahrung wusste Alice, dass es nichts brachte, Probleme unter den Teppich zu kehren. Am Anfang half es noch, aber am Ende hatte man einen ganzen Berg unter dem Teppich, über den man so lange stolperte, bis man schließlich gründlich kehrte. Wenn man zu lange mit dem Berg unterm Teppich lebte, konnte man fallen und sich den Hals brechen. Im letzten Jahr ihrer Ehe mit Brad hatte sie den Teppichtrick angewandt, und sie war immer noch damit beschäftigt, den Staub aus der blöden Auslegware zu klopfen.

Sie aßen in aller Ruhe, redeten über Gott und die Welt und genossen einfach die Gegenwart des anderen. Alice vermied die Themen, die ihr durch den Kopf gingen, bis sie den Tisch abgeräumt und Robinson ihnen nachgeschenkt hatte. Die Dämmerung hatte sich mittlerweile über den Wald gesenkt, sodass die Lichterkette das Baumhaus in eine märchenhafte Atmosphäre tauchte.

„Das Kleid steht dir“, sagte Robinson und fuhr mit seinem Finger den Träger entlang. Sie saßen auf dem Zweisitzer, den sie für verliebte Gäste auf den Balkon gestellt hatte, damit sie von dort in die Sterne gucken konnten.

Lächelnd küsste sie seine Finger und lehnte ihren Kopf gegen seinen Oberarm.

„Die Sterne sind aufgegangen“, sagte sie und zeigte auf den Großen Bären und den Kleinen Bären daneben. Als Kind hatte sie an unzähligen Abenden neben ihrem Vater auf dem Rücken gelegen und den Himmel betrachtet, und er hatte ihr die Sternbilder erklärt. Das war eine ihrer schönsten Erinnerungen an ihre Kindheit und ihren Vater.

Robinson legte ebenfalls den Kopf in den Nacken. „Das sind dieselben Sterne wie auf der anderen Seite der Erdkugel."

„Ein Wunder der Schöpfung", sagte sie und sah ihn an.

Robinson seufzte. „Spuck es aus, Goldlöckchen. Dich beschäftigt doch etwas."

Alice setzte sich auf und zog die Füße unter ihre Beine. Sie rutschte herum, bis sie die richtige Position gefunden hatte, aber auch weil sie nicht so recht wusste, wie sie sagen sollte, was sie sagen wollte, ohne dass womöglich das Ungezwungene und Leichte zwischen ihnen zerbrach.

„Dieser Ort", setzte sie an und ließ den Blick schweifen. „Wir beide", fuhr sie fort, „und vor allem du."

„Das sind ja gleich drei sehr große Dinge", lachte er. „Fang am Anfang an. Dieser Ort. Das Haus, meinst du?"

Alice nickte. „Ich liebe Borne und das Dorf und die Leute, Robinson. Als Brad mich verließ, hatte ich eigentlich keine andere Wahl, als auch meine Koffer zu packen und zu gehen. Das Haus und das Grundstück könnte ich unmöglich alleine unterhalten. Also habe ich beschlossen, es zu vermieten. Immer noch besser, als es ganz zu verlieren. Es haut alles gerade eben so hin. Wenn ich Rechnungen öffnen muss, halte ich jedes Mal den Atem an und hoffe, dass der Bankberater mich nicht zu einem Gespräch einberuft. Ich komme mir vor, als würde ich auf Stöckelschuhen einem Traum hinterherjagen. Wenn ich mich schlafen lege, habe ich Angst, dass ich am nächsten Morgen alles verlieren werde."

Robinson drückte ihre Schulter. „Ich weiß, wie es sich anfühlt, wenn man alles verliert, Alice. Ich beneide dich darum, dass du diesen Ort hast, den du liebst, dass du ein Zuhause hast. Wenigstens hast du das. Obwohl du es zurzeit mit einem einsamen Cowboy teilen musst."

Sie lachte leise. „Ich bin froh, dass du hier bist. Als ich die Anzeige aufgab, habe ich nicht geahnt, dass jemand wie du kommen würde."

„Jemand wie ich?"

„Tu nicht so, als wüsstest du nicht, wie gut du mir tust", erwiderte sie, während sie seinen Nacken kraulte. „Ich bin nicht mehr so einsam, ich hänge nicht mehr meinen trüben Gedanken nach und verzweifele daran, wen und was ich alles verloren habe. Du heilst mich auf gewisse Weise von meiner Ehe mit Brad McBride. Und dafür werde ich dir ewig dankbar sein."

Seine grünen Augen funkelten, und die winzigen Lichter an der Balustrade spiegelten sich in seinen Pupillen.

„Dasselbe kann ich über dich sagen, Honey. Mit dir hatte ich hier ja auch nicht gerechnet."

„Dabei ist es nur ein kurzes Spiel", sagte sie resigniert. „Wenn der Sommer vorüber ist, kehrst du nach Hause zurück, und ich bleibe hier und muss Mittel und Wege finden, das Haus zu halten."

„So weit voraus habe ich noch nicht gedacht. Wirst du das Haus dann weitervermieten?"

Alice trank einen Schluck Wein und schüttelte den Kopf. „So heimelig wie der Wagen ist, ich kann nicht ewig darin wohnen."

„Das stimmt."

„Ich glaube nicht, dass ich einen neuen Mieter suche, wenn du …" Sie stockte. Sie wollte sagen: „Wenn du weg bist", aber das konnte sie nicht. „Deshalb habe ich das Baumhaus instand gesetzt."

Verständnislos runzelte er die Stirn. Da begann Alice ihm von ihren Plänen und von dem Glampsite zu erzählen. Zuerst stockend, aber dann mit immer größerer Begeisterung, als sie ihm beschrieb, wie sie sich das Bootshaus erträumte und wie schön der Bach war, an dem sie die Jurte aufstellen wollte. Und von der Lichtung im hinteren Teil des Waldes, wo sie eine Bücherhütte samt Schlafsofa errichten wollte, und natürlich mit einem Regal für die Bücher, die sie bereits auf Flohmärkten und in Antiquariaten gekauft hatte. Insgesamt plante sie fünf oder sechs Übernachtungsplätze auf Borne, eventuell auch mehr, wenn es lief, wie sie hoffte, wenn die Sterne günstig standen und sie die Finanzen geregelt bekam, bis Robinson das wunderschöne Anwesen verlassen musste. Dabei war ihr klar, dass es ein verzweifelter Versuch war, dass ihr Plan auf wackeligen Beinen stand und sie womöglich nichts als Luftschlösser baute.

„Dafür, dass deine Schultern so schmal sind, liegt reichlich Last auf ihnen", sagte er, als sie schließlich verstummte und ihn ansah. Sie wusste nicht recht, warum sie ihm nicht schon früher von ihren Plänen erzählt hatte. Oder besser: Sie wusste nicht, wie sie ihre Gedanken und Gefühle in Worte packen sollte. Das mit Robinson war … etwas anderes, es hatte nichts mit ihren finanziellen Problemen zu tun. Der Alltag und seine Probleme gefährdeten das, was sie hier hatten, nur. Ihre Beziehung funktionierte so gut, weil sie sich von Anfang an strengen Regeln unterwarfen, allen voran der Regel, dass ihre Beziehung keine Beziehung war, genau genommen noch nicht einmal Freundschaft. In dem Regelwerk war außerdem nicht vorgesehen, dass sie ihre Sorgen und Nöte über ein gewisses Maß hinaus teilten oder sich einander zu lieb gewannen. Sie warfen sich lediglich gegenseitig Rettungsringe und Schwimmflossen zu. Der Alltag sollte da gar nicht reinspielen, schließlich war es „Urlaub". Doch die Grenzen waren verschwommen, denn sie *hatten* ihre Hoffnungen, Träume und Ängste miteinander geteilt. Und dann sagte er Dinge wie diese, ganz einfache Sätze, die aber zeigten, dass er sie als ganzen Menschen wahrnahm, dass er verstand, wer sie war. In Momenten wie diesen verschlug er ihr den Atem.

„Ich bin stärker, als ich aussehe", gab sie zurück. Er nickte nur und legte den Kopf zurück.

„Da ist noch etwas", sagte sie und redete sich damit mehr Last von der Seele, als sie eigentlich wollte. „Brad will das Haus haben. Nur weil es zurzeit vermietet ist, kann er es nicht bekommen."

Langsam hob Robinson den Kopf und sah ihr in die Augen.

„Scheint, als wäre es das Beste, wenn ich ihm eine Kugel in den Kopf jage", sagte er. Alice mochte seine leichtfüßige, schnodderige Art, aus der sie dennoch seinen Beschützerinstinkt heraushören konnte. Sie wusste, dass er sie beschützen würde, solange er in Borne lebte.

„Wenn, dann müsste ich diejenige sein, die die Schüsse abgibt", sagte sie.

Sein Blick verriet ihr, dass er verstand, was sie ihm damit sagen wollte. „Dann lass mich wenigstens das Gewehr laden und dir die Mechanik erklären", sagte er und legte seine warme Hand in ihren Nacken. „Bis ich gehen muss, bist du ein 1a-Schütze."

„Der wird sich noch umgucken."

Robinson lächelte und küsste ihre Schulter. „Das ist mein Mädchen." Er fasste sacht ihr Kinn und drehte ihr Gesicht zu sich, dann berührte er mit seinen Lippen vorsichtig, fast suchend die ihren.

„Sei nicht so bescheiden, nimm dir, was du willst, Alice", flüsterte er und zog sie auf seinen Schoß. Dann strich er ihr das Haar aus dem Gesicht. „Du kannst viel vertragen."

Sie lachte leise an seinem Mund. „Ist das eine alte Cowboy-Weisheit?" Sie konnte sich kaum auf ihre Worte konzentrieren, weil er seine Hand langsam über ihren Oberschenkel nach oben schob und sie ablenkte.

„Davon habe ich eine ganze Menge in petto."

Es gab auch eine Menge, die Alice ihm sagen wollte. Aber er blies mit seinen heißen Küssen und Westerntricks alle Gedanken aus ihrem Kopf, als wären sie buntes Konfetti. Sie wollte, dass er nie wieder damit aufhörte … und das Bett im Baumhaus musste ja auch getestet werden.

Alice erwachte früh am nächsten Morgen. Robinson lag neben ihr und schlief. Seine braune Haut auf den weißen Laken – was für ein unwahrscheinliches Glück. Als wäre er vom Himmel gesandt worden, just in dem Augenblick, in dem sie ihn am meisten gebraucht hatte. Sie hoffte, dass sie ihm ähnlich viel Geborgenheit gab.

Noch tauchte der Mond das Baumhaus in ein blasssilbernes Licht, in dem die Möbel als Silhouetten hervortraten, die Gläser von gestern Abend und ihre hastig vom Leib gestreiften Kleider über dem Sofa. Seine Gitarre lehnte an der Wand, da, wo er sie gestern beim Reinkommen hingestellt hatte. Er hatte sie weder berührt noch erwähnt. Daneben, auf dem Beistelltisch, lag ihre Kamera. Nicht die Nikon ihres Vaters, sondern ihre eigene hochmoderne Ausrüstung, die bis vor Kurzem vergessen im Haus gelegen hatte. Brad schien nicht bemerkt zu haben, dass er ihr ein Geschenk gemacht hatte, das sie nicht hatte haben wollen und weder wertschätzte noch benutzte. Er hatte ihr die Kamera nur deshalb geschenkt, weil es etwas war, das sie noch nicht besaß, und weil es ebenso kostspielig wie großkotzig war.

Als sie sich jedoch in den letzten Wochen damit beschäftigt hatte, hatte ihr das wahnsinnig viel Spaß gebracht. Sie wollte ihr Glampsite fotografieren und bald eine Website einrichten. Obwohl noch nicht alles fertig war, hatte sie schon eine Handvoll schöner Bilder von dem Baumhaus geschossen. Ein weiterer Teil ihres am seidenen Faden hängenden Plans zur Rettung ihres geliebten Zuhauses. Eine Weile betrachtete sie Robinsons Gitarre, dann fasste sie sich ein Herz und rüttelte sanft an seiner Schulter, um ihn zu wecken.

17. Kapitel

„Spielst du für mich?“

Robinson öffnete ein Auge und sah Alice fragend an. Sie lag auf der Seite und bot ihm gute Sicht auf ihre vollen Kurven, ihre nackte Haut und die wallenden, blonden Locken. Eine Waldnymphe, vom Himmel gesandt. Was sie sagte, kam ihm allerdings weniger himmlisch vor.

„Schlaf weiter, Goldlöckchen“, flüsterte er und streckte die Hand nach ihr aus. Er wollte sie an sich ziehen in der Hoffnung, dass sie ihre fixe Idee wieder vergaß. Doch sie entzog sich ihm und legte stattdessen ihre Hand flach auf seine Brust. In ihrem Blick lag Bestimmtheit, das konnte er auch in dem blassen Licht des Mondscheins, der in die Hütte fiel, erkennen.

„Bitte“, sagte sie, „bitte spiel für mich auf deiner Gitarre.“

„Mir fallen noch ganz andere Arten ein, wie ich dir beim Einschlafen helfen könnte, Liebling“, versuchte er sie noch einmal abzulenken. Dabei strich er über eine ihrer zartrosa Knospen. Ihre Brustwarze wurde hart, und ihre Lippen öffneten sich, trotzdem hielt sie ihn auf Abstand.

„Später“, sagte sie. Er war bereits wach genug, sein Körper reagierte schon auf sie, und ihr Versprechen erregte ihn nur noch mehr.

„Alles, was du willst, Alice. Du kannst mich um alles bitten, nur das nicht.“

„Ich will nichts anderes“, erwiderte sie. „Robinson, ich habe dich vorhin mit deiner Gitarre auf dem Rücken herkommen sehen, und du sahst so … wie soll ich sagen … wie du aus. Ich kenne dich als Mann, nicht als Musiker, aber selbst ich konnte das sehen. Ich kenne dich nur zur Hälfte, und ich möchte liebend gerne die andere Hälfte von dir kennenlernen, wenn du mich lässt."

„Alice, ich weiß, dass du mir helfen willst, aber das tust du damit nicht. Es ist nicht so, dass ich diese Hälfte vor dir verstecken würde. Es ist vielmehr so, dass ich mich gerade verändere."

„Und doch hast du dir die Mühe gemacht, deine Gitarre nach England mitzubringen", wandte sie ein. Das musste er ihr lassen, sie war stur wie ein Ochse, wenn sie sich etwas in den Kopf gesetzt hatte.

„Alte Gewohnheit. Mehr nicht. Seit ich fünfzehn bin, gehe ich nirgends ohne meine Gitarre hin", entgegnete er. Obwohl es dieses Mal in Wahrheit gar nicht so klar gewesen war. Er hatte das Haus ohne seine Gitarre im Gepäck verlassen, war die zwanzig Meilen zum Flughafen gefahren und dann mit klopfendem Herzen umgekehrt, um sie doch noch zu holen. Aber weil er sie immer in seiner Nähe hatte, hieß das ja noch lange nicht, dass er sie auch spielen musste. Es bedeutete nur, dass er die Möglichkeit hatte, sie zu spielen, falls er das wollte. Und im Moment wollte er das nicht.

Alice streichelte seine Finger. „Ich würde dich so gerne spielen hören. Singen sollst du gar nicht. Nur Gitarre spielen, okay?"

Er wusste genau, was sie da machte. Stück für Stück, nach und nach, peu à peu wollte sie ihn dahin bringen, zu spielen und zu singen.

„Erinnerst du dich an die Kamera von meinem Vater?"

Robinson nickte. Er erinnerte sich gut daran, wie sie schnaufend und stöhnend den schweren Koffer aus dem Keller geholt und vehement jede Hilfe abgelehnt hatte, obwohl sie die offensichtlich gebraucht hätte.

„Ich habe die Kamera verstaut, als er starb. Ganze acht Jahre hat es mich gekostet, den Mut zu finden, sie wieder hervorzuholen. Ich wollte vor langer Zeit in seine Fußstapfen treten und Fotografin werden, ich wollte, dass er stolz auf mich ist. Dann starb er, und zusammen mit seinem Fotoapparat habe ich einen Teil von mir in diesem Koffer verschlossen. Verstehst du das?" Alice setzte sich im Bett auf. Das Laken hatte sie sich um den Körper gewickelt. „Sein Tod hat mein Leben verändert, und ich habe das zugelassen, obwohl ich wusste, dass er das nicht gewollt hätte." Alice warf ihr Haar über die Schulter und nahm seine Hand in ihre.

„Vor ein paar Wochen habe ich wieder angefangen zu fotografieren und ... die Fotos sind gut, Robinson, sogar besser, ich bin besser geworden. Mir wird erst jetzt klar, was ich versäumt habe, was ich mir versagt habe, und ich bedauere das, bedauere all die Bilder, die ich nicht gemacht habe."

Jetzt, da er darüber nachdachte, fiel ihm auf, dass er sie in den letzten Wochen tatsächlich nie ohne ihre Kamera um den Hals gesehen hatte, wenn sie auf dem Grundstück unterwegs gewesen war. Der Apparat schien so selbstverständlich zu ihr zu gehören, dass es ihm gar nicht aufgefallen war.

„Was ich damit sagen will, ist: Es bringt gar nichts, in einer Kurzschlussreaktion aufzuhören, das zu tun, woran dein Herz hängt, weil du verletzt bist. Im Endeffekt schadet dir das nur noch mehr."

Draußen im Wald rief eine einsame Eule. In der Holzhütte sah Alice ihn schweigend aus ihren großen, aufrichtigen Augen an. Sie brachte ihn um den Verstand. Er war hin- und hergerissen zwischen dem Wunsch, ihr zu widersprechen und zurückzuschlagen – sie hatte ihn in die Ecke gedrängt –, und dem Wunsch, sie an sich zu drücken, weil sie sich ihm offenbart und damit den Nagel auf den Kopf getroffen hatte, denn ja, ihm ging es ähnlich. Die Oberhand gewann das Gefühl, das ihn dieser Tage zu beherrschen schien: die Angst. Hier in England, in Alice' Nähe konnte er das Biest zähmen, ganz verschwunden war es aber nicht. Jetzt hatte sie dem Biest einen Tritt versetzt, und es brüllte lauter denn je. Es machte ihm Angst, wie schnell er die Kontrolle über sein Leben verloren hatte. Und sie hatte recht. In einer Kurzschlussreaktion hatte er seiner Vergangenheit den Rücken gekehrt. Er hatte alles, was ihm lieb und teuer war, heruntergefahren und auf Neustart gedrückt. Sein bisheriges Leben wollte er nicht mehr führen, weil das Leben von Robinson Duff einfach zu viel für ihn geworden war.

Er setzte sich im Bett auf, nahm sich ein Kissen und lehnte sich an den Pfosten. Acht Jahre auf etwas zu verzichten, das man brauchte wie die Luft zum Atmen, war zu viel.

„Reichst du mir meine Gitarre?"

Alice schlüpfte aus dem Bett. Sie war splitterfasernackt, wollte sich aber nichts zum Überziehen suchen, weil sie Angst hatte, dass es zu lange dauern könnte und der Zauber verfliegen könnte. Die Gitarre lag schwer in ihrer Hand, das schwere, schwarz lackierte Holz, der breite Lederriemen, in den mit weißer Farbe sein Name eingraviert war. Sie hatte die Gitarre auch auf den Bildern im Internet gesehen, drüben bei Niamh. Ehrfürchtig hielt sie das Instrument in beiden Händen. Da draußen gab es Leute, die alles dafür tun würden, in der Nähe dieser Gitarre und dieses Musikers zu sein.

Sie ging zum Bett zurück und reichte Robinson die Gitarre.

„Wenn ich jetzt deine Kamera hätte, Goldlöckchen", sagte er. „Das ist ein Bild für die Götter."

„Vergiss es", lachte sie.

„Schade", sagte er augenzwinkernd und nahm ihr die Gitarre ab. Alice hockte sich ihm gegenüber im Schneidersitz auf das Bett. Die Decke schlang sie sich um den Oberkörper. Robinson legte den Gurt über seine Schulter und machte es sich bequem. Der Mond fiel auf die Gitarre vor seiner nackten Brust.

„Du siehst so sexy aus, Cowboy", sagte sie. „Sehr sexy sogar." Das sagte sie nicht nur, weil es wahr war, sondern auch weil sie es ihm erleichtern wollte. Er sah zwar so lässig aus wie eh und je, aber mittlerweile kannte sie ihn gut genug, um zu wissen, dass das nicht stimmte. Er blickte auf die Gitarre und bewegte sein Hände über den Korpus, den Hals und die Saiten. Er berührte die Gitarre, wie er Alice berührte: zärtlich und bestimmt, vertrauensvoll und fordernd.

Dann sah er sie an, verletzlich und voller Schmerz. Sie musste sich zwingen, ihre Hände im Schoß zu halten. Am liebsten hätte sie ihm die Gitarre wieder weggenommen und sich entschuldigt, ihn unter die Decke gezogen und ihn alles um ihn herum vergessen lassen. War es falsch, ihn zu zwingen? Hätte sie warten sollen? Hätte sie gewollt, dass jemand dasselbe mit ihr machte? Oder hätte sie es der Person vorgeworfen, sie zu zwingen, etwas zu tun, wozu sie noch nicht bereit war? Und, verdammt, trieb sie ihn damit schneller von hier fort? Was glaubte sie, wer sie war? Eine wohlmeinende, missionarische, psychologisch angehauchte Talkshowmeisterin wie Oprah Winfrey? À la „Wenn es mir geholfen hat, hilft es dir auch"? Gerade als sie es sich anders überlegt hatte und ihm sagen wollte, er solle es lassen, bewegte

Robinson seine Finger über die Saiten und begann, die zauberhafteste Melodie zu spielen, die sie je im Leben gehört hatte.

Sie wollte die Augen schließen, konnte aber den Blick nicht von ihm abwenden. Da er seinen Kopf leicht gesenkt hielt, konnte sie nicht auf seinem Gesicht lesen. Sein Blick war auf die Gitarre gerichtet, und ganz plötzlich war sie beinahe eifersüchtig auf die innige Beziehung. Sie war wie verzaubert, gefangen von der Musik, fasziniert davon, dass die kleinen Bewegungen seiner Hand so mühelos etwas so Schönes hervorbrachten. Schließlich hob er den Kopf, seine Augen blieben geschlossen. Sie konnte nicht sagen, ob sein Mund in Schmerz oder Verzückung verzogen war. Sie kannte das Lied nicht, das er spielte. Aber auch ohne Worte wusste sie, dass es ein Liebeslied war. Für wen spielte er es? Wo war er in Gedanken? Ein leises Seufzen drang durch seine Lippen zu der zarten Musik, in die sie sich sofort verliebte. Sie drückte aus, was er ihr nie mit Worten sagen würde. Seine Wangen waren feucht von Tränen, doch er spielte weiter, völlig versunken in die Musik. Fasziniert sah Alice ihm zu. Auf wundersame Weise wurden in diesen Minuten die Verletzungen in ihrem Herzen, die ihr zugefügt worden waren, geheilt, und sie wusste plötzlich ganz sicher, sie würde es wieder benutzen können.

Als das Lied endete, öffnete er die Augen und kehrte langsam zu ihr zurück.

„Das war wunderschön“, sagte sie heiser und trotz der Stille im Raum kaum hörbar.

Robinson senkte den Kopf, hob den Gurt über seinen Kopf und stellte die Gitarre vorsichtig gegen die Wand hinter dem Bett. War er wütend? Traurig? Verletzt? *Bitte, ich will ihn nicht noch mehr verletzt haben*, dachte sie und starrte atem- und bewegungslos auf seinen Rücken.

Dann drehte er sich wieder um und rutschte unter die Decke. „Komm her“, sagte er mit tiefer, rauer Stimme. Wie gut es klingen musste, wenn er sang und Gitarre spielte! Sie verstand, warum Frauen überall auf der Welt verrückt nach Robinson Duff waren. Sie war es auch, mehr denn je. Sie sank gegen ihn, seine Haut an ihrer.

„Jetzt ist später“, sagte er und griff in ihr volles Haar. Sie rollte sich auf ihn und küsste seine feuchten Wangen.

„Ja“, sagte sie. Dann sagten beide eine ganze Weile lang kein Wort mehr. Später, viel später, als sie ihre Augen schlossen und erneut in den Schlaf sanken, hörte sie sein Flüstern: „Danke.“

Die Hitze in diesem Sommer schien nicht nachlassen zu wollen. Eine weitere herrlich sonnige Woche verbrachten sie damit, zu hämmern und zu zimmern und Pläne zu schmieden. Bis das Wochenende kam und sie einlud, im Liegestuhl zu faulenzen und süßen Likör zu trinken.

„Robinson.“ Alice rüttelte ihn sanft an der Schulter. „Robinson, wach auf.“

Er öffnete ein Auge und blinzelte. Dann öffnete er das zweite und sah auf die Uhr.

„Alice, es ist noch nicht mal sieben Uhr, und es ist Sonntag!“ Sein Blick wanderte von ihrem weißen Träger-Top über ihre abgeschnittene Jeans zurück zu ihrem Gesicht. „Ich bin dafür, dass du dich wieder ausziehst und zurück ins Bett kommst.“

Alice schüttelte den Kopf und öffnete die Tür des Wohnwagens, um die Sonne reinzulassen.

„Nö!“ Sie nahm einen Becher Kaffee und reichte ihn Robinson, der sich ächzend aufsetzte und mit den Fingern durch sein Haar fuhr, bevor er verschlafen nach dem Kaffeebecher griff.

„Nö?“, fragte er.

Alice setzte sich auf die Bettkante, ihren Kaffeebecher mit beiden Händen umfassend.

„Wenn dies ein Ferienflirt sein soll, dann fehlt noch etwas.“

Robinson runzelte die Stirn, zu müde zum Raten.

„Das Meer“, sagte sie und lächelte breit. „Ich möchte mit dir ans Meer fahren, Robinson.“

Die Idee war ihr letzte Nacht gekommen, als sie sich beim Einschlafen halblaut unterhalten hatten. Er hatte seinen warmen Mund an ihr Ohr gelegt und gesagt, dass sie das Meer rauschen hören könne, wenn sie es nur wolle. Und obwohl sie es nicht hörte, hatte es etwas bewirkt. Sie wollte das Meer hören, es wirklich hören, zusammen mit ihm.

„Ans Meer? Hier in Borne?“, fragte er.

Alice verdrehte die Augen. „Natürlich nicht in Borne“, sagte sie und trank den Kaffee aus. „Wir sind hier so ziemlich in der Mitte der Insel. Aber in ein paar Stunden sind wir an der Küste.“ Sie deutete auf die Kühlbox, die an der Tür stand. „Ich habe uns ein Picknick gemacht.“

Robinson trank einen Schluck Kaffee. „Du scheinst an alles gedacht zu haben, Goldlöckchen“, sagte er. Weder sein Tonfall noch seine Miene verrieten, was er von ihrer Idee hielt.

„Ich weiß, dass du nicht erkannt werden willst, aber wenn du einen Hut aufsetzt und eine Sonnenbrille, wird das auch nicht passieren“, sprudelte es vor lauter Begeisterung aus ihr heraus. „Wir könnten beide die Abwechslung gebrauchen. Du noch mehr als ich. Seit deiner Ankunft hast du das Grundstück kaum verlassen. Was sagst du dazu?“

„Ich war noch nie an der englischen Küste.“ So, wie er das sagte, klang es komisch.

„Genau genommen kommst du da auch heute nicht hin. Wir fahren nach Barmouth, das liegt in Wales."

„Wales? Dann muss ich wohl meinen Ausweis mitnehmen", sagte er und zwinkerte ihr zu. Dann nahm er ihr den leeren Becher aus der Hand und stellte ihn neben seinen auf den Boden. Als er sich wieder aufrichtete, ergriff er ihre Hand und zog sie auf sich drauf.

„Willst du mit mir nackt baden, Goldlöckchen?", fragte er und ließ seine Hände über ihre Schenkel gleiten, bevor er ihre Pobacken umfasste.

Alice lachte.

„Es handelt sich um die Irische See, Robinson, nicht den Pazifik."

Voller Ernst sah er sie an. „Was heißt das? Kein FKK?"

Alice schüttelte den Kopf und lachte noch mehr, als Robinson ihr das Oberteil abstreifte und zur Seite warf.

„Dann muss Wales noch eine halbe Stunde länger auf uns warten", sagte er und zog am Knoten ihres Bikinis. *Wo er recht hat, hat er recht*, dachte Alice.

„Domino? Und ich dachte, es gebe nur eine Domina", witzelte Robinson, als Alice ihm ein paar Stunden später am Strand ein Eis reichte. „Oder gibt es bei euch vielleicht auch ein Domina-Eis?"

Lachend setzte sie sich neben ihn auf das Handtuch.

Am Strand herrschte reges Treiben. Der glatzköpfige alte Mann am Eisstand, Kinder, die Cricket spielten und Sandburgen bauten, Teenager, die in der Sonne badeten und sich in Pose warfen, bepackte Eltern, die Windmuscheln aufstellten und ihr Plätzchen absteckten, obwohl kaum ein Lüftchen wehte. Am Wasser war es so voll wie auf der Hauptstraße kurz vor Weihnachten. Überall ertönte das Gelächter und Geschnatter der Ausflügler, die den Sonnenschein genießen wollten.

„Als ich noch ein Kind war, sind wir oft hergekommen“, erzählte Alice und leckte an ihrem Eis.

„Du und dein Vater?“

Sie nickte und erinnerte sich an die Pfützen zwischen den Felsen, an den Sand zwischen ihren Zehen und die Zuckerwatte, die sie auf der langen Heimfahrt im Auto gegessen hatte.

„Er hat gerne Menschen beobachtet. Immer hatte er seine Kamera dabei und hat auf das perfekte Motiv gewartet.“

„Wie der Vater, so die Tochter“, sagte Robinson liebevoll. Sorgfältig wischte er seine Hand vom Eis sauber, bevor er die Kamera antippte, die sie um den Hals trug.

Alice aß ihr Eis auf und nahm die Kamera in die Hände. Sie hielt sie ans Gesicht und ließ den Blick, durch den Sucher schauend, über den Strand schweifen. Immer wieder drückte sie den Auslöser, bis sie die Kamera schließlich auf Robinson richtete, der jetzt mit geschlossenen Augen auf der Decke lag, das Gesicht unter der Baseballkappe verborgen. Er drehte den Kopf, als er den Auslöser hörte, und öffnete die Augen.

„Leg sie weg und entspann dich, Liebling, du hast Ferien.“

Alice drückte noch ein, zwei Mal ab und tat dann wie geheißen. Sie streckte sich auf der Decke aus und rekelte sich genüsslich in der Sonne. Robinsons Finger spielten mit ihren auf dem heißen Sand.

„Fühlt sich gut an“, murmelte er.

„Mhm“, stimmte sie ihm zu.

Sie spürte, wie er sich bewegte. Als sie zu ihm hinübersah, hatte er sein T-Shirt ausgezogen und sich mit dem Cappie auf dem Gesicht wieder hingelegt. Alice blickte um sich: Sein perfekter Oberkörper war kaum einer Frau am Strand entgangen. Stolz erfasste sie. Er zog die Aufmerksamkeit auf sich, nicht weil er berühmt war, sondern weil er unglaublich scharf aussah, und das, obwohl sein schönes Gesicht verdeckt war.

„Zieh lieber dein T-Shirt wieder an, du ziehst die Blicke auf dich“, sagte sie und rollte sich auf die Seite, um ihn ansehen zu können.

„Zu heiß. Zieh du lieber deins aus“, sagte er und tastete nach ihrer Hand. „Du siehst sehr sexy aus in deinem Bikini. Dann lenkst du alle Blicke auf dich und von mir ab.“

„Halt bloß dein Gesicht verdeckt“, flüsterte sie. Es kam ihr vor, als hätte sie den Stripper Magic Mike an den Strand von Barmouth geschleppt. Mit dem T-Shirt hatte er allerdings recht. Es herrschten Backofentemperaturen, sie musste ihr Shirt ausziehen. Außerdem standen Bikinis offenbar hoch im Kurs hier am Strand. Gerade deshalb glaubte sie, dass sie eben nicht weiter auffallen würde.

Robinson setzte sich die Sonnenbrille auf und schob die Schirmmütze auf seinen Kopf. Er wühlte eine Weile in der Strandtasche und drehte sich dann zu ihr um.

„Sonnencreme“, sagte er und öffnete die Flasche. Alice wollte sie nehmen, doch er hob die Arme in die Höhe. „Lass mich das machen.“

Eine leise Stimme schien zu flüstern: Nein, tu das lieber nicht. Doch eine andere war viel lauter und die schrie: Oh ja, tu das bitte unbedingt! Also legte sie sich flach auf den Rücken und ließ ihn einen Tropfen weiße Creme auf ihren Nabel und zwei weitere auf ihre Schultern träufeln.

„Stell dir vor, wir seien auf einer einsamen Insel im Indischen Ozean“, sagte er sanft und massierte die Creme langsam in kreisenden Bewegungen in ihre Haut am Unterleib. Am Saum ihrer Shorts hielt er kurz inne, dann öffnete er kurzerhand den Knopf, und sie stöhnte auf.

„Robinson, lass das!", sagte sie und atmete schneller.

„Ich mache nichts", gab er zurück und ließ seine Hände ihren Körper zu den Schultern hinauf- und an den Armen wieder herabwandern. „Aber nicht, weil ich nicht will. Wenn wir an dem Strand am Indischen Ozean lägen, wärst du gleich komplett nackt."

Sosehr Alice den Strand von Barmouth mochte, in dem Moment wünschte sie sich Tausende von Meilen weit weg.

„Du frecher Cowboy", presste sie hervor. Sie öffnete die Augen und sah ihn durch ihre Sonnenbrille an. „Soll ich jetzt dich eincremen?"

Er schüttelte den Kopf. „Besser nicht, es sei denn, du willst, dass ich mein Versprechen wahr mache und dich ausziehe."

Alice lachte leise. Sie genoss die Wirkung, die sie auf ihn hatte. „Bist du sicher? Ich mach das echt gut. Leg dich einfach hin und du wirst sehen."

Robinson räusperte sich. „Wenn ich mich in diesem Zustand auf den Rücken lege, werde ich wahrscheinlich wegen Erregung öffentlichen Ärgernisses verhaftet."

„Soll ich dir erzählen, was ich auf der einsamen Insel im Indischen Ozean mit dir anstellen würde?", fragte sie und leckte sich lasziv über die Unterlippe.

„Benimm dich, Goldlöckchen", brummte er mit tiefer, rauer Stimme. Er rollte sich auf den Bauch, bis er sich wieder ohne irgendeine Erregung in der Öffentlichkeit zeigen konnte.

Alice lachte vergnügt. Sie fühlte sich so unbeschwert wie schon lange nicht mehr.

In den Sand zwischen ihren Handtüchern zeichnete sie ihre Initialen, darum malte sie ein Herz, wie eine Kritzelei im Schulheft einer Jugendlichen.

Robinson beobachtete sie. Nach einer Weile schrieb er daneben: „Ich will dich."

Alice küsste seine Schulter. „Ich will dich auch", sagte sie. Sie atmete den Duft seiner sonnengebräunten Haut und der Sonnencreme ein.

„Wenn wir erst mal zu Hause sind …", sagte er verheißungsvoll.

Alice legte ihr Kinn auf seine Schulter und blickte aufs Wasser hinaus. Ihr Herz zog sich unwillkürlich zusammen, als er „zu Hause" sagte.

Als sie kurz nach Mitternacht zurück im Wohnwagen waren, schloss Alice die Augen und lauschte Robinsons regelmäßigem Atem an ihrem Ohr. Er lag hinter ihr und hielt sie im Arm. Der Tag war perfekt gewesen. Blauer Himmel, der Sand zwischen ihren Zehen, und sein Versprechen hatte er auch gehalten und sie innerhalb weniger Sekunden ausgezogen, kaum dass sie allein gewesen waren. In den Bäumen hinter dem Wagen rief eine Eule. Während Alice jedoch in den Schlaf sank, hörte sie Möwen kreischen. Der Wohnwagen war nicht mehr ihr Behelfszuhause, sondern das romantische Liebesnest für ihre Sommeraffäre.

Zufrieden beobachtete Alice ein paar Wochen später, wie die Jurte neben dem Bach langsam Gestalt annahm. Sie hatte das Zelt bei Ebay gekauft, es kam von einem Campingplatz in Wales. Zum Glück hatten die Verkäufer eingewilligt, die Jurte im Tausch gegen eine Mahlzeit und Benzingeld vorbeizubringen und ihr beim Aufbau zu helfen. Kaum waren die leicht durchgeknallten Brüder aus ihrem Transporter gekrabbelt, hatte sie sie in ihr Herz geschlossen.

„Er ist Barry Jones“, sagte der eine und deutete mit dem Daumen auf den anderen.

„Und er ist Brynn Jones“, sagte der andere und nickte in Richtung seines Bruders.

„Er mag Zwiebel zum Käse“, sagte Barry.

„Und er Käse zur Zwiebel“, sagte Brynn grinsend. Sie sahen sich sehr ähnlich, beide waren untersetzt, dunkelhaarig und hatten fröhliche Augen.

„Okay, dann gibt es etwas mit Zwiebeln und Käse zu essen“, sagte Alice und führte sie am Bach zu der Stelle, an der die Jurte stehen sollte.

So komisch, wie sie wirkten, als sie auf der Bildfläche erschienen waren, so ernsthaft machten sie sich sogleich an die Arbeit. In null Komma nichts hatten sie das Gestänge der Jurte aufgestellt, als hätten sie mehr als nur je zwei Hände. Gegen Mittag ging Alice mit einem Teller voller Sandwiches zu ihnen, da war etwa ein Drittel der Arbeit bereits erledigt.

„Wow!“, rief sie. Sie setzte den Teller auf einem Baumstumpf ab und klatschte begeistert in die Hände. „Das sieht toll aus!“

Brynn zeigte ihr einen Daumen hoch, während Barry sich ein Sandwich nahm, es begutachtete und dann an seinen Bruder weiterreichte.

„Das ist deins, da ist Zwiebel drauf.“

Brynn nickte und reichte seinerseits Barry ein Sandwich, todernst.

Alice mochte die beiden und wünschte plötzlich, sie würden in Borne bleiben können.

Nachdem Brynn gegessen hatte, lehnte er sich zurück und hielt sein Gesicht in die Sonne, seine Arme hatte er hinter dem Kopf verschränkt.

„Der beste Sommer meines Lebens“, sagte er und lächelte versonnen.

„Meines Lebens auch“, sagte Barry und legte sich in der gleichen Position neben seinen Bruder.

Am liebsten hätte sich Alice zu ihnen gesellt. Wahrscheinlich war dies auch ihr bester Sommer. Doch dann hörte sie jemanden laut ihren Namen rufen und drehte sich um. Hazel rannte in ihren langen Kleidern stolpernd über die Wiese. Mit klimpernden Armreifen und völlig außer Atem kam sie bei ihnen an. Sie stützte die Hände in die Taille, und als sie wieder Luft bekam, fragte sie: „Alice, hast du ihn gesehen?“

Alice nahm den Teller mit den Sandwiches vom Baumstumpf, damit Hazel sich setzen konnte.

„Wen denn? Ist Ewan weg, Hazel?“

Brynn und Barry setzten sich auf. Auf die Ellenbogen gestützt, sahen sie interessiert Hazel an, die den Kopf schüttelte und nervös die Hände in ihrem Schoß knetete.

„Rambo. Seit gestern Abend habe ich ihn nicht mehr gesehen. In der einen Sekunde saß er noch auf dem Fensterbrett und rief den Leuten in der Schlange vorm Bus Schimpfwörter zu. In der nächsten Sekunde war er weg.“ Sie seufzte und drückte ihre flache Hand gegen die sich immer noch heftig hebende und senkende Brust. „Erst habe ich mir keine großen Sorgen gemacht. Du kennst ihn ja. Das sieht ihm ähnlich. Aber die Dunkelheit, die mag er nicht, Alice. Und jetzt war er die ganze letzte Nacht draußen!“ Ihre Stimme war mit jedem Wort schriller geworden, und Alice legte ihr beruhigend den Arm um die Schulter.

„Oh, Hazel! Ich bin sicher, dass er zurückkommt“, sagte sie, obwohl sie sich gar nicht so sicher war. Gerade hier im Wald gab es nachts Füchse und andere wilde Tiere. Rambo war ein verwöhnter alter Vogel, gegen die vielfältige Fauna der Wildnis hatte er keine Chance.

„Hast du schon im Haupthaus nachgesehen?“, fragte sie.

Hazel nickte traurig. „Da habe ich als Erstes gesucht. Ich hatte gehofft, er sei wieder dort gelandet.“

Brynn und Barry verputzten das letzte Sandwich und belauschten fasziniert die Unterhaltung. Schließlich kam das nicht oft vor, dass sie Leute trafen, die noch verrückter waren als sie selbst.

Auf dem Postamt, etwa eine Meile entfernt, starrte Davina mit weit geöffneten Augen auf den großen, schwarz glänzenden Vogel, der eben durch die offene Tür hereingeflogen und auf ihrem Computer gelandet war. Sie mochte Vögel im Allgemeinen nicht besonders und diesen im Speziellen schon gar nicht. Rambo rief ihr immer unflätige Ausdrücke hinterher, wenn sie an den Häusern bei Borne Manor vorbeiging. Dabei plusterte er sich auf Hazels Fenstersims auf wie ein Pfau. „Zieh dir was über, du Flittchen!“, war der Spruch, den er für sie reserviert zu haben schien. Und die Menschen, die an der Bushaltestelle gegenüber warteten, nickten jedes Mal zustimmend. Nur weil sie mit Vorliebe Röcke trug, die nur knapp ihre Unterhöschen verdeckten, hatten die Dorfbewohner nicht das Recht, sie zu verurteilen, und erst recht nicht dieser Vogel! Sie wusste natürlich, dass Rambo nur wiederholte, was man ihm vorplapperte. Sie holte den Besen und wollte ihn fortscheuchen. Er sah sie aus seinen kleinen schwarzen Augen an und krächzte.

„In meinem Laden beschimpfst du mich nicht, du unverschämter Vogel!", sagte sie, hob den Besen und wedelte mit den Borsten drohend in seine Richtung.

„Alle können ihren Busen sehen!", krakeelte Rambo. Davina blickte in ihren Ausschnitt und auf ihren roten Lieblings-BH.

„Und den schönen Anblick genießen!", schoss sie zurück. Dass sie sich mit einem Vogel stritt, war ihr in dem Moment egal, schließlich musste das mal raus. „Und jetzt verschwinde!"

Rambo rührte sich nicht. Ihre Drohungen beeindruckten ihn offenbar kein bisschen.

„Sag niemandem, dass er hier ist, Ewan Spencer!", sagte Rambo und imitierte perfekt Hazels Stimme. Dann nahm er ein Heft Briefmarken und schleuderte es vom Tisch.

Davina ließ den Besen sinken. Sie wollte den Vogel nicht in ihrem Postamt haben, sie wollte, dass er von der Ladentheke verschwand, andererseits …

„Ma steht auf Robinson Duff! Ma steht auf Robinson Duff!"

Davina kniff die Augen zusammen. Rambo imitierte jetzt nicht Hazels Stimme, sondern die ihres verstrahlten Sohnes, des Gruftis, der immer wieder in ihren Laden kam und Alkohol kaufen wollte.

„Robinson Duff?", fragte Davina atemlos. Hazel war nicht der einzige Fan des Countrysängers. Fast die gesamte weibliche Bevölkerung auf diesem Erdball war in ihn verschossen, und Davina zählte sich dazu. Aus genau dem Grund ließ sie Rambos nächster Satz aufhorchen. Diesmal sprach er mit der Stimme von Alice McBride: „Zieh mich aus, Robinson!" Vor Aufregung drückte Davina sich ihre rot lackierten Fingernägel in die Handflächen.

18. Kapitel

Stewie lehnte an der Bar im Siren. Er trug an diesem heißen Julitag einen weiten indischen Kaftan.

„Darunter trage ich nichts, Jungs“, rief er und sah Jase aufreizend an. „Alles schön frei und luftig untenrum. Fühlt sich seeehr gut an.“

„Benimm dich, Stewie, mir wird schlecht“, sagte Dessy und tat, als würde er würgen. „Wisch bloß den Hocker sauber, wenn er geht, Jase.“

Stewie fuhr sich über den dicken schwarzen Zopf, der ihm das Aussehen eines Clan-Chefs verleihen sollte.

„Ich wollte etwas mit euch besprechen: Ich glaube, unser Robbie muss mal da raus.“

Jase sah hektisch um sich und warf Stewie warnende Blicke zu.

„Was denn? Seinen Namen habe ich doch gar nicht erwähnt!“, sagte Stewie unbeeindruckt. „Seit seiner Ankunft hat er kaum das Haus verlassen. Und das ist Monate her. Ein Mann hat doch bestimmte Bedürfnisse …“ Dabei sah er demonstrativ auf seinen, nach eigener Aussage unbekleideten, Unterleib. Dann blickte er zu Dessy und Jase auf.

„Willst du damit sagen, dass wir den nicht namentlich zu Nennenden ausführen sollen, damit er sich mal amüsiert, Stewie Boy?“, fragte Dessy und schenkte sich einen großzügigen Gin Tonic ein.

„Ich bin sicher, dass er nicht auf die Clubs steht, in die wir gehen. Und die Bridge-Runde Donnerstagabend wird auch nicht sein Ding sein, Stewielein“, lachte Jase. Nebenbei trocknete er Weingläser mit dem Geschirrtuch ab, das er sich über seine sehnige Schulter geworfen hatte.

„Du nennst es Bridge, aber ich nenne es …“, setzte Stewie an, wurde jedoch von Jase unterbrochen, der abwehrend seine Hände hob.

„Dessy, gibt mir den Kotzeimer! Jetzt ist mir schlecht. Jetzt werde ich Agnes Turner, die Grande Dame des Bridge, in ihren hautfarbenen Stützstrümpfen nie wieder mit denselben Augen sehen!“

„Agnes hat es faustdick hinter den Ohren“, sagte Stewie, in Gedanken ganz woanders. Jase und Dessy hofften inständig, dass er Agnes’ Fähigkeiten beim Kartenspiel meinte. Die Dorfälteste kam immer nur dann in den Pub, wenn der Kirchenvorstand sich hier einmal im Jahr traf. Und selbst dann trank sie nur deshalb einen Sherry, weil der Vikar darauf bestand. Und doch blieben zwei Drittel des Sherrys über.

„Wahrscheinlich würde sich Davina erbarmen und ihm Gesellschaft leisten“, warf Dessy einen boshaften Kommentar ein.

„Das glaube ich nicht, Desmond“, erwiderte Stewie steif. „Das Weib hatte mehr Männer als ich Perücken.“

„Das musst du gerade sagen“, kam es von Jase.

„Gut, wenn wir nicht ausgehen, treffen wir uns halt mit ihm drinnen und machen einen Männerabend“, kehrte Stewie zum ursprünglichen Thema zurück, ohne auf die vorangegangene bissige Bemerkung einzugehen. Dessy schenkte ihm Scotch nach, und Stewie legte noch rechtzeitig seine Hand über das Glas, bevor Dessy auch noch Eis hineintat.

„Jungs?", fragte Jase spöttisch. „Eins, zwei", zählte er, auf sich und Dessy deutend. „Und du, drei", sagte er in Stewies Richtung, und man sah ihm an, dass er Stewie eigentlich nicht dazuzählte. „Und Nummer vier ist unser Ehrengast. Tolle Party. Wegen Überfüllung geschlossen, oder was?"

Dessy legte seine Hand beschwichtigend auf den Unterarm seines Freundes. „Ganz ruhig, Schatz, reg dich nicht auf", murmelte er. Immerhin bestand hier die Möglichkeit, sich Zutritt zu dem Haus zu verschaffen, in dem ihr heimlicher Superstar lebte, und einen Abend mit ihm zu verbringen. „So ein Männerabend, toll! Das machen wir."

„Perfekt!", rief Stewie, leerte seinen Whisky in einem Zug und sprang auf seine in Riemchensandalen gekleideten Füße. „Ich bring was zu essen mit. Curry. Mach ich selber, mit Ziegenhoden drin. Köstlich."

„Wir bringen Bier mit", sagte Jase skeptisch und griff nach dem Wischlappen. Dessy rannte zum Klo, diesmal war sein Würgen nicht gespielt.

Alice, Niamh und Hazel standen in der Jurte und bewunderten ausgiebig ihre Arbeit. Sie hatten die letzten Tage damit verbracht, die Einrichtung fantasievoll zu gestalten. Sie hatten dem Ganzen die Anmutung eines marokkanischen Gewürzbasars verliehen – und ein bisschen übertrieben, wie sie jetzt feststellten. Das Zeltinnere dominierte ein riesiges Bettgestell mit feinen Intarsien, das in der Mitte stand, umgeben von juwelenbesetzten Vorhängen, dicken, flauschigen Schaffellen und großen Kissen auf dem Boden, die dazu einluden, es sich mit einem Buch in der Hand gemütlich zu machen. Ein niedriges Sofa mit rotem Samtbezug war perfekt zum Knutschen und Kuscheln für zwei. Nachts sah man vom Bett aus durch die transparenten Zeltplanen unter der Kuppel direkt in den Sternenhimmel.

„Gut, dass du diesen Platz für die Jurte ausfindig gemacht hast", sagte Alice, und Hazel strahlte vor Stolz.

„Das perfekte Nest für die Flitterwochen", sagte Hazel und klang, als wäre sie gedanklich weit weg. „Viele neue Geister werden hier gezeugt werden, Alice."

Niamh hob kritisch eine Augenbraue. „Du meinst Säuglinge, ja? Tatsächlich scheint das Bett wie gemacht für den Zeugungsvorgang. Was Geister damit zu tun haben sollen, ist mir ein Rätsel. Von Geist rede ich nur, wenn es um Gin und Tonic geht."

Versonnen sah Hazel auf das große Holzbett und schüttelte ihre braunen Locken. „Mutter Natur ist sehr mächtig, Niamh, und ihr Geist ist hier. Denk an meine Worte."

Über Hazels andächtig gesenkten Kopf hinweg fing Alice Niamhs Blick auf. „Drink?", fragte sie lautlos.

Niamh nickte.

„Ein Glas Wein gefällig, Hazel?", fragte sie laut nach einer gebührend langen Pause, in der ihre Nachbarin ihre Unterredung mit der Geisterwelt beendet und ihre Augen wieder geöffnet hatte. Hazel schüttelte den Kopf.

„Lieber nicht. Ich muss zurück und den verdammten Vogel im Auge behalten. Er ist schon seit Tagen wahnsinnig empfindlich. Letzte Woche ist er auf der Post aufgetaucht."

„Immerhin ist er wieder zurückgekommen", sagte Alice besänftigend, als sie durch den Wald zurück zum Wohnwagen gingen.

„Ist er nicht. Davina hat ihn in der Post eingeschlossen und kam schreiend angerannt, ich solle ihn sofort abholen." Hazel verdrehte die Augen. „Als ich schließlich da ankam, war Rambo so durch den Wind, dass er ein Loch in das Clooney-Poster an der Wand in Davinas Abstellkammer gehackt hatte.“ Sie beugte sich vor und redete theatralisch hinter vorgehaltener Hand weiter. „Ich sag lieber nicht, welcher Teil von George Clooney fehlte, nur so viel: Davina war außer sich.“

Mit diesem Schlusssatz ging Hazel ihrer Wege in Richtung des Haupthauses – das Inbild einer weltentrückten Frau in ihren fransigen Batikröcken und den unzähligen Perlenketten. Die Frauen in Borne hatten bei der enormen Hitze alle ihren eigenen Modestil, um den Temperaturen zu trotzen. Niamh trug einen weißen Jeans-Minirock und ein pinkfarbenes Minnie-Mouse-T-Shirt. Alice blieb ihrer Jeans treu, allerdings in Form einer kurzen Latzhose, unter der sie nur ein weißes Top trug.

Nachdem Hazel weg war, sprang Alice in den Wohnwagen, legte die Kamera ab, die sie neuerdings immer dabeihatte, und entkorkte eine Flasche Weißwein. Eine unzureichende Entschädigung für Niamhs Hilfe mit dem Glampsite, dachte sie und wusste gleichzeitig, dass Niamh eine so gute Freundin war, dass sie gar keine Entschädigung erwartete. Mit der Jurte, dem Baumhaus und dem Wohnwagen hatten sie drei schnuckelige und wunderschöne Übernachtungsplätze geschaffen. Da jetzt auch die Bio-Plumpsklos und die Bio-Duschen im selben Stil errichtet waren, war Alice endlich so weit, die ersten Übernachtungen anbieten zu können. Und sie war noch längst nicht fertig. Sie träumte davon, das Bootshaus umzubauen. Außerdem warf sie regelmäßig einen Blick ins Internet, wo sie hoffte, weitere ungewöhnliche Schlafgelegenheiten für ihre Sammlung aufzutreiben. Sie konnte es noch gar nicht ganz fassen, dass es wirklich so weit war. Aber genau das war es, ihren schrägen und liebenswürdigen Nachbarn und Freunden sei Dank, die ihr mit Rat und Tat, Liebe und Zuneigung zur Seite gestanden hatten.

„Wie geht es deinem nackten Cowboy?“

Alice machte es sich in dem Liegestuhl bequem. Sie streifte die Chucks von den Füßen und streckte ihre nackten Beine in die warme Sommersonne. Typisch für das englische Wetter, schickte sich auch dieser Sommer an, sämtliche Hitzerekorde zu brechen. Die Meteorologen im Frühstücksfernsehen überschlugen sich fast vor Begeisterung über die Hochdruckgebiete, und die Supermärkte bestellten Extraladungen Sonnencreme mit Faktor 50. Die Zeitungen, fest im Griff des alljährlichen Sommerlochs, ergingen sich derweil in Geschichten über Gartenschläuche, die verboten werden würden, und druckten spaltenweise Tipps zum Wassersparen. Ältere Zeitgenossen erzählten sich wieder die Geschichte, wie im Sommer 1976 zig angeheiterte Menschen beim Hüpfballwetthüpfen einen Hitzschlag erlitten hatten.

„Er …“ Alice schloss versonnen lächelnd die Augen, während sie überlegte, was sie Niamh alles erzählen sollte. Ihre Beziehung zu Robinson war schon sonderbar. Jeder von ihnen machte sein eigenes Ding, aber sie besuchten sich regelmäßig, unternahmen etwas zusammen, meistens im Bett, aber nie in dem Zimmer, das sie mit Brad geteilt hatte.

„Wir genießen das, was wir haben“, sagte sie schließlich und fand ihre Zusammenfassung gleichzeitig sehr dürftig. „Keine Verpflichtungen, nur …“

„Nur Verliebtheiten?“, führte Niamh den Satz fort. Sie zog die Augenbrauen hoch und ließ sich mit einem übertriebenen Seufzer in den Liegestuhl sinken. „Ich platze vor Neid!“

„Es ist nur ein Urlaubsflirt, Niamh. Er muss früher oder später in sein altes Leben zurück, und ich muss mir mein altes Leben auch zurückerobern." Alice sah wehmütig zum Haus hinüber.

„Umso besser, würde ich sagen. Toller Sex ohne Fesseln", fasste Niamh zusammen und trank einen Schluck Wein. „Heute Morgen haben sie einen seiner Songs im Radio gespielt. Wenn er im Bett so gut ist wie mit seiner Gitarre, musst du unglaublich viel Spaß mit ihm haben, Alice."

Alice lachte in ihr Weinglas. Sie mochte nicht – oder noch nicht – preisgeben, wie gut der Sex mit Robinson Duff im Einzelnen wirklich war.

„Halt die Klappe und genieß die Sonne", sagte sie stattdessen lachend. Sie setzte das Glas ab und strich sich die Haare aus der Stirn.

Aus dem Augenwinkel nahm sie eine Bewegung drüben beim Haus wahr. Auch Niamh musste etwas gesehen haben, denn sie setzte sich abrupt auf, schob sich die Sonnenbrille ins Haar und sah zum Haus hinüber.

„Was ist da los?"

Alice hielt ihre Hand als Sonnenschutz an die Stirn, beugte sich nach vorn und blinzelte.

„Keine Ahnung", sagte sie gedehnt. „Ist das Stewie?"

Das war bei Stewie grundsätzlich schwer zu sagen. An einem Tag sah er aus wie Elvis Presley, am nächsten wie Boris Johnson.

„Ich glaub schon. Entweder das oder Donald Trump", sagte Niamh kichernd. „Vielleicht wurde er mit einem Privatflugzeug eingeflogen, um Robinson als Mitstreiter für seine Wahlkampagne zu gewinnen."

„Und sind das Dessy und Jase?"

Niamh nickte zustimmend. „Wer sonst würde in Borne derart knappe Shorts tragen?"

Verwundert sank Alice in ihren Stuhl zurück. „Seltsam."

„Er ist nicht mit ihnen verabredet?"

„Nicht, dass ich wüsste." Alice nahm das Weinglas wieder zur Hand. „Hatte Dessy einen Pizzakarton dabei?"

„Jap, und Bier", bestätigte Niamh und drehte ihr Gesicht in die Sonne.

Alice nahm die Flasche und schenkte ihnen nach. Robinson hatte keinen Besuch erwähnt. Sie zuckte mit der Schulter. Was soll's, dachte sie. Damit war zwar auch ihr Plan für den Abend für die Katz, ihm die Jurte und das Bett unter der Zeltkuppel zeigen zu wollen, was heftige Enttäuschung in ihr hervorrief, aber dann musste das halt warten.

„Robbie!"

Überrascht sah Robinson zur Küchentür, wo die ihm vage bekannte Stimme erscholl, das Messer verharrte regungslos über irgendeinem namenlosen Fertiggericht, das er gerade zum Abendessen in die Mikrowelle hatte schieben wollen. Plötzlich wusste er, dass Stewie davorstand. Niemand sonst nannte ihn Robbie. Und niemand außer Stewie durfte ihn so nennen. Wäre es sehr unhöflich, wenn er sich unter dem Küchentisch versteckte und wartete, bis Stewie aufgab?

„He, Robbie, lass einen alten Mann nicht so lange vor der Tür warten!"

Robinson seufzte. Seine guten Südstaatenmanieren hatten gewonnen, und er ging, um die Tür zu öffnen und seinen Überraschungsgast einzulassen. Nur stand da nicht ein Gast, sondern gleich drei. Und zwei davon kannte er nicht. Instinktiv fasste er das Messer, das er vergessen hatte auf der Arbeitsfläche in der Küche abzulegen, fester.

„Ruhig Blut, Robbie", sagte Stewie mit leicht panischem Blick auf die Klinge. „Wir kommen in Freundschaft."

„Essen haben wir auch mitgebracht", sagte einer der Typen, der hinter Stewie stand und entwaffnend grinste. Was ging hier vor? Robinson legte das Messer beiseite und runzelte die Stirn.

„Was gibt's?", fragte er und blickte von den drei Männern auf die Pizzaschachteln und das Bier und von dort auf die Schüssel, die Stewie in den Händen hielt.

„Ein Männerabend", erklärte Stewie. „Lass mich mal durch, die Schüssel ist ganz schön schwer."

Die drei Männer marschierten unaufgefordert an ihm vorbei in die Küche und stellten dort ihre Mitbringsel ab. Robinson warf resigniert die Tür ins Schloss.

„Robbie, das sind Dessy und Jase, meine lieben Homofreunde, die stolzen Besitzer des Siren und Mitglieder unseres G7B-Geheimbundes."

Robinson war sich ziemlich sicher, dass „Homofreunde" nicht politisch korrekt war, aber die beiden schienen sich nicht daran zu stören und rangen stattdessen miteinander, weil jeder ihm als Erster die Hand schütteln wollte.

„Dessy", sagte der eine, der die Schlacht gewonnen hatte und ihm nun enthusiastisch die Hand schüttelte. Es sah aus, als wolle er noch etwas sagen. Aber dann hielt er den Mund und schüttelte weiter schweigend Robinsons Hand.

„Jase", ging Jase, sich räuspernd, dazwischen. Er verdrehte die Augen und schielte zu Dessy. „Sie müssen Des entschuldigen. Er hat den ganzen Tag lang Ihre Musik gehört und musste sich mental präparieren, um jetzt nicht über Sie herzufallen."

„Das stimmt überhaupt nicht!", fauchte Dessy. „Ich habe Pizza mitgebracht", sagte er an Robinson gewandt. „Hawaii-

Pizza, wenn Sie es fruchtig-saftig mögen. Und Margherita für den gewöhnlicheren Geschmack. Und natürlich die Fleischvariante, wenn Sie es … äh … handfester und fleischiger mögen", stotterte er, und seine Stimme überschlug sich am Ende des Satzes. Jase kicherte hinter seinem Rücken.

„Entschuldigen Sie meinen Mann. Er ist ein Fan von Ihnen und ein bisschen albern. Das mit dem Pizzabelag soll keine Anmache sein, sondern nur … Pizzabelag."

„Ach, wer will schon Pizza!", rief Stewie. Er schälte jetzt die Alufolie von der großen Glasschüssel, und zum Vorschein kam ein unappetitlich bräunliches Curry-Gericht.

Jase öffnete eine Bierdose und reichte sie Robinson. „Glauben Sie mir, das brauchen Sie, wenn Sie das da runterkriegen wollen", sagte er und zeigte auf Stewies Curry.

„Curry mit Nüssen", erklärte Dessy.

„Vegetarier bin ich eher nicht", wehrte Robinson ab, denn das Curry roch nach Knoblauch und drohte ihm den Atem zu verschlagen.

„Natürlich nicht, Robbie", donnerte Stewie und klopfte ihm auf die Schulter. „Ich würde doch einen Cowboy nicht mit Grünzeugs beleidigen. Die Nüsse hier, das sind keine Nüsse von Eichhörnchen oder so, sondern von Ziegen! Ziegennüsse! Eier! Hoden! Ziegenhoden! Weich wie Butter, zergehen im Mund, köstlich! Dazu voller Testosteron und Proteinen. Da sprießt dem Mann das Haar auf der Brust!" Stewie hatte sich in Rage geredet.

Dessy sah höchst unglücklich aus. Verstimmt blickte er auf seinen Oberkörper in seinem neongrünen Leibchen hinab. „Ich habe letzte Woche ein Vermögen ausgegeben, um mir die Brust wachsen zu lassen, glatt wie einen Babypopo. Behalt dein Hoden-Curry, Stewart. Ich rühr das nicht an. Ich esse meine Salamipizza. Vielen Dank auch." Beinahe zärtlich tätschelte er den Pizzakarton.

„Ihr jungen Männer heutzutage wisst einfach nicht mehr, was gut ist", sagte Stewie. „Robbie, hol doch mal ein paar Teller!"

Robinson fing Jase' Blick auf, Verständnis und Schalk blitzten darin auf, und Robinson atmete entspannt aus. Was soll's, dachte er. Ein kaltes Bier, Sonnenschein ... und Dessy und Jase machten einen netten Eindruck auf ihn. Erst jetzt merkte er, wie sehr ihm das fehlte, Bier trinken mit seinen Kumpels. Schnell verdrängte er den Gedanken, dass der Kumpel, mit dem er am häufigsten und liebsten ein Bier getrunken hatte, derjenige war, der seine Ehefrau auf dem Küchentisch gevögelt hatte ...

Im Wohnwagen aßen Alice und Niamh einen Salat mit Krabben und Avocado und tranken den restlichen Weißwein. Anschließend lagen sie wieder in der angenehm warmen Abendsonne und überlegten, was drüben im Haus vor sich ging.

„Pizza und Bier. Sieht nach einem Männerabend aus", sagte Niamh. Sie hatte die Augen geschlossen und lag auf dem fast ganz flach ausgeklappten Liegestuhl.

„Glaubst du?" Alice lag neben ihr, satt und wohlig müde vom Pinot Grigio.

„Wahrscheinlich probieren sie Perücken an", sagte Niamh kichernd und hickste. „Womöglich sieht Jase ganz passabel aus mit der Rod-Stewart-Perücke, die Stewie vor Kurzem anhatte."

„Meinst du?" Alice fragte sich, ob Robinson das rote Haarteil im Stil der Achtziger stehen würde, mit dem Stewie manchmal durchs Dorf flanierte. „Sollen wir rüber und nachsehen, ob Robinson Beistand braucht?", fragte sie.

„Er ist erwachsen, Alice. Er kann auf sich selbst aufpassen. Aber frag ihn nachher aus, ich bin gespannt wie sonst was, was er von dem wahrscheinlich feuchtfröhlichen Männerabend berichtet.“

Robinson schielte auf seine Uhr. Die Sonne war bereits untergegangen, es war erst kurz nach zehn, und er war jetzt schon so betrunken wie schon lange nicht mehr. Sie hatten das Bier und die Pizza vernichtet und sich dann über die mittlerweile geleerte Whiskyflasche hergemacht, die Jase vor ein oder zwei Stunden irgendwo hervorgezaubert hatte. Robinson hatte mit größtmöglichem Taktgefühl vorgeschlagen, das Curry für einen Mitternachtsimbiss in den Kühlschrank zu stellen, und die Alufolie zurück auf die Schüssel gelegt, in der Hoffnung, das braune Zeugs nicht wieder sehen zu müssen.

Jetzt lümmelten sie auf dem Sofa im Wohnzimmer. Ein Knopf an Stewies Hawaiihemd war aufgesprungen und gab die Sicht auf den behaarten und gebräunten runden Bauch frei. Mit dem Whiskyglas in der Hand peilte Dessy ungefähr dessen Richtung an.

„Stewie, mussten für deine Perücke eigentlich Hamster dran glauben?“

Stewie wollte sich an den Kopf greifen, griff aber daneben. Beim zweiten Versuch gelang es ihm, sich die Perücke vom Haupt zu ziehen. Minutenlang betrachtete er die Haare.

„Sicher bin ich nicht, Desmond, aber ich glaube, diese hier ist aus Yakfell, Yak aus’m Himalaya.“

Dessy, Jase und Robinson starrten Stewie an.

„Stewie, ich glaub, das ist das erste Mal, dass ich dich ohne Perücke sehe. Und weißt du was? Das ist die schönste Glatze, die ich je gesehen habe. Wie ein gepelltes Ei", lallte Jase und zwinkerte lustig.

„Darf ich mal anfassen?", fragte Dessy und beugte sich nach vorne. Anerkennend tätschelte er Stewies Glatze. „Du solltest öfter oben ohne gehen, das sieht gut aus."

„Alice sieht oben ohne auch sooo gut aus", brabbelte Robinson, in den Untiefen eines Sessels versunken.

Sofort waren alle Augen auf ihn gerichtet.

„Gottogott!", rief Dessy und klatschte aufgeregt in die Hände. „Läuft da was zwischen dir und der Hausherrin?"

Zu spät bemerkte Robinson, dass er seine Gedanken tatsächlich laut ausgesprochen hatte.

Andächtig nahm Stewie seine Perücke zwischen die Hände. In seinen Augen standen Tränen. „Was für Neuigkeiten! Was für Neuigkeiten, meine Lieben! Unter uns Männern: Alice erinnert mich immer an eine meiner Lieblingsnebendarstellerinnen damals. Ein Rennpferd unter den Aktricen, und diese Haare! Ihre Zähne, ihr sexy Oberbau! Und überhaupt nicht stutenbissig. Gegen den einen oder anderen Klaps aufs Hinterteil hatte sie gewiss auch nichts einzuwenden, wenn ich mich recht erinnere."

Jase nahm Stewie die Perücke aus den Händen und setzte sie sich auf. „Damit hier keine Missverständnisse aufkommen: Also, du und Alice … ihr …" Angewidert verzog er das Gesicht und machte eine eindeutige Geste, bei der er beide Hände gegeneinanderstieß.

Robinson runzelte die Stirn. „So habe ich das nicht gesagt, oder?"

Dessy setzte sich zu Jase und streichelte ihm über den Kopf. „Das steht dir, sieht sehr sexy aus, du siehst aus wie Marilyn Monroe", gurrte er. „Lass mich auch mal."

Er zupfte die Perücke von Jase' Kopf und warf Robinson eine Kusshand zu. „He, Cowboy, doch, genau das hast du gesagt. Du treibst es mit unserer Alice."

Verwirrt kratzte sich Robinson am Kopf. „Ich habe doch nur gesagt, dass sie oben ohne sehr gut aussieht."

„Stimmt genau", lachte Jase. „Aber du bist doch wohl kein Spanner und guckst heimlich durchs Wohnwagenfenster. Also musst du ihr höchstpersönlich die Klamotten ausgezogen haben."

Robinson schloss die Augen und wünschte sich, Alice wäre hier und er könnte jetzt genau das tun.

Dessy stand wackelig auf und nahm Robinsons Gitarre. „Ich spiel euch was vor", kündigte er an und stellte sich breitbeinig hin.

Sofort sprang Jase ebenfalls auf und riss Dessy das Instrument aus den unbeholfenen Fingern. „Hast du eine Ahnung, was diese Klampfe kostet?", rief er empört und reichte die Gitarre mit aller Vorsicht, zu der er noch fähig war, an Robinson weiter.

„Feuerholz", sagte dieser trocken, doch die Art, wie er seine vertraute alte Freundin hielt, verriet, dass sie ihm mehr wert war als trockenes Holz.

„Kannst du was von Elvis?", fragte Stewie. „Ich glaub, ich hab ihn mal getroffen. Damals."

„Damals? Wo? Im Kiosk um die Ecke, oder was?", spottete Dessy hämisch grinsend.

Robinson hörte nicht mehr zu. Er hielt seine Gitarre, alle Anspannung fiel von ihm ab, und irgendjemand hatte Elvis erwähnt.

Seine Finger bewegten sich wie von selbst und stimmten die ersten Akkorde von „Jailhouse Rock" an. Ohne darüber nachzudenken, ob er das wollte, fing er an zu singen. Die Töne drangen unaufgefordert aus seiner Kehle. Er sang und die anderen klatschten und lallten betrunken mit. Dann stand er auf, außerdem trug er plötzlich Stewies Perücke. Und genauso wankte er lachend und lallend zur Haustür, als es klingelte. Dort stand bestimmt Alice, die sooo gut oben ohne aussah. Er öffnete die Tür.

Da stand … nicht Alice.

19. Kapitel

„Marsh?“

Robinson schielte durch den Bourbon-Schleier, der seine Sicht verzerrte, auf die ihm wohlbekannte Silhouette seines Managers vor der Haustür.

Schockiert nahm Donald Marshall seine dicke Zigarre aus dem Mundwinkel und steckte sie in den Blumentopf neben der Tür. „Großer Gott, es ist noch viel schlimmer, als ich gedacht hatte!“

Hinter seinem Rücken versammelten sich Dessy, Jase und Stewie, der Albtraum von einer Background-Sänger-Truppe.

„Marsh“, sagte Robinson noch einmal, dümmlich dank des Whiskys und des Schocks. Verzweifelt versuchte er, sich zusammenzureimen, wie sein schmächtiger, aber mächtiger Manager, der Nashville nie zuvor verlassen hatte, wie aus heiterem Himmel inmitten seines englischen Märchenlandes gelandet war.

Dessy lehnte sich vor. „Noch ein Cowboy“, flüsterte er laut in Robinsons Ohr. Marsh trug Jeanshemd und Jeanshose, dazu einen ausladenden Stetson und Westernstiefel mit Absatz. Seine gegerbte Haut war walnussfarben, seine Gürtelschnalle übergroß. Dieser Mann sah aus, als könne er selbst mit geschlossenen Augen ein Wildpferd mit einem Lasso einfangen.

Stewie schien zu ahnen, was hier vor sich ging. Denn er fasste von hinten an Robinsons Kopf, zog ihm die Perücke herunter und setzte sie sich auf seinen Glatzkopf.

„Willst du mich reinbitten? Oder willst du warten, bis jemand ein Foto von dir hier in der Tür schießt und alle Welt erfährt, dass du in einer Irrenanstalt gelandet bist?“

Jase sah Dessy gekränkt an. „Irrenanstalt? Das geht zu weit“, murmelte er.

Dessy nickte. „Was erlaubt der sich?“

Robinson fuhr mit der Hand durch sein zerzaustes Haar. Er musste sich selbst und diese Situation ganz schnell in den Griff bekommen. Marsh war hier. Das änderte alles. Er trat einen Schritt zurück, und die drei Männer hinter ihm mussten sich an die Wand im Hausflur drücken, damit auch Marsh eintreten konnte. Das tat er auch sofort, und seine Absätze klackten auf den Fliesen.

Stewie hatte sich als Erster unter Kontrolle. Während Robinson die Tür schloss, trat er vor und streckte Marsh die Hand entgegen.

„Guten Abend“, sagte er höflich und deutete eine Verbeugung an. „Stewie Heaven, Schauspieler.“

Marsh schüttelte kurz seine Hand und zog dann eilig eine Flasche Desinfektionsmittel aus der Tasche, um sich die Handflächen damit einzusprühen.

„Wie unhöflich“, murmelte Jase und hielt Dessy zurück, der ebenfalls seine Hand ausstrecken wollte.

„Was um Himmels willen ist das hier? Eine C-Version von ‚Einer flog übers Kuckucksnest‘, oder was?“, rief Marsh donnernd und blickte sich um. „Wer hat hier das Sagen?“

„Hier! Stewie!“, rief Stewie, winkte und grinste albern wie ein Schuljunge, der stolz auf seinen neuesten Streich ist.

Jase hob Stewies Perücke an und flüsterte ihm ins Ohr: „Du bist im falschen Film.“

„Kuckuck, ich glaub, es piept“, lallte Dessy. Dann sah er Marsh an und versuchte möglichst nüchtern und höflich zu sagen: „Ein Ziegenhoden-Curry gefällig?“

Robinson öffnete schnell die Haustür.

„Ich glaube, unser Abend ist jetzt zu Ende, Jungs“, sagte er und sah freundlich lächelnd seine drei neuen Freunde an.

Niemand bewegte sich.

„Ihr habt gehört, was er gesagt hat“, bestätigte Marsh Robinsons Worte. Er klatschte in die Hände, als würde er eine Klasse voller pubertierender Schüler zur Ordnung rufen. „Geht zurück nach Hause, ihr Witzbolde, zurück in eure Heime, Hütten, was auch immer. Dieser Mann hier muss packen und seinen Flieger kriegen.“

„Fliegst du weg?“, fragte Dessy traurig und pfiff treuherzig und schräg die Melodie von „Leaving on a Jet Plane“.

„Auf keinen Fall“, erwiderte Robinson mit größerem Nachdruck als geplant.

„Wie süß! Sag das noch mal“, sagte Jase und strich Robinson zärtlich über die Wange, als er an ihm vorbei zur Tür ging.

Stewie, schon fast draußen, drehte sich in der Tür noch einmal um und sah Marsh an.

„John Wayne haben Sie nicht zufällig persönlich gekannt, oder?“, fragte er nachdenklich. „Ich bin ihm einmal übern Weg gelaufen. Ein potenter Kerl, der …“

Zum Glück verstummte Stewie, als Dessy und Jase hinzusprangen und Stewie einhakten. Sie eskortierten ihn die Stufen hinab und stolperten dann, Stewie immer noch untergehakt, den Kiesweg hinunter. Stewie plauderte munter weiter von Dallas und einer Debbie und einem Ia rufenden Esel.

Marsh schnippte mit den Fingern neben Robinsons Ohr, sodass dieser zusammenzuckte und ruckartig die Augen öffnete.

„Hier, Kaffee. War schwierig genug, den in der musealen Küche zu machen.“

Robinson hob widerwillig seinen Kopf vom Küchentisch, als der Geruch von starkem Kaffee in seine Nase drang. Er wollte keinen Kaffee. Er wollte Alice. Und er wollte schlafen. In exakt dieser Reihenfolge. Er hatte gerade mal fünfzehn Minuten geschlafen, es dabei aber geschafft, die Tatsache zu verdrängen, dass sein Manager hier aufgekreuzt war. Deshalb war es erneut ein Schock, dass Marsh plötzlich in seinem Urlaub vom wirklichen Leben erschien. Ein sehr unschöner Schock, wohlgemerkt.

Bla, bla, bla, Ticket, bla, bla, bla, Konzert, bla, bla, bla, Liebeskummer, bla, bla, bla, Flug nach Nashville, bla, bla, bla, morgen früh. Obwohl er nicht hinhörte, drangen einige von Marshs Worten zu ihm durch und riefen eine Reaktion hervor, mit der keiner von beiden gerechnet hatte.

Der heiße Kaffee flog durch die Küche, als Robinson mit seinem Arm über den Küchentisch fuhr und den Becher von der Tischplatte fegte.

„Ich brauche keinen Kaffee“, rief er und stand auf. „Keine Konzerte, keinen Flug und …“, Robinson unterbrach sich und machte eine Bla-bla-bla-Geste mit der Hand, „… und nichts von alledem in meiner Küche. Ist das klar, Marsh?“

„Nein, überhaupt nicht! Nichts ist klar. Seit über zwei Monaten ist bei dir alles völlig unklar, Robinson“, gab Marsh zurück und strich sich sein silbergraues Haar aus der Stirn. „Warum, glaubst du, kommt der Berg zum Propheten? Na? Ich sag's dir: Bestimmt nicht, um Hoden-Curry zu essen und den Entertainer von lauter Irren zu spielen. Du hast Verpflichtungen! Du musst deinen Mann stehen. Und morgen den Flieger nach Nashville nehmen, mein Lieber."

Robinson hörte ruhig seinem Manager zu und fragte sich, ob ihn gleich der Schlag treffen würde. Aufgebracht genug war er.

„Marsh, wie du weißt, achte ich dich mehr als jeden anderen. Und dass du meinetwegen hergekommen bist, bedeutet mir viel", sagte er so deutlich wie möglich. „Wie du vielleicht auch mitgekriegt hast, bin ich fix und fertig, ausgelaugt, erschöpft. Noch eher friert die Hölle zu, als dass ich morgen in ein Flugzeug steige. Pass auf, der Plan ist folgender: Ich geh jetzt ins Bett. Du kannst bleiben. Such dir ein Zimmer aus, es gibt genügend. Wir reden morgen weiter, wenn meine hämmernden Kopfschmerzen weg sind." Er riss die Küchentür auf. „Nacht, Marsh. Schlaf gut."

Marsh folgte ihm zur Tür und sah ihm nach, wie er über die Wiese hinter dem Haus davonschwankte.

„Robinson", rief er streng. „Wo zum Geier gehst du hin?"

„Zu meinem Mädchen", rief Robinson durch die dunkle Nacht, während er weiterging. Die Vorfreude auf Alice machte ihn glücklich.

„Wer soll das sein? Ein grasendes Schaf, oder was?", schrie Marsh. „Du hast morgen früh hoffentlich deine fünf Sinne beieinander, mein Lieber. Sonst zerreiße ich deinen Vertrag in der Luft und wisch mir mit den Schnipseln meinen Hintern ab!"

Robinson lachte über Marshs Worte, die durch die Nacht hallten. Kurz darauf hörte er, wie sein Manager aufgab und die Hintertür des Haupthauses hinter sich zuschlug.

Alice wachte auf, als die Tür des Wohnwagens schwungvoll geöffnet wurde und Robinson in der Tür stand.

„Alles in Ordnung?“, fragte sie, weil er aussah, als sei genau das nicht der Fall. Er schien sternhagelvoll zu sein und regelrecht panisch. Nachdem er einen wackligen Schritt in den Wagen gemacht hatte, warf er die Tür hinter sich mit einem lauten Rums zu.

„Nix 's 'n Ordnung, Goldlöckchen“, lallte er, riss sich ungelenk die Klamotten vom Leib und ließ sie in einem Haufen auf dem Boden liegen.

„Was ist denn los?“, fragte sie mitfühlend und lächelte ihn an, als er die Bettdecke anhob und zu ihr ins Bett krabbelte. Als sein Kopf das Kissen erreichte, roch sie eine heftige Whiskyfahne.

„Er will, dass ich fliege, on a jet plane“, erklärte er undeutlich und summte die dazu passende Melodie. Dann lehnte er seinen Kopf an ihre Schulter.

„Wer ist er?“ Alice streichelte ihm über die Wange. Er schlang seinen Arm um ihre Taille und zog sie an sich.

„Du bist ja nackt“, stellte er fest, schon im Halbschlaf.

„Ja, das bin ich“, sagte sie und küsste ihn auf die Stirn. „Schlaf jetzt, Robinson.“

Sicher war Alice sich nicht, aber als sie ihre Arme um ihn legte und die Augen schloss, meinte sie, Robinson so etwas murmeln zu hören wie: „Ich bleib hier, bei meinem Schaf.“

Am nächsten Morgen stand Alice kurz nach sechs auf und ließ das Wasser im Kessel kochen. Robinson war in der Nacht als Bettgefährte weniger freudvoll gewesen als sonst. Seiner Stimmung letzte Nacht und seinem unruhigen Schlaf nach zu schließen, brauchte er wohl mehr als nur einen Kaffee und ein Lächeln, um wieder er selbst zu werden. Aber noch schlief er.

Puh, es war bereits sehr warm. So großartig der Sommer

auch war – der Wohnwagen mutierte in der Sonne allmählich zur Sauna. Alice öffnete die Dachluke und einige Seitenfenster, um frische Luft hereinzulassen. Dann machte sie es sich auf der Sitzbank bequem und steckte die SD-Karte ihrer Kamera in den Laptop. Sie nippte an ihrem Kaffee und genoss die Ruhe und die Vorfreude auf die Fotos, die sie in den letzten Tagen auf dem Gelände geschossen hatte.

Helle, freundliche Bilder der Jurte flackerten beim Herunterladen nacheinander über den Monitor, hier ein Streifen Türkis, dort strahlendes Rosé oder sattes Gold. Bilder von Niamh, wie sie das Holzbett zusammenschraubte, von Hazel, wie sie die Batiktücher an der Wand befestigte, und Fotos über Fotos von Robinson. Ein Schnappschuss zeigte ihn beim Brutzeln von Speck am Ofen im Haupthaus, einer beim Sonnenbaden mit freiem Oberkörper vorm Wohnwagen, ein anderer beim Schlafen vorm Fernseher, während eine romantische Komödie lief, die sie hatte aussuchen dürfen, nachdem sie beim Münzenwerfen gewonnen hatte. Auf einem Foto war er beim Baden mit seinem Stetson auf dem Kopf abgelichtet. Sie hatte darauf bestanden, weil sie ihn einmal so hatte sehen wollen. Als sie nun das Bild betrachtete, war sie froh darüber. Fieberhaft überlegte sie, mit welchen Nachbearbeitungseffekten sie noch mehr aus dem Bild herausholen, es noch ausdrucksstärker machen konnte, als es ohnehin schon war. Robinson war wirklich der wahr gewordene Traum eines jeden Fotografen, mit seinen schön geschwungenen dunklen Wimpern, seinen grünen Augen, ganz zu schweigen von seinem sündhaft gut gebauten Körper. Von diesem Sommerflirt, der er ja nun mal war – das und nicht mehr –, wollte Alice so viele Fotos wie nur irgend möglich machen, um auch dann noch etwas von ihm zu haben, wenn er im Flugzeug saß, nachdem sie am Flughafen vermutlich tränenreich voneinander Abschied genommen hatten und sich nie wiedersehen würden.

Seufzend klappte sie ihren Laptop zu und griff nach dem Kaffeebecher. Sie hielt ihn in beiden Händen, lehnte sich zurück und betrachtete Robinson in dem Bett am anderen Ende des Wohnwagens. Er schlief immer noch tief und fest. Schon seltsam. Als Brad sie verlassen hatte, hatte sie sich nicht vorstellen können, jemals wieder glücklich oder auch nur zufrieden zu sein. Dabei hatten diese wenigen Quadratmeter, auf die sie sich hier beschränkte, ihr Leben weiter und größer gemacht, auf so unterschiedliche und kaum fassbare Weise, dass sie jetzt mehr Raum für sich hatte als je zuvor. Das lag nicht nur an Robinson, obwohl er, keine Frage, eine große Rolle dabei spielte. Es lag vor allem an ihr selbst. Alice kam sich älter, reifer, ja sogar weiser vor. Bei so viel innerem Wachstum war es ein Wunder, dass sie keine größere Kleidergröße brauchte. Seit sie in Borne lebte, hatte sie viele neue und aufregende Menschen kennengelernt. Am meisten jedoch hatte sie über sich selbst gelernt. Sie wurde gerade zu ihrer eigenen besten Freundin und Vertrauten. Ein sonderbarer, aber auch sehr tröstlicher Gedanke.

Momente wie diese – so warm, so ruhig, mit nichts als dem Vogelgezwitscher und ihren Gedanken – waren zu schön. Umso grausamer, dass plötzlich ohrenbetäubend laute Musik aus dem Haus zu ihr herüberdröhnte und die morgendliche Stille jäh zerstörte.

Sie sprang zur Tür und riss sie auf.

Wenn Robinson noch in ihrem Bett lag, wer war dann bitte schön in ihrem Haus?

20. Kapitel

„Hallo? Dessy?“, rief Alice und hämmerte gegen die Küchentür. Dann drückte sie die Klinke hinunter und trat ein. Robinson musste gestern als Erster von seiner eigenen Party weggegangen sein. Sie war fest davon überzeugt, Dessy, Jase und Stewie beim Feiern und Zechen im Wohnzimmer vorzufinden. *Hoffentlich haben sie nicht Kleinholz aus den Möbeln gemacht*, betete sie leise. In der Küche war niemand, nur eine Schüssel mit ekliger, brauner, angetrockneter Pampe, halb bedeckt von Alufolie, stand auf dem Tisch.

Die Musik hatte schon im Wohnwagen laut geklungen, hier im Haus war sie fast ohrenbetäubend. Wenn sie nicht Robinsons Stimme erkannt hätte, wäre es nur unerträglich gewesen, aber so war es geradezu beunruhigend. Seine Stimme zu der Musik, so gut sie klang, selbstbewusst und lebhaft, öffnete das Fenster zu der Welt, in die er gehörte, der Welt, in die er irgendwann zurückkehren musste. Sie ärgerte sich, dass Dessy so gedankenlos war, seine Musik aufzulegen, obwohl Robinson doch hier war, um Abstand davon zu gewinnen.

Auf dem Weg durch die Küche nahm sie eine Bewegung im Flur wahr und blickte auf.

Das war weder Dessy noch Jase noch Stewie. Immerhin schien der kleine Mann ebenso erschrocken über ihren Anblick zu sein wie sie über seinen. Eine Blondine im Morgenmantel in der Küche. Ein untersetzter Mann mit einer Hautfarbe, die an Baumrinde erinnerte, nackt bis auf eine grellweiße, knappe Unterhose mit einer Ausbuchtung, die nichts der Vorstellungskraft überließ und nach vorne in ihre Richtung zeigte.

„Wer sind Sie?", schnauzte er sie über die Musik hinweg an.

In Alice' Kopf ratterte es. Art und Inhalt seiner Frage sagten ihr, dass Robinson ihm wahrscheinlich nicht unbekannt war. Er sprach mit einem schweren Südstaatenakzent, der perfekt zu der Musik passte, die immer noch in überwältigender Lautstärke lief. „Ich wollte Sie gerade dasselbe fragen", sagte sie laut. Sie zog ihren Morgenmantel enger um ihre Taille und zog den Knoten fester. „Könnten Sie bitte die Musik etwas leiser stellen?"

Er sah aus, als würde er Nein sagen, aber dann drehte er sich um und marschierte aus der Küche. Seine Pobacken bewegten sich in der engen Unterhose zackig auf und ab. Er brachte das Kunststück fertig, selbst von hinten ungehalten auszusehen. Alice zog einen Stuhl hervor und setzte sich. Erleichtert atmete sie auf, als die Musik abrupt verstummte. Sie seufzte noch einmal vor Erleichterung, als der Mann in die Küche zurückkehrte und angezogen war.

„Ich bin Alice McBride", sagte sie als Antwort auf seinen fragenden Blick. „Mir gehört dieses Haus. Robinson ist mein Mieter."

Er nahm diese Information auf und beäugte sie neugierig. „Ich bin Donald Marshall. Marsh. Robinsons Manager."

Über den Küchentisch hinweg sahen sie einander an und schätzten sich gegenseitig ab.

„Wäre es sehr unhöflich, wenn ich Sie frage, was Sie in meinem Haus zu suchen haben?", fragte sie ohne Umschweife, weil sie vermutete, dass er niemand war, der lange um den heißen Brei herumredete. Er musterte sie von oben bis unten, und sie wünschte, sie hätte etwas Passenderes als Nachthemd und Morgenmantel an, weil er sicherlich dabei war, eins und eins zusammenzuzählen.

„Oh nein!“, stöhnte er auch prompt auf. „Sagen Sie es bloß nicht! Sagen Sie jetzt bloß nicht“, wiederholte er mit Nachdruck, „dass Sie und er miteinander ins Bett gehen.“ Er schlug sich mit der flachen Hand an die Stirn. „Oh nein, das hat mir gerade noch gefehlt!“

Er redete also wirklich nicht lange um den heißen Brei herum. Alice wusste nicht, was sie antworten sollte, vor allem nicht, was Robinson seinen Manager wissen lassen wollte. Ganz abgesehen davon, dass er schlicht ungehobelt war.

„Da ist Kaffee in dem Schrank über der Kaffeemaschine, bedienen Sie sich“, sagte sie knapp und stand auf. „Robinson wird sicher gleich rüberkommen.“

„Sie wissen, dass er verheiratet ist, oder?“

Okay, Tacheles. Alice nahm die Schüssel mit dem ekligen Inhalt vom Tisch und ging zum Mülleimer.

„Ich weiß, dass er in Trennung lebt, ja. Sie erwarten hoffentlich nicht, dass ich mich schuldig fühle und Mitleid mit seiner Frau habe, der Frau, die ihn betrogen hat.“ Sie öffnete den Mülleimer und warf die Schüssel samt Inhalt hinein.

„Geht es um Geld?“, fragte Marsh und sah sie aus seinen grauen Augen kühl und abgeklärt an. „Wie viel wollen Sie?“

Ungläubig erwiderte Alice seinen Blick. „Sie glauben, ich sei hinter seinem Geld her?“

„Ich wusste, dass er sich Ärger einhandeln würde“, sagte Marsh mehr zu sich selbst als zu ihr. „Und wo versteckt sich der Knilch gerade, Miss?“

„Er versteckt sich nicht, er schläft“, sagte Alice ruhig. Nie im Leben würde sie diesem Mann verraten, wo Robinson sich aufhielt.

„Er schläft nicht mehr", hörte sie eine bekannte, wenn auch ungewöhnlich grummelige Stimme in ihrem Rücken. Als sie sich umdrehte, sah sie den Mann, um den sich hier alles drehte, in der Tür stehen. Er sah mitgenommen und müde aus und trug wieder die Klamotten von letzter Nacht, die er sich nur rasch übergeworfen hatte. Ein Blick auf sein Haar verriet ihr, dass er nicht in den Spiegel geguckt hatte, bevor er den Wohnwagen verlassen hatte.

„Entschuldige dich bei Alice, Marsh. Das war nicht in Ordnung, was du eben gesagt hast."

Marsh zeigte keine Reue. „Das werden wir ja sehen."

Alice ging an Robinson vorbei zur Tür. „Aspirin sind im Schrank in der Ecke", sagte sie leise. Sie berührte ihn bewusst nicht, da sie nicht wusste, wie sie in Gegenwart von Marsh mit ihm umgehen sollte.

Er löste das Problem auf seine Art und fuhr ihr mit der Hand durchs Haar und drückte ihr einen kurzen, festen Kuss auf den Mund. Er schmeckte nach dem Whisky von letzter Nacht, nach Verzweiflung und Unsicherheit. Doch selbst in diesem desolaten Zustand wirkte er unwiderstehlich auf sie, und ihr Magen zog sich unheilvoll zusammen.

„Bis später", flüsterte sie.

„Bis später", erwiderte er und streichelte ihr zärtlich über den Arm, als sie ging. Er schloss die Tür hinter ihr, und sie ahnte, dass kein Kaffee der Welt gegen das ungute Gefühl ankommen würde. Auf halbem Weg zum Wohnwagen überlegte sie es sich anders und änderte die Richtung.

„Noch ein halb nackter Cowboy? Auf Textilien stehen die wohl nicht so, was?“, sagte Niamh lachend, nachdem Alice ihr kurz darauf Bericht erstattet hatte. Sie saßen auf den wackeligen gusseisernen Stühlen auf Niamhs kleiner Veranda. Die blauen Steinchen auf dem Untergrund machten die Stühle noch wackeliger. Pluto, der mit der Nase an Alice’ Bein stupste, um sie zum Spielen aufzufordern, machte es nicht besser.

„Nur dass dieser nackte Cowboy nicht sonderlich attraktiv ist“, sagte Alice niedergeschlagen.

„Angezogen ist er wohl auch kein angenehmer Zeitgenosse, nach dem, was du erzählst“, sagte Niamh mitfühlend. Sie lenkte Pluto ab, indem sie ihm Brotreste von ihrem Teller gab.

Alice schüttelte den Kopf. „Überhaupt nicht angenehm.“ Sie zerkrümelte ihr Brot, aß aber keinen Bissen.

Niamh blickte über ihren Kaffeebecher hinweg ihre Freundin an. „Was geht dir durch den Kopf?“

Schwer seufzend sagte Alice: „Ich bin noch nicht so weit. Er darf noch nicht gehen.“

Niamh nickte. Nach einer Weile sagte sie: „Vielleicht geht er nicht.“

„Er wird gehen. Das war von Anfang an klar, Niamh. Nur nicht jetzt schon.“

„Und das ist okay für dich, dass er irgendwann geht?“

Alice nickte … dann zuckte sie die Schultern … schließlich schüttelte sie den Kopf. „Ich werde ihn natürlich vermissen. Er war … es war so unerwartet. Seinetwegen ist aus der schwersten Zeit meines Lebens die schönste geworden. Wir wussten beide, dass es nicht für immer sein würde.“ Sie legte die Überreste ihrer Brotscheibe zurück auf den Teller, die geschmolzene Butter glänzte an ihren Fingerspitzen.

„Okay“, sagte Niamh und stand auf, um den Sonnenschirm so zu drehen, dass Alice nicht geblendet wurde. „Mir kommt es vor, als seist du in ihn verliebt.“

Überrascht sah Alice auf. „Du siehst etwas, was nicht da ist, Niamh. Ich genieße es, mit ihm zusammen zu sein. Er bringt mich zum Lachen. Wenn wir zusammen sind, sind wir nicht mehr einsam. Wahrscheinlich mag ich ihn mittlerweile zu sehr, aber Liebe – Liebe ist es nicht.“

„Und das weißt du so sicher, weil es bei Brad Liebe war?“, argumentierte Niamh und betrachtete ihre Freundin.

Alice nickte und runzelte dann die Stirn. Denn sie hatte zwar Brad geliebt, das wusste sie, aber das war etwas ganz anderes gewesen als ihre Gefühle für Robinson. Der Vergleich mit ihrem zukünftigen Exmann verwirrte sie, und die Unterscheidung erwies sich als nicht so klar, wie sie erwartet hätte. Robinson gab ihr etwas, von dem sie noch nicht einmal gewusst hatte, dass es das gab. Er hatte sie aufgebaut, während Brad selbst emotional so bedürftig war, dass er ihr nichts hatte geben können und sie eher ausgelaugt hatte. Robinson hingegen war jemand, auf den sie sich verlassen und stützen konnte.

„Mit ihm zusammen ist alles so leicht, Niamh. Wenn er mich ansieht, komme ich mir wunderschön vor.“

„Ich weiß. Ich sehe, was zwischen euch vorgeht“, sagte Niamh.

„Besonders hilfreich ist das nicht, was du sagst.“

Niamh lächelte, ihr Blick blieb aber ernst. „Sei vorsichtig, Alice.“

„Das bin ich. Ich weiß ja, dass es nicht für immer ist. Das war ja gewissermaßen der springende Punkt. Wenn er morgen zurückgeht oder übermorgen, dann ist das in Ordnung. Ich werde traurig sein, aber ich werde darüber hinwegkommen. Echt."

Damit stand sie auf und nahm ihre Schlüssel. „Ich muss los. Hazel wollte mir heute Vormittag irgendwas vorbeibringen."

„Wahrscheinlich Rambo."

„Hoffentlich nicht. Der Vogel sollte lieber nicht noch einmal in die Nähe des Wohnwagens kommen." Alice lachte, als sie sich auf den Weg an den Häusern vorbei zur Straße machten.

„Alice!", rief Niamh, als sich ihre Wege trennten und sie am Gartentor stehen blieb. „Ich meinte, sei vorsichtig und gib nicht vorschnell auf."

Alice trat noch einmal zurück ans Tor und umarmte Niamh. Dann ging sie nach Hause. Komme, was wolle – sie war bereit.

„Ich habe deine Koffer gepackt. Geh duschen, Robinson, in drei Stunden gehen wir."

Robinson öffnete den Küchenschrank und suchte nach den Aspirintabletten. „Nein, tut mir leid, Marsh", sagte er. „Ich habe keinen Vertrag unterschrieben, in dem steht, dass du über mein gesamtes Leben bestimmst. Ich gehe nach Hause zurück, wenn ich so weit bin. Und dann werde ich meine Koffer selbst packen."

Er nahm zwei Tabletten aus der Packung, dann noch eine dritte. Zwei gegen die Kopfschmerzen und eine wegen des Ärgers mit Marsh. Dass sein Manager hier aufgekreuzt war, war von Grund auf falsch. Zum einen verreiste Marsh so gut wie nie, er litt unter Flugangst. Es musste ihm einiges abverlangt haben, ins Flugzeug zu steigen. Folglich würde Marsh ihm nun ebenfalls einiges abverlangen. Was noch viel schlimmer war: Marsh hatte Robinsons Seifenblase, sein Leben in Borne, platzen lassen.

Marsh gehörte zu seinem anderen Leben. Dass er nun hier und in sein neues Leben eingedrungen war, brachte alles durcheinander. Robinson wollte noch nicht zurück. Sein Plan sah anders aus. Beziehungsweise: Er hatte gar keinen Plan. Es gab nichts, das er Marsh hätte vorlegen können, keine vollendeten Tatsachen, vor die er seinen Manager stellen könnte. Das machte ihn angreifbar – und bockig wie einen Teenager.

„Muss ich dich wirklich an das Konzert erinnern? An die Karten? Die Fans, die Tausende von Tickets gekauft haben?"

„Bis dahin ist es noch Wochen hin", erwiderte Robinson.

„Was du bist, hast du deinen Fans zu verdanken, Junge. Wenn du sie hängen lässt und das Konzert absagst, lassen sie dich genauso schnell wieder fallen."

Das stimmte, wie Robinson nur zu genau wusste. Er wusste auch, dass ihm allein der Gedanke, seine Fans zu enttäuschen, den Schlaf raubte. Gut, vielleicht hatte er doch einen Plan.

„Ich gebe das Konzert, Marsh."

Marsh plusterte sich auf. „Selbstverständlich gibst du das Konzert! Was tust du hier eigentlich? Tobst dich hier aus und amüsierst dich mit der Blondine? Während deine Ehefrau dir zu Hause das Bett warm hält und deine Arbeit auf dich wartet? Verdammt, Duff. Du bist zu jung für eine Midlifecrisis, und ich bin zu alt, um dich zu babysitten." Marsh schlug mit der Faust auf den Tisch. „Wir fahren. Heute."

„He, immer schön langsam, Marsh." Robinson wollte ruhig Blut bewahren, aber sein Manager reizte ihn ganz schön. Ihm kam die Galle hoch ob der Ungerechtigkeit.

„Ich tobe mich hier nicht aus, wie du es ausdrückst. Und wir wissen beide, dass meine zukünftige Exfrau derzeit das Bett für jemand anderen warm hält. Eine Tatsache übrigens, die dir lange vor mir bekannt war, die du aber lieber für dich behalten hast."

Marsh war es gleichgültig, was andere von ihm dachten. Seinen Ruf als knallharter Geschäftsmann hatte er verdient, weil er kaum moralische Standards hatte, dafür umso mehr rücksichtslosen Ehrgeiz. Die einzige Messlatte für seine Entscheidungen war die, möglichst viel aus seinem Künstler herauszuholen. Dass Lena Robinson betrog, hatte er, Monate bevor Robinson es herausfand, gewusst. Er hatte den Mund gehalten, in der Hoffnung, sie würde die Lust am Fremdgehen verlieren, bevor Robinson Wind davon bekam. Er bedauerte nur, dass er nicht mit dem Scheckbuch gewedelt und dem Typen, der Robinsons Frau vögelte, Geld angeboten hatte. Auch die Frau, mit der Robinson hier angebändelt hatte, erweckte leider nicht den Eindruck, als würde sie den Köder schlucken.

„Das Taxi ist für heute Mittag bestellt."

Robinson rieb sich das Gesicht. „Ich fahre nicht. Ich habe noch nicht erledigt, was ich hier zu erledigen habe."

„Nämlich?"

„Das geht dich nichts an, Marsh."

„Es sieht mir ganz danach aus, als würdest du dich hier verstecken. Ich wusste nicht, dass du so ein Feigling bist, Duff."

Robinson seufzte. „Ich durchschaue deinen Trick. Das funktioniert nicht. Ich bin keine zwölf mehr. Du wirst mich nicht dazu kriegen, in das Flugzeug zu steigen."

„Deine Schwester vermisst dich. Was glaubst du, warum sie mir gesteckt hat, wo du bist? Sie will, dass ich dich nach Hause bringe. Deine Mom auch. Sei doch vernünftig, Duff! Letzte Woche habe ich sie auf der Straße getroffen, und sie war tatsächlich den Tränen nahe."

Robinson musste lachen bei der Vorstellung, dass seine neunmalkluge Mutter in aller Öffentlichkeit in Tränen ausbrechen sollte. Der Insider-Witz der Familie besagte, dass Janna Duffs Tränenkanäle längst vertrocknet waren, weil sie sie so selten benutzte. Sie war die härteste Frau, die er kannte, und er liebte sie dafür umso mehr. „Das bezweifle ich stark", sagte er trocken. „So, jetzt hast du es mit einer Drohung und mit emotionaler Erpressung versucht, Marsh. Was kommt als Nächstes?"

Der kleine Mann sprang vor Aufregung von seinem Stuhl auf. So war er, ein Zündkörper, der jeden Moment in die Luft gehen konnte.

„Das ist kein Spiel, Duff! Hast du eine Ahnung, wie viele Tabletten ich nehmen musste, um in das Flugzeug zu steigen? Ich zittere immer noch vor Angst wie eine beknackte Klapperschlange, guck!" Er hörte auf, wütend auf und ab zu marschieren, und imitierte den Schwanz einer Klapperschlange, indem er wild mit der Hand durch die Luft wedelte. Die Falten auf seinem Oberarm vibrierten. „Verdammt noch mal, Duff! Das habe ich für dich getan. Weil mir deine Karriere wichtig ist. Wenn du den Karren an die Wand fährst, sitze ich mit drin, Junge. Und das werde ich einfach nicht zulassen."

Auch wenn da eine gehörige Portion Selbstnutz und Egoismus im Spiel war: Marsh hatte nicht unrecht. Auch ohne Gefühlsduselei wusste Robinson, dass er seinem Manager seinen Erfolg verdankte und alles Gute, was damit einherging. Und er gehörte nicht zu den Menschen, die vergaßen, wo sie herkamen.

„Okay, Marsh", sagte er. „Das verstehe ich ja. Ich weiß, was es dich an Überwindung gekostet hat, in den Flieger zu steigen und herzukommen. Das weiß ich auch zu schätzen." Er holte die Kaffeedose aus dem Schrank und füllte das Pulver in die

Maschine. „Ich mache uns jetzt einen Kaffee, und dann gehe ich duschen. Danach setzen wir uns hin und reden, von Mann zu Mann.“

Marsh sah auf seine Uhr und begann wieder, in der Küche auf und ab zu marschieren. „Zweieinhalb Stunden, Duff. Verabschiede dich von diesem Ort, denn koste es, was es wolle, ich bringe dich nach Hause.“

21. Kapitel

„Das Taxi ist da!“, rief Marsh aus voller Kehle über das Anwesen. Er stand an der Hintertür und hoffte, dass Robinson ihn hören konnte. „Ich lade deine Koffer ein, Duff. Die Zeit ist um. Beweg deinen Hintern, aber dalli!“

Alice und Robinson lagen im Wohnwagen auf dem Bett und hörten jedes Wort.

„Er meint es ernst, Robinson. Der will, dass du mitkommst.“

„Er muss immer seinen Willen durchsetzen. Das hier wird ihm nicht schmecken“, sagte Robinson und strich ihr das Haar hinters Ohr. Sie lagen nebeneinander auf der Seite, einander zugewandt, Stirn an Stirn, die Finger ineinander verschränkt, ihre Herzen voll böser Vorahnungen.

„Er lädt deine Koffer in das Taxi.“

Robinson zuckte mit den Schultern. „Dann kaufe ich mir halt neue Hemden.“

Alice küsste ihn, langsam und tastend. „Irgendwann musst du zurück. Warum nicht schon jetzt?“, flüsterte sie, obwohl sie ihn nicht verlieren wollte – noch nicht – und ihn länger bei sich haben wollte.

„Mein Urlaub ist erst dann zu Ende, wenn ich das will, Herzchen. Die Sonne scheint noch schön warm, und ich kann immer noch das Meer rauschen hören.“

Sie schwiegen. Die langen, warmen Sommertage hatten sie in ihrer Urlaubsliebe eingelullt. Wenn Alice sich jetzt konzentrierte, konnte auch sie das Meeresrauschen hören. Oder waren das die Motoren des Flugzeugs? War das hier das Ende ihrer Romanze?

„Huhuu! Aaalice!“

Alice stöhnte. Sie hatte ganz vergessen, dass Hazel kommen wollte.

„Diese Frau und ihr komischer Vogel tauchen immer zur Unzeit auf“, beschwerte sich Robinson.

„Alice, komm mal raus!“

„Ich wimmle sie ab“, sagte Alice und löste sich widerwillig aus Robinsons Armen. „Bleib liegen.“ Sie öffnete die Tür und lehnte sich dann weit hinaus, um besser sehen zu können, was am Haus vor sich ging. „Nee, vergiss das. Komm her, das musst du sehen!“

Sie schlüpfte in ihre Flipflops und strich ihr Sommerkleid glatt, gleichzeitig nahm sie ihre Sonnenbrille und schob sie sich ins Haar. „Kein Scherz, Robinson, komm und sieh dir das an!“

Alice stieg die Stufe vor dem Wohnwagen hinunter und hob die Hand.

„Bin gleich da“, rief sie winkend Ewan zu, der auf Hazels Geheiß über die Wiese zu ihr geschlendert kam, um sie zu holen. Beiläufig winkte er zurück, während sie auf ihn zukam.

„Was ist hier los?“, fragte sie und sah zur Auffahrt des Haupthauses hinüber.

„Das musst du meine Mutter fragen“, nuschelte Ewan und zuckte mit seinen mageren Schultern.

Robinson kam zu ihnen geeilt, beim Gehen zog er sich sein T-Shirt über. Alice schluckte, womöglich war dies das letzte Mal, dass sie ihn in voller, bloßer Schönheit zu sehen bekam.

„Alice!“, rief Hazel. „Komm und guck dir an, was ich für dich habe!“

Robinson legte seine warme Hand fest auf ihre Hüfte, als sie über die Wiese gingen.

„Das dürfte interessant werden“, sagte er mit einem unterdrückten Lachen, als Marsh in Jeans und Western-Stilettos aus dem Haus trat.

„Weg mit dem Ding! Aus dem Weg!“, schrie Marsh aufgebracht und wedelte mit seinen Händen in Hazels Richtung.

Hazel warf einen kurzen Blick auf ihn und ignorierte ihn fortan. Stattdessen sprang sie regelrecht auf Alice zu, packte ihre Hände und drückte sie aufgeregt.

„Ist das nicht fantastisch?“, sprudelte es aus ihr heraus. Alice besah sich das „Ding“, wie Marsh es wenig elegant ausgedrückt hatte, in der Auffahrt genauer.

„Und? Wie findest du es?“

Mitten in der Auffahrt stand ein wunderschön verzierter, flaschengrüner Zigeunerwagen. Alice verliebte sich augenblicklich in das Gefährt, das jetzt den Zugang zu Borne Manor versperrte. Auf die Holzflanken waren zarte Blumenranken gemalt, der Anstrich war in all den Jahren, in denen der Wagen über Land gefahren sein musste, verblichen. Die riesigen Räder aus Holz waren kirschrot. Die Tür stand halb offen, ein zarter Spitzenvorhang in einem der Fensterchen bewegte sich sacht im Sommerwind.

„Woher hast du das, Hazel?“, fragte sie atemlos. So etwas Wunderschönes würde doch niemand freiwillig weggeben. Das könnte sie nie im Leben bezahlen. Es tat ihr schon jetzt leid, den Wagen wieder hergeben zu müssen.

„Ja, pass auf, jetzt kommt’s“, setzte Hazel an. Sie nahm Alice bei der Hand und führte sie zu dem Wagen. „Der Onkel des Mannes der Schwester meiner Mutter war Roma, verstehst du? Und der hatte einen Sohn, der wiederum eine Tochter hatte, mit der zusammen ich aufgewachsen bin, wie Schwestern, obwohl sie natürlich meine Cousine ist. Starling, so heißt sie. Sie hasst den Namen und nennt sich Stephanie. Ich finde Starling wahnsinnig romantisch."

Alice runzelte die Stirn und versuchte, Hazels Familiengeschichte zu folgen.

Drüben am Haus stellte sich Marsh auf den obersten Treppenabsatz und klatschte laut in die Hände, damit ihm alle zuhörten.

„Schön und gut, Leute, aber ihr blockiert den Eingang, und ich muss raus hier, raus aus Entenhausen. Robinson, komm her und steig ins Taxi! Sonst verpassen wir den Flug." Er ließ seinen Arm durch die Luft sausen und verbildlichte so, wovon er sprach.

Robinson zuckte hilflos die Schultern und lachte. Er setzte sich auf einen Baumstumpf. „Hier läuft selten etwas nach Plan, Marsh."

„Wie auch immer", sagte Hazel und warf Marsh böse Blicke zu, weil er sie unterbrochen hatte. „Starling heiratete einen Mann namens Defiance Loveridge, einen schleimigen Typen, Pomade im schwarzen Haar, eine Tolle und Dreck unter den Nägeln. Ich mochte nicht mit ihm allein in einem Zimmer sein, er konnte seine klammen Finger nicht bei sich behalten." Hazel schüttelte sich angeekelt und verzog den Mund. „Und klar, er verließ sie wegen eines Flittchens, einer Irin, die ihr eigenes Auto in Irland stehen gelassen hatte. Starling hinterließ er nichts als seinen Wagen, der seitdem vor ihrer

Sozialwohnung stand." Hazel zeigte auf den Wohnwagen hinter ihr. „Und Banjo."

„Er hat Banjo gespielt?" Alice konnte ihr nicht folgen.

„Nein, Liebes!", rief Stewie, der plötzlich hinter dem Wagen hervortrat. „Banjo ist diese Schönheit hier."

Alice stapfte über die Auffahrt zu Stewie. Der trug, völlig unangemessen, eine Lederhose und eine seidig schwarze Perücke, aber kein Hemd. Er versuchte sich wie ein Zigeuner zu geben, eine Hand auf dem größten und schönsten schwarz-weißen Zugpferd, das Alice je gesehen hatte.

„Hier, gib ihm ein Stück Zucker, das liebt er", sagte Stewie und hielt Alice eins entgegen, das er aus seiner hautengen Hose gezogen hatte.

„Ich wusste nicht, dass du dich mit Pferden auskennst, Stewie."

Stewie nickte und richtete seinen Blick verträumt auf den Horizont. Dabei zupfte er sein rotes Kropfband zurecht. „Einer meiner ersten Filme war ein Remake, eine Neuverfilmung von ‚Dick Turnip'."

„‚Dick Turpin'", korrigierte Alice automatisch. „Der englische Straßenräuber und Viehdieb."

„Nein, nein, Turnip, die englische Rübe", sagte Stewie und plusterte sich auf. „In weiteren Rollen ein Haufen knallroter Karotten und eine unglaublich große Gurke, wenn ich mich recht erinnere."

Alice' Schultern bebten vor Lachen. Marsh stand immer noch völlig außer sich, wutschreiend und wild gestikulierend vor dem Haus. Mittlerweile hatten sich auch zwei Freunde von Ewan, ebenfalls Goths aus dem Dorf, zu ihnen gesellt, angezogen von dem Tohuwabohu. Sie setzten sich auf die niedrige Mauer, die den Vorgarten einfasste. Dort hockten die schlaksigen Jugendlichen aufgereiht wie in einer Slapstick-Komödie und beobachteten aus ihren schwarz umrandeten Augen das Schauspiel.

Der Taxifahrer stieg aus seinem Wagen und sah zu Marsh.

„Das Taxameter läuft, Cowboy", rief er herüber, zündete sich eine Zigarette an und lehnte sich an die Motorhaube.

„Da passen Sie doch durch!", schrie Marsh, als ließe sich mit Worten und Lautstärke der nicht vorhandene Platz zwischen dem Zigeunerwagen und der Einfahrt vergrößern.

„Wie ist der Wagen denn hier reingekommen?", fragte Alice.

„Banjo hat ihn gezogen", antwortete Stewie.

„Dann spannen Sie den Gaul an, und schaffen Sie den Wagen fort! Und zwar sofort!", brüllte Marsh.

„Geht nicht", sagte Stewie liebenswürdig und strich Banjo über die Nüstern. „Banjo ist draußen, er hat ein Hufeisen verloren, es ist futsch."

Marsh lief puterrot an. „Futsch? Futsch! Was heißt das? Sprich ordentliches Englisch mit mir!"

„Das muss gerade ein Amerikaner sagen", meinte Ewan, woraufhin die drei Goths, in schwarzen T-Shirts und Dreiviertelhosen – ihrem einzigen Zugeständnis an die Hitze –, in stummer Erheiterung ihre Schultern auf und ab bewegten und aussahen wie Vampire.

„Dann zieht ihr den Wagen! Ihr drei da, geht rüber und schleift das Ding vom Hof!", befahl Marsh Ewan und seinen Freunden.

Ewan sah fragend Robinson an, der außerhalb von Marshs Blickfeld den Kopf schüttelte und sich prächtig amüsierte.

Ewan rieb sich die Schulter und sagte voller gespieltem Bedauern: „Tut mir leid, Schulter verrenkt."

Sein Freund neben ihm spielte auch mit, streckte sein Bein aus und verzog schmerzvoll das Gesicht. „Was mit dem Bein, sorry."

Der Freund auf der anderen Seite von Ewan rieb sich den Nacken. „Schleudertrauma, vom Pogen."

„Wenn du Banjo behältst, bekommst du auch den Wagen", sagte Hazel zu Alice und stellte sich neben sie und Stewie.

Alice wollte unbedingt Ja sagen. „Ich kenne mich mit Pferden nicht aus", sagte sie stattdessen zaghaft und fütterte Banjo mit dem Stück Zucker. Das Shire Horse war wahnsinnig groß, die größte Pferderasse überhaupt, wie Alice bald lernte, doch seine samtigen Lippen fühlten sich wie tanzende Schmetterlinge auf ihrer flachen Hand an.

„Ich bringe dir alles bei", sagte Robinson und ging zu Banjo. „Hallo, alter Knabe", flüsterte er, tätschelte dem Tier die Blesse auf der Stirn und kraulte es hinter den Ohren. „Das magst du, nicht wahr?"

Alice drehte sich zu Hazel um und umarmte sie. „Das ist das schönste Geschenk, das ich je bekommen habe", sagte sie. „Ich weiß gar nicht, wie ich dir danken soll."

„Sei nicht albern, das brauchst du nicht", sagte Hazel tränenerstickt.

In dem Moment tauchte Niamh auf dem Weg auf, sie trug ihre mit Farbe bekleckste Schürze, den ebenso farbenfroh zugerichteten Rambo trug sie unterm Arm.

„Hazel, du musst ihn einsperren. Er fliegt durch mein Atelier, während ich male", sagte sie erschöpft. Dann wanderte ihr Blick verdutzt über die ungewöhnliche Menschenansammlung vor Borne Manor. „Habe ich etwas verpasst?", fragte sie.

Während Marsh wutschnaubend im Haus verschwand und

die Tür hinter sich laut krachend ins Schloss warf, übergab Niamh Rambo an Hazel. Geschickt entwand sich der Vogel ihrem Griff und flog auf den Zigeunerwagen. Sein schwarz glänzendes Gefieder zierte ein Streifen gelber Farbe.

„Zieh mich aus, Robinson!“, rief er, Alice’ Stimme perfekt imitierend. Das war also immer noch sein aktueller Lieblingssatz.

„Bis eben fand ich den Vogel doof“, murmelte Robinson. Alice hingegen lief rot an und wäre am liebsten im Erdboden versunken.

Der Taxifahrer richtete sich an der Motorhaube auf. Er war sichtlich angetan von dem guten Unterhaltungsprogramm, das er hier geboten bekam, anstatt in der brütenden Hitze zum Flughafen fahren zu müssen. Dieser Tag sollte laut Wettervorhersage der heißeste Tag des Sommers werden. Der Taxifahrer wischte sich mit einem Taschentuch über den fast kahlen Kopf und grinste bis über beide Ohren.

„Ich hole das Gepäck wieder aus dem Kofferraum, ja?“

Während die Bewohner der kleinen Häuser auf Borne Manor oben am Haupthaus waren, schloss eine Frau die Haustür von Nummer vier auf und öffnete sie. Die Frau musste kräftig drücken, um die Post und die Werbung, die sich angesammelt hatten, wegzuschieben. Sie schloss die Tür hinter sich und setzte die Reisetasche ab. Dann setzte sich die neue Besitzerin auf die quietschende Treppe und sah sich zwischen den alten, trostlosen Möbeln um, die seit dem Tod von Albert Rollinson vor fast einem Jahr unberührt hier standen. Viel war es wirklich nicht. Im Gegenteil, es war eher dürftig. Aber von nun an war Borne ihr neues Zuhause.

„Ich wusste, dass ich heute nicht gehen würde“, sagte Robinson am Abend. Nackt wie er war, lehnte er sich an die Kissen und unzähligen Überwürfe auf dem riesigen Bett in der Jurte.

„Ich auch“, sagte Alice und sah durch den durchsichtigen Baldachin des Zeltes in den klaren Nachthimmel. „Die Sterne sagen mir das.“

„Das denkst du dir gerade aus, oder?“

Sie lachte. „Vielleicht.“

Beide schwiegen und lagen nebeneinander auf dem Rücken, als Alice ein Gedanke kam.

„Hazel sagte, dass Mutter Natur hier besonders präsent ist. Sie meint, ich soll die Jurte an Frischverheiratete vermieten.“

Robinson drehte sich auf die Seite und zeichnete mit seinem Finger hauchzarte Muster auf Alice' Bauch. „Glaubst du, dass sie recht hat?“

Seine Frage kam ihr ungewöhnlich bedeutungsvoll vor, doch sie wusste nicht, warum.

„Es ist hier sehr romantisch“, sagte sie schließlich.

„Das stimmt.“ Er legte sich auf sie und spreizte ihre Beine mit seinem Knie. „Hier ist es sehr romantisch, und du bist wunderschön, Alice. Wenn ich irgendwann gehen und dich verlassen muss, dann werde ich meine Augen schließen und dich sehen, so wie jetzt und hier.“

Er drang in sie ein, in ihren Körper – in ihre Gedanken war er schon längst gedrungen und auch in ihr Herz, wie ihr in diesem Augenblick klar wurde. Plötzlich erkannte sie, warum ihr dieser Abend so bedeutungsschwer erschien. Robinson wäre heute fast gegangen. Zumindest war er gezwungen worden, darüber nachzudenken. Heute Nacht begann ihr Abschied.

Vielleicht war es morgen, vielleicht in ein paar Tagen, mit ein bisschen Glück in ein paar Wochen. Etwas hatte sich verändert, auch in seiner Wahrnehmung. Der zärtliche Sex, bei dem sie miteinander zu verschmelzen schienen, war seine Art, ihr das mitzuteilen.

22. Kapitel

Der Zigeunerwagen stand nun am anderen Ende der Wiese hinter dem Wald und sah fantastisch aus. Hier lebte auch Banjo seit ein paar Wochen mit Begeisterung. Alice würde nie vergessen, wie sie die Tür zum Wagen das erste Mal geöffnet und einen Blick hineingeworfen hatte. Vor ihrem inneren Auge hatte sie die altmodische Möblierung gesehen und ein weiteres Renovierungsprojekt erwartet. Was sie dann jedoch tatsächlich gesehen hatte, war so schön, dass ihr die Tränen gekommen waren. Offensichtlich hatte Starling Loveridge viel Liebe in die Gestaltung investiert, als sie nach ihrer Hochzeit hier eingezogen war: Das Doppelbett war erhöht über den Schränken aus Kirschholz am hinteren Ende des Wagens angebracht. Die schweren Samtvorhänge an der Seite machten daraus eine Bühne für alle, die sich hier zwischen den weißen Laken und der farbenprächtigen Tagesdecke tummeln wollten. Alles war fast schon verschwenderisch mit tiefgrünem Leder samt Goldbesatz verkleidet. Dazu waren Blumen aus Perlmutt in das glänzend lackierte Holz eingearbeitet. Das gewölbte Dach war voller bezaubernder Fresken von Engeln und anderen Himmelswesen. Es war purer, reiner Kitsch. Und Alice sah sich eher als Hüter und Beschützer des Wagens denn als sein Besitzer.

„Guten Morgen, Alice", rief Dessy und kam in seinem neongrünen Anzug über den Rasen gejoggt.

Alice trat aus dem Wagen. Sie trug frisch gewaschene neue

Laken über dem Arm. „He, dies ist Privatgrundstück", sagte sie und lachte.

„He, und ich hab einen privaten Grund, warum ich hier jogge." Er zog sich die Kopfhörer von den Ohren und reichte ihr eine Handvoll Briefumschläge. „Ich hab den Postboten am Tor getroffen und ihm gesagt, dass ich dir das selbst bringe."

„Und du hast nicht gehofft, nebenbei auf einen gut aussehenden Cowboy zu stoßen, nehme ich an", neckte sie ihn.

„Der Cowboy ist wesentlich angenehmer als der mürrische Sauertopf und Stinkstiefel, der zurzeit im Siren wohnt", nörgelte Dessy. Marsh war keine andere Wahl geblieben, als sich in das einzige Bed and Breakfast im Ort einzumieten, nachdem er seinen Flieger verpasst hatte und Robinson sich weigerte, einen Flug zu buchen.

„Ich gehe, wenn du gehst", hatte Marsh gesagt. Er beharrte auf seinem Standunkt und erwartete darüber hinaus Kost und Logis in dem luxuriösen Haupthaus während der Wartezeit. Doch er wurde enttäuscht. Denn sein Manager war das Letzte, was Robinson gebrauchen konnte, jemand, der ihn beständig und überdeutlich daran erinnerte, dass seine Zeit ablief und er bald nach Hause zurückkehren musste.

„Er hat so viele Allergien, dass er eigentlich in einem Sauerstoffzelt leben müsste", sagte Dessy. „Ernsthaft, Alice, der Mann ist ein Albtraum."

Alice überflog ihre Post. Unheilvolle braune Umschläge und amtliche weiße, die sie gleichermaßen nervös machten.

„Kannst du singen, Alice?"

Verwirrt von dem abrupten Themenwechsel, blickte sie auf. „Äh, ja, schon. Warum?"

„Karaoke im Siren nächsten Freitag. Bring Niamh mit." Verstohlen blickte er über seine Schulter zum Haupthaus. „Und andere Bekannte, die gerne singen."

Alice brach in Gelächter aus. „Es besteht nicht mal der Hauch einer Chance, dass Robinson mitkommt. Falls du das im Sinn hast."

Dessy seufzte. „Ich hab's versucht."

Alice hob ihre Kamera und schoss eine Handvoll Bilder von Dessy, wie er in Richtung des Waldes davonjoggte und als neongrüner Streifen im Grün verschwand. Sie blieb mit ihren Gedanken, dem Shire Horse und einem Stapel unerfreulicher Briefe allein zurück.

„Ich habe in drei Wochen einen Termin bei meiner Bank", sagte Alice nervös. „Die Einladung kam heute Morgen."

Robinson sammelte die Äpfel, die früh vom Baum gefallen waren, für Banjo auf. „Das ist doch gut, oder nicht?"

Alice zuckte hilflos mit den Schultern. „Vermutlich ja. Ich muss nur einen überzeugenden Geschäftsbericht schreiben. Ich weiß nicht, was ich tun soll, wenn sie Nein sagen."

„Mein Angebot steht noch, Goldlöckchen."

Sie schüttelte den Kopf, als sie nebeneinander über die Wiese gingen. Er hatte das schon vermutet. Er hatte ihr bereits einige Male in den letzten Monaten angeboten, als ihr Geschäftsführer – und Geldgeber – für das Projekt zu agieren. Aber sie hatte jedes Mal abgelehnt, und er wollte sie nicht drängen. Er kannte sie gut genug, um zu wissen, dass ihr ihre Unabhängigkeit sehr wichtig war und immer wichtiger wurde. Das war eine ihrer Eigenschaften, die er an ihr bewunderte. Wenn man Alice sah, konnte man leicht annehmen, dass sie zerbrechlich und verletzlich sei, dass man sich um sie kümmern müsste. Doch der äußere Anschein trog. Sie war zwar zierlich, hatte aber einen eisernen Willen. Sosehr sich sein ureigener Beschützerinstinkt auch regte, am glücklichsten war sie ohne Fesseln.

Banjo trabte ihnen schon über die Wiese entgegen, und kaum hatten sie ihn erreicht, steckte er seinen Kopf in den Leinensack mit Futter, den Robinson ihm hinhielt.

„Ruhig, Brauner", lachte Robinson, er hielt ihm auch die Äpfel hin und kraulte ihn am Ohr. „Er sieht gut aus."

Alice nickte. „Gesund und munter."

Sie hatte nicht die leiseste Ahnung von Pferden. Dafür hatte Robinson mit großer Begeisterung Banjo in seine Obhut genommen. Sie hatte ihm dabei zugesehen, wie er das Tier gestriegelt und seine Mähne gebürstet hatte, und sie hatte zugehört, als er Futter und Zaumzeug bestellt hatte. Wenige Tage nach Banjos Ankunft auf Borne hatte Robinson am Rand der Weide sogar einen Stall aus Altholz errichtet. Der Verschlag fügte sich harmonisch in seine Umgebung und bot dem sanften Riesen einen Unterstand.

„Ich bringe dir das Reiten bei, wenn du möchtest", sagte Robinson. „Es ist nicht schwer, ein bisschen wie tanzen, du musst nur den Rhythmus spüren und mitgehen. Dieser alte Gaul ist perfekt für Anfänger."

„Ja, das möchte ich gern", antwortete sie. Sie war nie geritten. Aber nachdem sie Robinson und Banjo in den letzten Wochen beobachtet hatte, bekam sie Lust dazu. Banjo als Gegenleistung für den Wohnwagen zu pflegen kam ihr fast wie Diebstahl vor. Das Pferd bereitete ihr Freude und war eher ein Gewinn für ihren Glampsite, als dass es sie davon ablenkte. Wenn sie den Hengst so ansah, kamen ihr allerhand Ideen. Hochzeiten zum Beispiel, die Braut konnte auf dem mit Blumen geschmückten

Pferd zur Kirche reiten, und Hochzeitsgäste konnte sie auch gleich hier unterbringen. Für größere Veranstaltungen könnte sie auch Zimmer im Haupthaus zusammen mit Teilen des Gartens vermieten.

Robinson ließ sich zufrieden in das hohe Gras sinken und legte sich auf den Rücken.

„Das Klischee, dass das Wetter in England so schlecht sein soll, ist Quatsch", sagte er und zog sich das T-Shirt über den Kopf. Er knäulte es zusammen und legte es sich als Kissenersatz unter den Kopf. Dann blinzelte er zu ihr hoch und klopfte auf den Rasen neben sich als Aufforderung, sich zu ihm zu legen.

Dem folgte Alice, legte den Kopf auf ihrem angewinkelten Arm ab und betrachtete Robinson verträumt. Seine Augen waren wie im Halbschlaf geschlossen. Ein Lächeln umspielte seine Lippen, als träumte er die süßesten Träume.

„Du hast deine Western-Sonne mitgebracht", sagte sie zärtlich, pflückte einen langen Grashalm und kitzelte Robinsons nackte Brust.

„Ich lasse sie dir hier, wenn ich gehen muss", sagte er. Ein Versprechen, das er schwerlich würde halten können. Er öffnete seine Lider und sah ihr in die Augen, als sie mit dem Grashalm langsam über seinen Bauch bis knapp oberhalb des Hosenbundes fuhr.

„Wenn sie dir im Weg ist, ziehe ich sie gerne aus."

Sie lachte leise und schüttelte den Kopf.

„Wir wollen Banjo doch nicht verschrecken."

Sie sah zu dem riesigen Pferd, das am anderen Ende der Weide friedlich graste.

„Ich glaube, er ist hier sehr glücklich", sagte sie und rollte sich auf den Rücken.

Robinson wiederum drehte sich auf die Seite und nahm ihr den zarten Grashalm aus der Hand.

„Natürlich ist er glücklich. Er ist ja hier bei dir."

Alice nahm das Kompliment dankbar an, es wärmte sie mehr als die Sonne. Sie zuckte leicht zusammen, als er den Grashalm über ihren Arm, von den Fingern bis zur Schulter, gleiten ließ.

„Die Sonne und die Bräune stehen dir", sagte er. „Es sieht aus, als seist du mit Goldstaub bepudert."

Robinson besaß die unvergleichliche Gabe, sie mit ein paar Worten unendlich glücklich zu machen. Er trug sein Herz auf der Zunge und verteilte großzügig Komplimente. Er verlieh ihr mehr Selbstvertrauen als eine erfolgreiche Diät und ein neuer Lippenstift von Chanel zusammen.

Sie kicherte, als er ein kompliziertes Muster von einem Schulterblatt zum anderen mit dem Grashalm über ihre Brust zeichnete.

„Was malst du da?"

Robinson schnippte den Halm weg und fuhr mit der Hand über ihren Oberschenkel hoch zur abgeschnittenen Jeans.

„Ich habe etwas geschrieben, nicht gemalt."

Alice legte die Hand zum Schutz vor der Sonne über ihre Augen und sah ihn an.

„Was hast du geschrieben?"

Er beugte sich vor und küsste sie auf den Mund.

„Meinen Namen", sagte er.

Sie wünschte, er hätte seinen Namen auf ihre Haut tätowiert anstelle der unsichtbaren Buchstaben.

„Ein Autogramm!", scherzte sie.

„Ein Autogramm schreibe ich dir in unauslöschlicher Tinte", flüsterte er. Seine Worte spiegelten auf beunruhigende Weise ihre Gedanken wider.

„Es verstößt gegen die Regeln eines Sommerflirts, bleibende Spuren zu hinterlassen."

„Dafür ist es zu spät", sagte er und ließ seine Hand unter ihr Top gleiten, warm und selbstsicher lag sie auf ihrer Haut. „Du hast deine Spuren bereits bei mir hinterlassen, Goldlöckchen."

Und dann küsste er sie. Ein langer, tiefer Kuss in der Wärme der frühen Abendsonne, träge und verheißungsvoll, ein Versprechen, das später eingelöst werden würde.

„Ich ziehe das durch", sagte sie und sah zu dem Zigeunerwagen hinüber, bevor sie ihren Kopf auf seine Brust bettete. „Ich werde den Glampsite wahr machen, und es wird wunderschön werden."

Robinson schlang seinen Arm noch fester um ihre Schulter. „Liebling, du schaffst das, das weiß ich. Selbst wenn du zum Mond und wieder zurückfliegen wolltest, dir würde das gelingen."

Alice glühte vor Stolz und Freude über sein Lob. Das Sprichwort sagte, dass man ein ganzes Dorf brauche, um ein Kind großzuziehen. Sie brauchte ein ganzes Dorf und einen Cowboy, um aus dem Kind in ihr eine reife Frau zu machen, die ihren Mann stand.

Freitagabend und jeder Stuhl im Siren war besetzt. Die Notausgänge standen wegen der sommerlichen Schwüle und der Hitze in dem vollgepackten Raum offen. Fast das ganze Dorf war versammelt. Alice und Niamh hatten früh einen Tisch ergattert, und Hazel, Ewan und Stewie hatten sich durch die Menge geschoben und sich zu ihnen gesellt.

„Bist du sicher, dass Robinson nicht kommt? Konntest du ihn nicht überreden?", fragte Niamh, während sie stahlblaue

Farbe von ihrem Daumennagel kratzte. „Stell dir vor, was hier abgeht, wenn er kommt und ein paar Songs zum Besten gibt."

Alice sah sich unter den Anwesenden um. Bauern, Mitglieder des Frauenclubs und dazwischen ein, zwei vereinzelte Jugendliche in Schwarz. „Womöglich kennen die ihn gar nicht", sagte sie.

„Eine Person kennt ihn auf jeden Fall. Sie würde ihn mit Haut und Haaren fressen", sagte Niamh und sah über ihre Schulter zu Davina hinüber, die an der Bar stand. Sie hatte ihr Haar zu einer Achtzigerjahre-Frisur toupiert und trug dazu ein Mieder und weiße Spitzenhandschuhe, die bis zum Ellenbogen reichten, darüber hingen etliche Perlenketten. Augenscheinlich wollte sie einige Nummern von Madonna singen.

Auf der kleinen, selbst gebauten Bühne klopfte Dessy probeweise auf das Mikro. Die Gäste fuhren zusammen und hielten sich die Ohren zu. Dessy wartete, bis sich alle entspannt hatten, und klopfte noch einmal auf das Mikro. Das tat er absichtlich, um sie zu ärgern und anzuheizen. Er erntete böse Blicke und eine Erdnuss, die ihm ein aufgebrachter Zuhörer ins Gesicht warf.

„Willkommen, meine Damen, liebe Bauern und Grufties", sagte er und blickte zu den Jugendlichen in der Ecke, die unbeeindruckt zurückschauten. „Besonders willkommen heiße ich Lady Madge, welch Ehre." Er knickste in Davinas Richtung, woraufhin sie ihm mit ihrer Piña Colada zuprostete und in ihrem Spitzenhandschuh wie eine echte Diva winkte.

„Ich lasse gleich dieses Büchlein rumgehen", sagte Dessy und hielt einen roten Hefter hoch. „Ihr könnt nur Lieder singen, die hier drinstehen, so einfach ist das." Er blätterte durch den Hefter und runzelte die Stirn. Dann legte er den Hefter zur Seite, bevor er wieder Davina ansah. „Von Madonna gibt es hier nur

‚Like a Virgin'. Tut mir leid, Dav, das ist wohl nichts für dich, von wegen Jungfrau und so."

Niamh verdrehte die Augen, während Dessy fortfuhr, gestenreich die Karaokeregeln zu erklären.

„Was singst du, Alice?", fragte Niamh und schnappte sich den roten Hefter.

Alice lachte. „Gar nichts." Sie hatte noch nie auch nur einen Pieps in der Öffentlichkeit gesungen und hatte auch nicht vor, das heute Abend zu ändern.

„Natürlich singst du", protestierte Niamh und blätterte seelenruhig in dem Hefter. „Das macht Spaß. Du trinkst ein paar Gläser Wein und denkst plötzlich, du bist Lady Gaga."

„Das bezweifle ich."

Sie beobachtete, wie Stewie suchend seinen Körper abklopfte. Hazel erbarmte sich, fischte Stewies Lesebrille aus dessen roter Lockenpracht, die an Mick Hucknall von Simply Red erinnerte, und reichte sie ihrem geistesabwesenden Sitznachbarn. Zu der roten Perücke trug er ein Bob-Marley-T-Shirt und flatternde Pluderhosen. Das war selbst für Stewie ein ausgefallenes Outfit.

„Ich will ‚Wuthering Heights' von Kate Bush singen, falls das in dem Buch steht", kündigte Hazel an und zupfte das samtene Unterkleid ihres trägerlosen, lilafarbenen Kleides zurecht, das ihr in mehreren Schichten und Falten übers Knie fiel. Das Haar hatte sie sich mit einer großen Rose aus Kunstseide zurückgesteckt. Sie sah aus wie eine Mischung aus einer Folksängerin und einer Kräuterhexe, was ihr gut stand.

„‚Do you think I'm sexy', Stewie?", fragte Hazel. Sie fuhr mit dem Finger über die Songtitel in dem Heft und war bei Rod Stewart gelandet.

„Hazel, ich finde dich sehr sexy", sagte er. „Geradezu betörend." Er hob sein Glas und trank den Whisky in einem Zug aus. Dann schob er den Stuhl zurück und stand auf, um sich Nachschub an der Bar zu holen. Verdattert starrte Hazel ihm und seinem bedruckten T-Shirt hinterher.

Alice lächelte in ihr Weinglas, als sie sah, dass Hazels Wangen sich röteten. Das hatte sie nicht kommen sehen. Sie war in letzter Zeit einfach zu beschäftigt gewesen, um zu bemerken, was jenseits ihres eigenen Liebeslebens in Borne vor sich ging.

Auf der Bühne machte Jase den Anfang mit einer mitreißenden Version von Beyoncés „All the Single Ladies" samt tief ausgeschnittenem, engem Pailletten-Shirt und Tanzschritten, die er mit einiger Mühe einstudiert haben musste. Dessy war völlig hingerissen und jubelte ihm mit glänzenden Augen zu.

„Stewie, singst du ‚Islands in the Stream' mit Hazel? Das erinnert mich immer so schön an meine Kindheit", sagte Niamh leichthin, als er von der Bar zurückkam. Es gelang ihr, das so beiläufig zu sagen, als hätte sie den Wortwechsel zwischen Stewie und Hazel vorhin nicht mitbekommen. Schamlos spielte sie Schicksal und mischte sich ein. In Wahrheit hatte sie gar keine Erinnerungen an das Lied, hoffte aber, dass sie sich nach dieser Nacht für immer an das Duett ihrer Nachbarn erinnern würde. Sie schrieb ihre Namen auf die Liste, bevor einer der beiden etwas einwenden konnte. Dann stand sie auf und sang eine sehr kokette Version von Etta James' „At Last".

Alice sah, wie Marsh mit mürrischem Gesichtsausdruck den Pub betrat und sich auf einen gerade frei gewordenen Hocker am Ende der Bar setzte. Seine Füße reichten nicht bis zum Boden. Ihre Blicke trafen sich, aber er schaute grußlos weg, was sie weder ärgerte noch überraschte. Der Mann war klein, doch er hatte ein Ego, das so übergroß war wie sein Hut, ein Fremdkörper unter den Dorfbewohnern, mit denen er sich nicht die Mühe machte, ins Gespräch zu kommen.

Dessy versuchte sich an „Wake Me Up Before You Go-Go“. Dabei schwang er Hüften und Mikro derart, dass einige sechzigjährige Bauern den Schlips unter ihren Tweedjacken lösten. Alice fragte sich unterdessen, was Robinson wohl gerade trieb, und trank ihren Weißwein aus. Niamh schenkte sofort nach. Nach seinem glorreichen Auftritt ging Dessy die Liste durch und bat dann Stewie und Hazel auf die Bühne. Für „Islands in the Stream“, das Duett von Dolly Parker und Kenny Rogers, schloss er ein zweites Mikrofon an die Gesangsanlage an. Auf der anderen Seite des Pubs rutschte Ewan, der zwischenzeitlich zu seinen Kumpels übergewechselt war, vor Scham unter den Tisch und murmelte, dass er am liebsten sterben würde, während seine Freunde ihm hämisch in die Rippen knufften.

„Applaus für Stewie und Hazel, Bornes Antwort auf Dolly und Kenny!“, moderierte Dessy groß an und wedelte mit den Händen, während Hazel verlegen den Blick senkte. „Das ist Ihnen gewidmet, Mister“, sagte Dessy und winkte Marsh theatralisch zu. Der tat, als würde er es nicht verstehen, und blickte suchend hinter sich auf den vermeintlichen Mister.

Hazel räusperte sich, als die Musik anfing. Stewie neben ihr wiegte sich im Takt, das Mikro am Mund. Er begann zu singen, den Ton traf er nicht hundertprozentig genau, denn er hatte nur Augen für Hazel. Hazel hauchte sich durch ihre erste Zeile und war kaum zu hören. Erst als Stewie ihre Hand nahm und drückte, sang Hazel lauter. Sie sangen füreinander, nicht für das Publikum. Zuckrige, romantische Worte, die keiner von beiden je dem anderen laut gesagt hätte. Als Stewie „You can rely on me“ sang, fuhren alle im Pub mit „Ah ah“ fort, und als Hazel

„Sail away with me“ sang, schallte es aus allen Kehlen: „Oh oh.“ Doch bei der Zeile „Making love to each other“, verzichtete Stewie aufs Singen und wirbelte Hazel kurzerhand filmreif nah an seinen Körper und küsste sie.

„Stewie! Du räudiger Hund!“, rief Jase von hinten. Dessy sprang heldenhaft auf und stellte sich als Sichtschutz vor die beiden. Erst als das Lied zu Ende war, tauchten beide wieder auf. Hazel hielt die rote Perücke in der Hand, und Stewie trug mehr von Hazels lilafarbenem Lippenstift als sie selbst.

„Gin, ich brauche einen Gin“, sagte Hazel und ließ sich auf den Sitz zwischen Alice und Niamh fallen.

Dessy griff nach Alice' Hand und zog sie auf die Bühne. „Alice, du musst mich retten“, raunte er ihr zu und ließ das nächste Lied laufen. „Ich muss dringend aufs Klo. Du singst jetzt.“

Dessy wollte offenbar bei den Klassikern bleiben. Denn er hatte ihr „Crazy“ von Patsy Cline aufs Auge gedrückt. Hilfesuchend sah Alice zu Niamh, doch die war damit beschäftigt, Stewie mit einem Taschentuch den Lippenstift vom Gesicht zu wischen. Wenn sie die Karaokenummer nicht vermasseln wollte, blieb Alice keine Wahl, als zu tun, was man ihr sagte. Es war ja nicht so, dass sie nicht gerne sang. Sie war bloß kein Bühnenmensch. Andererseits, hatte sie in den letzten Monaten nicht gelernt, dass sie stärker und mutiger was, als sie dachte? Sie atmete tief durch und sprach sich selbst blitzschnell Mut zu. Wir schaffen das!, dachte sie, lockerte ihre Schultern, öffnete den Mund und fing an zu singen, als wäre sie alleine im Wohnwagen oder läge in der Badewanne im Haupthaus mit Blick über den Garten. Sie schloss die Augen und legte sich die Hand flach auf die Brust, wo sie ihre Stimme vibrieren fühlte. Als sie die Augen wieder öffnete, sah sie, dass alle Blicke auf sie gerichtet waren. Alle hatten aufgehört zu reden und hörten ihr gebannt zu. Dessy war vom Klo zurück und lehnte im Türrahmen, anstatt zu ihr zu kommen und das Mikro wieder zu übernehmen. Als sie ihn bittend ansah, lachte er und bedeutete ihr, weiterzusingen. Niamh saß mit glänzenden Augen da, das Kinn auf die Hände gestützt, und Stewie saß immer noch ohne seine Perücke neben der angesäuselten Hazel.

In dem allgemeinen Tumult bemerkte niemand, dass die Tür geöffnet wurde und ein weiterer Gast den Pub betrat. Er schrieb einen falschen Namen neben seinen Wunschsong auf die Liste.

„Achtung, liebe Frauen, auf der Liste steht, dass Brad Pitt hier ist." Dessy grinste breit, als er den Namen auf der Liste vorlas. Sein Grinsen erstarb jedoch abrupt, als Brad sein Kapuzenshirt auszog und auf den Tisch warf. Er nahm das Mikro und lächelte seine alten Nachbarn an, vermutlich wollte er verlegen oder gar schüchtern wirken.

„Der falsche Brad", scherzte er und lachte. Doch niemand lachte mit.

„Der verlorene Sohn kehrt heim", sagte Jase hinter der Bar. Das Intro war zu Ende, und Brad begann die ersten Zeilen des wunderschönen Liedes „When a Man Loves a Woman" von Percy Sledge zu singen.

Alice saß da wie angewurzelt. Atmete sie noch? Sie war sich nicht sicher. Brad hatte eine passable Stimme. Schwülstig sang er, ohne den Blick von ihr abzuwenden. Da war er, der Mann, von dem sie dachte, dass sie ihn ewig lieben würde. Und es machte ganz den Anschein, als würde er sich so öffentlich wie nur irgend möglich entschuldigen wollen. Sein Gesicht war jenes, das ihr in der Kirche vor dem Altar entgegengeblickt hatte, die Arme waren jene, von denen sie gehofft hatte, sie würden eines Tages ihre Kinder tragen. Sie sah Tränen über seine Wangen fließen und hörte das Zittern in seiner Stimme. Da erhob sie sich und ging langsam zur Bühne. Alle Augen im Pub folgten ihr. Brad kam zum Höhepunkt des Liedes und streckte ihr eine Hand entgegen. Das Dramatische lag ihm. Die Szene mit dem entscheidenden Moment war wie in einem Liebesfilm perfekt arrangiert. Der Held entschuldigt sich sensationsheischend und bekommt am Ende die Heldin. Umso größeres Aufsehen erregte Alice, als sie den Wein aus ihrem gerade erst aufgefüllten Glas in Brads ebenmäßiges Gesicht kippte.

Niamh stand auf und jubelte mit erhobenen Armen, Brad schnappte sich seinen Pulli und wischte sich damit das Gesicht trocken, und Dessy sprang schnell auf und zog vorsichtshalber den Stecker aus der Karaokemaschine, die etwas von dem Wein abbekommen hatte. Nicht dass der Laden in Flammen aufging. Angewidert schüttelte Alice den Kopf in Brads Richtung. Dann stürmte sie durch den Notausgang in die Nacht hinaus. Beim Rausgehen stieß sie Marsh, dessen Interesse an ihr endlich geweckt war, den Stetson vom Kopf.

23. Kapitel

„Ich bin aufgewacht und du warst nicht da, Goldlöckchen", sagte Robinson am nächsten Morgen, nachdem er an die Tür des Wohnwagens geklopft und Alice geöffnet hatte. „Ich dachte, ich komme lieber vorbei und sehe nach, ob du letzte Nacht irgendwelchen Bären über den Weg gelaufen bist."

„Hast du Hunger?", fragte sie. Sie bat ihn herein und zu sich an den Tisch, dann setzte auch sie sich und strich weiter Butter auf das Toast, von dem sie jetzt schon wusste, dass sie es nicht hinunterbringen würde. Robinson setzte sich ihr gegenüber und betrachtete sie eingehend. Sie wusste, dass er ihre graue Haut und die Ringe unter ihren Augen registrierte. Sie hatte kaum geschlafen.

„Du bist verkatert", sagte er, und seine grünen Augen blitzten. „Jetzt ein Konterbier, das hilft. Oder ein Schuss Whisky in den Kaffee, und schon bist du wiederhergestellt."

Alice drehte sich der Magen um, und sie schob den Teller von sich.

„Brad ist hier."

Robinson brauchte einen Moment, um diese Information zu verarbeiten, dann nickte er und biss vom Toastbrot ab. „Du siehst nicht gerade begeistert aus."

„Natürlich nicht." Sie hatte die ganze Nacht deswegen wach gelegen. Als sie doch endlich eingeschlafen war, hatte sie geträumt, mit Robinson im Bett des Wohnwagens zu liegen. Bei genauerem Hinsehen war es jedoch Brad, der über ihr lag und ihren Körper in die Matratze drückte. Nach dem Aufwachen hatte sie geweint und nicht gewusst, was sie für wen empfinden sollte und wollte.

Sie erzählte Robinson die ganze Geschichte von letzter Nacht und ließ nichts aus, sie hatten sich nie belogen, es war eine Erleichterung, ohne Vorbehalte die Wahrheit sagen zu können, ohne dass sie sich Gedanken machen musste, wie sie ankam.

Er lachte über Stewie und Hazel und ihre neue unbändige Leidenschaft füreinander, bedauerte, Alice nicht singen gehört zu haben, und hielt ihre Hand, als sie erzählte, wie Brad auf der Bühne erschienen war. Mit dem Daumen streichelte er über ihre Finger, warm und tröstlich. So blieben sie eine Weile sitzen und dachten schweigend darüber nach, was das für sie bedeutete.

„Du solltest mit ihm reden“, sagte Robinson schließlich.

„Ich weiß nicht, was ich ihm sagen soll. Es hat sich so viel verändert.“

Robinson rückte auf der Sitzbank neben sie und legte seinen Arm auf die Lehne. Dankbar schmiegte sie sich hinein.

„Du brauchst Zeit, um das zu verarbeiten und darüber nachzudenken“, sagte er. „In deinem eigenen Tempo, nicht in seinem oder irgendeinem anderen. Du musst heute keine Entscheidung treffen und auch nicht morgen, auch nicht nächste Woche oder nächsten Monat. Du hörst dir einfach an, was er zu sagen hat, dann kommst du zurück und denkst darüber nach.“

Alice schluckte. „Dann kommst du zurück“, hatte er gesagt. Zurück wohin? In den Wohnwagen, in das Haus, zu ihm? War das nicht alles das Gleiche? Eigentlich seltsam, dass sie ausgerechnet mit Robinson darüber sprach. Wahrscheinlich war er der einzige Mensch, mit dem sie diese Unterhaltung nicht führen sollte. Andererseits war er der einzige Mensch, mit dem sie im Moment reden wollte. Er verstand sie, ohne dass sie sich groß erklären musste, weil er in den Wochen vor ihrer ersten Begegnung dasselbe durchgemacht hatte. Doch dann hatten sie sich kennengelernt, genau in der Zeit in ihrem Leben, in der sie beide am Tiefpunkt angekommen waren, und hatten wundervolle Wochen miteinander verbracht. Ohne ihn wäre sie womöglich verloren gewesen. Ohne sie wäre er womöglich nicht wieder auf die Beine gekommen. Jetzt aber holte sie die Wirklichkeit ein, und früher oder später mussten sie sich ihr stellen. Marsh war hier. Brad war hier. Auf Robinson warteten ein Konzert, das er geben musste, und seine Karriere, die ihn zurück in die USA rief. Auf Alice wartete der Termin mit dem Bankberater und hoffentlich eine Karriere in Borne. Die Sonne brannte zwar immer noch erbarmungslos auf Shropshire herab, aber ihr Sommer neigte sich unweigerlich dem Ende entgegen.

„Er wohnt im Siren", sagte Niamh ohne Umschweife, als sie ein paar Stunden später zum Wohnwagen kam. „Ich war gerade da und habe mit Dessy geredet. Er hat sich ein Zimmer auf unbestimmte Zeit genommen."

Alice schenkte Niamh ein Glas Wasser ein, und sie setzten sich nach draußen auf die Liegestühle.

„Du warst großartig gestern Abend", sagte Niamh und prostete ihr zu, als tränken sie Champagner.

„Es war kindisch", seufzte Alice. Brad mit Wein zu begießen hatte sich in dem Moment tatsächlich großartig angefühlt, heute kam sie sich allerdings weniger großartig vor.

„Nein, das hat er verdient. Er hätte es sogar verdient, dass du ihm mit der Flasche eins überziehst. Er kann noch von Glück reden."

„Warum hat er das gemacht, Niamh?"

Ihre Freundin schwenkte das Wasser in ihrem Glas und dachte darüber nach. „Ich glaube, er dachte wirklich, dass du dahinschmelzen würdest. Deswegen hat er so eine übertriebene Show abgezogen."

Alice drehte ihren Kopf zur Seite, um Niamh besser ansehen zu können.

„Der Zeitpunkt war schlecht gewählt. Hätte er das schon vor drei Monaten gemacht, wärst du wahrscheinlich zu ihm zurückgekehrt. Aber jetzt kommt er zu spät."

„Glaubst du wirklich?"

„Ja. Und ich bin froh, dass er so lange gebraucht hat. Wahrscheinlich hat sie ihn sitzen lassen, deswegen kommt er jetzt zu dir zurückgekrochen." Niamh sah Alice schuldbewusst an. „Damit will ich nicht sagen, dass du zweite Wahl seist. Das bist du nicht, und das weißt du!"

„Ist schon okay. Du hast ja recht." Gedankenverloren spielte Alice mit ihrer Kette. „Hast du ihn heute schon gesehen?"

Niamh lachte bitter auf. „Nein, zum Glück für ihn nicht. Außer dem Wein würde ich ihm noch so einiges andere an den Kopf werfen. Der Typ hat echt Nerven." Plötzlich runzelte sie die Stirn und sah Alice an. „Du bereust das doch nicht etwa?"

„Nein." Alice schüttelte den Kopf. Sie suchte nach Worten, um Niamh zu erklären, was sie selbst nicht recht verstand. „Es war richtig so. Seine Showeinlage war ihm viel wichtiger als ich. Und das war während unserer ganzen Beziehung und Ehe so. Trotzdem ist er immer noch mein Mann, Niamh, zumindest auf dem Papier. Ich muss mich ihm stellen."

Niamh grummelte. „Ich habe Angst, dass er seinen Charme spielen lässt und du nachgibst. Ich weiß ja, wie viel er dir bedeutet hat. Und wie sehr er dich verletzt hat. Ich möchte einfach nicht, dass du zu ihm zurückgehst, jetzt, da du so weit gekommen bist."

„Das werde ich nicht." Während sie sprach, wurden ihre Gedanken und Gefühle etwas klarer. „Du hast recht. Wäre er schon vor ein paar Monaten gekommen, hätte ich ihm eine zweite Chance gegeben. Aber das hat er nicht getan, und jetzt bin ich eine andere. Ich habe das hier", sagte sie und zeigte auf den Wohnwagen. „Und den Glampsite. Und die hier", sagte sie und berührte die Kamera, die sie um den Hals trug. Sie hob den Apparat und drückte ab, als Niamh ihr zuprostete. „Ich kann gar nicht glauben, dass ich so lange auf das Fotografieren verzichtet habe. Es gibt so viel, das ich verpasst habe."

„Und du hast Robinson", führte Niamh Alice' Liste fort.

„Wollte ich gerade sagen." Alice seufzte sehnsüchtig. „Er geht in ein paar Wochen. Aber ich bereue nicht, ihn kennengelernt und mit ihm diesen heißen Sommer verbracht zu haben."

„Aber wird es dir nicht wehtun, dass er weg ist?"

Alice schloss die Augen und sagte das, was sie an dieser Stelle immer sagte: „Darüber denke ich erst nach, wenn es so weit ist."

„Vielleicht könnte er vorher noch Brad umlegen."

„Niamh!" Alice tat entrüstet.

Niamh zuckte mit den Schultern. „Ach."

„Komm, ich begleite dich noch ein Stück auf meinem Weg zum Siren."

Alice saß an der Theke im ansonsten leeren Siren und nippte an einem Orangensaft. Jase war nach oben gegangen, um Brad Bescheid zu sagen. Insgeheim zollte er ihr Respekt dafür, dass sie sich der Situation stellte. Laut sagte er, während er ihr das Getränk hinstellte, dass sie ihn nur zu rufen brauchte, sollte sie Hilfe benötigen. Dann ging er ihren treulosen Mann holen.

Kurz darauf sah Alice zur Tür hinüber, als diese geöffnet wurde und Brad zögerlich seinen Kopf hindurchstreckte.

„Kann ich reinkommen oder besteht Lebensgefahr?"

Sein blöder Witz kam ihr unangebracht vor. Sie sah ihm ernst in die Augen. Er war frisch rasiert, sein Haar noch feucht vom Duschen, und trug das Hemd, das sie ihm zu Weihnachten geschenkt hatte. Er sah genauso aus wie der Mann, mit dem sie jahrelang ihr Leben geteilt hatte. Gleichzeitig war er ihr vollkommen fremd. Misstrauisch beäugte er ihren Drink.

„Den Saft kippst du mir hoffentlich nicht auch noch ins Gesicht."

„Unterlass deine schlechten Scherze und setz dich bitte", sagte sie ungehalten. Seit der Trennung hatte sie in Gedanken so viele Gespräche mit ihm geführt. Keins davon war so verlaufen wie dieses hier, und keins hatte aus Sicherheitsgründen im Siren stattfinden müssen. Die Dinge hatten sich wirklich grundlegend verändert.

Brad griff sich den Barhocker hinter Alice, schleifte ihn über den Steinboden und setzte sich neben sie. Sein leicht schiefes Kinn stützte er in seine Hände. Seine Haltung drückte aus: Sieh mich an, bin ich nicht toll. Und nicht: Ich sehe dich und du bist toll. Seine aufgesetzte Pose ging ihr augenblicklich auf den Keks.

„Ich wäre auch zu dir gekommen", sagte er herablassend.

Alice nippte am Saft und knetete dann ihre Finger in ihrem Schoß.

„Warum hast du das gestern Abend getan?", fragte sie.

Er seufzte und machte einen verlorenen Eindruck. „Ich dachte, dir gefällt es, Ali."

Brad war der Einzige, der sie Ali nannte. Sie wurde ein klein wenig melancholisch, als sie ihn das sagen hörte, und lenkte ihren Blick zum Fenster, auf den sattblauen Himmel und auf die Straße, die zum Haus führte. Ihrem Zuhause. Nicht Brads Zuhause.

„Hast du ernsthaft geglaubt, dass dein öffentlicher Auftritt und dein mittelmäßiger Gesang mich nach all dem, was du mir angetan hast, beeindrucken würden?"

Jetzt war er beleidigt. Sie kannte ihn gut genug, um zu wissen, dass die Bemerkung über seinen Gesang ihn mehr verletzte als alles andere.

„Ich dachte, es überzeugt dich davon, dass ich es ernst meine", sagte er gereizt und verstand einfach nicht, dass sie seine Mühe nicht zu schätzen wusste.

„Und was ist ‚es', Brad? Was willst du mir sagen?"

Er sah sie an, als wäre ihre Frage die dümmste, die er je gehört hatte. „Das ist doch klar: Ich komme zu dir zurück, Schatz." Er lächelte, und seine Miene sagte: Du liebst mich doch.

„Soll ich jetzt zur Begrüßung auch noch ein blaues Band um den Baum binden?"

Ungerührt sagte er: „Sarkasmus und Popsongs sind jetzt nicht hilfreich." Er sah sich um. „Ich lade dich ein. Ich führe dich aus. Wir gehen heute Abend essen. Du suchst das Restaurant aus."

„Du meinst, wir können in einem lauten Restaurant besser reden als hier in der leeren Kneipe?" Er brauchte immer und überall Publikum, um sich aufspielen zu können.

„Ali, ich komme nach Hause zurück. Ich habe einen Riesenfehler gemacht, den ich mehr bedaure, als dir vielleicht klar ist", sagte er und griff plötzlich über die Theke nach ihrer Hand, als sie gerade ihr Glas anheben wollte. „Felicity ist ein Albtraum. So eine Zicke! Sie interessiert sich nur für ihre Kritiken und dafür, wie sie in der Öffentlichkeit rüberkommt und für ihre Karriere natürlich. Sie ist kaltherzig und selbstsüchtig. Ich und meine Karriere sind ihr total egal."

Ironie des Schicksals, dachte Alice. Da hatte er also eine Frau gefunden, die noch selbstverliebter war als er.

„Dann ist es aus zwischen euch?"

Er schnaufte verächtlich. „Sie ist nach Amerika gegangen, für eine Rolle in einem Film, in dem ich eigentlich auch spielen sollte. Uns beide zusammen wollten sie am Set aber nicht haben, das Konfliktpotenzial sei zu groß, haben die gesagt. So ein Quatsch! Na ja, offenbar haben ihre weiblichen Reize ihr geholfen, die Rolle zu bekommen."

Was er sagte, erinnerte Alice schlagartig daran, wie sie morgens immer die Zeitungen nach Kritiken durchsucht hatten. Jeden Kollegen, der von den Kritikern gelobt wurde, hatte er mit abfälligen, bösartigen Kommentaren bedacht. Angeekelt zog sie ihre Hand weg und griff erneut nach ihrem Glas.

„Weil sie nach Amerika geht und dich verlässt, kommst du also zurück?"

Entgeistert sah er sie an. „Das habe ich so nicht gesagt. Wir haben schon vorher Schluss gemacht. Ich hätte dich nie ihretwegen verlassen sollen."

Fast hätte er sich entschuldigt. Genau genommen hatte er sich noch kein einziges Mal entschuldigt, fiel Alice plötzlich auf.

„Schon klar, wir können nicht einfach dort weitermachen, wo wir aufgehört haben. So leicht ist das nicht, ich weiß.

Aber wir sind immer noch verheiratet, Ali! Lass uns wieder zusammen in dem Haus leben und unser gemeinsames Leben fortführen."

Als er das Haus erwähnte, schlug ihr Herz schneller.

„Was hast du plötzlich mit dem Haus, Brad? Als wir dort zusammen gewohnt haben, fandest du nichts daran. Jetzt liebst du es plötzlich?"

Brad setzte seinen Hundeblick auf. „Ich vermisse es. Das Haus. Und dort mit meinem Mädchen zu wohnen."

Seine Worte sollten sie beschwichtigen und sie zurückgewinnen. Aber sie hatten genau die gegenteilige Wirkung.

„Ich habe das Haus vermietet. Du kannst da nicht wieder einziehen, egal wie sehr du das willst."

Brad lachte. „Der Mietvertrag lässt sich vorzeitig kündigen. Ich habe bereits mit dem Makler gesprochen."

„Du hast den Makler gebeten, mit Robinson über eine vorzeitige Kündigung zu sprechen?" Heiß glühender Zorn stieg in ihr auf.

Brad nickte und sah sie durch seine zusammengekniffenen Augen an. „Ja. Wieso? Gibt es da ein Problem?"

Er provozierte sie, trieb Spielchen, die sie nicht mitmachen wollte. „Ja", sagte sie sachlich. „Ja, da gibt es ein Problem. Darum geht es doch, nicht wahr? Du hattest kein Problem damit, mir wehzutun, aber jetzt, da ich im Leben weiterkomme, mich weiterentwickle, geht dir das gegen den Strich. Du tauchst hier auf, markierst den Macker und glaubst, du könntest mich jederzeit zurückhaben. So nicht, Brad. Du kommst zu spät. Ich hatte genug Zeit, um zu merken, dass es tatsächlich ein Leben ohne dich gibt und dass es gut ist, sehr gut sogar. Ich habe Freunde, ich habe Pläne, und ich habe …"

Ihre Stimme wurde immer lauter, während sie sprach. Und Brads Blick wurde immer kälter, je mehr ihm klar wurde, dass er dieses Mal mit seinem unwiderstehlichen Charme bei ihr nicht weiterkam.

„Was hast du, Alice? Oder sollte ich fragen: Wen hast du? So ist es doch. Du vögelst unseren Mieter. Ziemlich notgeil, findest du nicht? Du bist so sehr hinter dem Haus her, dass du den erstbesten Typen bumst, solange er dir schöne Augen macht und die Miete zahlt." Er stieß ein widerwärtiges Lachen aus und hob die Hand, um sie am Reden zu hindern. „Und weißt du was? Das ist völlig in Ordnung. Ich verdiene das. Ich verdiene es, dass du es mir heimzahlst und mit irgendeinem dahergelaufenen Kerl schläfst. Jetzt steht's eins zu eins."

Alice konnte gar nicht sagen, was sie am meisten aufregte. Wahrscheinlich dass er Robinson so schlechtmachte. Also setzte sie da an: „Ein dahergelaufener Kerl? Du weißt anscheinend wirklich nicht, wer er ist", rief sie. „Dabei hast du es doch so mit Berühmtheiten und Prominenten. Wobei er natürlich in einer ganz anderen Liga spielt als du."

Zornesröte stieg ihm ins Gesicht, als stünde er in Flammen. „Wer ist er?", stieß Brad hervor.

Alice zuckte mit den Schultern. „Das tut nichts zur Sache. Und er macht mir keine schönen Augen, wie du es ausdrückst. Recht hast du allerdings, was den Sex angeht. Wir haben großartigen Sex, Sex, von dem ich noch nicht einmal erträumt hatte, dass es ihn geben könnte, so gut. Und er wird nicht ausziehen und nach Hause zurückkehren, bevor er dazu bereit ist. Egal was du willst oder der blöde Makler sagt."

Rückblickend würde sie nicht stolz auf ihre Worte sein. Aber in der Hitze des Augenblicks waren es genau die richtigen. Sie genoss es und spürte hämische Freude, als Brad beinahe vor Wut platzte.

„Wer ist er?", knurrte Brad mit zusammengebissenen Zähnen.

Alice schüttelte den Kopf. „Das kannst du einfach nicht fassen, stimmt's? Nicht dass ich mit jemand anderem schlafe, sondern dass der andere Mann auch noch erfolgreicher und berühmter ist als du." Sie stand abrupt auf und schob den Stuhl beiseite. „Und weißt du was, Brad McBride? Er ist nicht nur berühmter, sondern auch liebevoller, attraktiver und schlicht besser als du. Geh zurück nach London, Brad. Geh und such dir eine neue Felicity, die dein Ego streichelt. Denn ich bin ein für alle Mal durch mit dir."

„Na schön!", brüllte er ihr hinterher, als sie davonmarschierte. „Dann geh doch zu deinem Liebhaber und deinem geliebten Haus, Alice. Geh und genieße es, solange du noch kannst. Das Haus gehört nämlich immer noch mir. Ich kriege es zurück, ob es dir passt oder nicht!"

An der Tür drehte sich Alice noch einmal zu ihm um. Sie legte mehr Nachdruck in ihre Stimme, als sie in sich spürte, als sie sagte: „Nur zu, Brad! Richte schön viel Schaden an! Als du mich verlassen hast, dachte ich, ich hätte alles verloren, was mir wichtig ist. Aber ich habe mich geirrt. Ich hatte noch mein Zuhause. Und Borne Manor ist das Einzige, was ich nicht bereit bin aufzugeben."

„Dann sehen wir, ich und du und dein Liebhaber, uns vor Gericht wieder", sagte er auf eine hilflos pikierte Art.

Sie schüttelte den Kopf und seufzte. „Vielleicht merkst du eines Tages, dass das Leben keine schmierige Seifenoper ist."

„Und das von der Frau, die mit den Opernstars ins Bett steigt", kam es von ihm zurück.

„Und du hältst dich wie immer für den größten Star." Sie verließ den Pub. Sollte Brad doch in seinem eigenen Saft und seiner Eifersucht schmoren.

Alice war zu aufgelöst, um den anderen Gast, der zurzeit im Siren übernachtete, am Eingang zu bemerken. Marsh duckte sich geschickt weg, als sie aus dem Pub gestürmt kam. Sobald sie außer Sichtweite war, schlich er an die Bar.

Er sah Brad an und heuchelte Mitleid. „Sie sehen aus, als könnten Sie einen Whisky brauchen", sagte er und rief nach der Bedienung.

„Eine Flasche Bourbon und zwei Gläser", bestellte er, als Jase erschien. Dann setzte er sich auf den Hocker, auf dem eben noch Alice gesessen hatte, und verzog die Mundwinkel zu einem Lächeln, das Mitgefühl signalisieren sollte.

24. Kapitel

Aufgebracht stapfte Alice zurück zum Haus und fluchte vor sich hin, während sie an den kleinen Häusern von Borne Manor vorbeiging, Rambos Flüche waren nichts gegen ihre. Sie marschierte über den knirschenden Kiesweg seitlich am Haupthaus vorbei, weiter über die Wiese und auch am Wohnwagen vorbei. Ihre Schritte wurden langsamer, als sie unter den Bäumen ankam. Das kühle Grün dämpfte ihre Wut ein wenig. Für wen hielt er sich? Er hatte sie an so ziemlich all ihren empfindlichen Stellen getroffen, und sie war so wütend wie noch nie zuvor. Am liebsten wäre sie ihm an die Kehle gegangen. Er hatte gerade die Reste ihres Ehefundaments in die Luft gesprengt, und sie musste sich jetzt überlegen, wie sie am besten vorging.

Schließlich fand sie, was sie gesucht hatte. Gemächlich grasend stand Banjo auf der Weide und hob den Kopf, als sie zu ihm trat, ihre Arme um seinen warmen Hals legte und sich an ihn drückte.

„Warum sind die Menschen nicht so wie du, Banjo?", flüsterte sie und kraulte seine Ohren, so wie er es am liebsten mochte. „Die Menschen sind so verdammt kompliziert."

Der sanfte alte Hengst stupste sie mit der Nase an, eine Geste, die ihr tiefen Trost und unverbrüchliche Zuneigung signalisierte.

„Niemand nimmt mir das Haus weg. Ich gehöre hierher, so wie du jetzt auch."

Sie ging zu dem Zigeunerwagen und setzte sich auf die grün angemalten Stufen. Während sie die Szene im Pub Revue passieren ließ, strich sie mit dem Finger über das Blumenmuster auf dem Holz. Sie hatte nicht vorgehabt, Brad all das zu sagen. Aber er hatte sie zu sehr aufgebracht, so dreist und selbstverliebt, wie er war. Mit sich allein kam er nicht gut zurecht, er brauchte immer jemanden an seiner Seite. Mehr noch: Er wollte im Mittelpunkt stehen, andere sollten um ihn kreisen, ihn anhimmeln und bewundern. Es musste bitter für ihn sein, dass sie die Rolle als sein größter Fan nicht wieder übernehmen wollte. Noch bitterer war für ihn sicherlich, dass sie jetzt mit jemandem zusammen war, der am Himmel der Stars und Sternchen noch heller strahlte als er. Mit geschlossenen Augen lehnte sie sich gegen die Wagentür und ließ die Sonne ihre Wangen wärmen und den Duft der Wiese ihre Nerven beruhigen.

„Hi, Zigeunermädchen!"

Alice öffnete die Augen. Robinson kam zu ihr geschlendert, seine grünen Augen blitzten im Sonnenlicht.

„Hi!", sagte sie und rückte ein Stück, damit er sich neben sie auf den Absatz setzen konnte. Stattdessen setzte er sich auf die Stufe über ihrer und stellte seine Beine als Schutz und Lehne um ihren Oberkörper.

„Wie lief's?"

Er streifte ihr die Träger von der Schulter und massierte ihren Nacken. Unter den warmen, kreisenden Bewegungen ließ sie seufzend ihr Kinn auf die Brust sinken.

„Es hätte kaum schlechter laufen können", sagte sie und zog ihr Haar über die Schulter nach vorn, um es zu flechten.

Robinson rieb mit seinen Daumen über ihre Schulterblätter und ihr Rückgrat. „Ist das gut?"

Alice zog die Arme aus den Trägern ihres Tops. „Der Makler wird sich bei dir melden und den Vertrag vorzeitig kündigen wollen.“

„Das hat er schon. Ich habe ihm gesagt, er kann mich mal.“

Das schien ihm wenig auszumachen. Er war so gelassen, dass die Anspannung auch von Alice abfiel. Ob es an seiner Ausgeglichenheit lag oder an seiner meisterhaften Massage, wusste sie nicht, doch sie wurde ganz ruhig und genoss nur noch den Moment. Die Augen hatte sie geschlossen, und ihr Atem beruhigte sich. Er redete, aber sie hörte kaum noch, was er sagte, so schläfrig wurde sie mit einem Mal. Seine Stimme war wie ein Schlaflied. Und prompt schlief sie auf den Stufen des Wagens zwischen Robinsons Beinen ein.

Robinson kam es selbstverständlich vor. Alice brauchte so offensichtlich Trost. Ihre Muskeln waren so angespannt unter ihrer glatten, weichen Haut. Er spürte, wie sie unter seinen Händen langsam losließ und entspannte. Ihr Atem ging langsamer. Und plötzlich merkte er, dass er sang. Vielleicht lag es daran, dass er wusste, sie konnte ihn nicht hören. Oder vielleicht wollte er sogar, dass sie ihn hörte. Jedenfalls sang er seine alten Countryliebeslieder und streichelte sie, bis sie tief in segensreichen Schlaf gesunken war und die harten Muskeln an ihrer Schulter weicher wurden. Die schlafende Frau in seinen Armen war Balsam auch für seine Seele – mehr als jede teure Therapie. Sie löste alle Blockaden und öffnete sein Herz und seinen Verstand. Borne Manor war nicht seine Ranch und Banjo ganz anders als seine Rassehengste zu Hause. Aber in jeder anderen Hinsicht war er hier zu Hause, er, Robinson Duff, hatte seinen Platz im Leben gefunden. Auch er schloss die Augen und schlummerte ein.

Die Sonne war bereits hinter den Bäumen untergegangen, als Robinson die Augen wieder öffnete. Die blassen orange- und rosafarbenen Streifen am Horizont sagten ihm, dass es schon spät war.

„Alice", flüsterte er und drückte sanft ihre Schulter. Sie bewegte lächelnd den Kopf, ihre Augen waren noch geschlossen.

„Ich möchte nicht aufstehen, es ist so behaglich."

Er küsste sie auf den Mund. Dann hob er sie auf seinen Arm und trug sie über die Wiese, als wäre sie ein federleichtes Kind.

„Wohin gehen wir?"

„Wohin du willst", sagte er und küsste sie noch einmal, diesmal mit größerer Leidenschaft. „Zum Wohnwagen?"

Alice schlang ihre Arme fester um seinen Hals. „Nein, trag mich ins Haus."

Robinson fragte nicht, warum. Er ging einfach weiter. Er streichelte beim Tragen ihre Schulter und spürte ihren warmen Atem an seinem Hals.

In der Küche blieb er stehen.

„Und wohin jetzt?"

„Nach oben", flüsterte sie und öffnete die obersten Knöpfe seines Hemdes.

Auf der Treppe blieb er erneut stehen.

„Ins Bad?", fragte er. „Ich könnte die Kerzen anzünden …"

Alice schüttelte den Kopf. Sie hätten auch in den Zigeunerwagen gehen können oder in ihren Wohnwagen, und ein Bad bei Kerzenschein klang göttlich. Sie hatte sich aber aus einem bestimmten Grund gewünscht, dass er sie ins Haus brachte. Sie glitt aus seinen Armen auf den Boden und öffnete die Tür zu ihrem alten Schlafzimmer, das Zimmer, das sie mit ihrem Mann geteilt hatte. Diesen einen letzten Schatten musste sie noch überwinden.

„Hier rein.“

Robinson hielt inne und betrachtete sie eine Weile lang. „Bist du dir sicher?“

Alice streckte ihm ihre Hand entgegen und führte Robinson langsam hinein. „Jetzt ist es dein Schlafzimmer, nicht meins, und schon gar nicht seins.“ Sie wollte noch nicht einmal mehr Brads Namen erwähnen. Er gehörte nicht hierher, zwischen sie und Robinson. „Ich möchte, dass du mich in deinem Bett liebst, Robinson.“

Sie ließ ihre Worte einen Augenblick lang im Raum stehen. Dann zog sie sich ihr Oberteil über den Kopf und ließ es auf den Boden fallen. Sie schlüpfte aus ihren Jeans und folgte seinem Blick über ihren Körper. Er war erregt, das sah sie an dem dunklen Schimmer in seinen Augen. Doch er hielt sich zurück und ließ sie die Führung übernehmen, denn trotz allem, was sie gesagt hatte, dies war anders als sonst.

„Hilfst du mir?“, fragte sie und drehte ihm ihren Rücken zu, damit er ihren BH öffnen konnte. Sie schloss die Augen, als er hinter sie trat, ihr schweres, volles Haar über ihre Schulter nach vorn schob und seine warmen Lippen auf ihren Nacken drückte, während er den Verschluss ihrs BHs fand und ihn öffnete.

Alice ließ den BH über ihre Arme gleiten und zu Boden fallen. Dann drehte sie sich zu ihm um, nackt und verletzlich.

Robinson sah sie an, sein Atem ging flach. Er streichelte sie vom Hals hinab bis zu ihrem Seidenhöschen.

„Die hier auch?“, fragte er. Er bat um Erlaubnis, ihr die Unterhose ausziehen zu dürfen, obwohl beide wussten, dass er diese längst hatte.

Alice nickte und schloss die Augen, als er sie ganz auszog

und ihren Bauch küsste, bevor er sich wieder aufrichtete. Das zärtliche Vorspiel war genau das, was sie brauchte.

Er schluckte und sein Adamsapfel bewegte sich in seiner Kehle. Seine Augen waren dunkel, und voller Verlangen wanderte sein Blick über ihren Körper. Dabei öffnete er die Knöpfe an seinem Hemd.

„Du überraschst mich jeden Tag, Alice“, sagte er, umfasste mit einer Hand ihren Hinterkopf und küsste sie langsam und innig. Mit der anderen Hand zog er sich die Hose aus. Als er ebenfalls nackt war, hob er sie in seinen Arm. Vorhin hatte sie sich an seiner Brust aufgehoben und beschützt gefühlt. Nun, gänzlich unbekleidet, fühlte es sich sinnlich an.

„Erst bist du eine Kämpferin und dann eine Nymphe. Die zarteste Frau, die ich kenne, dann die stärkste.“

Er ging zum Bett und setzte sie behutsam auf der Decke ab, beugte sich über sie und bedeckte sie mit seinem Körper. Er war ihr vertraut und doch war es neu, überwältigend und großartig, traurig und wunderschön zugleich.

„Ist alles in Ordnung?“, fragte er flüsternd. Er strich ihr das Haar aus dem Gesicht und breitete es wie einen Fächer auf dem Kissen aus.

Alice’ Lippen zitterten, als sie zu lächeln versuchte und ihm sagen wollte, dass es mehr als in Ordnung war, dass sie das hier wollte, dass sie ihn wollte, dass sie sich nicht vorstellen konnte, mit irgendjemand anderem hier zu liegen.

Doch stattdessen nickte sie nur und strich ihm über den Kopf, als er sich zwischen ihre Beine legte.

„Vielleicht muss ich weinen“, sagte sie mit dünner Stimme. „Aber nicht weil ich traurig bin, okay?“

Robinson küsste ihre Stirn, ihre Augen und ihren Mund.

„Du bist so verflucht liebenswert, Alice", sagte er, nahm ihre Hand und hielt sie über ihrem Kopf auf dem Kissen fest. Mit dem Daumen streichelte er die weiche Stelle über ihrem Puls.

„Hör auf zu denken", flüsterte er und bewegte seine Hüfte. „Fühl!"

Er war sehr sanft und zärtlich, er küsste ihr die Tränen von den Wangen, während er sich langsam in ihr bewegte. Er hielt sie und flüsterte ihren Namen.

Alice hätte nicht sagen können, um wen sie weinte. Sie weinte um sich selbst. Die Trauer um die Ehe, die heute endgültig verloren war, auch wenn sie schon seit langer Zeit zu Ende war. Sie weinte vor Stolz, Stolz darüber, wie weit sie gekommen war, seit sie plötzlich allein dastand. Sie weinte vor Bedauern darüber, wie viel von sich selbst sie all die Jahre hinweg unter Verschluss gehalten hatte, Bedauern über die Zeit, die sie verschwendet hatte, die Jahre, in denen sie nicht sie selbst gewesen war. Vor allem aber weinte sie aus Schmerz um Robinson, aus Schmerz um den unweigerlichen Verlust, wenn Robinson bald zurückmusste. Der wunderschöne, großherzige Robinson Duff, der umwerfend gut aussehende Cowboy, der nach Borne gekommen war, um hier sein Heil zu suchen und dabei auch ihr Heilung gebracht hatte. Sie vermisste ihn schon jetzt.

„Warum mache ich das hier", grummelte Robinson ein paar Tage später, als er frühmorgens im Auto auf der ansonsten leeren Autobahn saß. Unruhig fuhr er mit dem Zeigefinger unter dem Kragen an seinem Hals entlang.

„Weil ich Geld mache, während die Sonne über England scheint, Robinson. Weil ich nicht auf diese Insel gekommen bin, um dir den Hintern zu kraulen. Hast du eine Ahnung, wie viele

Strippen ich ziehen musste, um in die Sendung zu kommen? Genau: sehr viele. Also hör auf zu maulen und sei dankbar! Sag ihnen, wie sehr du ihr Land liebst, und lächele in die Kamera. Sag ihnen, dass du hier Konzerte geben wirst", erwiderte Marsh.

„Ich soll im Fernsehen lügen?"

„Das muss ja keine Lüge sein, Junge", sagte Marsh geschmeidig. Dann klappte er seine schwarze, seidene Augenklappe über sein Auge. Damit war die Unterhaltung zu Ende.

Robinson lehnte sich zurück und schaute auf die vorbeiflackernden Straßenlichter hinter der Windschutzscheibe. Klar würde Marsh so viel wie möglich aus seinem Aufenthalt in England herausholen. Dieser Kerl suchte immer nach einer Möglichkeit, Geld zu machen. Und das musste man zugeben, darin war er unschlagbar gut. Robinson war klar, dass er aus beruflichen Gründen froh über diese Gelegenheit sein sollte. Aber er war ja aus ganz anderen Gründen in England. Es ging ihm genau um das Gegenteil. Das hier war ein unerwünschter Eingriff, sein altes Leben sickerte nach und nach in sein neues ein, wie Tinte, die sich in Löschpapier sog.

Alice schaltete den Fernseher im Wohnzimmer an. Sie machte es sich im Sessel bequem, um Robinson auf dem berühmten roten Sofa von Lorraines Frühstücksshow zu sehen. Früher, als sie noch zusammen gewesen waren, hatte sie immer Interviews mit Brad angeschaut und es komisch gefunden. Die Vorstellung, nun Robinson im Fernsehen zu sehen, war noch viel seltsamer. Sie kannte ihn überhaupt nicht als Musiker und Medienstar. Sie hatte im Gegenteil absichtlich nicht seine Musik gehört und auch nicht weiter im Internet nach ihm gesucht. Das war ihr wichtig, als wäre es illoyal, mehr über ihn zu wissen, als er über sie wusste, und vor allem mehr, als er ihr im Moment erzählen wollte. Aus eigener Erfahrung wusste sie, dass im Internet auch viel stand, das nicht den Tatsachen entsprach. Davor wollte sie sich und sie beide bewahren.

„Nach der Werbepause kommen wir zu unseren Serienhelden“, flötete Lorraine. „Brad McBride erzählt uns von der Skandalszene, die er im Herbst in der Serie ‚Doctors on Call‘ spielt. Außerdem zu Gast: der Country-Superstar Robinson Duff. Er wird uns von seinem neuen Album erzählen. In fünf Minuten geht's weiter.“

Entsetzt keuchte Alice auf. Das konnte doch nur ein Fehler sein, ein Missverständnis. Was für ein Zufall war das, dass Brad in derselben Show auftrat wie Robinson? Gar keiner! Ihr Atem ging schneller. Sie stellte ihren Tee auf den Wohnzimmertisch und schlug die Hände vors Gesicht.

„Oh Gott, oh Gott, oh Gott!“, ächzte sie. „Marsh, was tust du da?“

„Robinson, wie schön, Sie in der Sendung begrüßen zu dürfen! Sie haben Millionen von Fans in Großbritannien. Und die wollen wissen, ob Sie bald ein Konzert hier spielen.“ Lorraine lächelte breit und zwinkerte kumpelhaft in die Kamera zu den Zuschauern und dann zu Robinson, der ihr gegenübersaß.

Alice saß mit trockenem Mund auf der Sesselkante. Mit feuchten Händen umklammerte sie ihre Oberschenkel. Der Kameramann hatte offensichtlich einen Narren an dem sehr fotogenen Robinson gefressen und fing immer wieder sein goldgelb schimmerndes Haar und seine grünen, blitzenden Augen ein. Er kam so rüber, wie er im echten Leben war: ehrlich und offen. Lorraine war offensichtlich von ihm hingerissen. Es sah aus, als würde sie jeden Moment in ihren schicken Schuhen zu ihm hinüberstöckeln und sich ihm an den Hals werfen. Alice konnte es ihr nicht verübeln. Ihn so zu sehen war unglaublich erregend. Er war so selbstsicher und sexy. Als Lorraine einen Konzertausschnitt von ihm einblendete, wäre Alice am liebsten in den Fernseher gekrochen, so gottverdammt verführerisch war er. In diesem Moment wurde ihr klar, was der Rest der Welt in ihm sah, und sie verliebte sich erneut in ihn, dieses Mal als sein verzückter Fan. Für einen Moment vergaß sie sogar, dass Brad gleich kommen sollte. Sie genoss allein den Mann auf dem Bildschirm vor sich.

„Sie verbringen viel Zeit unterwegs, so ein Leben on the road muss sehr anstrengend sein", sagte Lorraine und neigte sich zu ihm. „Was machen Sie in Ihrer Freizeit, um abzuschalten und zu entspannen?"

Ein Scheppern hinter der Kamera ließ Lorraine zusammenzucken, Robinson blickte hinter sich, und dann sah man Brad ins Bild stolpern. Er schüttelte den Fuß, um sich aus einem Kabel zu befreien, über das er lautstark gestolpert war.

„Ich kann Ihnen sagen, was er in seiner Freizeit macht, Lorraine", rief er und zeigte mit ausgestrecktem Finger auf Robinson. „Er steigt mit meiner Frau ins Bett!"

Lorraine sah aus, als würde sie jeden Moment einen Herzinfarkt bekommen, und Robinson erhob sich.

„Das tut mir leid, Lorraine", sagte er. Zu dem puterrot angelaufenen Brad sagte er: „Dies ist nicht der richtige Ort und nicht der richtige Zeitpunkt dafür."

„Oh, doch!", sagte Brad. „Und sagen Sie meiner Frau, dieser Schlampe …"

Bevor er seinen Satz beenden konnte, landete Robinsons Faust in seinem Gesicht.

„Man sollte nicht immer sein Maul so weit aufreißen“, sagte Robinson und rieb sich die Knöchel. Brad taumelte außer Sicht, wurde vom Team der Show gepackt und hinter die Kulissen geschleift, bis man ihn nur noch schreien und fluchen hörte.

Robinson setzte sich währenddessen zurück aufs Sofa, als wäre nichts geschehen. Lorraine zögerte kurz, setzte sich dann zu ihm und fuhr sich – ein wenig derangiert und aufgebracht – übers Haar.

„Es gehört sich nicht, so über eine Frau zu sprechen und solche Worte zu benutzen“, sagte Brad.

Lorraine sah aus, als würde sie gleich Hals über Kopf zu Robinson eilen und ihm die Füße küssen. Stattdessen räusperte sie sich und lächelte in die Kamera.

„Absolut! Und nach der kleinen Pause sind wir mit dem neuesten Tratsch von unseren Vorabendserien zurück. Bleiben Sie dran!“

Es folgte ein Werbeblock. Alice schaltete den Fernseher aus und rollte sich auf dem breiten Sessel zusammen. Ihr Leben war zu einer Flutwelle mutiert, die mit voller Wucht über sie hinwegdonnerte.

Als Robinson zurückkam, saß Alice am Küchentisch.

„Du hast gesehen, was passiert ist, stimmt's?“

„Hat Marsh das arrangiert?“

Robinson setzte sich ihr gegenüber an den Tisch. „Er sagt Nein. Aber ich glaube, das ist auf seinem Mist gewachsen.“

Sie legte ihm die Hand auf den Oberschenkel. Als sie einen Tropfen Blut auf Robinsons Hemd entdeckte, das nur von Brad stammen konnte, musste sie schwer schlucken. „Du hättest ihn nicht schlagen sollen.“

„Ich hätte ihn viel härter schlagen sollen."

„Schadet das nicht deinem Ruf?"

Er zuckte mit den Schultern. „Marsh sagt, das sei immer noch besser, als wenn gar nicht über mich berichtet wird. Eine alte Publicity-Weisheit."

„Brads Manager sieht das wohl anders, vermute ich", sagte Alice und musste trotz allem lächeln. Sie küsste ihn auf die Wange.

„Danke, dass du meine Ehre gerettet hast. Obwohl er ja sachlich gesehen recht hat."

„Was hat er da gesagt? ‚Er steigt mit meiner Frau ins Bett'? Das habe ich noch nie gehört", sagte Robinson und runzelte die Stirn.

„Ernsthaft? Für ‚miteinander schlafen'?" Alice verzog belustigt das Gesicht.

Robinson sah sie an und lachte leise. Dann zog er sie auf seinen Schoß.

„Aha. Wie ‚sich nackig machen und ins Bett steigen'?", fragte er hoffnungsvoll und schob seine Hand unter ihr T-Shirt.

„So ungefähr", sagte sie und kuschelte sich an ihn. „Wenigstens hat er nicht ‚bumsen' oder ‚ficken' gesagt. Das hätte Lorraine gänzlich aus der Bahn geworfen."

„Mich macht es ganz heiß, wie du ‚bumsen' oder ‚ficken' sagst", sagte er und zog ihr das T-Shirt aus. Dann stand er auf und setzte sie vor sich auf den Küchentisch.

„Und ich mag, wie du das hier machst", stöhnte sie und schnappte nach Luft, als er sie nach hinten drückte, ihre Hüften an die Tischkante zog und sich zwischen ihre Beine drängte. Und dann, darin hatten sie mittlerweile Routine, vergaßen sie alles und jeden um sich herum und verloren sich ineinander.

Mitten in der Nacht stand Alice in der Küche und briet Omelettes, während Robinson zwei Bier öffnete. Sie saßen zusammen am Tisch und unterhielten sich leise. Dann gingen sie zurück ins Bett und schliefen aneinandergeschmiegt ein, in die Laken und ineinander verschlungen blieben sie im Bett, bis sie am nächsten Morgen von einem heftigen, lauten Klopfen an der Tür geweckt wurden.

Durch den Briefschlitz rief eine Stimme: „Mach auf, Robinson Duff, mach die Tür auf! Ich weiß, dass du da bist. Ich gehe hier nicht weg, bevor du mir aufgemacht hast."

Robinson zog sich das Kissen über den Kopf und stöhnte auf. Alice zog es ihm vom Gesicht und sah ihn verschlafen an.

„Wer ist das?"

Robinson setzte sich auf und rieb sich die Augen.

„Ich sag's nur ungern, Goldlöckchen, aber das klingt nach meiner Exfrau."

Robinson warf sich eilig ein paar Kleidungsstücke über und lief die Treppe hinab. Im Gehen zog er das T-Shirt über seine Brust und reckte den Hals, um aus dem kleinen Fenster im Flur zu sehen und sich einen Überblick zu verschaffen, bevor er die Tür öffnete.

„Mist!", fluchte er und schlug mit der Stirn dreimal gegen die Wand. „Mist, Mist, Mist!"

Das Öffnen der Tür war ein umso größeres Problem, da nicht nur Lena in der Einfahrt stand – so wie es aussah, hatte die gesamte britische Presse vor dem Haus Stellung bezogen.

Robinson schnappte sich sein Handy vom Beistelltisch und drückte die Kurzwahltaste für Marsh. Nach ein paarmal Klingeln ging sein Manager ran.

„Was zum Teufel hast du getan?“, fragte Robinson ohne Begrüßung.

„Einen wunderschönen guten Morgen!“, gab Marsh betont gelangweilt zurück.

„Ich habe gerade keine Lust auf deine Spielchen, Marsh. Geht das hier auf dein Konto?“

Sein Manager seufzte laut ins Telefon. „Ich habe getan, was ich tun musste, Robinson. Denn du weigerst dich ja, dich wie ein erwachsener Mensch aufzuführen, und tust überhaupt nichts.“

„Ach ja, und deswegen hast du sämtlichen Reportern in England verraten, wo ich mich aufhalte, und dann auch noch meine Exfrau informiert?“

Er hörte Alice' Schritte auf der Treppe und drehte sich zu ihr um. Sie sah mitgenommen aus, was ihn nicht überraschte. Ihre einzige Bitte an ihn war gewesen, ihr nicht wieder die Presse vor das Haus zu holen. Und jetzt waren sie umzingelt von Kameras und Objektiven. Lautlos entschuldigte er sich bei ihr. Sie verknotete den Gürtel ihres Morgenmantels und setzte sich auf die unterste Stufe, um dort zu warten, bis er sein Telefongespräch beendet hatte.

„Was sagst du da, Duff? Die Presse ist da?“, bellte Marsh.

„Spiel jetzt ja nicht den Unschuldigen.“

Sein Manager schwieg einen Moment, um dann – und das war typisch für ihn – aus Leibeskräften zu brüllen: „Du öffnest unter gar keinen Umständen die Tür! Hörst du, was ich sage? Wenn deine Fans Wind davon bekommen, dass an der Geschichte mit dem Ehebruch was dran sein könnte, bringen die dich um!“

Damit legte er auf. Aus Marshs Flüchen schloss Robinson, dass sein Manager wahrscheinlich mit Lena Kontakt aufgenommen hatte, aber nicht derjenige gewesen war, der die Presse alarmiert hatte. Aber wenn nicht Marsh, wer dann?

„Robinson, lass mich rein!“, zischte Lena laut durch den Briefschlitz. „Wenn du mich nicht sofort ins Haus lässt, liefere ich den Fotografen hier eine Szene.“

Robinson ging zu Alice und hockte sich vor sie. Er streckte die Hand aus und legte sie an ihre Wange.

„Alice, das tut mir so leid. Ich sorge dafür, dass die abhauen. Das verspreche ich dir. Heute Abend ist hier wieder Ruhe eingekehrt. Okay?“

Der Blick aus ihren kornblumenblauen Augen war unendlich traurig. Beide wussten, dass es nur einen Weg gab, die Presse loszuwerden: Robinson musste gehen.

„Du musst sie reinlassen“, sagte Alice. „Die grillen sie.“

Robinson lachte bitter. „Da kennst du Lena nicht.“

Alice stand auf. „Nein. Und ich will sie nicht in meinem Morgenmantel kennenlernen.“ Sie warf einen Blick durch das Fenster und sah, dass die Menge in ihrer Auffahrt sich teilte, um den schmächtigen, aber mächtigen Marsh durchzulassen. „Marsh ist da. Ich dusche, dann könnt ihr reden.“

„Alice …“ Robinson griff nach ihrer Hand, als sie sich umdrehte, um wieder nach oben zu gehen. In dem Moment hämmerte Marsh gegen die Tür. Sie drehte sich um und gab Robinson einen Kuss auf die Wange. Dabei sog sie bewusst seinen Geruch ein.

„Du hast keine Schuld, Robinson“, sagte sie seufzend, führte seine Hand an ihre Lippen und küsste sie. „Dass das so kommen würde, war von Anfang an klar. So ist das mit Sommeraffären: Sie gehen irgendwann zu Ende.“

Ein paar Hundert Meter weiter, im Dorf, drehte Davina das Schild an ihrem Ladenfester um. „Geschlossen" stand da. Sie schloss die Tür ab und bestieg das Taxi, das sie bestellt hatte. Den Bus brauchte sie nicht zu erwischen, nicht heute und nicht in der näheren Zukunft. Dank der anständigen Summe, die sie im Tausch gegen Robinson Duffs Aufenthaltsort erhalten hatte. Nach dem Auftritt im Frühstücksfernsehen war er die Sensation, über die ganz England sprach. Die Möglichkeit hatte sich ihr aufgetan, und sie hatte nicht lange überlegen müssen. Vielleicht kaufte sie Hazels komischem Vogel sogar ein paar Körner als Dankeschön für die vertraulichen Informationen. Wäre die Information von einem Menschen gekommen, hätte Davina sie wahrscheinlich für gelogen gehalten. Menschen logen immer, wenn es zu ihrem Vorteil war. Ihr tat das alles überhaupt nicht leid.

25. Kapitel

Alice verriegelte die Badezimmertür. Kurz überlegte sie, dann drehte sie die Wasserhähne an der Badewanne auf, statt in die Dusche zu steigen. Was immer da unten vor sich ging, sie konnte es eh nicht ändern. Und sie hatte es ganz bestimmt nicht eilig, Robinsons Frau zu treffen oder in die Schusslinie von Marsh zu geraten. Sie glitt in das Schaumbad, schloss die Augen und malte sich aus, was jetzt geschehen würde, überlegte, wie sie reagieren sollte und wie sie ihre Karten so spielen konnte, dass ihr Herz und ihr Heim heil blieben. Noch vor ein paar Tagen war ihr Leben geradezu märchenhaft schön gewesen, die endlos langen Tage in der Sonne, die noch längeren und heißeren Nächte in ihrem Wohnwagen mit Robinson, ihre aufregenden Pläne. Und doch war es nur eine Übergangszeit gewesen, eine luxuriöse Flucht vor der Realität. Rückblickend erkannte sie, dass mit Marsh der Anfang vom Ende gekommen war. Brads Auftritt im Pub hatte die Dinge nur noch beschleunigt – und nun war es da, das Ende von ihrem und Robinsons Idyll. Und jetzt stand auch noch Lena vor der Haustür, zusammen mit der versammelten Pressemannschaft – wieder einmal. Sie hatte einige der Reporter und Fotografen erkannt, als sie aus dem Fenster gespäht hatte, Gesichter, von denen sie gehofft hatte, sie müsste sie nie wieder sehen. Diese Typen hatten letztes Jahr so viel Zeit vor ihrem Haus verbracht, dass sie sie mit Namen kannte. Hin und wieder drangen Wortfetzen aus der Küche zu ihr hoch, Stimmen, die sich laut erhoben. Am liebsten wäre sie für immer in der Wanne geblieben.

Marsh lief in der Küche auf und ab. Seine Jacke hatte er ausgezogen, und sein stahlgraues Haar war zerzaust, weil er sich ständig über den Kopf fuhr. Er war wahnsinnig wütend über den Presserummel, schließlich führte er die Öffentlichkeitsarbeit seines Klienten mit eiserner Hand, und diese Situation war ein PR-Desaster. Er brauchte jetzt eine knallharte Strategie zur Schadensbegrenzung. Und dazu gehörte bestimmt nicht, dass Robinson und Lena vor den Augen der fleißigen Schreiberlinge da draußen eine Szene hinlegten.

„Würdet ihr beide jetzt bitte mal die Luft anhalten!", schrie er und fuchtelte mit den Armen, als stünde er auf einem Rollfeld und müsste ein landendes Flugzeug dirigieren. Lena schüttelte ihre schwarzen Locken und warf ihm böse Blicke zu.

„Ich halte erst dann die Luft an, wenn ich gesagt habe, was ich zu sagen habe. Nur deshalb bin ich schließlich einmal um die halbe Welt geflogen, Marschall", schleuderte sie ihm entgegen. „Oder besser: Deswegen hast du mich einmal um die halbe Welt fliegen lassen."

„Ich werde nicht mit ihr reden, Marsh", sagte Robinson aufgebracht. „Sie soll verschwinden, aus diesem Haus, aus diesem Ort und aus diesem Land, und zwar noch vor heute Abend. Ist das klar? Sie hat hier nichts zu suchen." Er stöhnte verzweifelt. „Was hast du dir nur dabei gedacht?"

Marsh funkelte ihn wütend an. „Eine Frage, Robinson. Und überleg dir gut, was du antwortest!"

Robinson starrte ihn nicht minder wutentbrannt an. Das durfte alles nicht wahr sein, das durfte einfach nicht passieren, und schon gar nicht in Alice' Haus. Marsh zog sich einen Stuhl heran und tat, als wäre er die Ruhe in Person.

„Robinson, bin ich dein Manager – ja oder nein?"

Robinson seufzte schwer und sah aus dem Fenster. „Komm zur Sache."

„Die Sache? Die Sache?! Du bezahlst mich, damit ich deine Angelegenheiten regele. Ich muss dir wohl hoffentlich nicht erst sagen, wie das aussähe, wenn die Presse die Wahrheit erführe. Was sie unter gar keinen, ich wiederhole: unter gar keinen Umständen tun wird, auch wenn die Meute da draußen uns schon auf den Fersen ist." Energisch zeigte er mit dem Daumen zur Haustür.

„So, mein Guter. Wirst du also in drei Wochen dein Konzert in Nashville in der ausverkauften Halle geben – ja oder nein?"

Robinson setzte sich an den Tisch. „Du weißt genau, dass ich da sein werde."

„Und willst du auch danach weiter Karriere machen?"

Robinson schluckte. In Wahrheit hatte er alle Gedanken an die weitere Zukunft und die Zeit nach dem Konzert bewusst verdrängt. Er hatte schlicht keine Ahnung, welchen Weg er einschlagen wollte. Eine derartige Unentschlossenheit würde aber bei Marsh einen Tobsuchtsanfall auslösen.

„Pass auf, Robinson. Wenn wir weiterhin zusammenarbeiten wollen, dann regeln wir das jetzt folgendermaßen." Nach einer kunstvollen Pause sagte er: „Du bist sexsüchtig."

„Was? So ein Quatsch!", entfuhr es Robinson entgeistert. Sogar Lena, die am Herd lehnte, musste ein Lachen unterdrücken.

„Kein Quatsch. Du bist sexsüchtig. Du bist hergekommen, um eine Therapie in London zu machen. Auf dem Weg bist du leider von einer promigeilen Blondine nach Entenhausen verführt worden, und das Ganze ist außer Kontrolle geraten." Marsh trommelte auf den Tisch. „Ich werde das schon überzeugend darlegen können. Ich meine, hast du dir mal deine Nachbarn angesehen? Ein abgehalfterter Pornostar, eine esoterische Hexe und ganz zu schweigen von Alice im Wunderland. Das ist so eine Art Kult, und du bist denen auf den Leim gegangen. Dann kam Lena, deine bezaubernde und fürsorgliche Ehefrau, extra hergeflogen, um dich, Superstar, hier rauszuholen und zu retten." Marsh holte tief Luft und knallte mit der Hand auf den Tisch. „Wir sind die amerikanische Eingreiftruppe, die Achse des Guten." Er zeigte auf sich und auf Lena. Er geriet immer mehr in Fahrt und dröhnte wie ein Priester vom Kirchenpult: „Wir sind wahrhaftig deine Retter. Wenn du ein Fünkchen Verstand hast, dann hältst du den Schnabel und lässt dich von uns retten!"

Marsh hörte auf zu reden und sah Robinson aus weit aufgerissenen Augen an, Robinson starrte ungläubig zurück.

„Hast du jetzt völlig den Verstand verloren?"

Marsh traten die Augen hervor. „Ich versuche dir zu helfen, Söhnchen. Du solltest besser mit mir zusammenarbeiten."

„Söhnchen" klang aus seinem Mund mehr wie eine Beschimpfung als wie ein Kosewort.

Robinson sah seine Noch-Ehefrau an. „Warum bist du hier, Lena? Der letzte Stand der Dinge war, dass wir die Scheidung einreichen."

Lena zuckte auf ganz entzückende Weise mit ihren zarten Schultern und setzte sich zu ihm. „Du bedeutest mir immer noch viel, Schatz. Ich dachte, wir könnten … reden."

„Was übersetzt so viel heißt wie: Buck hat nicht genug Geld für deinen exquisiten Geschmack." Lena hatte sein Einkommen stets sehr geschätzt. Ihr Kleiderschrank war voll mit der neuesten Designerkleidung, ihr Terminkalender war voll mit Verabredungen in teuren Restaurants. Sie stellte in jeder Hinsicht hohe Ansprüche, hatte hohe Ausgaben und ein heißes Temperament. Ihr Eheallltag war aufreibend gewesen, und er hatte es in der letzten Zeit kein bisschen vermisst.

Lena legte ihm eine Hand auf den Arm und zwirbelte mit der anderen eine Haarsträhne zwischen den Fingern. „Mit Sexsucht ist nicht zu spaßen, Robinson", sagte sie mit gespieltem Ernst. „Ich will dir helfen." Sie beugte sich vor und gewährte ihm einen tiefen Einblick in ihr großzügig dekolletiertes weißes Kleidchen. Dann flüsterte sie ihm ins Ohr: „Ich kann dir mit der Sucht helfen. Weißt du noch, wie heiß es zwischen uns herging?" Sie fuhr ihm mit ihren langen, rot lackierten Fingernägeln über seinen Schenkel. „Buck bringt es nicht, Schatz."

Robinson schloss die Augen und vergegenwärtigte sich die Szene mit Buck und Lena auf dem Küchentisch, um der Lüge, die ihm warm wie Wachs ins Ohr geträufelt wurde, etwas entgegenzusetzen. War es wirklich erst knapp ein Jahr her, dass er und Lena zusammen gewesen waren? Es schien ihm ewig her zu sein. Sie trug ein neues Parfüm, das in seinem Hals kratzte. Ihre extralangen Wimpern waren genauso falsch wie ihre Brüste, die sie sich vor zwei Jahren zu Weihnachten gewünscht hatte. Sie war hübsch anzusehen, aber eine Schwindlerin, sowohl ihr Körper als auch ihr Herz waren falsch. Er schob seinen Stuhl zurück und stand auf.

„Marsh, solltest du noch einmal das Wort ‚Sexsucht' in Bezug auf meine Person in den Mund nehmen, entlasse ich dich. Und sollte ich dich noch ein weiteres schlechtes Wort über Alice oder einen anderen Bewohner aus Borne sagen hören, entlasse ich dich auch. Habe ich mich klar und deutlich ausgedrückt?"

Marsh sah ihn schweigend an.

„So, und jetzt nimm Lena und bring sie ins Siren. Dort wartest du auf mich", sagte er und sah Marsh fest in die Augen. „Bis morgen früh. Der Presse sagst du nichts. Verstanden? Gib mir noch eine Nacht, dann kannst du den Flug buchen." Er sah auf, als Alice in der Tür erschien. „Gib mir noch eine Nacht, und dann kehre ich nach Hause zurück."

Lena musterte Alice von oben bis unten. Sie war aufgestanden und hatte die Hände in die Hüften gestemmt. „Was?" Sie sah Robinson ungläubig an. „Ich bitte dich! Das Mädel ist ein Landei!"

Selbst nach dem Bad kam sich Alice elendig unterlegen vor, als sie Lena und ihr trendiges Styling erblickte. Ihre ausgelatschten Chucks, die abgeschnittenen Shorts und ihr rosa Hemdchen konnten mit dem weißen Leinenkleid und den High Heels dieser anderen Frau nicht mithalten. Dass sie kein Make-up trug, machte es auch nicht besser.

„Wie alt sind Sie? Neunzehn?" Lena taxierte sie noch einmal von oben bis unten.

Alice sah ihr direkt in die Augen. Einschüchtern ließ sie sich nicht. Du machst mir keine Angst, Fräulein. Die Zeiten sind vorbei. „Robinson hatte Sie gebeten, das Haus zu verlassen."

So attraktiv, wie Lena zweifelsohne war, ihre zu einem höhnischen Lächeln verzogenen Lippen, als sie Alice' sanften englischen Akzent hörte, konnte man nur hässlich nennen.

„Das geht Sie gar nichts an, Schätzchen."

Alice zuckte mit keiner Wimper und blieb völlig gelassen. „Doch, denn dies ist mein Haus."

Robinson ging zur Hintertür und sah Marsh an. „Geh hier raus und dann hinten rum. Du kannst durch das Wäldchen dahinten zu dem Schotterweg gehen, oder du nimmst die Auffahrt mit der Meute. Das entscheidest du, Marsh, aber ich schwöre, wenn du auch nur ein Sterbenswörtchen über Sexsucht oder irgendeinen Hexenkult verlierst, fliege ich nicht zurück."

Angespannt bis in die letzte Faser seines Körpers, starrte Robinson seinen Manger unverwandt an.

Marsh sah zu Lena und senkte dann den Blick zu ihren hochhackigen Schuhen.

„Die musst du wohl ausziehen. Wir haben einen kleinen Fußmarsch vor uns."

Lena sah ihn an, als wäre Marsh das Hirn amputiert worden. „Ich gehe nicht zu Fuß."

Marsh seufzte und verdrehte die Augen, als er an Robinson vorbeiging. „Dann setz dein niedlichstes Lächeln auf und halte dein Plappermaul, wenn wir gleich an den Paparazzi vorbeimüssen."

Lena warf einen letzten Blick auf Alice und folgte dann Marsh aus der Küche. Neben Robinson blieb sie kurz stehen.

„Bis morgen, Schatz", säuselte sie süßlich. „Ich sorge dafür, dass er Tickets in der ersten Klasse besorgt, da gibt es Betten."

Robinson schloss die Hintertür und lehnte sich mit dem Rücken dagegen. Alice setzte – typisch englisch – Wasser für den Tee auf, den sie gar nicht unbedingt trinken wollte.

Nachdem sie am Tisch Platz genommen hatten, schwiegen sie bedrückt. So eine Stimmung hatte vorher noch nie zwischen ihnen geherrscht.

„Das echte Leben hat uns eingeholt", sagte sie nach einer

Weile, in der der Tee fertig gezogen war, und reichte ihm einen Becher voll.

Er nickte und nippte an dem Getränk, obwohl er Tee wohl nie mögen würde, sofern man nicht einen ordentlichen Schuss Alkohol hinzufügte.

„Und wir wussten die ganze Zeit, dass das passieren würde", fügte sie nach einer Pause hinzu.

„Aber nicht so", sagte er und sah sie an. Bevor Marsh erschienen war, hatten seine umwerfenden grüngoldenen Augen klar und hell geleuchtet. Jetzt braute sich ein gefährlicher Sturm zusammen. „Nicht mit einem Haufen blutrünstiger Journalisten vor dem Haus und deinem Mann und meiner Frau in dem B&B ein paar Meter weiter. So sollte es nicht sein."

Alice konnte ihm nicht widersprechen. Es war, als stünden sie unter Hausarrest.

„Ich will dir etwas zeigen", sagte er plötzlich, stand auf, ging zum Kühlschrank und packte eine Tasche. Dann ging er zur Hintertür. „Komm. Und nimm deine Kamera mit."

Alice folgte Robinson über die Wiese hinterm Haus. Vor dem Haus konnten sie die Reporter immer noch lautstark über Marsh und Lena diskutieren hören und rannten in den Schutz der Bäume. Robinson führte sie an ihrem Wohnwagen vorbei durch das Wäldchen.

„Wo gehen wir hin?"

Robinson legte seinen Arm um ihre Schultern.

„Auf ein Rendezvous."

Sie machten einen Abstecher zu Banjo und gaben ihm eine Handvoll Karotten. Dann liefen sie über die Weide weiter zum See hinunter. Das Bootshaus kam in Sicht. Vertraut und doch anders. Robinson führte sie um das Häuschen herum zum Steg.

„Oooh!“, sagte sie staunend. „Oh, Robinson!“ Freudig überrascht legte sie ihre Hände an ihre Wangen. Seit Wochen war sie nicht mehr am Bootshaus gewesen. Zuletzt an dem Tag, an dem sie die Kamera ihres Vaters aus dem Keller geholt und damit am See gesessen hatte. Damals hatte sie feststellen müssen, dass einige Planken verrottet waren. Jetzt nicht mehr. Der Steg war repariert, das Boot frisch gestrichen, die gesamte Vorderfront des Häuschens war renoviert worden. In der Tür neue, intakte Glasscheiben anstelle der zerbrochenen, das Dach hatte einen frischen, grünen Anstrich bekommen. Es gab sogar einen Blumenkasten unter dem Fenster, aus dem Wildblumen rankten. Erstaunt blickte sie sich um.

„Wann hast du das alles gemacht?“

Er lächelte sein süßes schiefes Lächeln. „Dann und wann. Ich musste mich ja irgendwie beschäftigen.“

Das war eine maßlose Untertreibung, und sie war tief berührt.

„Kann ich es mir drinnen ansehen?“

Statt zu antworten, zog Robinson einen Schlüssel aus seiner Hosentasche und öffnete die Tür.

„Es ist noch nicht ganz fertig“, warnte er sie. „Ich dachte, ich hätte noch Zeit.“

Der Holzboden war repariert und abgezogen, ebenso die Fensterläden und der Dachgiebel. In einer Ecke hatte er eine kleine Küchenzeile aus altem Holz gezimmert.

„Hast du das gemacht?“, fragte sie und strich über das Holz.

Robinson schaltete das Radio ein, das er hineingestellt hatte. Verlegen sah er auf seine Hände. „Ich bin halt Zimmermann.“

„Ich liebe es!“, rief Alice begeistert. Sie bewunderte sein

handwerkliches Geschick. Aber das hier bedeutete noch viel mehr. Er musste Stunden über Stunden hier zugebracht haben, etliche Tage, um all die Renovierungsarbeiten zu erledigen, egal ob er gelernter Zimmermann war oder nicht. Der größte Teil der Arbeit war getan. Im Geiste sah sie schon das fertig eingerichtete Haus vor sich. Ein weiterer romantischer Rückzugsort und eine weitere Übernachtungsmöglichkeit für ihren Glampsite.

„Ich weiß nicht, was ich sagen soll", sagte sie und sah ihn an. „Danke!"

„Bitte, gern geschehen, Alice", sagte er und zog sie an sich. „Das habe ich sehr gern für dich getan."

Sie schlang die Arme um seinen Hals, und er neigte den Kopf vor, um sie zu küssen. So standen sie mitten im Bootshaus, eng umschlungen wie Liebende am Bahnsteig. Im Radio lief ein altes Liebeslied.

„Tanz mit mir, meine Süße." Robinson verschränkte seine Hand mit ihrer und zog sie an seine Schulter. Mit der anderen Hand in ihrem Kreuz hielt er sie an sich gedrückt. Die Geste war so altmodisch charmant, dass es ihr die Kehle zuschnürte. Ihr erstes richtiges Date und zugleich ihr letzter Tanz. Sie schmiegte ihre Wange an seine feste warme Brust, und gemeinsam bewegten sie sich zu der Musik. Sein Kinn ruhte auf ihrem Scheitel. Alle Verabredungen, die sie mit Männern gehabt hatte, selbst ihre Hochzeit, waren bei Weitem nicht so romantisch gewesen wie dieser Augenblick.

26. Kapitel

Sie saßen auf dem Steg und ließen ihre nackten Füße im Wasser baumeln und Steine über den See hüpfen. Flüsternd erzählten sie sich von diesem unglaublichen gemeinsamen Sommer.

Alice tauchte ihren großen Zeh in das Wasser und beobachtete die kleinen Kräusel und Kringel auf der Oberfläche. „Was wirst du machen, wenn du wieder zu Hause bist?"

Robinson seufzte. Er saß zurückgelehnt und stützte sich mit den Händen auf dem Steg ab. „Das Konzert ist in drei Wochen, davor sind noch Proben, und Marsh hat wahrscheinlich schon Pressetermine und Radiointerviews organisiert. Das wird anstrengend."

Die Arbeit hatte sie eigentlich gar nicht gemeint. „Und Lena?"

Robinson blickte auf das Wasser und dachte einen Moment lang nach. „Weißt du, Alice, als ich herkam, hatte ich so viel mehr Gepäck dabei als nur meinen Koffer und meine Gitarre. Meine Verbitterung, meine Wut, alles, was von meiner Beziehung übrig geblieben war. Ich konnte nicht mehr arbeiten, nicht mehr gerade denken. Die Zeit, die ich hier in Borne mit dir verbracht habe, dieser Sommer, hat alles verändert." Er schüttelte gequält den Kopf und suchte nach Worten. „Vor Lena … bevor sie das gemacht hat, da dachte ich, ich hätte mein Leben im Griff. Eine Karriere, eine Frau, alles richtig gemacht." Er zuckte mit der Schulter. „Aber es war nicht alles richtig."

Alice hätte ihn gerne gefragt, was genau nicht richtig war, tat es aber nicht. „Dieser Sommer hat auch mein Leben verändert, mehr als ich dachte."

„Dann sind wir sozusagen quitt", sagte er zärtlich. „Du hast mir geholfen, ich hab dir geholfen. High five!", sagte er, und sie klatschten sich ab wie Teenager auf dem Schulhof. „Gut gemacht, Partner!"

„Yeah, unsere Sextherapie war ein voller Erfolg", sagte sie und lachte.

„Besonders für mich, der ich an Sexsucht leide", knurrte er, verdrehte die Augen und verfluchte Marsh halblaut.

„Unsere Sommeraffäre würde den Alltag nicht überleben, oder?", sagte sie halb fragend. Sie vermisste ihn jetzt schon.

Er schüttelte voller Bedauern den Kopf. „Du gehörst hierher, ich nach Nashville. Du führst hier dieses herrlich absurde Leben, das wunderbar zu dir passt. Du bist hier gar nicht wegzudenken. Du gehörst nach Borne."

Sosehr Alice sich freute, dass er sie so gut kannte, so sehr fürchtete sie sich vor dem, was er als Nächstes sagen würde.

„Aber das hier ist nicht mein Leben, Alice. Mein Leben bedeutet immer Vollgas, ist immer auf hundertachtzig, Pressetermine, Auftritte, all das, was du hasst. Ich kann das nicht ändern. Menschlich passen wir perfekt zueinander, aber wir gehören nicht zusammen. Dein Leben und mein Leben sind einfach zu verschieden."

Sie lehnte sich an ihn und legte ihren Kopf auf seine Schulter.

„Aber das, was wir hatten, war zauberhaft. Findest du nicht auch?"

„Ja." Er legte seinen Arm um sie und küsste sie auf die Stirn. „Und wir haben noch heute Nacht."

„Die Nacht wird unvergesslich sein", sagte sie. Durch den

Tränenschleier hindurch konnte sie kaum noch den See erkennen.

„Wir sollten uns nicht unter Druck setzen."

Sie schüttelte den Kopf. „Nein. Aber es wird auch dann die unvergesslichste Nacht meines Lebens werden, wenn wir nur dasitzen und uns schweigend ansehen."

Er warf ihr einen Blick aus dem Augenwinkel zu. Sein schiefes Lächeln zerriss ihr fast das Herz. „Können wir auch nackt dasitzen und uns ansehen?"

Alice knuffte ihn mit der Schulter. „Im Haus oder im Wohnwagen?"

„Unbedingt im Wohnwagen." Er stand auf und streckte die Hand aus, um ihr aufzuhelfen. „Komm, lass uns das hier stilvoll und in Würde zu Ende bringen, Goldlöckchen."

Brad saß mit seiner geschwollenen Nase schon vor den Resten seines dritten Tequilas an der Theke im Siren, als eine seltsam aufgetakelte und exotisch schöne Frau hereinplatzte und sich auf den zweiten Barhocker schwang. Sie warf Brad einen kurzen Blick zu und sah wieder weg. Kurz darauf sah sie ihn noch einmal an, diesmal länger.

„Sie sind das", sagte sie, ihr amerikanischer Akzent war unüberhörbar. In der Öffentlichkeit erkannt zu werden gehörte zu den Dingen, die er am liebsten mochte. Diese drei Worte reichten, und er wusste, dass sie etwas mit den zwei anderen Amerikanern zu tun haben musste, die sich zurzeit in Borne aufhielten. Der eine hatte ihn an der Nase herumgeführt, der andere hatte ihm gestern im Frühstücksfernsehen live die Fresse poliert. Trotz ihres schlanken Körpers und ihres hübschen Gesichtes gefiel ihm seine neue Saufkumpanin gar nicht.

„Und Sie sind?“ Er versuchte noch nicht einmal, höflich zu sein.

Schwungvoll schüttelte sie sich ihr schwarzes, glänzendes Haar in den Rücken. „Lena Duff. Ich glaube, mein Mann schläft mit Ihrer Frau.“ So, wie sie das sagte, und mit ihrem Akzent klang das wie ein Satz aus „Dallas“. Brad war beeindruckt und bedeutete Dessy, ihm noch einen Tequila einzuschenken und ein zweites Glas zu holen. Dieser schob ihm gleich die ganze Flasche über die Theke und grummelte dann etwas von: „Ich setz es auf Ihre Rechnung.“

„Ja, mein Mann hat eine gute Linke“, sagte Lena Duff und sah auf seine Nase.

„Mehr Glück als sonst was“, sagte Brad so unbeteiligt wie möglich, obwohl ihm das Gesicht höllisch wehtat. „Brad McBride.“

Sie trank ihren Tequila auf ex, und er füllte ihr sofort mit wachsender Begeisterung nach.

„Die gute Nachricht: Wir fliegen morgen früh zurück. Dann kriegen Sie Ihr niedliches Blondchen zurück.“

Brad verarbeitete diese Information, während sie ihren zweiten Tequila hinunterkippte, als wäre es Wasser. Der Alkohol wirkte bereits und lockerte sein Mundwerk, auch der Schmerz in seinem Gesicht ließ langsam nach.

„Ein niedliches Blondchen ist sie nicht gerade, unsere Alice“, sagte er, als würde er sich mit seinen Kumpels und nicht mit einer attraktiven und frustrierten Frau unterhalten. „Unter uns: Sie kann sehr kratzbürstig sein.“ Er fuhr seine Krallen aus und machte eine entsprechende Bewegung durch die Luft.

Lena sah ihn prüfend an. „Dann wird sie sich prächtig mit Robinson amüsieren.“ Sie legte Brad eine Hand auf den Unterarm und beugte sich zu ihm hinüber. „Mein Mann ist ein Löwe im Bett." Sie senkte den Blick und sah ihn unter ihren gesenkten Lidern hervor verschwörerisch an. „Mehr dicke Mähne als dünnes Miau, wenn Sie verstehen."

Angestachelt leerte Brad sein Glas und schenkte beiden nach.

Das absurde Spielchen namens „Mein Ex ist besser als dein Ex" wollte er mitspielen.

„Alice ist gern die Dominante."

„Ach, echt?" Lena zuckte mit der Schulter. „Vielleicht war sie nie mit einem Mann zusammen, dem sie sich hingeben wollte, der sie unterwerfen konnte." Sie nahm ihr Glas. „*Noch* nie. Vielleicht hat mein Mann seine Handschellen mitgenommen ..."

Der Gedanke an Alice in Handschellen ließ ihn erneut zum Tequila greifen.

„Sie hat auch welche", sagte er, obwohl das nicht stimmte, das glaubte er zumindest. „Und andere Sachen. So viel Sexspielzeug hat er wahrscheinlich noch nie gesehen." In Wahrheit besaß Alice nur ein Spielzeug, und das war der alte Teddybär, den sie besaß, seit sie fünf war. „Und manchmal trägt sie sonntags kein Höschen."

„Das Blondchen ohne Höschen?", schnaubte Lena verächtlich. „Robinson heißt nicht ohne Grund Captain Commando, Brad-Schätzchen." Sie trank und gestikulierte mit dem leeren Glas in der Hand in seine Richtung „Wie auch immer. Höschen braucht er bestimmt nicht. Und welche in seiner Größe zu finden ist verdammt schwer."

Vor Brads Augen begann Lenas Gesicht zu verschwimmen. „Und trotzdem hast du seinen besten Freund gevögelt", lallte er. Er hatte die Geschichte gegoogelt und wusste Bescheid.

„Und du deine Schauspielkollegin", entgegnete sie schnippisch. Sie hatte auch gegoogelt, nachdem Marsh sie nach Borne beordert hatte. Aber die vielen Male zuvor, als sie versucht hatte, über ihn mit Robinson Kontakt aufzunehmen, hatte er nicht auf ihre Mails reagiert. Komisch. Erst als es ihm gepasst hatte, hatte er sich bei ihr gemeldet.

„Und jetzt bumsen sie sich wahrscheinlich in meinem Haus um den Verstand", sagte er und fragte sich, ob er noch würde gerade stehen können.

„Während wir in diesem Loch sitzen und Tequila trinken. Wie heißt das Loch? The Siren?", sagte sie voller Verachtung und so spitz, als wäre das eine Fremdsprache für sie.

Brad kam eine Idee.

„Ich habe oben ein Zimmer gemietet. Vielleicht willst ... äh ... wollen Sie ...?" Er setzte sein Verführerlächeln auf, das allerdings eher aussah, als erlitte er gerade einen Schlaganfall.

Lena blinzelte. Dann lachte sie laut auf und steigerte sich so sehr in einen Lachanfall hinein, dass ihr die Tränen kamen und ihre Wimperntusche verschmierte. „Sie machen Witze."

Brad murmelte etwas Unverständliches vor sich hin, und Lena musste nur noch mehr lachen. Dann schenkte sie sich beiden nach.

„Schätzchen, dafür reicht der Tequila nicht, um mich nach oben zu locken. Erstens bin ich schon zu betrunken, drittens sind Sie mit Ihrer zerdellten Nase nicht mein Typ, und ..." Verwirrt unterbrach sie sich. „ ... und zweitens, und das ist wichtig, also hören Sie gut zu", sagte sie und stieß ihm ihren Finger gegen die Brust, „und zweitens nehme ich meinen Mann morgen mit zurück in die Staaten, und dort werde ich ihm das Leben so angenehm gestalten, dass er dieses Kaff hier schnell vergisst, und das Blondchen auch."

Unsanft stieg sie von ihrem hohen Ross, als sie versuchte, elegant vom Hocker zu rutschen, und stattdessen zu Brads Füßen zu Boden sank.

Beleidigt rieb Brad über die Stelle auf seiner Brust, an der sie ihren Nagel in sein Fleisch gebohrt hatte. Das undankbare Weib konnte noch nicht einmal zählen. Und überhaupt: Wusste sie denn nicht, wer er war?

„Sollen wir nicht einfach durchbrennen?"

Alice schmiegte sich an Robinsons Bauch. Sie lagen im Bett im Wohnwagen, ihrem kleinen Königreich. Oder, wie sie es in der Broschüre für ihren Glampsite nennen wollte: das Liebesnest. Sie war gleichzeitig himmelhochjauchzend und zu Tode betrübt, denn sie hatte gerade den besten Sex ihres Lebens gehabt – mit dem Mann, mit dem sie für den Rest ihres Lebens nie wieder Sex haben würde.

„Ich bin schon einmal abgehauen. Das bringt nichts", sagte er und drückte seine Lippen auf ihre Stirn. „Meist verfolgt dich das Leben und tritt dir so lange auf die Füße, bis du wieder umkehrst."

Sie nickte und seufzte schwer. Sie wusste, dass er recht hatte, aber das machte es nicht leichter.

„Wie willst du aus dem Haus kommen, ohne erkannt zu werden?"

Sie spürte, wie er hilflos die Schultern zuckte.

„Ich könnte mir eine Perücke von Stewie leihen."

Alice versuchte ihn sich vorzustellen. Aber weder als Elvis noch als Rod Stewart überzeugte Robinson sie.

„Im Ernst jetzt", ermahnte sie ihn. Dabei streichelte sie über seine Brust und versuchte sich jede Faser von ihm einzuprägen.

„Jetzt nicht. Morgen bin ich ernst. Jetzt bin ich noch im Urlaub und koste jede Sekunde davon aus. Hör mal …“, sagte er und strich ihr das Haar hinter das Ohr. „Das Meer. Ich kann es immer noch hören.“

Das ungewohnte Trommeln des Regens auf dem Dach kündigte den Morgen an. Dunkelgraue Wolken läuteten das Ende ihrer Sommeridylle ein. Schweigend zogen sie sich an und nahmen sich zwischendurch immer wieder fest in den Arm oder küssten sich leidenschaftlich. Sie wechselten kaum ein Wort, weil alles schon gesagt war. Kurz nach sieben Uhr schloss Robinson zum letzten Mal die Tür des Wohnwagens hinter sich. Für einen Augenblick legte er die Hand flach auf das silberne Gehäuse. Dann drehte er sich endgültig um.

Alice ging in ihren roten Regenstiefeln neben ihm. Einen Regenschirm hatte sie absichtlich nicht dabei, sie wollte beide Hände frei haben, um seine zum Abschied halten zu können. Langsam gingen sie durch den Wald. Die Blätter an den Bäumen glänzten feucht im Regen, den die Pflanzen gierig tranken. England hatte zur Freude der Menschen wochenlang in der Sommerhitze geschmort, die Bäume und Büsche jedoch waren am Verdursten. Das Regenwasser benetzte auch das verbrannte Gras auf der Weide, wo Robinson von Banjo Abschied nahm. Alice musste wegsehen, als das Pferd mit seinem großen Kopf an Robinsons Schulter stupste. Ehrfürchtig und ernst lauschte es den Worten, die Robinson ihm ins Ohr flüsterte. Dabei strich er zärtlich über Banjos samtene Nüstern.

„Du solltest ihn reiten“, sagte er, als sie die Weide verließen. „Er wird es mögen.“

Alice nickte. „Das mache ich, versprochen.“

Sie verschränkten die Finger ineinander, als sie am Baumhaus vorbei zur Jurte gingen, wo sie erneut kurz anhielten, und dann zum Garten.

„Du kannst stolz auf all das sein, was du hier erschaffen hast", sagte er. „Es ist großartig geworden. Du bist auch großartig."

„Danke", antwortete sie und versuchte zu lächeln. Aber sie musste mit den Tränen kämpfen und schwer schlucken. Sie wollte nicht, dass ihre letzten gemeinsamen Momente traurig waren. Obwohl es natürlich die traurigsten Augenblicke ihres Lebens waren.

Seine Koffer waren gepackt und standen im Hausflur. Seine Gitarre lehnte an der Wand.

Ein Blick auf die Uhr verriet ihr, dass sein Taxi in fünf Minuten da sein würde. Jede einzelne Minute davon zählte.

„Das war's also", sagte er und hielt ihre Hand.

„Zeit zu gehen", flüsterte sie. Ein Rinnsal Regenwasser rann langsam seine Wange herab, und die nassen Wimpern um seine wunderschönen grünen Augen schienen länger denn je. Er hatte nie so süß geschmeckt wie jetzt, als sie sich auf die Zehenspitzen stellte und ihre Lippen auf seine legte.

„Es hat mir mehr bedeutet, als ich für möglich gehalten hätte", sagte er und hielt sie fest. Ihre Kleider waren nass und klebten zwischen ihnen an ihren Körpern.

„Ein Sommer, der mein Leben verändert hat", sagte sie und lächelte wehmütig. „Ich bin froh, dass du hier warst, Robinson."

„Ich werde das nie vergessen", sagte er und zog sie fester an sich, als draußen Autoreifen in der Auffahrt zu hören waren. Eine Tür ging, Schritte näherten sich, und sie wussten, sein Taxi war da.

Am liebsten hätte Alice die Tür verriegelt und ihn für immer dabehalten. „Ich werde das auch nie vergessen“, sagte sie stattdessen.

Jemand klingelte, und er machte sich widerwillig von ihr los.

„Bist du bereit?“, fragte sie an der Tür.

„Bleib du außer Sicht“, warnte er. „Und vergiss nicht die goldene Regel aller Ferienflirts.“

„Nicht anrufen!“, sagte sie nickend.

„Und ich rufe dich nicht an“, sagte Robinson. „Aber, Alice: Wenn ich nicht anrufe, heißt das nicht, dass ich es nicht will, sondern dass ich mich dazu zwinge.“

Mit diesen Worten verließ er sie. Stumm führte er seine Hand an die Stirn, dann öffnete er die Tür, hinter der ein Blitzlichtergewitter aufleuchtete.

Robinson trug seine Koffer nach draußen und zog die Tür hinter sich zu. Seine Miene war neutral, als er sich zu der versammelten Presse umdrehte.

„Robinson! Hier!“

„Robinson, stimmt es, dass Sie eine Affäre mit Brad McBrides Frau haben?“

„Robinson, ziehen Sie nach England?“

Aus allen Richtungen wurden Fragen auf ihn abgefeuert. Abwehrend hob er die Hände. Als die Fragen schließlich verstummten und es ruhiger wurde, setzte er zum Sprechen an.

„Ich möchte mich bei Ihnen bedanken, für die englische Gastfreundschaft und Herzlichkeit. Ich habe hier Songs geschrieben und hoffe, bald in Ihr schönes Land zurückzukehren.“ Während er das sagte, wusste er, dass er nie nach Borne zurückkehren würde.

„Was ist mit Ihnen und Alice McBride, Robinson?“

Er sah den Typen weiter hinten in der Menge, der die Frage gerufen hatte, an. Was konnte er über Alice sagen, das die Öffentlichkeit erfahren durfte? Er wusste vieles über sie, aber all das war zu persönlich, um es in die Welt hinauszuposaunen. In der Badewanne sieht sie wie eine Meerjungfrau aus. Wenn sie schläft, sieht sie wie ein Engel aus. Das und noch viel mehr dachte er, aber sagen konnte er das alles nicht. Er kramte in seiner Jackentasche und holte einen Stift und einen alten Kassenbon hervor. Dann schrieb er etwas.

Die Reporter beobachteten ihn und hielten gespannt den Atem an. Sie hofften, er würde ihnen zeigen, was er geschrieben hatte. Doch er steckte den Zettel durch den Briefschlitz in der Tür.

„Nur eine kleine Erinnerung, Leute. Hab vergessen, eine Rechnung zu begleichen."

Er neigte leicht den Kopf zum Gruß und stieg ins Taxi – und beendete damit die Ad-hoc-Pressekonferenz genauso abrupt und kommentarlos, wie sie begonnen hatte.

Der Zettel flog plötzlich durch den Briefschlitz in der Tür und segelte auf die Fliesen im Flur hinab. Alice wartete, bis das Taxi sich einen Weg durch die Menge der johlenden Journalisten gebahnt hatte und davongefahren war, dann bückte sie sich und hob ihn auf. Sie ging in die Küche, um seine in klarer, gerader Schrift geschriebenen Zeilen zu lesen.

„Lausche dem Meer, Goldlöckchen!"

Sie schloss die Augen und hielt das Stück Papier an ihre Brust gedrückt. Sie lauschte und lauschte, aber alles, was sie hörte, war der Regen, der gegen das Küchenfenster prasselte.

27. Kapitel

Zurück zu Hause, kaum dass sie mit einem Rums gelandet waren, scheuchte Marsh Robinson durch die Gegend. Lena machte ihm die wenige Zeit, die sie miteinander verbrachten, so schwer sie nur konnte. Sie war offenbar immer noch davon überzeugt, ihn umstimmen zu können, wenn sie ihn nur lange genug bearbeitete. Und zwei anstrengende Wochen später wusste er immer noch nicht, wie er mit ihr umgehen sollte, ohne dass ein Sturm sondergleichen über ihn hereinbrach. Er fürchtete, mit ihren emotionalen Szenen nicht umgehen zu können, und konnte nur daran denken, dass er irgendwie bis zu seinem Auftritt durchhalten musste. Eine Woche mit den letzten Proben und Presseterminen stand ihm noch bevor. Danach wollte er Bilanz ziehen und überlegen, wie er ein für alle Mal mit Lena fertig werden sollte. Dann würde er sich auch Zeit nehmen, um herauszufinden, wieso er sich so erschlagen fühlte, als wäre er von einem D-Zug überrollt worden.

An England dachte er nicht. Oder doch, natürlich dachte er an England, aber jedes Mal, wenn seine Gedanken in diese Richtung abdrifteten, rief er sich sofort zur Ordnung und verdrängte jede Erinnerung. Andernfalls hätte er nicht funktionieren können. Nur wenn er alle seine Gefühle verdrängte und sich ausschließlich auf seinen Beruf konzentrierte, konnte er das durchziehen und seinen Fans geben, wofür sie schon vor über einem Jahr bezahlt hatten. Er war ihnen das schuldig.

Als Musiker war er auch Entertainer. Er konnte und musste den Auftritt meistern.

Marsh, seinerseits, war da nicht so sicher. Er war bei jeder Probe dabei gewesen und machte sich Sorgen, das sah Robinson deutlich. Tausende von Menschen wollten Robinson Duff singen und spielen hören, sie wollten ihr großes Idol erleben. Sie wollten ihn nicht einfach auf der Bühne stehen sehen und zusehen müssen, wie er so tat als ob. Marsh konnte das entweder aussitzen und hoffen, dass es an dem Abend auf dem Konzert einfach klappte, dass das Licht, das Lampenfieber und die Zuschauer vor der Bühne ihn wieder zu dem großen Sänger und Idol machten, zu Nashvilles Sohn und gefeiertem Star. Oder aber er konnte nachhelfen und dabei ein Risiko eingehen.

Abwarten und Dinge auszusitzen gehörten nicht zu seinen Stärken. Sonst hätte er es im Leben nicht so weit gebracht. Er überließ das Schicksal nämlich nicht einfach dem Schicksal. Er hatte lieber mit Gewissheiten als mit Ungewissheiten zu tun. Und in diesem Fall war er sich überhaupt nicht sicher, ob Robinson es bringen würde, ohne dass er da nachhalf. Lena hatte sich als keine große Hilfe erwiesen. Er telefonierte täglich mit ihr, doch nach dem, was sie erzählte, zu urteilen, machte sie keine Fortschritte bei Robinson, wie sie selbst entsetzt feststellte. Die nackte Wahrheit war, dass Robinson etwas fehlte. Und Marsh wusste auch, was das war. So hart und kompromisslos er nach außen hin auftrat, verstand er sehr gut, wie er das Beste aus seinen Musikern herausholen konnte, denn damit verdiente er gutes Geld. Wenn er Robinson proben sah, konnte er nur den Kopf schütteln und unterdrückt fluchen. Er musste sich etwas eingestehen, was er lieber nicht getan hätte, doch er verstand nur zu gut, was Robinson fehlte, wenn er ihn so seelenlos spielen hörte. Mit dem Herzen war Robinson nicht bei der Sache. Marsh verließ den Probenraum und warf im Gehen achtlos sein Frühstücksbrötchen in einen Mülleimer. Dann nahm er sein Smartphone und tippte auf dem Touchscreen herum, so widerwillig wie eine Katze, die saure Milch vorgesetzt bekam.

In Borne tigerte Alice in ihrem Schlafzimmer auf und ab. Es war kurz nach drei Uhr am Nachmittag. Zum bestimmt schon hundertsten Mal ging sie ihre Worte durch und zupfte die Taille ihres Kleides zurecht, des einzigen halbwegs geschäftsmäßig aussehenden Kleides, das sie besaß. Robinsons Miete reichte noch für ein paar Wochen, dann musste sie in den Krieg um das Haus ziehen und gegen Brad kämpfen. Er wohnte immer noch im Siren und versuchte unablässig, sie davon zu überzeugen, ihn zurückzunehmen. Seine Launen fuhren Achterbahn – und dementsprechend auch seine Strategien. An manchen Tagen gab er sich zerknirscht. Er bat sie beinahe um Verzeihung und um eine zweite Chance, ihn in ihr Herz und Bett zu lassen. An anderen Tagen war er wütend und schrie sie am Telefon an, oder er schrie durch den Briefschlitz, dass er das Haus bekommen und die Schlösser austauschen lassen würde und sie ohne Dach über dem Kopf und mittellos dastehen würde, sobald die Mietzahlungen offiziell beendet seien. Von dem heutigen Tag hing also viel ab. Um genau zu sein, hing alles davon ab. Wenn der Bankberater das Potenzial sah, das in „Borne Manor Glamping" steckte, wie die Leute im Ort es bereits nannten, war sie gerettet. Wenn nicht, hatte Brad gewonnen und sie musste ihm die Schlüssel aushändigen. Sie warf noch einen letzten Blick in den Spiegel und nickte sich selbst aufmunternd zu. Dann ging sie nach unten und nahm entschlossen ihre Bankunterlagen vom Beistelltisch. Sie wollte gerade zu ihrem Auto gehen, als ihr Handy ganz unten in ihrer Handtasche klingelte. Aber sie hatte es am Morgen schon so eingestellt, dass sofort die Mailbox ansprang. An diesem wichtigen Tag sollte Brad sie auf keinen Fall stören.

Eine halbe Stunde später stand Alice vor Bibbs & Downey und stutzte. Dies war die einzige Bank im näheren Umkreis von Borne Manor. Die kleine Filiale stammte aus den Fünfzigern, seitdem war sie offensichtlich nicht renoviert worden. Auch die Angestellten stammten anscheinend aus den Fünfzigern, abgesehen von ein paar Schulabgängern, die hier ein Praktikum machten. Aber es war nicht die Umgebung, die aus der Zeit gefallen zu sein schien, oder die alten Damen mit den schlecht gefärbten Haaren an den Schaltern, die Alice stutzen ließen, sondern die Sitzreihe am anderen Ende der Eingangshalle.

Niamh sah sie als Erstes. Sie winkte ausgelassen zu Alice herüber und trug ihr schönstes geblümtes Kleid. Ihr hochgestecktes Haar zierten bunte Farbkleckse.

Neben ihr saß Hazel. Sie war von Kopf bis Fuß in grünen Samt gewandet und platzte geradezu vor Aufregung. Ewan hing in dem Sitz links von ihr. Wie immer in Schwarz. Er starrte auf den Boden und machte den Eindruck, als wäre er überall lieber als hier. Zwischen ihnen stand in einem goldenen Käfig Rambo. Gerade hielt er ausnahmsweise den Schnabel, doch ohne Zweifel sinnierte er darüber nach, welche Worte er als Nächstes krächzen sollte, um den größten Eindruck zu hinterlassen.

Von dem nächsten Sitz in der Reihe erhob sich Stewie. In einem Stammesgewand samt Federschmuck auf dem Kopf machte er eine tiefe Verbeugung.

Alice sank das Herz. Sosehr sie ihre Nachbarn mochte, Zuschauer wollte sie heute lieber nicht haben.

Sie durchquerte die Halle, ohne auf die neugierigen Blicke der anderen Bankkunden zu achten. Sie setzte sich neben Niamh und winkte ihren Freunden schwach zu.

„Niamh, was habt ihr vor?"

„Hm, ja, tut mir leid", sagte sie und zog ein Gesicht, das Verständnis und Reue ausdrückte, große Reue. „Ich wollte dich unterstützen … und … tja, dich überraschen."

Hazel lehnte sich über Niamhs Schoß zu Alice herüber.

„Wir wollten gerade in den Bus zurück nach Borne steigen, da sahen wir Niamh in die Bank gehen. Nur zwei Sekunden später, und wir wären jetzt nicht hier! So was nenne ich Glück!"

Alice blickte zurück zu Niamh, die noch reuevoller und flehentlicher dreinschaute.

Stewie stand erneut auf und machte eine Art Hopser, von einem Fuß auf den anderen, als lägen heiße Kohlen auf dem Boden.

„Wie findest du's, Alice-Schätzchen? Das hatte der Klamottenladen neben dem Tierarzt im Angebot, da konnte ich nicht widerstehen. Echte Adlerfedern", sagte er und strich stolz über seinen Haarschmuck. „Gut, für die Bank vielleicht ein bisschen zu viel, aber, hey, was soll's. Ein bisschen Nervenkitzel, warum nicht", rief er lachend und deutete auf die Bankangestellten, die abschätzig durch ihre Schalterfenster zu ihnen herübersahen.

„Rambo musste zum Arzt", erklärte Niamh, als Alice fragend von Stewies Federschopf zum Vogelkäfig blickte.

„Eine Kralle ist entzündet. Überall Eiter heute Morgen", erklärte Hazel bruchstückhaft und schüttelte sich. Alice fragte sich, ob sie ihre Chancen, den Bankberater von sich zu überzeugen, vollends zunichtemachte, wenn sie sich in den nächsten Blumentopf übergab. Mit ihren momentan eh schon schwachen Nerven und Hazels Gerede wurde ihr immer elender zumute, um nicht zu sagen speiübel.

Just in dem Moment ging die Tür hinter Stewie auf, und ein großer, glatzköpfiger Mann trat heraus. Als er die bunte Schar Menschen vor seiner Tür sah, rümpfte er seine schmale Nase.

„Alice McBride?", fragte er. Alice sprach lautlos ein Stoßgebet, während sie sich erhob und die Unterlagen an ihre Brust drückte.

„Das bin ich", sagte sie und lächelte tapfer, während sie an ihren aufgereihten Freunden vorbeiging, die ausgerechnet heute selbst für ihre Verhältnisse besonders seltsam und suspekt aussahen. Sie nickte ihnen verstohlen zu und hoffte inständig, dass sie die Klappe hielten.

Und das taten sie – zu Alice' heimlichem Stolz – bis auf den letzten Mann. Nur der Vogel nicht. Im letzten Moment imitierte Rambo perfekt wie immer Hazel: „Komm, Süßer, lass mich deine Glatze herzen."

Schweigen senkte sich über die Bank. Niemand bewegte sich, bis auf Stewie, der langsam seinen Federschmuck vom Kopf nahm und sich versonnen über seinen glänzenden Glatzkopf führ. Hazel hatte mehrmals angedeutet, wie sehr sein kahler Kopf sie anturnte und dass sie einen besonderen Staubwedel bereithielt, mit dem sie ihn als eine bizarre Form des Vorspiels bearbeiten würde. Offenbar hatte das Rambo schwer beeindruckt. Ebenso wie jetzt die Angestellten und die Kunden von Bibbs & Downey.

Ewans Schultern zuckten verräterisch bei dem Versuch, das Lachen zu unterdrücken. Hazel lief rot an und warf sich hastig über den Vogelkäfig, um Rambo daran zu hindern, noch mehr Intimitäten preiszugeben. Niamhs Lippen formten lautlos: „Sorry, sorry, sorry", als Alice auf den finster blickenden Bankberater zuging. Sie kam sich vor wie eine schuldbewusste Dreizehnjährige auf dem quälenden Gang zum Schuldirektor. Stewie war vollkommen ungerührt. Mit seinem Taschentuch tupfte er sich über die Glatze und reichte das Tuch anschließend dem stocksteifen, kahlköpfigen Banker neben ihm.

Schnell riss Alice das Tuch an sich und drückte es unwirsch Stewie zurück in die Hand. Dem Berater schenkte sie unterdessen ein breites Lächeln. Der jedoch war völlig außer sich und warf Stewie böse Blicke zu, dann marschierte er in sein Büro und winkte Alice, ihm zu folgen und die Tür zu schließen.

„Entschuldigen Sie", sagte sie leise, „meine Nachbarn meinen es nicht so. Im Grunde sind sie sehr nett und …" Sie sprach nicht weiter. Was hatte Robinson gesagt, nachdem er Brad in der Fernsehsendung geschlagen hatte? Man sollte sein Maul nicht immer so weit aufreißen. Das traf wohl auch auf diese Situation zu. Alice setzte sich dem Finanzberater gegenüber an den Tisch und schluckte. Das konnte sie vergessen.

„Er konnte ‚Glamping' noch nicht einmal richtig aussprechen", erzählte Alice Niamh etwa eine Stunde später, als sie niedergeschlagen die Auffahrt zu Borne Manor hochfuhr. „Er dachte, ich hätte mich vertippt."

„Aber ihm haben doch bestimmt die Fotos und deine Broschüre gefallen."

Alice schnaubte verächtlich und schüttelte den Kopf. Sie und Niamh hatten Tage damit zugebracht, Hunderte von Fotos zu sichten, die Alice während der Entstehung des Glampsite geschossen hatte, und die schönsten auszuwählen, um die Arbeit, die sie in das Projekt gesteckt hatten, zu dokumentieren. Herausgekommen war eine Hochglanzbroschüre, die die romantische, märchenhafte Seite des Ortes hervorhob. Umso bedauerlicher, dass es sich ausgerechnet bei dem Mann, der über die Finanzierung entscheiden sollte, um den wahrscheinlich am wenigsten romantisch veranlagten Menschen des Erdballs handelte. Er hatte sie angesehen, als spräche sie Chinesisch, als sie von dem Liebesnest für die Flitterwochen und einem romantischen Urlaub im Baumhaus erzählt hatte. Und ein Blick auf die Fotos von Banjo und dem Zigeunerwagen hatte ihn tatsächlich erschaudern lassen. Im Laufe des Gesprächs war Alice klar geworden: Grünes Licht für die Finanzierung würde ihr dieser Bankberater nur nach einer erfolgreich verlaufenen Persönlichkeitstransplantation geben und auch dann nur, nachdem er ein Wochenende lang über seine Entscheidung grübeln konnte.

„Vielleicht sollten wir ihm Hazels Liebestropfen in den Tee träufeln“, schlug Niamh vor, als sie aus dem Auto stiegen. Aus ihren Augen sprach tiefes Mitgefühl.

Alice durchwühlte ihre Handtasche auf der Suche nach dem Haustürschlüssel. „Ich nehme an, die hat sie für Stewie aufgebraucht.“

„Du hättest die beiden sehen sollen“, sagte Niamh lachend. „Als du im Besprechungszimmer warst, hat er sie von Rambos Käfig gezerrt und ihr sein Taschentuch gegeben, damit sie ihm zur Beruhigung die Glatze reiben konnte.“

„Und? Hat’s geklappt?“

Niamh schüttelte sich. „Könnte man sagen. Verlegen war sie dann jedenfalls nicht mehr … sondern mehr erregt.“

Alice stockte. „Erregt?“

„Sie war drauf und dran, sich die Klamotten vom Leib zu reißen und zu rufen: ‚Nimm mich jetzt, Glatzi-Schatzi!' Zum Glück kam dann der Bus, und sie mussten los. Sonst wären sie noch rausgeschmissen worden, und du hättest sofort deine Hoffnungen begraben können."

„Ach, das habe ich ganz allein erledigt." Alice seufzte und fand endlich den Schlüssel, den sie zusammen mit ihrem blinkenden Handy aus der Tasche zog. Sie schloss die Tür auf und ging Niamh voran in ihr geliebtes Haus. Nur ein Wunder, so hoffte sie, konnte ihr jetzt noch helfen, es zu behalten.

„Trinkst du ein Glas Wein mit mir? Ich finde, den haben wir uns verdient."

Zu dem Wein kamen sie dann aber gar nicht, denn als Alice die Küche betrat, sah sie als Erstes die Schmiererei am Fenster. Leuchtend rote Schrift, deutlich lesbar, sogar von innen in Spiegelschrift, war an die Scheibe gesprüht worden. Sie schnappte nach Luft, schloss die Hintertür auf und rannte nach draußen, um sich die Sauerei genauer anzusehen. SCHLAMPE. Jemand hatte das Wort ans Fenster gesprüht, und an der Verandatür zum Wohnzimmer standen dieselben knallroten Buchstaben.

„Wer …?"

„Was …?"

Entsetzt standen Alice und Niamh da und starrten auf die Verwüstung.

„Brad?", fragte Niamh.

Alice setzte sich auf die kleine Gartenbank neben der Tür. Sie war erschüttert. „Keine Ahnung. Wirklich nicht." Brad hatte viele negative Eigenschaften und Charakterschwächen. Aber das hier sah ihm nicht ähnlich. Sie starrte mit leerem Blick geradeaus, als sie plötzlich etwas Rotes zwischen dem Laub erblickte.

„Oh Gott! Niamh, dahinten ist noch was …“

Noch während sie das rief, sprang sie auf und rannte zu den Bäumen. Dabei stolperte sie auf ihren blöden Absätzen und streifte sich kurzerhand im Laufen die Schuhe von den Füßen. Rote Farbspuren an den Bäumen, hingekleckste Flecken hier und dort wiesen ihr den Weg in den Wald.

„Oh nein!“, stöhnte sie. Ihr Herz schlug ihr bis zum Hals, als sie den Wohnwagen sah.

HURE.

„Mist“, entfuhr es Niamh. Sie hatte Alice eingeholt und legte jetzt einen Arm um ihre Schultern. Entsetzt betrachteten sie den Wagen, der an allen Seiten mit blutroten Beleidigungen beschmiert war.

„Wir müssen überall nachsehen“, flüsterte Alice und rannte in Richtung des Baumhauses. Noch mehr Graffiti, noch mehr Beleidigungen.

Sie sah nach oben und schlug die Hand vor den Mund. Tränen traten ihr in die Augen. Alle ihre Hoffnungen und Träume waren hier verwoben, alle ihre Erinnerungen an Robinson und ihre Liebesnächte.

„Vielleicht war es ein eifersüchtiger Fan?“, mutmaßte Niamh. Sie dachte an Robinson und die Pressekonferenz.

„Das könnte sein“, sagte Alice. Dort oben auf dem kleinen Balkon des Baumhauses hatten sie und Robinson Fish and Chips gegessen. Eine Ewigkeit schien das her zu sein.

„Komm“, sagte sie, „ich will zur Jurte. Hoffentlich ist da keine Farbe, die würde ich nie wieder rauskriegen.“

Es war noch viel schlimmer. Farbe war nicht gesprüht worden, aber die Zeltplanen hatte irgendjemand der Länge nach zerschlitzt.

„Nein!“, schrie Alice. „Nein!“ Sie rannte zur Jurte, Tränen liefen ihr übers Gesicht. „Nein!“ Behutsam, beinahe zärtlich ließ sie ihre Finger an dem Schlitz entlanggleiten, als wäre es eine Wunde, die die Jurte spüren konnte. „Warum, Niamh, warum? Wer macht so etwas?“

Niamh zog Alice in ihre Arme. Auch Niamh musste weinen, auch sie war schockiert. Das war so ungerecht, diese Zerstörungswut, dass jemand mutwillig kaputt machte, was ihrer Freundin so viel bedeutete.

Mit einem Mal überfiel Alice fürchterliche Angst, und sie rannte los. Dass sie keine Schuhe trug, war ihr egal. Sie lief in den Wald rüber zur Weide.

Banjo. Der sanfte Riese, das wunderschöne Pferd. Banjo.

28. Kapitel

Ihre Erleichterung war unbeschreiblich, als sie das Pferd unversehrt auf der Weide, unweit von dem Stall, den Robinson gebaut hatte, grasen sah. Alice japste, vornübergebeugt, die Hände auf die Knie gestützt, um zu Atem zu kommen. Niamh kam hinter ihr angerannt und legte ihr schwer atmend eine Hand auf den Rücken.

„Ihm geht's gut", wiederholte sie immer wieder, um sich und Alice zu beruhigen. „Ihm geht es gut." Plötzlich schnappte sie nach Luft und sprintete über die Wiese zum Zigeunerwagen. Alice blickte auf, um zu sehen, was los war.

Da war jemand.

Gekleidet in schwarze Jeans und schwarzen Kapuzenpulli rannte dieser Jemand vom Wagen zum Wald, um dort Schutz zu suchen, und kam nun direkt auf Alice zu, weil es hinter dem Wagen nicht weiterging.

Instinktiv setzte Alice zum Sprung an. Die Person entdeckte Alice im letzten Moment und versuchte auszuweichen, sodass Alice nur knapp deren Kapuze berührte. Doch dann blieb ihr Fuß an einem Zweig hängen, und sie fiel zu Boden. Dabei versuchte sie, nach dem Bein, dem Schuh des Eindringlings zu greifen, irgendetwas, um ihn zu fassen zu kriegen und diesen Menschen, für den sie innerhalb von wenigen Minuten größten Hass entwickelt hatte, aufzuhalten.

„Scheiße!", schrie Alice. Der Schrei schien aus den Tiefen

ihres Körpers zu kommen, als die schwarz gekleidete Person den Abstand zu ihr vergrößerte. Niamh kauerte sich neben sie, hin- und hergerissen zwischen dem Wunsch, ihrer Freundin zu helfen und den Eindringling zu jagen.

„Lauf!“, schrie Alice und schleppte sich ebenfalls voran, obwohl ein stechender Schmerz ihr in die Rippen fuhr. Niamh sah noch einmal zu Alice und schoss dann entschlossen davon. Der Übeltäter war jetzt fast am Haus angelangt. Wenn er es bis vor das Haus und auf die Straße schaffte, würde er über die Pfade und Schleichwege, die Gassen und Hinterhöfe verschwinden können. Niamh wusste, dass ihr nur wenige Sekunden blieben, und sie gab ihr Bestes, bis ihre Lungen brannten. Dann tauchte plötzlich jemand anderes in der Einfahrt auf, der den Flüchtenden nicht sehen konnte, und andersherum. Wenige Sekunden später rumsten sie ineinander und gingen beide zu Boden.

„Halt ihn auf!“, rief Niamh Brad zu. Der sah verwirrt auf, während der andere sich auf dem Kies aufrappelte. Schnell griff Brad zu und bekam ein Bein zu fassen. Im Handumdrehen und mit erstaunlicher Kraft hatte er den anderen auf den Rücken gedreht und sich rittlings auf dessen Bauch gesetzt.

Alice stolperte über den Kiesweg heran. Aus einer Wunde an ihrer Stirn rann Blut. Ihre Fußsohlen waren wund, und sie hielt sich die schmerzende Seite. Niamh sank neben Brad und seinem zappelnden Fang zu Boden. Alle drei starrten entsetzt nach unten, als die Kapuze des Eindringlings verrutschte und das Gesicht der Person zeigte, die so viel Hass und Zerstörungswut gegen Alice hegte.

Brad wurde blass.

„Felicity?“, fragte er ungläubig und starrte die strampelnde Frau unter ihm an.

„Ah, das darf nicht wahr sein!“, rief Niamh und warf sich auf die Frau am Boden.

Brad gelang es, sie zurückzuhalten. Gleichzeitig zog er seine ehemalige Geliebte auf die Beine und starrte sie vorwurfsvoll an.

„Du sollst doch in Amerika sein“, schleuderte er ihr entgegen. „In dem Film, in dem ich auch hätte mitspielen sollen.“

Auch die schönsten Gesichter verloren ihren Reiz, wenn sie zu wütenden Fratzen verzogen wurden, und jetzt war Felicity Shaw nachgerade hässlich.

„Ich wurde gefeuert“, fauchte sie. „Deinetwegen!“ Sie stieß ihm ihre Hände gegen die Brust. Genau an die Stelle, in die Lena ihren Finger gebohrt hatte.

„Meinetwegen?“, fragte er und rieb sich grummelnd die Brust.

In Felicitys Augen glomm das gefährliche Glitzern von jemandem, der nichts mehr zu verlieren hatte. „Ich hätte zu lange pausiert und würde es nicht mehr bringen, haben die gesagt. Und das ist deine Schuld. Du hast mich nicht geliebt. Es hieß immer nur: Alice hat dies, Alice ist jenes, aber weißt du was: Scheiß auf Alice!“

Felicity warf Alice tödliche Blicke zu. Erst später bemerkte Alice die Ironie an der Situation – dass die Frau, die ihr Leben zerstört hatte, ihr nun vorwarf, ihres zerstört zu haben.

„Und dann komme ich nach England zurück. Und wo bist du? Genau da, wo ich dich vermutet hatte. Und schnüffelst an ihr rum wie ein räudiger Hund.“

Brads Blick glitt von seiner Exfrau zu seiner Exgeliebten und wieder zurück. Das war ihm offensichtlich zu viel. Verzweifelt versuchte er das einzuordnen.

„Sie hat alles kaputt gemacht!“, ereiferte sich Niamh, an Brad gewandt. „Sieh dir an, was sie gemacht hat! Alice' ganze Arbeit ist hinüber. Dieses Miststück!", schrie Niamh und wollte wieder auf Felicity losgehen. Und diesmal war Felicity bereit, zurückzuschlagen. Zum zweiten Mal ging Brad dazwischen, als Held und Hauptdarsteller seiner eigenen Seifenoper, zu der sein Leben geworden war.

„Mädels, also bitte!", sagte er und zerrte die Frauen auseinander, dann hielt er sie jeweils eine Armlänge von sich entfernt.

Alice wollte etwas tun. Sie wollte Felicity in Stücke reißen. Sie wollte Niamh beruhigen. Und sie wollte ihrem Exmann die Leviten lesen, weil letztlich er schuld an dem ganzen Schlamassel war. All das wollte sie tun, doch sie tat nichts davon. Denn der Schmerz in ihrem Brustkorb war so stark, dass sie bewusstlos zusammensackte.

„Tu das nie wieder, Alice McBride! Du hast mir solche Angst eingejagt."

Alice schaute blinzelnd zu Niamh hoch und lächelte zaghaft. Sie lag auf dem großen, weichen Sofa im Wohnzimmer, eingemummelt in ihre Lieblingswolldecke, umsorgt von ihrer besten Freundin, die plötzlich zehn Jahre älter aussah.

„Der Arzt hat dir ein Schmerzmittel gegeben", sagte Niamh. Sie kniete neben dem Sofa und streichelte behutsam Alice' Handrücken. „Wie geht es dir?"

So genau wusste sie das selbst nicht. Sie stützte sich umständlich auf die Ellbogen und erhob sich so weit, dass sie aufrecht sitzen konnte. Es tat noch weh, aber glücklicherweise nicht mehr so sehr wie vorhin.

„Hast du Schmerzmittel gesagt?"

Niamh nickte. „Ja, der Arzt hat welche dagelassen. Er hat

gesagt, du hast dir die Rippe geprellt, zum Glück nicht gebrochen. Du sollst es ruhig angehen lassen, dann bist du bald wieder auf dem Damm."

Plötzlich fielen Alice die Schmierereien und die aufgeschlitzte Jurte wieder ein, und sie sank stöhnend zurück auf das Kissen und schloss die Augen.

„Das war's also", sagte sie ernüchtert. „Aus der Traum."

Niamh nahm ihre Hand. „Sag das nicht. Ja, es sieht im Moment nicht gut aus, aber ich helfe dir, das wieder aufzubauen. Wir alle werden dir helfen. Ich, Stewie, Hazel, Ewan, Dessy, Jase ... Vielleicht packt sogar Davina mit an, wenn wir sie darum bitten. Du stehst jedenfalls nicht alleine da."

Alice lächelte. Traurig und zu Tränen gerührt. Die Augen hatte sie immer noch geschlossen. Sie war unglaublich müde. Und trotz der Unterstützung ihrer Freunde und Nachbarn wusste sie doch, wann es Zeit war zu gehen.

Nun war es genug. Es war einfach an der Zeit, Borne Manor hinter sich zu lassen.

Im Siren nahmen Dessy und Jase Brads Koffer und Taschen und warfen sie auf den Parkplatz vor der Kneipe.

„Lass dich hier nie wieder blicken!", rief Jase. Sie standen Schulter an Schulter in der Tür und sahen zu, wie Brad seine Taschen in den Kofferraum warf. Es war bereits kühl, und die Dämmerung zog herauf.

„Oh Mann, fast tut er mir leid", flüsterte Dessy in Jase' Ohr, als er Brad genauer betrachtete: Der Mächtige war gefallen – seine Schultern hingen hinab, und sein glänzendes Haar, sein ganzer Stolz, lag flach unter seinem Käppi. „Er hat einen fürchterlichen Tag hinter sich."

„Wie du mir, so ich dir. Ausgleichende Gerechtigkeit, würde ich sagen", sagte Jase unbeteiligt. Seine Arme hatte er vor seiner breiten Brust verschränkt.

„Und diese Felicity hat's faustdick hinter den Ohren", flüsterte Dessy übertrieben laut. Klatsch und Tratsch waren sein Ding. Selbst wenn es Alice betraf. „Und das denkt man gar nicht, wenn man sie so sieht."

Jase schüttelte den Kopf und schnaubte. „Ich wünschte, wir wären ihr schon eher auf die Schliche gekommen. Wahrscheinlich hat sie schon eine ganze Weile in Nummer vier gelebt, und wir haben es nicht mitbekommen."

Sie alle waren überrascht gewesen, als sie erfahren hatten, dass Felicity unerkannt in dem letzten der Häuser gewohnt hatte. Offenbar hatte sie damit gerechnet, dass Brad sie verlassen und nach Borne zurückkehren würde. Als sie entdeckt hatte, dass das Haus zum Verkauf stand, hatte sie nicht lange gezögert. Ein Geschenk des Himmels! Sie hatte es mit der Absicht gekauft, Brad das Leben – im Fall des Falles – so schwer wie möglich zu machen. Die letzten Wochen hatte sie mit dem Ausspähen des Dorfes, dem Kommen und Gehen dort, verbracht und war zunehmend frustriert gewesen. Alice McBride war ihr wie eine Blume vorgekommen, mit süßem Nektar gefüllt, und die Bewohner des Ortes waren die Arbeitsbienen, die emsig um sie herumsurrten und sie beschützten. Das alles hatte sie ihnen entgegenschleudert wie ätzende Säure, wie Gift, das aus ihr rausmusste, noch während die Polizisten sie vor dem Haus auf den Rücksitz des Streifenwagens verfrachtet hatten. Per Mundpropaganda machte seitdem das Bild von den Bienen und dem Nektar die Runde im Dorf.

Brad bedachte Dessy und Jase mit einem letzten bösen Blick

und warf die Kofferraumklappe zu. Die beiden Wirte schoben die Brust vor und signalisierten: Kein Zimmer frei für dich.

„Hoffentlich brummen die dem Flittchen eine saftige Strafe auf", sagte Dessy. Das Blaulicht und die Sirenen hatten dafür gesorgt, dass alle im Ort von dem Polizeieinsatz und den vorangegangenen Ereignissen erfuhren. „Die arme Alice – sie hat nichts als Ärger, seit ihr das Haus gehört."

Genau dieser Gedanke bewegte Alice, als sie sich ins Badezimmer schleppte. Niamh hatte ihr ein heißes Bad in dem Haupthaus einlaufen lassen. Zärtlich ließ Alice ihre Finger über den Türknauf gleiten. Sie wusste genau, welches Brett des schönen Dielenbodens unter ihren Schritten knarrte. Sosehr sie das Haus liebte und sosehr sie alles in ihrer Macht Stehende tat, es zu behalten, es stimmte: Seit ihr das Haus gehörte, gab es nichts als Ärger. Als sie und Brad hier eingezogen waren, hatte sie von Anfang an gewusst, dass sein Herz nicht an dem Haus hing. Sie hatte versucht, das wettzumachen und ihn dazu zu bringen, es so zu lieben wie sie. Als er sie verlassen hatte, hatte sie an nichts anderes denken können, als unbedingt und unter allen Umständen das Haus zu behalten, sie hatte sich von ihrer Verzweiflung, ihrer Sehnsucht und ihren Gefühlen leiten lassen. Damit war ab sofort Schluss! Morgen würde sie den Makler anrufen und das Haus samt Anwesen wieder zum Verkauf anbieten. Wahrscheinlich wäre Brad auch nicht mehr daran interessiert, sobald er erfuhr, dass sie das Feld geräumt hatte. Sie zog sich aus und sank seufzend in die Wanne und das duftende Schaumbad. Was für eine Wohltat! Sie war müde, sehr, sehr müde. Es würde so eine Erleichterung sein, einfach alles loszulassen.

Während Alice im Bad war, klingelte unten in der Küche das Festnetztelefon, und Niamh ging ran. Es knackte ein paar Mal in der Leitung, es musste ein Ferngespräch sein. Dann erklang Marsh' Stimme. Sie hallte so laut durch die Küche, als stünde der Mann mit der kräftigen Lunge höchstpersönlich neben Niamh, und nicht, als befände er sich viertausend Meilen entfernt auf der anderen Seite des Atlantiks.

„So, Blondchen, jetzt hör mir mal zu! Es bringt gar nichts, meine Anrufe zu ignorieren und nicht ans Handy zu gehen. Weil ich nämlich weiterhin jede verdammte Minute anrufen werde – und zwar so lange, bis ich eine Antwort bekomme. Yes, I can. Mit Duff geht's den Bach runter, und du bist die Einzige, die ihn vor der totalen und absoluten Blamage retten kann. Hörst du, was ich sage? Wenn du also nicht nächste Woche in dem World Wide Web lesen willst, dass Robinson versagt hat, es so was von versägt und versenkt hat und obendrein ein Schlappschwanz ist, dann schwing gefälligst dein Popöchen in den Flieger und bring Robinson wieder auf Kurs, okey dokey? Ich zahl auch das Ticket. Ich zahl meinetwegen auch die Tickets von allen Eingeborenen in deinem englischen Dorf, wenn es sein muss. Bloß sag endlich was! Rede mit mir! Antworte!"

Gegen Ende seiner Rede wurde er so laut, dass Niamh den Hörer am ausgestreckten Arm von sich weghalten musste. In ihrem Kopf drehte sich alles, als sie versuchte, seinen Worten zu folgen. Ach, was soll's, dachte sie schließlich und räusperte sich.

„Gut und schön", sagte sie so ruhig wie möglich. Sie wusste, dass Marsh nicht merken würde, dass er nicht Alice an der Strippe hatte. „Also gut, Marsh, ich komme. Wir alle kommen. Ich schicke Ihnen die Liste mit den Namen, damit Sie die Flugtickets besorgen können. Wir kommen, sobald Sie alles geregelt haben."

Marsh schwieg verblüfft. Offenbar hatte er erwartet, dass Alice nicht ohne Weiteres darauf eingehen würde.

„Super", blaffte er und ratterte seine E-Mail-Adresse runter, damit sie ihm die Namensliste schicken konnte.

„Äh, wie ist das Wetter bei Ihnen da drüben?", fragte Niamh. Sie überlegte, was sie packen sollte.

„Woher soll ich das wissen? Sehe ich aus wie ein verfluchter Wetterfrosch? Schau halt ins Internet!"

Dann ertönte das Freizeichen. Und Niamh stand da – allein in Alice' Küche. Schnell holte sie das Handy ihrer Freundin, es lag auf dem Beistelltisch im Flur, und hörte die Nachrichten ab. Marshs Anrufe löschte sie und hoffte inständig, das Richtige zu tun.

29. Kapitel

In Nashville ging es mit Robinson bergab. Einfach so weiterzumachen, als hätte es Alice nie gegeben, war doch nicht so einfach, wie er gedacht hatte. Jedes Mal, wenn sein Handy klingelte, hoffte er wider besseres Wissen, dass es Alice war. Und jedes Mal, wenn ihr Name doch nicht auf dem Bildschirm auftauchte, war es eine herbe Enttäuschung, die einfach nie abklingen wollte und ihn jedes Mal wieder bis ins Mark traf.

Er hatte nicht erwartet, dass er sich ohne sie so leer fühlen würde. Seine Blicke wurden von jeder blonden Frau wie magisch angezogen. Und sein unvernünftiges Herz krampfte sich jedes Mal zusammen, wenn er entdecken musste, dass es nicht Alice war. Obwohl er natürlich schon vorher gewusst hatte, dass sie es nicht sein konnte. Es hätte ihn nicht überraschen sollen, dass es so schwer war, über sie hinwegzukommen. Ihr Liebessommer war so unbeschreiblich schön gewesen, dass er ihn jetzt ebenso unbeschreiblich vermisste, jetzt, da ihn der unschöne Alltag mit Lena und seiner Arbeit eingeholt hatte. Selbst die Sonne fühlte sich hier anders an, greller, unbarmherziger, nicht wie Urlaub.

„Robinson?“

Lenas Stimme hallte schrill über den Flur, wie Fingernägel, die über eine Tafel kratzten. Er presste seinen Kopf gegen das Kopfkissen und schwor, sich den Haustürschlüssel von ihr zurückgeben zu lassen. Schließlich wohnte sie hier nicht mehr. Sie hatte das Recht, hier unangemeldet hereinzuspazieren, verwirkt, als sie es in der Küche mit einem anderen Mann getrieben hatte.

Hätte er sich bloß an seinen Plan gehalten und wäre früh aufgestanden, um Sport zu treiben. Eigentlich war er kein Freund vom Gewichtestemmen, aber selbst das war besser als die unerwünschte Gegenwart seiner Ex. Wenn er letzte Nacht nicht mit seiner Band getrunken hätte, würde es ihm jetzt leichter fallen, sich an seinen Plan zu halten. Er setzte sich auf und fuhr sich durchs Haar. Er wäre überall lieber als jetzt hier. Genau genommen wünschte er sich an einen ganz bestimmten Ort. Nach England, in den Wohnwagen, zu Alice ins Bett.

Er schlug die Decke genau in dem Moment zurück, in dem Lena ins Schlafzimmer kam. Für den Bruchteil einer Sekunde erstarrten beide in ihrer Bewegung.

Sie bewegte sich als Erste wieder, stemmte ihre Hände in die Hüften und zog die Augenbrauen in die Höhe, während ihr Blick über seinen nackten Körper wanderte.

„Freust du dich nicht, mich zu sehen?“, fragte sie scheinheilig.

Robinson schlug die Decke zurück über seinen entblößten Körper und sah sie finster an.

„Was willst du?“

Sie lächelte. „Ich wollte dir Pfannkuchen zum Frühstück machen.“

Diese Frau war einfach unglaublich.

„In diesem Aufzug?“

Sie sah an ihrem hautengen Minikleid hinab, bis zu den nietenbesetzten Schuhen mit den etliche Zentimeter hohen Absätzen.

Sie zuckte mit den Schultern. „Soviel ich weiß, mochtest du das Kleid immer.“

„Das Kleid mag ich immer noch“, sagte er tonlos. „Dich aber nicht mehr.“

Eigentlich mochte er noch nicht einmal das Kleid. Es war typisch Lena, ganz ihr Stil. Alice dagegen … Er versuchte sie sich in dem Minikleid vorzustellen. Sogar in seiner Vorstellung trug sie dazu ihre roten Regenstiefel.

Lenas Gesicht zuckte, während sie seine Antwort verdaute.

„Ich bin in der Küche und warte auf dich“, sagte sie und machte auf ihren spitzen Absätzen kehrt. Die Tür zu dem Schlafzimmer, das sie jahrelang geteilt hatten, fiel geräuschvoll hinter ihr zu.

„Du bist ja wirklich noch hier“, stellte Robinson fest, als er eine halbe Stunde später die große Küche betrat. Er hatte sich unter der Dusche extra viel Zeit gelassen, in der Hoffnung, dass Lena die Botschaft verstehen und verschwinden würde. Aber noch während das Wasser über seinen Körper rann, ahnte er, dass er vergeblich hoffte. Lena würde auch dann noch warten, wenn er den ganzen Tag im Bad verbrächte.

Sie antwortete nicht, sondern holte wortlos einen Teller mit Pfannkuchen aus dem Ofen und stellte ihn auf die Theke.

„Ich habe keinen Hunger“, sagte er, zog sich einen Stuhl unter dem Esstisch hervor und setzte sich so weit wie möglich von Lena weg.

Einen Augenblick lang sah sie auf die Pfannkuchen herab, dann nahm sie den Teller und trug ihn zum Tisch.

„Ich habe sie extra für dich gemacht. Allein aus Höflichkeit könntest du sie essen. Ich gebe mir immerhin Mühe.“

Robinson sah auf den Teller.

„Mühe? Mühe wozu?“

Lena stand wieder hinter der Frühstückstheke und sah ihn an.

„Der Auftritt ist in ein paar Tagen, Liebling. Ich weiß ja, wie es dir dann immer ergeht", sagte sie sanfter. „Ich will dir helfen."

Beinahe hätte er über ihre Dreistigkeit gelacht.

„Bist du auf den Kopf gefallen, oder was ist los?" Ungläubig schüttelte er den Kopf. „Eine Amnesie wäre die einzig plausible Erklärung für dein Verhalten. Du kommst hier reinmarschiert und spielst die ach so perfekte Haus- und Ehefrau. Verdammt noch mal!"

Lena stützte die Ellenbogen auf die Theke. Ihre Gefühle standen ihr ins Gesicht geschrieben. Tränen sammelten sich in ihren braunen Augen. In all den Jahren, die sie zusammen verbracht hatten, war es nur sehr selten vorgekommen, dass er seine Stimme erhoben hatte.

„Ich war eine gute Ehefrau, Robinson", sagte sie mit zitternder Stimme. „Ich habe einen Fehler gemacht. So etwas passiert. Wir sind nicht alle so brav wie die kleine Alice."

Robinson registrierte, dass sie sich an der giftigen Bemerkung über Alice beinahe selbst verschluckte.

„Was soll ich sagen?", fragte sie in sein Schweigen hinein und warf die Hände in die Luft. „Dass es mir leidtut? Ja? Geht es darum? Soll ich zurückgekrochen kommen und dich anflehen? Bitte, bitte, nimm mich zurück?"

Robinson schüttelte den Kopf.

„Ich will keine Entschuldigung, Lena. Ich will weder eine Entschuldigung noch Pfannkuchen. Alles, was ich von dir will, ist, dass du mir die Schlüssel zurückgibst. Du bist in meinem Haus nicht mehr willkommen."

Lena straffte die Schultern und tupfte sich eine Träne aus dem

Auge. Dann richtete sie sich zu voller Größe auf und reckte ihr Kinn vor wie eine angriffslustige Cobra.

„Ich bin eine stolze, starke Südstaatlerin, Robinson Duff! Was erlaubst du dir, so mit mir zu reden!"

Er sprang auf und schlitterte kreischend über den Boden. Plötzlich ärgerte er sich mehr über sie als je zuvor.

„Du kommst hierher und sagst mir, ich soll höflich sein? Und dabei stehst du in der Küche, in der du mit meinem besten Freund Sex hattest?" Er schlug so laut mit der Hand auf die Theke, dass sie erschrocken auffuhr.

„Soll ich dir was sagen? Ja?" Er schlug noch einmal auf die Theke. „Dies ist das erste Mal, dass ich das Ding seitdem anfasse. Ich konnte es noch nicht einmal angucken!"

Er stand direkt vor ihr und konnte an ihren weit aufgerissenen braunen Augen sehen, wie schockiert sie war.

„Ich sage es dir noch einmal, Lena, ein allerletztes Mal wiederhole ich es: Ich will kein Essen von dir, ich will keine Entschuldigungen, und ich will auch deinen kalten, steifen Körper nie wieder in meinem Bett haben. Ich will *dich* nicht mehr!"

Die Worte bahnten sich ihren Weg aus seinem Inneren, ohne dass er darüber nachdenken musste. Für ihn war es eine Erlösung, für sie der finale Schlag.

Sie öffnete den Mund und schloss ihn gleich wieder. Die Kränkung in ihren Augen wich einem bösartigen Funkeln.

„Das ist ihretwegen, oder? Wegen Alice aus dem Kinderbuch?"

Er durchschaute sie, war aber nicht willens, dieses Spielchen mitzuspielen.

„Es kommt dir sicher sehr gelegen, jemand anderem die Schuld in die Schuhe zu schieben, Lena, aber nein, es ist nicht wegen Alice, sondern weil ich weiß, dass ich dich nicht mehr liebe."

Sie schüttelte den Kopf, Wut verzerrte ihr Gesicht.

„Sie wird dich auch nicht glücklich machen."

Robinson sah ihr direkt in die Augen.

„Sie hat mich bereits sehr glücklich gemacht."

Schweigen. Wuterfülltes Schweigen. Dann schlug Lena mit der Faust auf die Theke und stürmte zur Tür. Als sie die Hand nach dem Türgriff ausstreckte, rief er ihren Namen. Ein triumphierendes Lächeln auf den Lippen, drehte sie sich um – er ließ sie also doch nicht ziehen.

„Die Schlüssel", sagte er und nahm die Pfannkuchen, um sie in den Abfalleimer zu werfen. „Leg sie auf den Tisch im Flur, bevor du gehst."

Am übernächsten Morgen zog Alice in Borne ihren Koffer durch die Haustür hinaus und schloss hinter sich ab. Sie konnte kaum glauben, was sie im Begriff war zu tun. Oder besser: was sie alle tun wollten. Einen Moment lang ließ sie ihren Blick auf dem Schild ruhen, auf dem „Zu verkaufen" stand. Der übereifrige Immobilienmakler hatte es gleich gestern Nachmittag an die Mauer neben der Einfahrt gehängt. Der Banker von Bibbs & Downey hatte einen amtlichen Brief geschrieben und ihr kurz und knapp mitgeteilt, dass er ihr unter wirklich überhaupt gar keinen Umständen Geld leihen würde. Er musste den Brief geschrieben haben, kaum dass sie aus seinem Zimmer heraus gewesen war, und dann war er vermutlich gleich losgerannt, um die Abendleerung nicht zu versäumen. Überrascht hatte sie das nicht. Es war der letzte Anstoß, den sie gebraucht hatte, um den Makler zu kontaktieren. Alles in allem hatte er zweiundneunzig

Minuten gebraucht, von dem Telefonat und der Mitteilung, dass sie das Haus verkaufte, bis zu dem Moment, in dem er in seinem Porsche mit quietschenden Reifen ihre Auffahrt hochfuhr und das Schild aufhängte. Das letzte fast intakte Stück ihres gebrochenen Herzens brach bei diesem Anblick. Trotzdem war sie überzeugt: Ein Verkauf war die einzige Lösung.

Mühsam zog sie ihren Koffer über den unebenen Kiesweg und warf einen letzten Blick zurück auf das Haus, das friedlich unter dem stahlgrauen Himmel thronte. Dann gab sie sich einen Ruck und ging entschlossenen Schrittes zur Straße.

An Niamhs Gartentor blieb sie stehen, bis ihre Freundin mit einem riesigen Koffer und einem breiten Grinsen in der Tür erschien.

„Ich bin so aufgeregt!“, rief sie freudestrahlend. Den Koffer hinter sich herzerrend, kam sie auf Alice zu. „Ist das nicht verrückt?“

„Kann man so sagen“, stimmte Alice zu. „Ich bin nicht sicher, ob das richtig ist.“

Niamh öffnete die kleine Gartenpforte. „Wie findest du mein Outfit?“, fragte sie und zeigte auf ihre knallbunte, knallenge Hose und die bunten Chucks dazu. „Das ist mein ‚Amerika, ich komme‘-Look. Na, was sagst du?“

„Dass du aus England und vom Land kommst, wo es die schönsten Frauen gibt, sieht man dir trotzdem an, Niamh.“

„Deswegen brauche ich mir ja nicht ein Blümchenkleid anzuziehen und die Haare hochzustecken, oder?“ Niamhs Haar flog immer wild durcheinander, durchzogen von Farbkleksen und nur eilig und lose zusammengebunden. Heute allerdings glänzte es frisch gewaschen und fiel ihr in schönen dichten Locken auf die Schultern.

„Niamh, du siehst toll aus. Alles in Ordnung. Beruhige dich. Du machst mich noch nervöser, als ich eh schon bin."

„Nervös? Wieso bist du nervös?", fragte Niamh. „Ist doch toll, dass Marsh uns einlädt. Vielleicht ist er gar nicht so blöd, wie wir dachten."

Alice nickte. „Obwohl es schon komisch ist. Erst kriegt er Robinson gar nicht schnell genug von hier weg, und jetzt lädt er ganz Borne zu sich ein, der Flug um den halben Erdball und VIP-Karten für das Konzert inklusive."

Es schien eine Wende um hundertachtzig Grad zu sein. Von Robinson selbst hatte Alice bislang kein Wort gehört. Das hatte sie auch nicht erwartet. Auch sie hatte sich nicht bei ihm gemeldet. Darauf hatten sie sich geeinigt, und sie wollte ihr Wort nicht brechen. Was nicht hieß, dass sie nicht an ihn und den zauberhaften Sommer, den sie zusammen verbracht hatten, denken würde. Jeden einzelnen Morgen, wenn sie allein im Haus aufwachte, dachte sie an ihn, mittags, wenn sie aß, dachte sie an ihn, und jede Nacht, wenn sie zu Bett ging. Wenn sie ihn nicht anrief, hieß das lediglich, dass sie sich an die Spielregeln hielt.

Sie hatte gestern lautstark mit Niamh geschimpft, als diese Alice offenbart hatte, dass sie am nächsten Tag allesamt nach Nashville fliegen würden. Dieser Plan war so haarsträubend, so verrückt und spontan, dass es sie fast erschlagen hätte. Warum? Warum in Gottes Namen entschied Marsh, der sie alle so offensichtlich nicht ausstehen konnte, dass ihr Besuch bei Robinson eine gute Idee sei? Selbstverständlich hatte Niamh erst allen anderen davon erzählt, bevor sie Alice endlich eingeweiht hatte. Und ihr damit ausgesprochen geschickt die Möglichkeit genommen, alles abzublasen.

Die sechs waren vor Freude komplett aus dem Häuschen. Und es war klar, dass sie auch ohne Nummer sieben nach Nashville fliegen würden, sollte sie zu Hause bleiben wollen. Das ergab alles keinen Sinn. Alice ahnte, dass das nicht gut ausgehen würde. Und trotzdem versammelten sie sich jetzt alle vor dem Siren, um auf dem Parkplatz in den Minibus zu steigen, der sie zum Flughafen bringen sollte. Das sei genau das, was sie brauche, hatte Niamh ihr diverse Male gesagt, ein dringend benötigter Tapetenwechsel. Ihre Verletzungen hatten sich zum Glück als nicht sehr schwer erwiesen, mit dem Schmerzmittel ließen sie sich ertragen. Was sie tatsächlich nicht gebrauchen konnte, waren neugierige Kaufinteressenten, die sie im Haus herumführen musste, bevor sie selbst die Chance gehabt hatte, wirklich zu begreifen, dass es nicht mehr lange ihr Zuhause sein würde. Warum also nicht mal spontan sein, hatte sie sich gedacht, einfach mal alle Vorsicht fahren lassen und sich in ein kleines Abenteuer stürzen, ein Abenteuer, das ihr quasi in den Schoß gefallen war. Angesichts der flehentlichen Bitten ihrer Nachbarn und Freunde hatte sie ihre Bedenken schließlich in den Wind geschlagen und sich der Mehrheit gefügt. Wie schlimm konnte es schon werden? Und ganz tief in ihrem innersten Inneren, zu tief drin, als dass sie es sich selbst hätte eingestehen können, flackerte ein kleines bisschen Hoffnung.

„Ihr zwei Hübschen! Da seid ihr ja!“, rief Stewie strahlend, als Alice und Niamh ihre Koffer auf den Parkplatz rollten. „Ihr seid die Letzten, alle anderen sind schon da und scharren mit den Hufen.“

Alice seufzte lautlos, als sie Stewie erblickte. Was hatte er denn da an? Natürlich sein Elvis-Kostüm! Seine rabenschwarze Perücke stand ihm zentimeterhoch vom Kopf ab, seine Gürtelschnalle war riesig. Wäre sie eine Solarzelle, hätte man damit das ganze Dorf mit Strom versorgen können. Er kramte in seiner Tasche und holte eine wuschelige rote Perücke und sein Lieblingsstück, die Rod-Stewart-Matte, hervor. Er wandte sich zu Dessy und Jase und hielt sie ihnen hin.

„Könntet ihr mir einen richtig großen Gefallen tun, Jungs? Ich will die hier alle zusammen mit in die Staaten nehmen. Wahrscheinlich sind die aber nicht im Handgepäck erlaubt. Die Sicherheitsbestimmungen sind zu streng, finde ich."

Das rote Haarteil gab er Dessy.

„Passt zu deinen Augen", sagte er und zwinkerte zweideutig. Dessy hielt die Perücke zwischen Daumen und Zeigefinger auf Armlänge von sich gestreckt, als wäre sie ein lebender Hamster.

„Das ist ein Witz, oder?"

Stewie ging nicht darauf ein und setzte Jase den blonden Zottelschopf auf die Stoppelfrisur.

„Wow, siehst du gut aus! Wäre ich eine Frau und zwanzig Jahre jünger ... Das erinnert mich an einen Film, 1977 war das, in dem ich mitgespielt habe."

Dessy schubste ihn mit der Schulter beiseite. Die roten Locken saßen jetzt fest auf seinem Kopf. „Aus dem Weg, alter Mann! Dieses süße Schätzchen gehört mir allein."

Jase, der nie etwas anbrennen ließ, sagte: „Hi, Süßer! Bist du neu hier?" Er legte seine Hand auf Dessys Allerwertesten, der in einer schwarzen Lederhose steckte. „Wie wär's mit einer heißen Sommeraffäre?"

Alice drehte sich weg. Jase' Worte hatten sie getroffen. Die Umstände waren ganz andere als bei ihrer Sommeraffäre, dennoch schreckte sie auf, als sie das Wort hörte. In den letzten Tagen war sie mehrmals drauf und dran gewesen, Robinson anzurufen, weil sie sich überhaupt nicht sicher war, ob er ihr Wiedersehen guthieß. Dass sie alle, genauer: sie, Alice, in sein Leben einfiel. Wenn Marsh nicht endlos wiederholt darauf bestanden hätte, dass es eine Überraschung werden solle, hätte sie Robinson angerufen. Doch eine kleine Stimme in ihrem Inneren flüsterte, dass sie ihn nur aus dem Grund nicht angerufen hatte, weil sie Angst hatte, dass er nicht wollte, dass sie kommt. Himmel, sie war echt verwirrt!

Sie sah auf, als alle klatschten und johlten – der Minibus fuhr gerade auf den Parkplatz. Sie verdrängte ihre Sorgen und Bedenken, warf Niamh ein Lächeln zu und zog ihren Koffer hinter den anderen her.

„Los geht's", sagte Dessy, als sie bei der Schlange vor der Passkontrolle im Terminal ankamen. „Wenn wir da durch sind, besorg ich uns erst mal eine Flasche Gin aus dem Duty-free-Shop."

Jase legte ihm den Arm um die Schulter. „Ruhig Blut, mein Junge."

Er blickte nach hinten zu Niamh und Alice und formte das Wort „Flugangst" mit seinen Lippen. Dabei deutete er mit dem Kopf auf seinen Ehemann.

„Wir sind dran", sagte Hazel fröhlich und schob Ewan vor.

„Die Kopfhörer und den iPod bitte in die Schale", sagte der Sicherheitsbeamte. Ewan machte ein Gesicht, als verlange man Unmögliches von ihm, als solle er gleich seinen ganzen Kopf absetzen und durch den Scanner schieben.

Stewie war als Nächster an der Reihe. „Den Gürtel, bitte", sagte der Beamte. Über das Förderband warf er einen Blick auf Stewies Schuhe. „Die Stiefel auch." Stewie zog seine Cowboystiefel mit den extrahohen Absätzen aus. Jetzt stand er in Socken da und hielt seine Hose am Bund zusammen. Der Beamte tippte sich an den Kopf, um Stewie zu bedeuten, dass er auch seine Perücke abnehmen solle.

Hazel an seiner Seite lächelte und tätschelte ihm den Arm.

„Lass mich das machen, Schatz."

Stewie verneigte sich und gab ihr die Ehre. Sie nahm ihm die große, schwarze Perücke ab und strich über seinen kahlen Kopf, erbebend schloss sie die Augen.

„Mach schnell, Stewie, setz sie wieder auf, sonst kommt Hazel gleich noch", murmelte Dessy, woraufhin Hazel noch mehr errötete und ihm einen Klaps auf den Arm gab.

Während Stewie auf Socken durch die Kontrolle ging, sah der Beamte scharf auf den Schopf von Jase und Dessy. Sie seufzten synchron, setzten ihre Perücken ab und legten sie artig in eine Plastikschale, wo sie wie zwei Meerschweinchen aussahen, die sich aneinanderschmiegten.

Bevor sie im Scanner verschwanden, streichelte Dessy sie schnell noch einmal und warf dabei dem Beamten einen Blick zu, als wäre er der Rattenfänger von Hameln.

„Ich komm mir so nackig vor", seufzte Jase und fuhr sich mit der Hand durch sein normales Haar.

„Und mir ist kalt", sagte Dessy und bibberte immer noch theatralisch, als sie sich alle auf der anderen Seite vor ihren Plastikschalen trafen.

„Warte", sagte Jase, nahm die Rod-Stewart-Perücke und setzte sie Dessy anstelle der roten Haarpracht auf.

„Sexy", hauchte er, als Dessy seinerseits ihm die rote Perücke aufsetzte.

„Mit rotem Haar siehst du so heiß aus!", sagte nun Dessy

und strich seinem Mann über die Wange. „Stewie, dürfen wir uns deine anderen Perücken ausleihen, wenn wir zurück sind?“

„Ihr könnt sie alle haben“, sagte Hazel. „Stewie will sie weggeben, stimmt's, Schatz?“

Stewie war hin- und hergerissen. Er war schwer verliebt in Hazel. Aber seine Perücken hatte er viele Jahre lang liebevoll zusammengestellt, sie waren sein ganzer Stolz.

Jase grinste. „Die Puppenköpfe wollen wir aber nicht, die sind echt unheimlich, Alter.“

Alice und Niamh hatten einander untergehakt und fielen ein Stück hinter den anderen zurück.

„Freust du dich, ihn wiederzusehen?“, fragte Niamh. Jetzt, da sie fast im Flugzeug saßen, wagte sie es, danach zu fragen. Sie hatte das Thema bislang gemieden, aus Angst, dass Alice die Fassung verlor und die Reise absagte.

Alice seufzte nervös. „Ich habe Angst, dass er uns nicht sehen will.“

Da Niamh im Vorteil war, weil sie Marshs Nachrichten gehört hatte, bevor sie sie von Alice' Handy gelöscht hatte, wusste sie, dass er sich zumindest über Alice freuen würde. Das konnte sie Alice aber nicht sagen, ohne ihr zu gestehen, was sie getan hatte.

„Das wird schon“, beruhigte Niamh Alice. „Keine Sorge. Wir amüsieren uns, gehen aufs Konzert und sagen Hallo. Das ist doch kein großes Ding. Allerdings solltet ihr zwei essen gehen, wenn wir schon mal da sind, und … euch unterhalten.“

So wie Niamh das sagte, klang das total einfach. Kein großes Ding, na ja. Anfühlen tat es sich sehr wohl wie ein großes Ding, ein sehr großes sogar. Riesig. Das war entweder der größte Fehler ihres Lebens oder das Beste, was sie je getan hatte.

„Herrje, jetzt weiß ich, wie sich die Heiligen Drei Könige gefühlt haben müssen, nachdem sie auf Kamelen durch die Wüste geritten sind, um zum Jesuskind zu kommen", nörgelte Dessy, als das Flugzeug landete. Sie waren mehr als fünfzehn Stunden unterwegs gewesen, in New York hatten sie in den Flieger nach Nashville umsteigen müssen. Mittlerweile war es vier Uhr nachmittags Ortszeit und damit also Mitternacht und Bettzeit in Borne.

Sie verließen einer nach dem anderen das Flugzeug und gingen durch die Abfertigung. Diesmal nahmen sie die Perücken ab, ohne dass man sie dazu erst auffordern musste. Sie wollten einfach nur raus und den Fahrer finden, den Marsh schicken wollte, um sie in das Hotel zu bringen, das er gebucht hatte. Er hatte sich um alles gekümmert, oder vielleicht waren es seine Leute gewesen. Als sie jedenfalls eine Stunde später am Hotel ankamen, mussten sie feststellen, dass an nichts gespart worden war. Nashville war hinter den Fenstern der Luxuslimousine an ihnen vorbeigerauscht, eine bunte Kulisse aus Wolkenkratzern, Neonlichtern und Menschen, wuselig und faszinierend. Augenblicklich waren sie hellwach gewesen und hatten ihre Hälse gereckt, um an den glitzernden Fassaden der Gebäude entlang den breiten Straßen und Alleen hochzuschauen.

„Das ist ja wie im Film!", hatte Ewan begeistert gerufen. Seine düstere Goth-Stimmung hatte er angesichts der fremden Großstadt vergessen. Borne war nichts gegen Nashville.

„Nur dass es im Kino nicht so heiß ist", hatte Hazel erschöpft erwidert, den Kopf an Stewies Schulter gelehnt. Er hatte ihr während der ganzen Fahrt mit dem Stetson, den er am Flughafen gekauft hatte, Luft zugefächelt.

Das Hotel machte einen ähnlich umwerfenden Eindruck auf

sie. Alles war größer und heller, von der Einrichtung bis zu den Rezeptionisten mit ihren blendend weißen Zähnen. Als Alice und Niamh kurz nach sechs endlich in ihrem Zimmer standen, waren sie zum Umfallen müde. Sie staunten auch hier mit offenen Mündern über die komfortable Suite, die Marsh ihnen zugeteilt hatte. Zwei riesige Betten standen in dem großzügig geschnittenen, voll klimatisierten Raum. Die deckenhohen Fenster gaben den Blick frei auf die farbenprächtige Skyline der Innenstadt. Überall standen Vasen mit Blumen, auf den Betten und Sesseln lagen weiche Kissen. Die dunklen Holzmöbel schimmerten im Schein der Beistelllampen. Eine wahre Oase für die beiden Frauen, die rund um den Erdball geflogen waren, um hier zu landen.

„Die anderen flippen in ihren Suiten vor Freude wahrscheinlich gerade total aus“, sagte Niamh und ließ sich rückwärts mit ausgebreiteten Armen auf das Bett fallen, was Alice an einen Seestern denken ließ. Sie hatten alle ihre Zimmer auf demselben Flur. Ewan hatte ein eigenes Zimmer bekommen und war schon an der Rezeption vor lauter Vorfreude geradezu enthusiastisch gewesen.

„Was auch immer Jase und Dessy machen, die Perücke nehmen sie dazu wahrscheinlich nicht ab“, kommentierte Alice und ließ sich auf das Bett neben Niamhs sinken. Erleichtert und erschöpft seufzte sie.

„Wie geht's deiner Rippe?“, fragte Niamh besorgt. Sie hatte sich auf dem Flug mindestens einmal pro Stunde nach Alice' Befinden erkundigt und ihr regelmäßig ein Schmerzmittel verabreicht.

„Gut“, sagte Alice. Ehrlich gesagt war es nicht ihre Rippe, die ihr Sorgen bereitete. Das Problemorgan saß etwas weiter links: ihr Herz.

30. Kapitel

Alice erwachte von einem rabiaten Klopfen an der Tür. Verwirrt und desorientiert, brauchte sie einen Moment, um ihre Sinne zusammenzusammeln und sich zu erinnern, wo sie war. Oh Gott, Marsh hatte doch wohl Robinson nicht schon Bescheid gesagt, und der stand jetzt vor der Tür? Sie war noch nicht so weit, und wenn er tatsächlich da draußen vor der Tür stand, dann hatte er keine besonders gute Laune. Als es noch einmal klopfte, diesmal mit mehr Nachdruck, bewegte sich auch Niamh.

„He, Blondie, mach auf!"

„Marsh", flüsterte Niamh. Sie warf einen Blick auf die Uhr und verzog das Gesicht. Die hatte sie auf Ortszeit umgestellt, als der Pilot verkündet hatte, dass sie sich dreißigtausend Fuß über Tennessee befänden. „Mitternacht."

Verschlafen und barfuß tapste Alice über den flauschigen Teppich zur Tür und öffnete sie.

„Ich hab's geahnt!", sagte Marsh und verzichtete wie üblich auf die unter der Restbevölkerung üblichen Höflichkeitsfloskeln und die Begrüßung. Stattdessen eilte er schnurstracks ins Zimmer. „Ich hab euch engagiert und bezahlt, ihr turnt jetzt in meiner Manege. Also: hoppi, poppi, immer schön locker vom Hocker, auf los geht's los." Dabei hopste er zwecks Illustration seiner wirren Worte auf und ab, was wohl locker-flockig aussehen sollte. „Verstehen wir uns? Wir sind weder in Kansas noch im Kino."

Alice und Niamh sahen sich verständnislos an. Wahrscheinlich war das ein Zitat aus einem Film, den alle Amerikaner kannten, nur sie nicht.

„Sie erwarten doch nicht, dass wir jetzt ausgehen?“, fragte Niamh und dachte an die große Wanne im Bad und den flauschigen Bademantel, den sie dort hatte hängen sehen. „Wir waren den ganz Tag unterwegs. Außerdem ist Alice verletzt.“

Marsh inspizierte Alice von Kopf bis Fuß, seine Miene drückte alles andere als Mitgefühl aus. „Dann werd schnell wieder gesund, Mädchen.“

„Es geht schon“, seufzte Alice und fügte in Gedanken sarkastisch hinzu: Danke, dass Sie sich so nett nach meinem Wohlergehen erkundigen. „Es scheint mir ein wenig spät am Tag zu sein, um rauszurennen und Robinson zu überraschen.“

Er verdrehte die Augen. „Bist du verrückt? Ein Fahrer wird dich, und zwar dich allein, morgen früh pünktlich um neun Uhr abholen. Und bring ja nicht – ja nicht – deine durchgeknallten Freunde hier mit.“ Vorwurfsvoll sah er Niamh an, bevor er sich wieder an Alice wandte. „Schlimm genug, dass die überhaupt alle hier sind. Wenn die mir jetzt noch den Duff so kurz vor seinem Auftritt kirre machen – das geht gar nicht. Also, du, allein, um Punkt neun! Die anderen holt der Fahrer um sechs zum Konzert ab.“ Drohend sah er Niamh an. „Und ihr benehmt euch!“

Sprach’s, machte auf dem Absatz kehrt und war so plötzlich verschwunden, wie er erschienen war. Überrumpelt starrten Alice und Niamh durch die offen stehende Tür.

Alice schloss sie vorsichtig. Dabei gingen ihr seine Worte durch den Kopf.

„Niamh, hast du das verstanden? Was meinte er eben? Ich dachte, er hätte uns alle eingeladen.“

Niamh wich Alice' Blick aus und polterte dann: „Na ja, du weißt doch, wie er ist, Alice! Er ist … halt merkwürdig! Er sagt das eine und macht das andere."

Alice zog ihren Koffer hervor und suchte nach ihrem Nachthemd. Marshs Worte spukten ihr immer noch im Kopf herum.

„Genau, das ist es ja", sagte sie, immer noch verwirrt. „Marsh sagt eben nicht einmal hü und einmal hott. Klar, er ist merkwürdig. Und ja, er redet viel. Aber dabei ist er extrem rational und zielgerichtet." Alice setzte sich auf die Bettkante, ihr Nachthemd hielt sie in der Hand, und sah ihrer Freundin ins Gesicht. „Niamh, gibt es da etwas, das du mir sagen willst? Falls ja, dann wäre die Gelegenheit jetzt günstig."

Robinson schob den Teller mit den Pfannkuchen beiseite und griff nach dem heißen Kaffee, den ihm jemand in die Garderobe gebracht hatte. Er hatte an diesem Morgen keinen Appetit. Er aß ohnehin nie viel an den Tagen, an denen er einen Auftritt hatte. Und heute meldete sich obendrein ein kleiner Kater. Der Bourbon, den er sich gestern genehmigt hatte, um schlafen zu können, war wohl doch zu großzügig bemessen gewesen. Dass Marsh ihn am frühen Morgen in das Stadion geschleift hatte, war auch nicht gerade hilfreich gewesen.

Er kannte seine Texte und die Reihenfolge der Songs, er war so gut vorbereitet auf heute Abend, wie es nur eben ging. Das Einzige, was Marsh nicht managen und auch Robinson nicht herbeizaubern konnte, war die Ausstrahlung. Er hatte sie natürlich, aber sie war dieser Tage tief in ihm drin verschlossen. Das machte Robinson Angst. So hatte er sich noch nie vor einem Konzert gefühlt, Lampenfieber kannte er eigentlich auch nicht. Bei den Proben hatte die Leidenschaft, das gewisse Etwas, gefehlt, und er spürte die Besorgnis, die sich langsam in der gesamten Crew breitmachte. Aber er konnte es nicht steuern. Wenn er könnte, würde er da auf der Bühne alles geben. Er war Profimusiker und lange genug im Geschäft. Seine Fans wollten ihn heute Abend spielen sehen und hatten ihr hart verdientes Geld für eine Konzertkarte ausgegeben. Auf keinen Fall wollte er sie enttäuschen. Allein der Gedanke daran ließ ihn in Schweiß ausbrechen. Er sagte sich selbst jeden Tag, dass es ihm bald besser gehen würde, morgen, übermorgen, am nächsten Tag. Jetzt trennten ihn aber nur noch Stunden von dem Moment, in dem er auf die Bühne musste. Es gab kein Morgen mehr, auf das er sich vertrösten konnte. Jetzt war Showtime. Er kippte seinen Kaffee in den nächsten Blumentopf, trat aufgebracht gegen den Tisch und stand auf. Über die Sprechanlage rief jemand aus der Crew seinen Namen. Eine weitere Bühnenprobe stand auf dem Programm. Gott, was kam er sich erbärmlich vor!

Alice, die auf dem Weg zum Stadion saß, erging es genauso. Sie hatte so viele Tage und Nächte mit Robinson Duff zusammen verbracht, doch der Mann, dem sie gleich begegnen sollte, kam ihr wie ein Fremder vor. Sie sah die riesigen Plakate, die vor dem Stadion hingen. Der Mann, mit dem sie einen heißen Sommer voller Liebe in ihrem Wohnwagen zugebracht hatte, war auch auf der übergroßen digitalen Anzeige an dem Gebäude zu sehen, sein Name lief dort in XXL-Buchstaben über den Bildschirm, zusammen mit einer Zeitangabe, die die Stunden und Minuten bis zum Konzertbeginn hinunterzählte.

Dies hier war eine ganz andere Welt als Borne. Hätte sie daran erinnert werden müssen, wie unterschiedlich und vor allem unvereinbar ihrer beider Leben war, hier war der Beweis. Der

Mann, mit dem sie einen Liebessommer verbracht hatte, war nicht der echte Robinson Duff gewesen. Dieser hier war der echte. Wenn sie sich nicht so sicher gewesen wäre, dass Marsh sie überall finden und an den Haaren zurückschleifen würde, hätte sie den Fahrer gebeten, sie umgehend zum Flughafen zu bringen. Sie hatte Angst, große Angst.

Marsh nahm Alice in der Eingangshalle gleich hinter den riesigen Glastüren im Empfang und schob und schubste sie geradezu in einen Seitengang, der in die weite und noch leere Halle führte. Wahnsinn, es war überwältigend groß. Wie brachte er das fertig? Wie schaffte er es, vor so vielen Menschen dort oben auf der Bühne zu stehen?

„So, pass auf", herrschte Marsh sie an. „Du setzt dich da auf die Tribüne und guckst zu." Er ließ ihr keine Wahl, sondern drückte sie auf einen Sitz in der Mitte, von wo aus sie die ganze Bühne überblicken konnte.

„Okay, Blondie. Sieh dir das an, es wird dir das Herz brechen."

Damit ging er und ließ sie allein dort sitzen. Alice kam sich winzig und unsichtbar inmitten all der leeren Sitze vor. Mitglieder der Crew wuselten umher. Hier und da schnappte Alice Satzfetzen in dem weichen Südstaatenakzent auf – der Akzent, den sie im Sommer so oft gehört hatte, der ihr in dem Wohnwagenbett ins Ohr geflüstert worden war und im Baumhaus und in der Jurte. Sie wurde aus ihren Erinnerungen gerissen, als die übergroßen Bildschirme rund um die Bühne angingen und Bilder von Robinson darauf erschienen. Bilder von anderen Konzerten in ausverkauften Hallen, backstage mit Crewmitgliedern herumalbernd, mit jemandem lachend, der ihm ein

Bier reichte, ein junges Mädchen umarmend, dem Tränen der Begeisterung und Rührung in den Augen standen. Er war so großartig, wie sie ihn kennengelernt hatte. Die Schnappschüsse aus seinem Leben ließen ihn wieder etwas echter wirken, verrieten den Menschen hinter dem großen Star, und sie erkannte den Mann wieder, den sie in Borne kennengelernt hatte. Auf der Bühne vor ihr bereiteten sich die Musiker aus Robinsons Band vor. Die Atmosphäre war locker und entspannt. Dann kam Robinson selbst auf die Bühne, und ihr stockte der Atem. Er unterhielt sich mit einem anderen Mann. Alice erkannte die Gitarre, die er an dem Ledergurt um den Hals trug, auf der hatte er im Baumhaus gespielt. Die Erinnerung verband ihrer beider Leben wie ein seidener Faden.

Sobald er auf der Bühne stand, änderte sich die Stimmung schlagartig. Nicht nur auf der Bühne, sondern im ganzen Stadium schien es zu knistern. Die Arbeiter konnten die Augen kaum von ihm abwenden. Die Crewmitglieder flitzten noch emsiger umher. Als ginge eine Art Ruck durch den Raum. Den auch Alice spürte. In dem Augenblick sah Alice ihn wieder mit anderen Augen, sie sah den Star, den großen Sänger.

Ihr Herz schlug schneller bei seinem Anblick, und ihre Kehle wurde trocken in Vorfreude auf das Konzert. Am liebsten wäre sie aufgestanden und hätte gewinkt, bis er sie auf der Tribüne entdeckte. Andererseits wollte sie am liebsten, dass er sie überhaupt nicht bemerkte. Schließlich war das hier seine Welt, und wer wusste schon, was geschah, wenn er erfuhr, dass sie hier war. Würde es ihn aufregen, so sehr, dass womöglich sein Auftritt darunter litt? Oder überschätzte sie sich und ihre Bedeutung für ihn, weil sie gemerkt hatte, wie viel er ihr bedeutete? Ihr war immer noch nicht klar, warum Marsh sie unbedingt hierhaben wollte. Auch nicht, nachdem Niamh ihr von Marshs Anruf berichtet hatte. Wäre sie auch hier, wenn sie an dem Abend ans Telefon gegangen wäre?

Wahrscheinlich ja. Denn wenn Robinson sie wirklich brauchte, war sie für ihn da. Aber vermutlich wäre sie ohne die anderen gekommen. Andererseits war es gut, Niamh an ihrer Seite zu haben. Und sie nahm ihr die Geheimniskrämerei nicht einmal übel, sie hatte die spontane Zusage gemacht, um Alice wachzurütteln, weil sie gedacht hatte, dass Alice Nein sagen würde. So hatte sie es gestern Nacht erklärt. Und Alice kannte sie gut genug, um zu wissen, dass Niamh mit der besten Absicht so entschieden hatte und nur ihr Bestes wollte.

Als die Band zu spielen begann, laute und eindrucksvolle moderne Countrymusik, bekam sie eine Gänsehaut. Die Musik klang unglaublich, so satt und melodisch, am liebsten wäre sie aufgesprungen und hätte getanzt. Alice dachte an gar nichts mehr, außer an Robinson Duff da hinten auf der Bühne, wo er selbstvergessen seinen Auftritt hinlegte. Das war faszinierend, elektrisierend. Er war auf lässige Weise cool, offensichtlich war er auf der Bühne zu Hause, er wusste, was er tat. Und das alles, bevor er überhaupt einen Ton über die Lippen gebracht hatte.

Als er dann zu singen anfing, war es gänzlich um sie geschehen. Seine Stimme erfasste jeden Winkel des Stadions. Er sang einen schwungvollen, schnellen Song, eine gute Nummer, um das Konzert zu beginnen. Herrje, wenn das eine Probe war, was würde erst heute Abend abgehen? Ein Schauer lief ihr über den Rücken, als er sich zu dem Drummer umdrehte und etwas sagte, woraufhin die Band lachte. Robinson lachte mit ihnen. Der Klang seiner Stimme und sein schönes, unbeschwertes Lachen brachten sie ebenfalls zum Lachen. Sie drückte sich die Hand auf den zitternden Mund, Tränen liefen ihr über die Wangen, während sie alleine dasaß und ihn anstarrte. Sein Lachen hatte sie den Sommer über begleitet. Erst jetzt, als sie es hörte, wurde ihr schmerzlich bewusst, wie sehr sie es vermisst hatte. Robinson trank einen Schluck Wasser aus einer Plastikflasche, die hinter einer Box stand. Dann schlug er die Akkorde des nächsten Songs auf seiner Gitarre an. Ein langsameres Stück, bittersüß. Seine Haltung änderte sich ebenfalls. Die Schultern waren angespannt, sein Blick auf den Boden gerichtet. Er fing an zu singen. Ein Liebeslied. Es tat weh, ihn über eine Frau singen zu hören, die er liebte, seine Gefühle trug er auf der Zunge, rein und klar.

Hatte er das Lied für Lena geschrieben? Die Bildschirme am Rand der Bühne zeigten sein Gesicht aus nächster Nähe. Als sie ihn so betrachtete, aus der sicheren Entfernung von ihrem Tribünensitz, so nah und doch so fern, sah sie, was Marsh dazu veranlasst hatte, sie und die anderen zum Konzert einzufliegen. In Robinsons Augen stand Einsamkeit, das traurige Lied nahm ihn offensichtlich mit. Gefühle auf der Bühne waren das eine, das hier war jedoch etwas ganz anderes. Er machte den Eindruck, als wolle er den Text gar nicht singen, als tue es ihm weh, die traurigen Worte hervorzubringen. Ohne darüber nachzudenken, stand Alice auf und ging den Gang in Richtung der Bühne entlang – zu ihm.

Zuerst bemerkte er sie gar nicht und sang weiter. Er blickte auf, als sie näher kam, wahrscheinlich ein Reflex, weil er aus dem Augenwinkel eine Bewegung wahrgenommen hatte. Nach einem kurzen, abwesenden Blick in ihre Richtung senkte er den Kopf wieder und sah zu Boden. Dann, ganz langsam, hob er den Kopf, sein Blick fokussiert und suchend. Auf beiden Seiten der Bühne konnte sie sein Gesicht in Großaufnahme auf der digitalen Leinwand sehen. So sah sie exakt den Moment, in dem er sie erkannte, dass sie in Nashville war und jetzt vor der Bühne stand. Den Song hatte er nur zur Hälfte gesungen, die Worte und die Melodie erstarben in seiner Kehle. Über sein trauriges Gesicht flackerte Hoffnung, seine Augen verengten sich zu Schlitzen, er blinzelte skeptisch, um sicherzugehen, dass sie ihm nichts vorgaukelten.

Und dann kam es, sein typisches, lässig langsames Lächeln, das Frauen überall auf der Welt verrückt machte und das Alice so vermisst hatte, jeden Tag, seit er aus Borne weg war. Schnell legte er die Gitarre zur Seite, während die Bandmitglieder sich fragend ansahen. Sie wussten nicht, ob sie weiterspielen sollten oder nicht. Doch schließlich hörten sie auf und warteten ab, was passierte. Zusammen mit der restlichen Crew und den Bühnenarbeitern hielten sie inne und beobachteten neugierig, wer da Robinsons Aufmerksamkeit von der Probe abgelenkt hatte.

Alice kümmerte sich nicht um die anderen Menschen in dem Stadion. Sie hatte nur Augen für Robinson Duff. Aus der Eile, mit der er vom Bühnenrand sprang und geradewegs auf sie zurannte, schloss sie, dass er genauso glücklich über das Wiedersehen war wie sie. Kurz vor ihr drosselte er sein Tempo. Plötzlich war sie ganz benommen und blieb ebenfalls stehen.

„Du bist wirklich hier, Goldlöckchen", sagte er mit brechender Stimme. Seine Augen huschten ungläubig über ihr Gesicht, als könne er es nicht fassen, dass sie da war, obwohl sie doch nur einen Meter entfernt vor ihm stand. „Du bist wirklich hier."

Halb lachend, halb weinend nickte sie. Er lachte auch, und mit zwei großen Schritten war er bei ihr. Alice schloss die Augen, als seine Arme ihren Körper umschlangen und er sie an sich zog, in die leidenschaftlichste Umarmung, die sie je erlebt hatte.

„Wie kommt das?“, fragte er und hob ihr Kinn, um ihr in die Augen sehen zu können. Dabei strich er zärtlich über ihr Gesicht.

Alice hob leicht die Schultern.

„Ich war zufällig in der Stadt und dachte, ich schaue mal vorbei und sehe mir das Konzert an“, sagte sie leichthin, als rede sie vom Wetter.

„Tut mir leid, Liebes, ausverkauft.“ Er lächelte. Sein Blick lag immer noch auf ihr, voller Verlangen, aber auch etwas ungläubig.

„Wie schade“, flüsterte sie und hielt seinen ihr so vertrauten Körper. „Dabei bin ich extra von so weit hergekommen.“

„Du zitterst“, sagte er. Und endlich senkte er seine Lippen auf ihre und küsste sie. Ein langer, gefühlvoller Kuss, der ihre Knie weich werden ließ. Dieser Kuss war die endlosen einsamen Tage voller Sehnsucht wert. Alice schmiegte sich so eng an ihn, dass sie ineinander zu verschmelzen schienen. Die Arme hatte sie um seinen Nacken geschlungen. Ihre Finger spielten in seinem Haar am Hinterkopf.

Die Band auf der Bühne spielte das Lied zu Ende und jubelte und applaudierte spontan, die Crew und alle anderen Anwesenden fielen in den Jubel ein.

Robinson hielt ihren Hinterkopf und drückte ihr zärtlich einen Kuss auf die Stirn. Er lachte.

„Bleibst du?“, fragte er. Sie wusste nicht, ob er den heutigen Auftritt, einen Ferienbesuch oder die Ewigkeit meinte. Aber das war egal, die Antwort war in jedem Fall dieselbe.

„Ja.“

Hinter ihrem Rücken hörten sie Schwingtüren aufgehen, und dann sahen sie auch schon Marsh mit seinem Stetson winkend auf sie zumarschieren.

„Danke, Marsh!“, rief er ihnen zu. „Keine Ursache, bitte schön, Robinson.“

Robinson grinste, fuhr sich durchs Haar und schüttelte den Kopf über seinen Manager.

„Du warst das.“

„Klar, ‚I'm gonna save the fuckin' day‘, um Nicolas Cage in ‚Con Air‘ zu zitieren“, sagte Marsh gut gelaunt. „Und jetzt, auch wenn ich hiervon …“, er verdrehte die Augen und wedelte nachlässig mit der Hand in ihre Richtung, „…sehr gerührt bin, muss die kleine Dame ihren Hintern so schnell wie möglich hier rausbewegen.“

Robinson hielt ihre Hand. „Auf keinen Fall, sie bleibt bei mir.“

„Damit sie dich den ganzen Tag lang ablenkt? Nie und nimmer, Söhnchen. Das wird nicht möglich sein.“

Robinson setzte zur Widerrede an, aber Alice streckte sich und küsste ihn auf den Mund.

„Schon in Ordnung“, sagte sie. „Marsh hat recht. Ich komme heute Abend zum Konzert zurück.“ Mit einem Blick auf Marsh sagte sie: „Es soll noch einen freien Platz geben, habe ich gehört.“

Marsh tippte bestätigend auf seine Brusttasche, und Robinson nickte widerwillig.

„Aber hau danach nicht ab!“, sagte er und strich mit seinem Daumen über ihre Unterlippe.

„Ich bleibe da“, flüsterte sie. Sie drehte ihr Gesicht in seine Handinnenfläche und küsste sie. Dann machte sie sich von ihm los. „Bis heute Abend.“

„Bis nachher“, sagte Robinson und konnte kaum die Augen von ihr lösen, als sie sich abwandte und ging.

Marsh räusperte sich extralaut, und Alice musste lachen. Als sie neben ihm war, beugte sie sich schnell zu ihm und hauchte ihm ein flüchtiges Küsschen auf die Wange.

„Danke, Marsh."

Er schnaubte verächtlich, nahm sie am Ellenbogen und marschierte mit ihr in die Eingangshalle, wo bereits die Verkaufsstände mit T-Shirts, Postern und CDs aufgebaut wurden.

„Du brauchst mir nicht zu danken, Blondie. Allein der Erlös aus den Merchandising-Produkten bedeutet einen neuen Swimmingpool für mich."

31. Kapitel

Gegen sieben Uhr an dem Abend saß Gruppe 7 aus Borne, kurz: die G7B, in einer Reihe nahe der Bühne und war wahnsinnig aufgeregt. Von ihren Plätzen hatte sie einen erstklassigen Blick.

„Ich kann es gar nicht erwarten, ihn zu sehen", sagte Hazel. Ihr Blick war schon jetzt verträumt, noch bevor Robinson die Bühne betrat. Sie war herausgeputzt wie Dolly Parton und sah mehr wie Dolly Parton aus als Dolly Parton selber. Abgesehen von einigen wesentlichen körperlichen Merkmalen natürlich. Hazel und Stewie waren nachmittags in der City shoppen gewesen. Hazel war jetzt stolze Besitzerin einer schneeweißen Jacke aus Leder und Jeansstoff, über und über mit Strass besetzt, und dazu passenden Cowboystiefeln. Stewie hatte sich im gleichen Stil herausgeputzt, bloß dass er in Schwarz war, passend zu seiner Elvis-Perücke. In der Reihe neben ihnen saßen Jase und Dessy. Sie mussten den Merchandise-Stand geplündert haben, so wie sie aussahen. Sie trugen Robinson-Duff-T-Shirts, sein Gesicht prangte übergroß auf der breiten Brust der Männer. Ihre Baseballcaps zierte Robinsons Autogramm. Zum Glück trugen sie darunter keine Perücken.

Sogar Ewan hatte sein übliches schwarzes Gruftie-Outfit aufgepeppt und trug eine dünne Wollmütze mit Robinsons Namen. Er lümmelte auf seinem Sitz am Ende der Reihe und filmte das Stadion mit seinem Handy.

„Das wird bestimmt seltsam, ihn so zu sehen, wie ihn seine

Fans sehen“, sagte Niamh. Sie drehte sich um und sah auf die Reihen hinter ihnen, die sich immer mehr füllten. Die Aufregung und Vorfreude der Fans waren geradezu mit den Händen zu greifen. Die großen Leinwände seitlich der Bühne zeigten die Filme und Fotos von Robinson, die Alice vorhin schon bei der Probe gesehen hatte. Viele Konzertbesucher schauten sie sich mit verträumten Blicken an. Die Fantasien über ihren gut aussehenden, charismatischen Lieblingssänger waren bestimmt nicht immer jugendfrei. Alice konnte das nachvollziehen, in Wahrheit ging es ihr genauso. Allerdings war sie der glücklichste Fan von allen, vor allem seine glücklichste Verehrerin. Denn wenn nach dem Konzert die Bühnenlichter ausgingen und alle Besucher wehmütig den Heimweg antraten, würde sie hinter die Bühne gehen und den Superstar treffen. Sie hatte noch keine genaue Vorstellung davon. Ihr reichte es zu wissen, dass sie ihn wiedersehen würde. Ihn sehen, ihn berühren, ihn küssen.

„Ich wünschte, ich hätte damals mein Handy dabeigehabt, als er nackt aus deinem Wohnwagen sprang“, flüsterte Niamh ihr schelmisch grinsend zu. „Wenn ich davon ein Foto hätte, hätte ich Geld wie Heu.“

Alice berührte die Kamera, die um ihren Hals hing. Sie hatte im Sommer Hunderte Fotos von Robinson geschossen, die sie an ihre gemeinsame Zeit erinnern sollten, sobald er weg war. Sie hatte sich nicht vorgestellt, dass sie jetzt seine Welt besuchen würde, so wie er vorher ihre besucht hatte. Auf dem langen Flug hierher hatte sie endlos darüber gegrübelt, ob ihr Verhältnis in Nashville ein anderes wäre. In dem Moment jedoch, in dem seine Augen bei ihrem Anblick aufgeblitzt hatten, hatte sie es gewusst: Egal, wo in aller Welt sie sich befanden, zwischen ihnen wäre es immer gleich.

Die Vorband leistete ganze Arbeit. Als sie von der Bühne ging, war das bis auf den letzten Platz gefüllte Stadion warmgerockt, und die Vorfreude auf den Star des Abends schäumte über. Die Aufregung war körperlich spürbar, das Trampeln von Tausenden von Füßen auf dem Boden war wie ein Herzschlag. Die Sitzreihen vibrierten unter dem Stampfen. Und alle riefen seinen Namen: „Duff. Duff. Duff." Alice war nur froh, dass sie das nie erlebt hatte, diesen Teil seines Lebens nicht gekannt hatte, bevor er nach Borne gekommen war. Denn sie wäre wohl nicht in der Lage gewesen, mit ihm wie mit dem Typen von nebenan umzugehen, wenn sie gewusst hätte, wie berühmt und beliebt er war. Ihre Unwissenheit war für sie beide ein Segen gewesen.

Niamh nahm ihre Hand und drückte sie, als Robinson plötzlich wie aus dem Nichts auf der Bühne erschien, seine Gitarre wie immer lässig um den Hals gehängt. Auf den Leinwänden erschien sein Gesicht in Großaufnahme, sodass auch die Zuschauer in den hinteren Reihen ihn sehen konnten. Das gesamte Stadion stand wie in einer einzigen andächtigen Bewegung auf. Robinson hob grüßend die Hand und lachte in reinster Freude über die Begeisterung seiner Fans. Alice dachte, lauter könnten die Jubelrufe nicht sein. Doch dann bedankte er sich bei den Anwesenden für ihr Kommen und sagte, wie schön es sei, zurück in Nashville, der Music City, zu sein, und da brandete noch lauterer Jubel auf. Dies hier waren seine Leute, das war seine Stadt. Sie hatte jedes Wort des Interviews, das in dem Konzertprogramm abgedruckt war, verschlungen und alle Fotos angesehen, die ihn während seiner Tour durch ausverkaufte Konzerthallen von Australien über Moskau nach New York zeigten. In seiner Karriere gab es so viele Höhepunkte, aber hier in Nashville, seiner Heimatstadt, zu spielen musste etwas ganz Besonderes für ihn sein. Jeder Mann, jede Frau, jedes Kind in diesem Stadion himmelte ihn an, und sie feierten ihn als einen der Ihren.

Alice blickte die Sitzreihe entlang auf ihre Freunde aus Borne, die einen rührenden Anblick boten. Ewan, ganz am Ende der Reihe, sah wie ein kleiner Junge aus. Die Coolness des Teenagers war vergessen, er jubelte und klatschte wie die Menschen um ihn herum. Jase und Dessy schwenkten ihre Arme über den Köpfen und lachten übers ganze Gesicht. Stewie reckte die Faust und rief: „Robbie!" Die total überwältigte Hazel tupfte sich mit Stewies Taschentuch die Augen trocken. Nicht nur ihr ging es so. Alice blickte sich um und sah, dass alle weiblichen Fans von seiner Präsenz geradezu überwältigt waren.

Die Band spielte den Song an, den Alice schon am Morgen bei der Probe gehört hatte. Wie sie vermutet hatte, heizte er die Stimmung ordentlich an – dieser Rhythmus, die enorme Lautstärke und vor allem der wahnsinnig gut aussehende Sänger in der Mitte der Bühne. Keiner konnte die Augen von ihm lassen, in diesem Moment war er der aufregendste Mann auf der ganzen Welt. Er strahlte eine unangestrengte Selbstsicherheit aus, auf den Leinwänden sah man sein strahlendes Lächeln und seine leuchtenden grünen Augen. Alice sah nun, was alle anderen Frauen auch sahen, und sie konnte ihr Glück, einen ganzen Sommer mit ihm in Borne verbracht zu haben, kaum fassen. Selbst wenn das heute der letzte Tag mit ihm zusammen gewesen war, sie würde ihn nie vergessen und nichts bereuen.

Wie vormittags schon, drosselte die Band auch jetzt nach der Eröffnungsnummer das Tempo. Es erklang eine wunderschöne, bewegende Melodie. Der Jubel, der bei den ersten Takten aufbrandete, verriet Alice, dass es sich um einen seiner Hits handeln musste. Zu Recht, wie sie fand, er war einfach und doch ergreifend, steckte voller Gefühl und brachte seine Stimme voll zur Geltung. Die Menge schmolz förmlich dahin und wurde eins, seine ungekünstelte Stimme hüllte sie alle in warmen Samt. Sie sah ihn sich an, sah ihn wirklich an, und eine Welle tiefer Liebe ergriff sie und rann durch jede ihrer Adern. Das Gefühl war so stark, es zerriss ihr schier das Herz, aber für Robinson Duff wäre sie gestorben und glücklich dabei. Er war so ganz anders als heute Vormittag. Sein Spiel und sein Gesang waren immer noch gefühlvoll, sogar noch gefühlvoller als bei der Probe. Seine Augen aber hatten nicht mehr diesen einsamen, traurigen Ausdruck, sie glommen geradezu, und er starrte auch nicht auf den Boden, sondern suchte die vordersten Reihen der Fans ab. Er suchte sie, und als er sie gefunden hatte, galt sein laszives, schiefes Lächeln ihr allein, obwohl es über die Riesenmonitore Tausende von Fans teilten.

Niamh drückte Alice' Hand so fest, dass sie ihr fast die Knöchel brach.

„Er hat dich gesehen", rief sie laut und aufgeregt, Triumph flackerte in ihren dunklen Augen.

Alice nickte. Sie genoss jede Sekunde des Konzerts, dennoch wollte sie, dass es endlich vorbei war, damit sie ihn für sich allein hatte. Die zwei Stunden, die der Auftritt dauerte, vergingen wie im Flug und doch quälend langsam. Jeder Augenblick war eine Feier der schönsten Countrymusik, die Alice je gehört hatte. Manchmal laut, schwungvoll und ansteckend. Dann wieder zuckersüß und romantisch. Dazwischen gab Robinson kleine Anekdoten zum Besten, und die Menge hing an seinen Lippen. Sie fraß ihm aus der Hand. Als er schließlich seine Gitarre abnahm und von der Bühne ging, forderten sie eine Zugabe, immer lauter und lauter, bis er unter Jubel und Beifall zurückkam.

Er lachte erleichtert und glücklich. Er hatte keine andere Wahl und musste die Menge jubeln und grölen lassen. Dann griff er wieder nach seiner Gitarre, legte sich den Riemen um den Hals und hob die Hand, um der Menge Ruhe zu gebieten, weil er etwas sagen wollte.

„Wollt ihr ein neues Lied hören?“, fragte er. Er lachte, als erneut Jubel und Beifall aufbrandeten. Lächelnd wartete er, bis es wieder ruhig wurde.

„Okay. Geplant hatte ich das nicht, aber jetzt fühlt es sich richtig an.“ Er räusperte sich. „Den Song habe ich vor Kurzem geschrieben. Er heißt ‚One Hot Summer‘. Ich hoffe, er gefällt euch.“ Er rückte seine Gitarre zurecht und spielte die ersten Akkorde. Im Stadion war es mucksmäuschenstill. Als er zu singen begann, gab es für Alice nur noch Robinson, die Welt um sich herum vergaß sie komplett. Es gab nur noch Robinson Duff, der für sie sang, wie im Baumhaus in Borne. Er sah in ihre Richtung, während er die Geschichte ihrer Liebe erzählte. Es gelang ihm meisterhaft, ihre Begegnung und ihr Zusammensein in den kurzen Worten und der Melodie des dreiminütigen Songs einzufangen.

„Ein Engel in meinem Bett“, sang er mit tiefer, bewegender Stimme. „Und in meinen Träumen, rote Stiefel, Sonnenschein und blondes Haar im Wind.“ Er sang für die Menge, aber mit seinen Worten liebte er nur sie allein. Der Wunsch, der Sommer möge nie enden, kam direkt aus seinem Herzen. Mit geschlossenen Augen sang er wie im Gebet über das wunderschöne, verzauberte Mädchen in Jeanshosen.

Alle Frauen im Publikum seufzten schmachtend und wünschten sich, sie wären die Frau, die er besang und die er sah, wenn er die Augen schloss.

Bei dem Lied beugte sich die G7B geschlossen im Sitz nach vorn und schaute wissenden Blicks zu Alice. Dessy ließ ungeniert Tränen über seine Wangen fließen, er zeigte von Robinson zu Alice und zurück. Dabei sagte er: „Das Lied handelt von euch", für den Fall, dass sie das noch nicht begriffen hatte.

Natürlich hatte sie das begriffen. Dank dieses Songs beschloss Alice, dass in ihrem Leben nichts so wichtig war wie Robinson Duff.

„Robbie!"

Robinson wusste sofort, wer da seinen Namen rief. Weil niemand sonst auf der großen weiten Welt ihn „Robbie" nannte. Er blickte sich im Backstage-Bereich um, entschuldigte sich bei der jungen Frau, der er gerade ein Autogramm auf den nackten Unterarm gegeben hatte, und drängelte sich durch die Menschen freudig lächelnd auf Stewie zu. Nach den zweieinhalb Stunden auf der Bühne war er fix und fertig. Die plötzliche Wiedersehensfreude und die Zuneigung, die er für diese herrlich durchgeknallten Engländer empfand, kamen wie aus dem Nichts und überraschten ihn selbst am meisten.

„Hey, ihr! Ihr seid ja wirklich alle da!"

Stewie umarmte ihn schwungvoll. Dann war Hazel in ihrer Strassjacke an der Reihe. Sie lächelte verträumt und glücklich.

Ewan schüttelte Robinson voller Ernst die Hand. Er wurde von Jase und Dessy beiseitegeschubst, die Robinson gleichzeitig umarmten und ihm kumpelhaft auf die Schulter klopften.

Robinson genoss das Wiedersehen, als wären sie alle seine Familie. Dann trat er zu Niamh.

„Zuerst habe ich dich gar nicht erkannt, mit so vielen Klamotten an", scherzte sie. Er lachte in Erinnerung an den Tag, an dem er nackt aus dem Wohnwagen gesprungen war. Er neigte sich zu ihr hinab und gab ihr einen Kuss auf die Wange, und sie nutzte die Gelegenheit und flüsterte ihm zu: „Brich ihr ja nicht das Herz, oder du kriegst es mit mir zu tun."

Robinson nahm es ihr nicht übel. Im Gegenteil, er wünschte, er hätte einen so guten Freund gehabt, der hinter ihm stand, statt ihm die Frau vor der Nase wegzuschnappen. Er sah sich suchend um, Alice war nicht da.

„Wo ist sie?", fragte er. Sein noch wundes Herz schlug schmerzhaft gegen seine Rippen. *Oh Gott, sie darf nicht gegangen sein, ohne sich zu verabschieden*, dachte er. Niamh erkannte die Angst in seinem Blick, legte ihm die Hand auf den Arm und lächelte.

„Keine Sorge, Marsh hat sie in deinen Backstage-Raum gebracht. Wir gehen essen, ohne Alice. Ich glaube, sie isst mit dir … oder", Niamh zuckte verlegen mit den Schultern und grinste, „… oder was auch immer sie macht, jedenfalls macht sie es mit dir."

Erleichtert atmete er auf. Eine Nachricht so schön wie kaltes Wasser an einem heißen Tag. Sie war hier. Er musste sie nur finden. Er entschuldigte sich und versprach, dass sie sich in den nächsten Tagen wiedersehen würden. Dann huschte er an den Fans, die auf ein Autogramm warteten, vorbei und aus einem Nebeneingang nach draußen.

32. Kapitel

Alice wusste nicht, was sie mit sich anfangen sollte. Sie hatte es bereits mit der durchgesessenen Ledercouch versucht. Die war zwar sehr bequem, aber Alice war zu unruhig, um nur dazusitzen. Dann probierte sie es mit dem Platz vor dem Spiegel und schob unter den Lichtern an der Spiegelwand ein paar Minuten lang die leeren Kaffeebecher und ein Plektrum hin und her. Dann stand sie wieder auf und ging den ausgefransten Teppich auf und ab. Dabei besah sie sich die Fotos von den Größen des Showbusiness, die hier schon gespielt hatten. Der Ankleideraum war gemütlich, das gedämpfte Licht sollte die Nerven der von Lampenfieber geplagten Musiker beruhigen. Aber selbst dieser angenehme Zustand konnte die Abermillionen Schmetterlinge in ihrem Bauch nicht zur Ruhe bringen.

Großer Gott, was, wenn er sie nicht hierhaben wollte? Was, wenn er seit heute Morgen Zeit zum Nachdenken gehabt und beschlossen hatte, dass ihre Beziehung mit seinem Weggang aus Borne zu Ende war? So hatte es ja ursprünglich sein sollen. Die Schmetterlinge hielten plötzlich still, wie auf einem Kindergeburtstag, bei dem alle stillstehen müssen, sobald die Musik ausgeht.

Die Musik … der Song vorhin. Den hätte er doch nicht geschrieben und vor allem nicht heute Abend vor ihr als Zugabe gespielt, wenn er sie nicht in Nashville haben wollte, oder? Langsam fingen die Schmetterlinge wieder an, ihre Flügel zu bewegen, und setzten zum Schwirren an, als sie sich sein Gesicht beim Singen dieses Songs ins Gedächtnis rief.

Sie hörte, wie eine Tür am anderen Ende des Flurs ins Schloss fiel, und dann Schritte, die sich näherten und sie noch nervöser machten. Sie wollte nicht in der Mitte des Raumes stehen, wenn er eintrat, das sähe komisch aus. Also wechselte sie doch wieder zum Sofa, im letzten Moment entschied sie sich für die Sofalehne, auf die sie sich aufrecht und mit gekreuzten Füßen setzte. Dann bewegte sich der Griff, und die Tür ging auf. Jetzt war es vollkommen egal, wo sie saß oder stand oder ob sie einen Kopfstand machte, denn Robinson rauschte in den Raum und zog sie in seine Arme. Er küsste sie, bis sie atemlos vor Glück war. Die Schmetterlinge taumelten wie beschwipst.

„Ich hatte Angst, dass ich dich bloß erträumt habe", sagte er und hielt ihr Gesicht zwischen seinen Händen. „Ich habe dich so vermisst."

„Ich bin kein Traum", flüsterte sie voller Leidenschaft. „Ich bin hier für dich, solange du mich möchtest."

Er lächelte sein schiefes Lächeln, und ein Mundwinkel kräuselte sich.

„Was, wenn ich sage, dass du für immer hierbleiben sollst, Goldlöckchen?"

Alice zögerte keine Sekunde. „Dann sage ich Ja."

Robinson sah sie eindringlich an.

„Und was ist mit deinem Leben in Borne? Das Haus, der Wohnwagen ... Du hast da so viel vor."

Alice schüttelte den Kopf. Der Gedanke, all diese ihr so wertvollen Dinge zu verlieren, war bei Weitem nicht so schmerzlich, wie sie gedacht hätte. Als würde Robinson ihr innere Stärke verleihen, sodass alles Schlechte im Leben ihr nichts mehr anhaben konnte.

„Ich verkaufe es."

„Dann kaufe ich es für dich."

Sie lachte leise. „Das möchte ich nicht."

„Im Ernst, Alice", sagte er und strich ihr das Haar hinters Ohr. „Behalte es. Es ist dein Zuhause. Ich weiß, wie sehr du es liebst."

Alice bezweifelte keine Sekunde lang, dass er alles tun würde, damit sie es behalten konnte, wenn sie wollte.

„Zuhause ist ein merkwürdiger Begriff. In diesem Sommer habe ich gelernt, dass es nicht ein Ort ist, an dem man zu Hause ist." In Gedanken war sie schon aus dem Haus ausgezogen und zu ihm, in seine beschützenden Arme, gezogen.

„Ja, ich liebe das Haus", sagte sie. „Aber dich liebe ich viel mehr."

Wenn sie nur einen Augenblick in ihrem Leben aufzeichnen könnte, sie würde diesen wählen. Die Art, wie Robinson sie ansah, als sie ihm zum ersten Mal gestand, dass sie ihn liebte.

Ein Geräusch drang aus seiner Kehle, dunkel und tief, irgendwas zwischen erleichtertem Stöhnen, sehnsuchtsvollem Seufzen und leitwölfischem Knurren. In Alice' Ohren klang es vertraut und noch intimer als das Liebeslied vorhin, denn es war nur für ihre Ohren bestimmt.

„Meine wunderschöne Alice", hauchte er rau. Sein Mund bewegte sich über ihr Gesicht, von ihren tränengetränkten Wimpern hin zu ihren bebenden Lippen. „Ich liebe dich auch, mehr, als ich Worte oder Lieder habe, es dir zu sagen. Ich glaube, ich habe dich von dem Augenblick an geliebt, in dem du mir die Tür in Borne geöffnet hast." Er küsste sie. Sein Kuss sagte: Willkommen zu Hause, ich werde dich bis ans Ende deines Lebens lieben.

„Wenn du nicht zu mir gekommen wärst, wäre ich zu dir gekommen", sagte er. „Das würde ich immer noch tun, wenn du das möchtest. Wir können zusammen in dem Haus leben und Kinder kriegen, supersüße kleine Feen und Elfen mit roten Regenstiefeln und blondem Haar, das im Wind flattert, und Augen so blau wie der Sommerhimmel."

Alice schloss die Augen und sah sie durch den Wald in Borne laufen, den bunten Trupp blonder kleiner Mädchen in lustigen Kleidern und sonnengebräunter kleiner Jungen mit dreckigen Gesichtern und herbstgrünen Augen. Sie konnte sie beinahe riechen, sie rochen nach einer Mischung aus dem englischen Morgenwald und Vanillekeksen. Sie konnte sie beinahe hören, ihr ausgelassenes, ansteckendes Lachen. Zauberhafter als jedes Märchen. Sich von dieser Vorstellung zu verabschieden fiel ihr unendlich viel schwerer, als sich von dem Haus zu verabschieden. Sie schüttelte widerwillig den Kopf und öffnete die Augen.

„Darf ich hier bei dir bleiben?"

„Du darfst für immer bleiben", gab er sofort zurück. Er küsste sie und ließ seine Zunge langsam ihren Mund erkunden, von sacht über leidenschaftlich zu verboten in Sekunden.

„Wenn ich nicht dringend duschen müsste, würde ich dich jetzt splitterfasernackt ausziehen", sagte er und wölbte seine Hände um ihre Brüste. Sie schmiegte sich eng an ihn, und er stöhnte auf.

„Lass das", sagte er lachend und stöhnend zugleich. „Es sei denn, du willst die schmutzigste und billigste Fünf-Minuten-Nummer deines Lebens schieben."

Alice zog sich lasziv lächelnd das T-Shirt über den Kopf.

„Wo ist hier die Dusche?"

„Ich muss der glücklichste Mann auf der ganzen Welt sein",

sagte er. In seinen Augen lagen Feuer und Entschlossenheit.

„Zieh dich aus, Cowboy." Alice hielt abrupt die Luft an, als er mit einem Griff ihren BH öffnete und ihr triumphierend zuzwinkerte.

„Ich zieh *dich* aus."

Er zog sie an der Hand ins Bad, mit der anderen Hand öffnete er den Gürtel seiner Jeans.

Sie blieb stehen. Er sah sie über die Schulter hinweg mit hochgezogenen Augenbrauen an.

„Was ist?"

Sie biss sich auf die Lippe.

„Was ist mit den Regeln für unseren Urlaubsflirt?"

Er verdrehte die Augen und schob die Tür zum Bad auf. „Ich bin eh kein Freund von Regeln, Goldlöckchen."

Er drehte die Dusche auf, noch während sie sich die Kleider vom Leib rissen. Unter seinen dichten Wimpern hervor sah er sie an und lächelte sein Lächeln, das sie jedes Mal wieder direkt ins Herz traf.

„Ich bin so froh, dass du gekommen bist, Alice. Mein Leben ist nur mit dir vollständig."

Sie konnte nicht sprechen, der Kloß in ihrem Hals war zu groß. Wortlos trat sie in die großzügig geschnittene Duschkabine und lehnte ihren Kopf an seine pochende Brust. Leise dankte sie dem Schicksal, das es offenbar sehr gut mit ihr meinte.

„Eins noch", sagte sie, als er einen Finger unter ihr Kinn legte und ihr Gesicht hob, um ihr Haar unter das warme Wasser zu halten, sein nasser Mund über ihren glitt und er sie sanft gegen die Glaswand drückte.

„Auf die Kinder, die du versprochen hast, komme ich zurück, da kannst du sicher sein."

Epilog

Robinson kaufte selbstverständlich Borne Manor für Alice, beziehungsweise er zahlte den Kredit mit einem Mal ab, und sie konnte es behalten. Er drückte ihr die Schlüssel an ihrem ersten gemeinsamen Weihnachtsfest in die Hand, als sie noch im Bett lagen. Auf ihren Protest hin zuckte er bloß mit den Achseln und sagte, dass sie eh einen Standort in England brauchten und er sich keinen besseren als Borne vorstellen könnte.

Eigentlich war das sogar ganz gut. Denn Borne Manor würde die perfekte Kulisse für die Hochzeit von Hazel und Stewie abgeben, die im Sommer stattfand.

„Wie sehe ich aus?"

Hazel drehte sich langsam im Wohnzimmer in Borne Manor, damit Alice und Niamh sie bewundern konnten. Die Kristalle auf der kurzen Schleppe ihres lavendelfarbenen Kleides warfen kleine Regenbogen an die Wände.

„Wie die schönste Fee im ganzen Land", sagte Niamh und verteilte noch etwas Flimmerstaub. Den hatte Hazel selbst gemacht, er sollte Glück bringen.

„Umwerfend", bestätigte Alice. Sie hustete wegen des Flimmers, als sie die Tiara auf Hazels Kopf zurechtrückte. Alice hatte sie selbst gemacht und ihr als das Neue, das die Braut zur Hochzeit bekommen soll, geschenkt. Die kleinen funkelnden Sterne passten hervorragend zu Hazels dunklem, zurückgekämmtem Haar.

Das Alte kam von Stewie, der ihr einen antiken Zauberstab aus Silber geschenkt hatte. Der passe perfekt zu der bezauberndsten Frau, die er kenne, hatte er gesagt. Niamh hatte ihn mit Wildblumen geschmückt, die sie am Morgen im Wald gepflückt hatte. So war es ein sehr besonderer und einzigartiger Brautstrauß für Bornes mystischste Bewohnerin.

„Es ist gleich so weit, Mum", sagte Ewan und steckte seinen Kopf zur Tür herein. Als er seine Mutter sah, blickte er verdutzt auf. „Wow!"

Niamh pfiff durch die Zähne.

„Du siehst aber auch nicht schlecht aus, Ewan."

Dies war wahrscheinlich das erste und letzte Mal, dass sie Ewan in einem Anzug zu Gesicht bekamen. Außerdem hatte er sein Haar mit einem dünnen Lederband zurückgebunden, weil er wusste, dass seine Mutter das mochte. Sein Hemd passte perfekt zu Hazels Kleid. Und zur Feier des Tages hatte er sogar auf seinen geliebten schwarzen Eyeliner verzichtet. Nur Alice und Niamh wussten, dass Hazel das Armbändchen, das er nach der Geburt als Säugling in der Klinik getragen hatte, als Glücksbringer an ihr Kleid geheftet hatte.

„Du brauchst noch etwas Blaues", erinnerte Alice sie. In Gedanken ging sie ihr Schmuckkästchen auf der Suche nach etwas Passendem durch.

Hazel lachte fröhlich. „Ach, mit Stewie habe ich doch jeden Tag den blauen Himmel auf Erden."

„Noch fünf Minuten", sagte Niamh. Automatisch warf Alice einen Blick auf die Standuhr am Kamin. Die Uhr war einer der wenigen Gegenstände, die sie aus Nashville mitgebracht hatten, um Borne Manor zu ihrem gemeinsamen Zuhause zu machen. Das große Gemälde über dem Kamin hatte Niamh ihnen zum

Einzug geschenkt. Niamh dachte und malte groß – sie hatte Alice und Robinson in barockem Stil porträtiert und das Bild mit einem üppigen goldenen Rahmen versehen. Alice ritt hochherrschaftlich im Damensattel auf Banjo, unbekleidet bis auf ihre roten Regenstiefel, ihre Scham war bedeckt von wallenden goldenen Locken im Stile Dante Gabriel Rossettis. Robinson stand neben Banjo und hielt ihn am Gebiss seines Zaumzeugs. Er trug seinen Stetson, aber kein Hemd. Niamh hatte sich erschreckend genau an seine schön definierten Muskeln erinnert. Seine tief sitzende Jeans wurde von einer goldenen Gürtelschnalle gehalten, und natürlich trug er seine Gitarre vor seinem sonnenverwöhnten Oberkörper. Borne Manor war im Hintergrund des Bildes. Das lebensfrohe Gemälde strahlte in klaren Farben Humor und Wärme aus. Niamh hatte es ins Wohnzimmer gehängt, als Überraschung, als Alice und Robinson zum ersten Mal gemeinsam nach Borne Manor zurückgekommen waren. Alice musste so lachen, dass ihr die Tränen kamen, vor Freude und Rührung gleichermaßen. Sie verliebte sich in dem Moment noch einmal in Robinson, in Borne, in ihre Freunde – und in dieses Gemälde.

Ein neues, großes rundes Zelt mit weißen und gelben Streifen stand zur Feier des Tages an der Stelle der Jurte. Alice und Niamh hatten Tage damit verbracht, aus der Lichtung den sonderbarsten und schönsten Ort für Hazels und Stewies Hochzeit zu machen.

Robinson und Huck, sein gut aussehender Roadie, hatten ein Bett abgebaut und die schweren Stühle und Tische aus dem Haupthaus und den Nebenhäusern zum Zelt getragen. Es machte gar nichts, dass sie alle unterschiedlich aussahen, das machte den Ort nur noch uriger. Lilafarbene Girlanden wanden sich um die Zeltstangen und wehten in der warmen Sommerluft. Im Zelt standen Vasen voller duftender Wildblumen wie aus einem englischen Bauerngarten. Es sah aus wie im Märchen. Die Hochzeitskutsche hatte Hazels Cousine Starling irgendwie organisiert. „Fragt nicht", war ihre Antwort auf Alice' Frage hin gewesen.

„Aschenputtel, deine Kutsche ist da", rief Ewan von der Auffahrt herüber. Die drei Frauen gingen aus dem Haus und traten in den Sonnenschein.

Banjo stand wunderschön herausgeputzt vor der blau lackierten offenen Kutsche. Ein Büschel lilafarbener Federn schmückte seinen Kopf. Huck öffnete die Klappe der Kutsche, und Ewan reichte seiner Mutter die Hand, um ihr beim Einsteigen zu helfen, und kletterte dann auf den Sitz neben sie.

„Komm her, Goldlöckchen", sagte Robinson vom Kutscherbrett aus und klopfte auffordernd neben sich. Alice lächelte, drehte sich schnell noch mal um und umarmte Niamh. Sie waren beide mehr oder weniger offiziell die Brautjungfern und nach Hazels Wunsch in pinke Minikleider und weiße Cowboystiefel gekleidet, in ihre Haare waren Blumen geflochten. In diesem Aufzug passten sie hervorragend zu dieser extravaganten Feierlichkeit der Lebenskünstler in Borne.

Alice trat auf die Kutsche zu, blieb dann aber stehen. Wie sollte sie hinaufklettern, ohne dass man ihr Höschen sah?

Huck eilte ihr flugs zur Seite, um sie hochzuheben.

„Pass auf, wo du sie anfasst!", warnte Robinson seinen Kumpel scherzhaft.

„Genau! Pass bloß auf!", rief Niamh dazwischen. Spielerisch gab sie dem gut aussehenden Mann einen Klaps auf den Hintern. Noch während er Alice hochhob, drehte er sich und küsste Niamh auf den Mund. Seit Niamh und Huck sich nach Robinsons Konzert im Backstage-Bereich begegnet waren, konnten sie kaum mehr voneinander lassen. Es würde niemanden überraschen, wenn die nächste Hochzeitsfeier in Borne einen amerikanischen Einschlag hätte.

Als die Kutsche sich langsam in Gang setzte, klatschte Niamh vergnügt in die Hände und sprang dann auf Hucks Rücken. Die Arme schlang sie um seinen Hals, ihre Stiefel kreuzte sie über seiner Lende. Er ächzte und ließ seine Hand über ihre entblößten Schenkel immer weiter nach oben gleiten, bis sie ihn aufhielt.

„Nicht jetzt, Huck, mein Hengst", flüsterte sie und knabberte an seinem Ohr. „Nachher wickele ich mich in die amerikanische Flagge und schwöre deinem Gemächt, das überhaupt nicht wie eine Schrumpelfeige aussieht, ewige Bündnistreue."

Huck lachte und rückte seine Gürtelschnalle zurecht. „Ich hab' keine Ahnung, was du mit mir vorhast, Darling, aber ich finde es jetzt schon großartig."

„Yee ha!", rief Niamh wie ein waschechter Cowboy, gab Huck die Sporen und schwang ihr nicht vorhandenes Lasso, als sie der Kutsche folgten. Zum Glück rannte Hengst Huck hinter der Kutsche, wo niemand seine Hosen mit dem verräterischen Vorbau sehen konnte.

Die Hochzeit war traumhaft. Stewie sah aus wie ein wahrhaftiger Märchenprinz in seinem weißen Frack und dem lavendelfarbenen Rüschenhemd. Auf die Bitte seiner Braut hin trug er keine Perücke und hatte stattdessen seinen kahlen Kopf auf Hochglanz poliert. Dessy und Jase assistierten ihm als Trauzeugen. Beide trugen taubenblaue Hemden, die eng an ihren muskulösen

Armen lagen, mit denen sie den Gästen nach dem Zufallsprinzip freie Sitzplätze zuwiesen.

Fast alle Bewohner von Borne waren da. Die Bauern, die Frauen vom Folkloreverein und Ewans Emo-Freunde, die sich im Hintergrund hielten.

Als Einzige nicht eingeladen war Davina. Hazel und Stewie hatten ihren Postladen boykottiert, als herausgekommen war, dass sie die Presse über Robinsons Aufenthalt in Borne informiert hatte. Auch alle anderen im Dorf waren entrüstet gewesen und hielten seitdem Abstand von der „Ladenhüterin", wie sie sie nannten. Davina hatte sich notgedrungen auf Internetdating verlegt, um die Aufmerksamkeit zu bekommen, die sie brauchte.

Die Hochzeitszeremonie begann, und es blieb kein Auge im Zelt trocken, als die überglücklichen Brautleute einander ihre individuellen Eheversprechen gaben. Ein Lachen ging durchs Zelt, als Hazel schwor, einmal im Jahr Stewies Elvis-Perücke zu tragen, nämlich am Geburtstag des King. Stewie schwor im Gegenzug, Ewan und Rambo ein guter Vater zu sein. Wie aufs Stichwort plusterte Rambo sich auf – selbstverständlich war er in seinem goldenen Käfig Ehrengast – und krächzte seinen liebsten Satz: „Komm, Süßer, lass mich deine Glatze herzen!"

Stewie fuhr sich mit der Hand über seinen glatten Schädel, dann bog er Hazel über seinen Arm, wie Rhett Butler es mit Scarlett O'Hara gemacht hatte.

„Nicht du, Rambo, das macht meine frischgebackene Ehefrau, stimmt's?"

Alle klatschten und johlten, als Stewie sein Einstecktuch herauszog und es feierlich Hazel überreichte. Ewan hielt sich die

Augen zu, als seine Mutter kurz darauf das Tuch beiseitewarf und ihrem neuen Ehemann einen feuchten Schmatzer auf die Glatze drückte.

Es dämmerte. Tausend kleine Lichterketten leuchteten in den Baumkronen, Teelichte in Marmeladengläsern hingen an den Ästen. Im Zelt tanzten Hazel und Stewie eng aneinandergeschmiegt zu der Musik. Ihre Cousine Starling spielte Geige, Huck dazu auf seiner alten Mundorgel. Draußen auf dem Rasen zog Robinson Alice in seine Arme.

„Du hast heute Großartiges geleistet, Goldlöckchen", sagte er. Er zog das Haargummi aus ihren Haaren und entflocht ihre Locken.

„Wir haben das alle zusammen gemacht", erwiderte sie und schlang ihre Arme um seine Hüfte. Den Kopf lehnte sie an seine Schulter. „Die erste Hochzeit auf Borne Manor Glamping war ein voller Erfolg."

„Das hätte ich nicht anders erwartet", sagte er und küsste sie auf den Hals. Sie erschauderte, als er über ihren nackten Arm strich. „Mir gefällt das Kleid."

Die letzten Spuren von der Verwüstung, die Felicity angerichtet hatte, waren beseitigt, sowohl vom Haus als auch von dem Glampsite. Mit Ausnahme der Jurte, die so sehr beschädigt gewesen war, dass sie nicht wiederhergestellt werden konnte. Sie hatten außerdem das Haus Nummer vier zurückgekauft und suchten gerade ein Ehepaar, das darin wohnen und sich um das Anwesen samt Zeltplatz kümmern wollte. Robinson und Alice wollten so oft wie möglich herkommen, wenn ihr Terminkalender es erlaubte. Hier wollten sie frei sein und lustwandeln. Es war gut zu wissen, dass Borne Manor verschlafen in der englischen Landschaft lag und darauf wartete, dass sie nach Hause kamen.

„Lass uns heute Nacht im Wohnwagen schlafen, um der alten Zeiten willen“, sagte Robinson und führte Alice unter dem Firmament aus Sternen und Lichtern in Richtung Wald.

„Nur wir zwei, solange wir noch zu zweit sind“, sagte sie zärtlich.

An einem Baum hielt Robinson an und drückte Alice gegen den Stamm. Mit einer Hand umschlang er ihren Hals, mit der anderen fuhr er sanft und beschützend über ihren unteren Rücken. Aufreizend langsam küsste er sie.

„Bei einem hören wir aber nicht auf, ich denke da an sechs oder sieben.“

Sie gingen leise lachend weiter durch den Wald. Seinen Arm hatte er um ihre Schulter gelegt. Wenn man genau hinsah, konnte man die Mittsommernachtsschatten im Unterholz um sie herumtanzen sehen, kleine blond gelockte Elfen in roten Regenstiefeln und braun gebrannte kleine Jungen mit schmutzigen Gesichtern und herbstgrünen Augen.

Wie im Märchen nahm auch Alice' und Robinsons Geschichte ein glückliches Ende.

– ENDE –

1. Kapitel

„Irgendwie traurig, sich selbst so etwas zum Valentinstag zu schenken, findest du nicht?" Honey griff nach einem Vibrator-Modell in grellem Pink und beäugte es angewidert.

„Warum?" Tash lachte. „Mein letzter war der beste Freund, den ich je hatte. Als er den Geist aufgab, hab ich ihn hinten im Garten beerdigt und ihm zu Ehren einen phallischen Kaktus auf das Grab gepflanzt."

„Wie hast du's überhaupt geschafft, dass er kaputtging?" Stirnrunzelnd betrachtete Honey das dicke neonfarbene Plastikteil in ihrer Hand, das ziemlich robust aussah.

„Er hat wahrscheinlich überdurchschnittlich viel zu tun bekommen", meldete sich Nell zu Wort. Mit den großen braunen Rehaugen und dem formvollendeten Haarknoten wirkte sie neben den beiden Freundinnen wie die Verkörperung reinster Perfektion.

„Wir können ja nicht alle unser Leben mit Plätzchenausstechen verbringen, Nelly", tadelte Tash.

„Bisher habt ihr euch noch nie beklagt, wenn meine Plätzchen in eurem Küchenschrank gelandet sind", gab Nell schnippisch zurück.

„Stimmt", lenkte Tash ein. „Aber du solltest nicht gerade hier nach neuen Ausstechförmchen suchen. Obwohl ... warum eigentlich nicht? Ich würde zu gern sehen, wie deine Schwiegermutter einen Kekspenis in ihren Tee tunkt."

Nell bedachte die Freundin mit einem ironischen Schmunzeln, doch insgeheim traf Tashs gutmütige Neckerei sie trotzdem ein wenig. War ihr Leben wirklich zu durchschnittlich geworden? Beim Anblick all dieser fremdartigen Geständе in den Regalen um sie herum lag der Verdacht durchaus nahe. Nachdenklich starrte sie vor sich hin. Sie hatte genügend Zeitschriften und Bücher gelesen, um zu wissen, dass es von einer schal gewordenen Ehe bis zur endgültigen Katastrophe nur noch ein kleiner Schritt sein würde.

Was Aussehen und Lebensführung betraf, konnten Tash und Nell gegensätzlicher nicht sein, während Honey sich selbst irgendwo zwischen den beiden einordnete. Bemühte man das Bild einer Ampel, hätte Tash wohl das Grün verkörpert – blitzende smaragdgrüne Augen und ein kokettes Lächeln, bei dem ihr die Männer in Scharen zu Füßen lagen. Nell wäre das Rot – stopp, nicht einfach nach vorn streben, wäre ihre direkte, klare Ansage. Für Honey blieb die Farbe Gelb. Warm, nie ganz eindeutig. Ihr durfte Mann sich nur mit Vorsicht nähern. Nun, angesichts des Nichtvorhandenseins anständiger Männer in ihrem Leben vielleicht sogar am besten gar nicht.

„Er ist rostig geworden." Tash, der widerspenstige rote Locken bis über die Schultern fielen, ließ den kundigen Blick über die Regale schweifen. „Fragt mich lieber nicht. Ah, Gott sei Dank, ein wasserfester." Sie griff nach einem leuchtend türkisfarbenen Vibrator und drückte einen Kuss auf die Verpackung. „Hallöchen, mein Hübscher, genau dich brauche ich." Grinsend ließ sie ihn in den Korb fallen. „Was ist mit dir, Honeysuckle? Irgendwas Nettes für das Wochenende?" Mit ausladender Geste deutete sie auf die Armee von Vibratoren, die wie ein Trupp einsatzbereiter Soldaten aufgereiht vor ihnen standen.

„Kein Bedarf." Honey stellte das pinkfarbene Modell wieder zurück.

„Komm schon, du musst ja nicht gleich die Nase rümpfen", meinte Tash. „Immerhin ist ja schon eine ganze Weile vergangen seit deinem letzten … äh …"

„So lange nun auch wieder nicht", gab Honey aufgebracht zurück. Vor mehr als zwölf Monaten hatte sie sich von ihrem letzten Freund getrennt – nicht, dass Mark diese Bezeichnung wirklich verdient gehabt hätte. Sie schien ein Talent dafür zu haben, immer die falschen Männer anzuziehen; Männer, die sich mehr für Fußball und Bier als für Blumen und Romantik interessierten. Oder für den nächsten Orgasmus – natürlich nur den eigenen.

Ihre einzige längere Beziehung hatte sie zu Unizeiten geführt, mit einem Biologiestudenten namens Sean, für den ihr Körper die Erweiterung seiner Fachbücher gewesen war, etwas, an dem man das Ursache- und Wirkungsprinzip studieren konnte. Kein Wunder, dass sich ihr Körper unter einer solch akribischen Begutachtung geweigert hatte zu funktionieren.

„Honey?" Nell holte sie aus ihren Gedanken, und Honey merkte, dass die beiden Freundinnen gespannt auf eine Antwort warteten.

„Ich weiß nicht. Ein Jahr vielleicht?" Sie zuckte die Schultern und wandte den Blick ab, als die beiden Frauen sie ungläubig ansahen.

„Verdammt! Ein ganzes Jahr ohne Sex?" Tash warf einen weiteren Vibrator in den Korb. „Den kauf ich dir. Als Geschenk. Du hast ein bisschen Spaß nötiger als ich."

„Haha." Honey stellte ihn wieder zurück ins Regal. „Vielen Dank, aber verschwende dein Geld nicht. So etwas funktioniert bei mir nicht."

„Das funktioniert bei jedem, Honey."

„Nicht bei mir."

„Hast du's denn schon mal versucht?"

„Das brauche ich nicht, okay?" Honey kehrte ihr den Rücken zu, es war ihr unangenehm, welche Wendung das Gespräch genommen hatte. „Ich kann einfach nicht … na ja, ihr wisst schon."

Zeitgleich drehten die beiden sie wieder zu sich herum.

„Was kannst du nicht?" Nell runzelte die Stirn.

„Zum Orgasmus kommen?", flüsterte Tash.

„Starrt mich nicht an, als wäre das ein Verbrechen", murmelte Honey. Ein Sexshop war kaum der richtige Ort, um darüber zu diskutieren. Sie fühlte sich wie eine Atheistin in der St. Paul's Cathedral. „Ich bin nicht prüde, ich mag Sex. Ich hab nur nie einen Orgasmus dabei. Nicht weiter wichtig."

Tash starrte Honey an, als hätte diese plötzlich zwei Köpfe. „Nicht weiter wichtig? Es ist sogar verdammt wichtig! Ich würde sterben, wenn ich nicht wenigstens einmal am Tag komme!"

„Gilt das auch, wenn du mit *echten* Männern zusammen bist?", fragte Nell. Ihr mit Brillanten besetzter Ehering funkelte, als sie am oberen Knopf ihrer gepunkteten Seidenbluse zu spielen begann.

Tash tippte mit dem Finger auf die Schachtel in ihrem Korb. „Hiermit stelle ich euch meinen *echt* tollen neuen Freund vor."

Honey wandte den Blick ab. Glitzernde rote Herzen hingen überall von der Decke, aber in Reizwäsche gekleidete Puppen, die überall herumstanden, ließen den Laden eher wie eine Lasterhöhle denn wie ein romantisches Liebesnest wirken.

„Was ist das bloß alles für ein Zeug?", murmelte Nell und machte große Augen, als sie durch den Spalt eines schweren

Samtvorhangs traten. Schon schlang sie sich eine dunkle Perlenschnur ums Handgelenk. „Ich wusste gar nicht, dass es hier auch Schmuck gibt." Bewundernd betrachtete sie das Armband. „Das würde perfekt zu meinem neuen violetten Kleid passen."

Tash lachte. „Wie umsichtig von den Herstellern, dass man ihre Analketten so vielseitig verwenden kann."

Nell nahm die Schnur hastig ab und lief dunkelrot an. „Das ist ja widerlich!"

„Kein vorschnelles Urteil, solange du es nicht selbst probiert hast, meine Liebe." Wissend zog Tash die Augenbrauen hoch.

Nell setzte sich hin und schlug züchtig wie eine Schulmeisterin die Beine übereinander. „Ich glaube, ich warte hier auf euch, bis ihr fertig seid."

„Tu das. Aber nur zu deiner Information, du sitzt auf einer Sexcouch." Tash zwinkerte ihr zu.

„Du liebe Güte!" Nell sprang auf und strich sich den dunkelblauen Bleistiftrock glatt. „Ist denn hier gar nichts normal?"

„Das *ist* normal, Nell. Simon wäre wahrscheinlich entzückt, dich in einem Ouvert-Slip zu sehen."

„Ganz sicher nicht. Er würde mich auffordern, das Ding umzutauschen, weil daran etwas fehlt."

Seufzend schüttelte Tash den Kopf. „Weißt du, damit hast du wahrscheinlich sogar recht."

Honey streifte die Handschellen ab, die sie anprobiert hatte, und schmunzelte. Simon und Nell waren das perfekte Paar. Eine Sandkastenliebe. Mr. und Mrs. Blümchensex. Er würde vermutlich einen Herzinfarkt bekommen, wenn Nell etwas Gewagteres als ein weißes Höschen anzog. „Komm, Nell, wir gehen. Tash, wir treffen uns in fünf Minuten nebenan."

„Also, Honey, was die Sache mit den Orgasmen angeht ...“, begann Tash, als sie sich zehn Minuten später in der gut besuchten Bar zu den anderen an den Tisch setzte.

Honey seufzte. „Um Himmels willen, fang bloß nicht damit an. Ich muss wirklich nicht darüber reden.“

„Also gut, wie du willst“, beschwichtigte Nell. „Aber ... als du sagtest, du könntest nicht ... hast du doch nicht gemeint, du hättest noch nie ... oder?“

Honey griff resigniert nach ihrem Weinglas. „Es macht mir wirklich nichts aus.“

„Oha, das sollte es aber. Unter anderem ist es nicht gut für die Gesundheit.“

„Nein, Tash. Es wäre wohl eher nicht gut für *deine* Gesundheit. Ich kann doch nichts vermissen, was ich nie gehabt habe.“

„Bist du hundertprozentig sicher, dass du noch nie ...?“, wollte Nell wissen.

„Liebe Güte, Nell, wenn sie einen gehabt hätte, ohne es zu bemerken, dann würde mit ihr in der Tat etwas nicht stimmen!“

Honey räusperte sich. „Falls ihr es vergessen habt: Ich bin noch da, ja?“

„Ich verstehe nur einfach nicht, warum es nicht einmal im Eifer des Gefechts klappt, wenn ich ehrlich sein soll.“ Tash sah aufrichtig verblüfft aus. „Du musst mit den falschen Männern geschlafen haben.“

„Es gibt keinen Grund“, erwiderte Honey gleichgültig.

„Möglicherweise bist du einfach zu verkrampft, um dich richtig zu entspannen.“ Nell sah sie nachdenklich an.

Honey schüttelte den Kopf. „Könntet ihr bitte damit aufhören? Ich bin nicht verkrampft, sondern *absolut* entspannt. Ich rechne nicht damit, dass es passiert, und es passiert auch nicht. Anderes Thema?"

„Ich kann nicht fassen, dass wir seit zehn Jahren befreundet sind und du uns noch nie davon erzählt hast!"

„Das liegt daran, dass es keine große Sache ist."

Nell und Tash griffen nach ihren Gläsern, mit einem Gesichtsausdruck, der verdächtig nach Mitleid aussah.

Tash runzelte die Stirn. „Wann hast du das letzte Mal mit einem Mann geflirtet?"

Honey spielte mit ihren Armreifen, einer klimpernden Ansammlung von Gold und buntem Metall. Männer, die einen Flirt wert gewesen wären, waren ziemlich dünn gesät in ihrem Alltag. Sie hatte flüchtig daran gedacht, mit Eric zu flirten – dem Lüstling, der gelegentlich in ihren Wohlfahrtsladen kam –, aber schon bei dem Gedanken daran wurde ihr schlecht. Er versuchte ohnehin dauernd, ihr den Hintern zu tätscheln. Nur die allerkleinste Ermutigung ihrerseits, und sie konnte in seiner betreuten Wohngemeinschaft die Bekanntschaft mit seinen alten Feinrippunterhosen machen. Nein, beim besten Willen nicht.

„Du kannst dich gar nicht mehr daran erinnern, oder?"

Honey schüttelte seufzend den Kopf. „Ich treffe einfach keine Männer, mit denen ich flirten könnte. Ich bediene den ganzen Tag über liebe alte Leutchen. Und die halbwegs interessanten Typen, denen ich begegne, erweisen sich ziemlich schnell als Idioten."

„Du bist eben immer mit den Falschen zusammen gewesen", tröstete Nell.

Dem konnte Honey nicht widersprechen. Die wenigen Männer, mit denen sie geschlafen hatte, hätten nicht gerade Preise in der Kategorie „Wie man eine Frau am besten glücklich macht“ gewonnen, doch tief im Innern wusste sie, dass es nicht allein an ihnen gelegen hatte. Sie war einfach ohne das Orgasmus-Gen zur Welt gekommen, daran gab es nichts zu rütteln.

„Lass uns einen Mann für dich aussuchen“, schlug Tash vor.

„Kommt nicht infrage!“ Honey konnte sich die Typen genau vorstellen, die ihre Freundinnen ihr präsentieren würden – dauergebräunte Playboys oder aber Lehramtsreferendare in Jesuslatschen.

„Weißt du, was du brauchst?“ Tash schwenkte ihr Glas in Honeys Richtung. „Ein ganz bestimmtes Kriterium, um zwischen all den Muttersöhnchen die waschechten Kerle herauszupicken.“

„Ich kann dir nicht ganz folgen.“

„Nun, nimm mich, zum Beispiel. Mein Kriterium ist Geld. Kein Geld, keine Tash.“

„Du bist so was von oberflächlich!“, rief Nell.

Tash tat gleichmütig. „Ich würde es eher *realistisch* nennen.“

„Also, Geld ist für mich nicht wichtig.“

„Nein, aber irgendetwas, was dir an dem Mann fürs Leben wichtig ist, muss es doch geben?“

„Ein guter Vater sollte er sein. Das war bisher mein Kriterium.“ Ein verträumtes Lächeln lag auf Nells Lippen; zweifellos dachte sie an Simon und ihre kleine einjährige Tochter. Ihren eigenen Vater hatte sie nie kennengelernt, daher war Simon für sie Geliebter, Freund und Held in einem.

Michael Bublés schmachtende Stimme erscholl gerade aus dem Lautsprecher hinter Honey. „Glaubt ihr, ihr könnt mich vielleicht mit Michael Bublé verkuppeln?“

„Ein bisschen viel verlangt, Süße.“ Mit einem Mal saß Tash

kerzengerade. „Aber das bringt mich auf eine großartige Idee für dein Kriterium!“ Sie legte eine bedeutungsvolle Pause ein, und ihre Augen funkelten. „Du musst dir einen Pianisten suchen.“

Nell lachte. „Und wo zum Teufel soll sie hier bitte schön einen Pianisten auftreiben?“

„Halt, wenn ihr mich mit Bublé oder Robert Downey junior verkuppelt, bin ich dabei“, warf Honey ein.

„Überlegt doch nur mal: Wer von früh bis spät Tonleitern übt, der weiß seine Hände in gewissen Stunden garantiert äußerst geschickt einzusetzen.“ Tash erwärmte sich immer mehr für ihren Einfall. „Und nur kluge, sensible Männer machen sich die Mühe, Klavierspielen zu lernen.“

„Tash hat recht, Honey“, pflichtete Nell der Freundin bei. „Du solltest dir einen Pianisten angeln.“

„Tja, ich kenne aber keinen.“

„Noch nicht …“ Tash zwinkerte. „Aber bald.“

„Und wie soll ich das anstellen?“ Honey griff nach der Weinflasche, um Tashs Glas aufzufüllen.

„Keine Ahnung.“ Nell schmunzelte. „Wir müssen uns eben mal ein paar Datingseiten im Internet ansehen.“

„Auf keinen Fall!“ Vor Schreck verschüttete Honey ein wenig Wein. „Ich werde mich bestimmt nicht bei einem dieser Flirtportale anmelden!“

Die zwei Komplizinnen sahen sich an. „Natürlich nicht“, erwiderte Nell, und Tash räusperte sich.

Honey warf beiden einen misstrauischen Blick zu. „Kreuzt ihr etwa die Finger hinterm Rücken?“

Nell schüttelte den Kopf, löste aber erst danach die gekreuzten Finger wieder.

„Mir fällt noch nicht mal ein berühmter Klavierspieler ein, geschweige denn ein ganz gewöhnlicher." Honey runzelte die Stirn.

„Elton John?", schlug Tash vor.

„Der ist schwul. Und verheiratet. Ich will aber weder einen verheirateten noch einen, der auf Männer steht."

„Liberace?"

„Toll. *Tot* und schwul."

„Stimmt", schaltete Nell sich ein. „Wir suchen also einen ganz normalen lebenden Pianisten mit einem Faible für etwas ausgeflippte Blondinen."

„Und einen wahnsinnig attraktiven", warf Honey ein. „Er muss wahnsinnig gut aussehen."

„Genial", bemerkte Tash, „es ist dir mit einem Schlag gelungen, neunundneunzig Prozent der männlichen Bevölkerung aus dem Rennen zu werfen und nur einen winzigen Teich übrig zu lassen, um den Fang des Tages rauszufischen."

Honey lachte und schüttelte den Kopf, um das Bild von sich selbst in Anglerhosen zu vertreiben, wie sie einen widerstrebenden Michael Bublé an Land zog. „Ein Pianistenfisch. Der Traum eines jeden Mädchens."

Hal vernahm das Gelächter mehrerer Frauen draußen im Hausflur vor der Wohnung, eine Tür knallte. Es war bereits weit nach Mitternacht. Seufzend zog er sich das unbequeme Kissen über den Kopf.

Großartig. Seine neue Nachbarin lachte wie eine Straßenkatze und hatte obendrein keinerlei Respekt vor anderen Bewohnern des Hauses. Wäre er in milderer Stimmung gewesen, hätte er vielleicht eingeräumt, dass sie von seinem Einzug am

Nachmittag noch gar nichts wissen konnte, aber ihr Lachen ging ihm mächtig auf die Nerven. Genau wie Menschen im Allgemeinen. Lachende Menschen aber waren ein ganz besonderer Albtraum. Er wohnte hier noch nicht einmal einen Tag, aber er hasste dieses Haus jetzt schon.

2. Kapitel

Honey blinzelte in der grellen Morgensonne. Tatsächlich war es bereits Nachmittag. Nachdem sie die Vormittagsstunden auf dem Sofa verbracht hatte, wich ihr Kater allmählich dem dringenden Bedürfnis nach einem Sandwich mit gebratenem Speck und nach einem riesigen Pott Kaffee.

Wenig später brutzelte Speck in der Pfanne, und Honey fühlte sich gleich etwas weniger schrecklich. Als das Telefon klingelte, beeilte sie sich abzunehmen, ehe sich der Anrufbeantworter einschalten konnte.

„Hallo?"

„Du hörst dich so schlimm an, wie ich mich fühle", brummte Tash. „Was haben wir gestern Abend bloß in uns reingeschüttet? Crystal Meth?"

„Der Tequila war deine Idee." Honey verzog das Gesicht. „Bist du gut nach Hause gekommen?"

„Klar doch. Der Taxifahrer hat mich zwar gezwungen, während der ganzen Fahrt für den Fall der Fälle den Kopf aus dem Fenster zu halten, aber ich bin gut gelandet."

Honey lachte, als sie sich Tash vorstellte, wie sie wie ein Familienhund während eines Ausflugs aus dem geöffneten Autofenster sah. „Ich frage mich, wie es Nell wohl geht."

„Ganz sicher bestens. Sie wird vor dem Schlafengehen zwei Liter Wasser getrunken haben, und heute Morgen stand bestimmt schon Simon mit Alka-Seltzer und einer Schale selbst gemischtem Müsli parat. Die Glückliche."

Honey kannte Tash gut genug, um echte Zuneigung aus der brummigen Bemerkung herauszuhören. „Wir sind selbst schuld", gab sie schmunzelnd zu. „Nell hat keinen Tequila getrunken. Das Durcheinander-Trinken ist es, was einen umbringt."

„Muss sie denn immer so furchtbar vernünftig sein?"

„Na ja, aber in wessen Haut möchtest du heute lieber stecken?"

„Und neben Simon aufwachen, dem langweiligsten Kerl der Welt?", gab Tash zu bedenken. „Nein, da bleibe ich bei Tequila und Kopfschmerzen, vielen Dank."

Erschrocken stieß Honey einen Schrei aus, als ein Kreischen ertönte.

„Was zum Teufel ist das für ein Lärm?", rief Tash.

„Verdammt, der Rauchmelder! Ich muss auflegen, Tash, Küsschen!"

Honey stürzte in die Küche. Rauch *und* verbrannter Speck. Schon wieder, verdammt! Wenigstens waren noch keine Flammen zu sehen. Sie schleuderte die Pfanne in die Spüle und verzog das Gesicht, weil der ohrenbetäubende Lärm des Rauchmelders ihre Kopfschmerzen noch zusätzlich verstärkte. Hastig kletterte sie auf einen Stuhl und drückte den Reset-Knopf. Sie fühlte sich ganz schwach vor Erleichterung, als der Lärm verstummte. Halt – er war nicht vollständig abgeebbt. Donnerwetter, sie hatte ganze Arbeit geleistet. Als sie die Wohnungstür öffnete, gellte der Alarm in voller Lautstärke im Flur, und an diesen Rauchmelder an der hohen Decke kam sie nicht heran.

Sie hielt sich die Ohren zu und erschrak fast zu Tode, als die Tür der Wohnung gegenüber plötzlich aufgerissen wurde.

„Brennt etwa das verdammte Haus?"

Hoppla, wo kam der denn her?

„Nein, Entschuldigung. Ich hab nur meinen Speck anbrennen lassen. Gib mir eine Minute …" Honey versuchte, sich nichts von ihrer Überraschung darüber anmerken zu lassen, dass ein zerzauster Typ, der Johnny Depp ähnelte, sie in ihrem eigenen Flur anbrüllte. Nun ja, genau genommen gehörte der Flur zu beiden Wohnungen, aber da die andere monatelang leer gestanden hatte, war er fast zu ihrem eigenen geworden.

Sie betrachtete den Mann eingehend. Dunkle Sonnenbrille zur Mittagszeit – oha, das ließ auf einen Leidensgenossen in Sachen Kater schließen. Vielleicht war er ein berühmter Rockstar, der sich hier verstecken wollte. *Träum weiter*. Wer immer er auch sein mochte, das verblichene schwarze T-Shirt schmiegte sich an seinen durchtrainierten Körper. Irgendwie sexy, dachte sie, als ihr die Tätowierungen auf seinen Armen auffielen. Ausgesprochen schade, dass er eine Art an sich hatte, die einfach durch und durch abstoßend war.

„Jetzt stell gefälligst diesen verdammten Krach ab, ja? Ich versuche nämlich zu schlafen."

„Hm …" Mit einer gewissen Panik starrte Honey den Rauchmelder an. Sie hatte hämmernde Kopfschmerzen, hier draußen war das Ding sogar noch lauter als in ihrer Küche. „Das würde ich ja gern, aber ich komme nicht dran. Könntest du eventuell …?" Er war über eins achtzig groß. Wenn er sich etwas streckte, würde er es problemlos schaffen.

„Nein, ich kann verdammt noch mal nicht! Welche erwachsene Frau schafft es denn nicht, Speck zu braten? Löffel die Suppe gefälligst selbst aus, die du dir da eingebrockt hast!" Damit knallte er ihr die Tür vor der Nase zu.

Honey fühlte sich etwas benommen. Sie kannte einen Haufen Leute, die im Großen und Ganzen freundliche menschliche Wesen waren. Einem derart unausstehlichen Typen zu begegnen versetzte sie geradewegs in einen Schockzustand.

„Also gut", rief sie laut. „Dann mache ich es eben selbst." Sie unternahm einen halbherzigen Versuch, hochzuspringen und auf den Melder zu schlagen. Aussichtslos. Mit einer Körpergröße von eins sechzig und ohne sportliches Talent war das Unterfangen von vornherein zum Scheitern verurteilt gewesen.

Plan B musste her. Honey zog sich einen Schuh aus und warf ihn hoch, aber er verpasste den Melder um bestimmt dreißig Zentimeter. Ihr Blick fiel auf den langen, rot gepunkteten Regenschirm im Schirmständer neben ihrem Eingang. *Bingo!* Ob sie mit der Metallspitze den Reset-Knopf erreichen konnte? Sie versuchte es, aber das verdammte Ding schwankte zu sehr, sie traf den Knopf einfach nicht. Außerdem verstärkte sich langsam, aber sicher das Gefühl, dass ihr jeden Moment die Trommelfelle platzen würden.

Mist! Wenn sie das nächste Mal Appetit auf Speck hatte, würde sie ins Café an der Ecke gehen. Honey seufzte und bereitete sich auf die letzte Option vor, die ihr noch blieb. Sie schwang den Schirm über dem Kopf und schlug den Rauchmelder kurzerhand von der Decke. Er prallte gegen die Wohnungstür des neuen Nachbarn, landete mit einem quäkenden Ton auf dem Boden und verstummte schließlich ganz. Erleichtert schloss Honey die Augen.

Johnny Depp riss erneut die Tür auf. „Was?", grollte er.

„Wie *was*?"

„Du hast an meine Tür geklopft."

„Ich habe nicht geklopft. Der Rauchmelder ist beim Runterfallen gegen die Tür gedonnert."

„Du hast ihn heruntergeschlagen?"

Tatsache, Sherlock.

„Ich schlage vor, du lässt das mit dem Kochen in Zukunft, sonst fackelst du womöglich noch das ganze Haus ab." Seine versteinerte Miene verriet ihr, dass er das alles ganz und gar nicht lustig fand. Die erneut zugeschlagene Tür verriet ihr dasselbe. Schon wieder. Was für ein Ekel!

„Ich kann sehr gut kochen, vielen Dank", schrie sie wütend. Das hier war *ihr* Zuhause, er befand sich auf ihrem Terrain! Wenn dieser Kerl sich einbildete, er könne sich hier wichtigmachen, hatte er sich geirrt.

Mit einem letzten tapferen Aufbäumen klappte der Rauchmelder auseinander, und die Batterie rollte langsam gegen Honeys Fuß. Honey musste plötzlich lachen. Sie hatte das Ding brutal ermordet.

Ihr Blick fiel auf die Tür gegenüber.

Hallo, neuer Nachbar. Hat mich ebenfalls gefreut, dich kennenzulernen.

Eines stand fest – der Typ war definitiv kein Mann wie Simon. An ihm war nichts, aber auch gar nichts Gütiges oder Mildes. Tash würde ihn lieben – vorausgesetzt, er war auch noch stinkreich. Das weinlastige Gespräch vom vergangenen Abend fiel ihr wieder ein. Ihr Kriterium.

Sie klopfte an seine Tür. „Ähm … du spielst nicht zufällig Klavier, oder?", rief sie und wusste, Tash und Nell würden sich kringeln vor Lachen, wenn sie ihnen davon erzählte.

Er brauchte gar nicht zu öffnen, sein gebrülltes „Hau endlich ab!" war nicht zu überhören.

Auf der anderen Seite der Tür ging Hal langsam durch den Flur. Zehn Schritte zur Küchenanrichte, wo er letzte Nacht die halb leere Whiskyflasche hatte stehen lassen. Das kühle Glas in seiner verschwitzten Hand beruhigte seine strapazierten Nerven. Das Heulen des Rauchmelders hatte ihn in höchste Alarmbereitschaft versetzt.

Diese dumme Gans! „Könntest du vielleicht …?" Ihre Frage schien ihn immer noch zu verspotten. Er setzte die Flasche an die Lippen, und das rauchige Brennen in der Kehle glättete die Wogen seines Zorns vorerst.

Sie hatte nach Erdbeer-Shampoo und verbranntem Speck gerochen, und das versteckte, aber allgegenwärtige Lachen in ihrer Stimme ließ darauf schließen, dass sie das Leben nicht sonderlich ernst zu nehmen schien.

Nun, das sollte sie aber.

Er tastete sich vor in sein Schlafzimmer und ging weiter, bis er mit dem Schienbein ans Bett stieß. Das zerknitterte Laken fühlte sich kratzig an, als er sich ausstreckte, die Whiskyflasche in der einen Hand, die andere frustriert zur Faust geballt. Er hasste dieses Haus! Und dieses Erdbeermädchen hasste er noch viel mehr.

3. Kapitel

Am Montagmorgen leerte Honey die neu eingetroffenen Müllsäcke aus und wühlte in getragenen Polyesterblusen und Röcken aus Elastan. Zu Beginn ihrer Arbeit im Wohlfahrtsladen war es ihre Lieblingsbeschäftigung gewesen, die unscheinbar aussehenden schwarzen Müllsäcke auszukippen – in der Hoffnung, dabei auf irgendwelche Schätze zu stoßen; vielleicht hatte ja irgendein Model seine gesamte Prada-Sommerkollektion ausgemustert, um Platz für die Winterklamotten zu schaffen.

Doch schon bald hatte die Ernüchterung eingesetzt, als Honey darauf gekommen war, dass die edlen Spender im Durchschnitt um die achtzig sein mussten – oder Familien, die die Habseligkeiten eines verstorbenen Verwandten weggaben. Röcke, Blusen und Hosen aus billigen Kaufhäusern. Mottenzerfressene Kleider und Anzüge, aufbewahrt aus sentimentalen Gründen, die nun mit ihren Besitzern gestorben waren. Billiger Schmuck mit abgebrochenen Verschlüssen. Angeschlagene Teetassen, zu denen es schon lange keine Untertassen mehr gab. Steife Handtaschen aus Kunstleder, in denen vielleicht noch eine Eintrittskarte lag oder ein vergilbter Brief, den die Verwandten achtlos darin zurückgelassen hatten. Honey brachte es nie übers Herz, solche Erinnerungsstücke einfach wegzuwerfen, daher verstaute sie sie in der Schublade des alten Schreibtisches, den sie sich im kleinen Hinterzimmer des Ladens hergerichtet hatte.

„Tee?“ Lucille, ein Traum in braunen Stützstrumpfhosen und dottergelbem Sommerkleid, einen Strassgürtel um die etwas füllige Taille geschnallt, kam aus der Teeküche. Sie und ihre Schwester Mimi waren die guten Seelen des Wohlfahrtsladens; Vollzeitfreiwillige, die für ihre Arbeit nichts verlangten außer Gesellschaft und dass gelegentlich einige bunte Perlenschnüre für sie abfielen. Wie Elstern waren sie hinter allem her, das auffällig war oder glitzerte. Man hätte sie auch mit einem bunten Kanarienvogelpärchen vergleichen können, das Schlager aus alten Kriegszeiten zwitscherte – so, wie die zwei von einem Kunden zum anderen flatterten und jeden mit gekonntem Augenaufschlag zu einem Kauf anregen wollten.

Honey vergötterte die beiden; sie waren ein fabelhafter Tantenersatz geworden. „Vielen Dank.“ Sie nahm Lucille die zierliche Teetasse und den Unterteller ab. „Mimi ist heute Morgen nicht in Sicht?“

Lucille bückte sich und zog ein paillettenbesetztes Kleid aus dem Stapel zu Honeys Füßen. Sie schüttelte es aus und hielt es auf Armeslänge vor sich, um es zu begutachten. „Sie war gestern Abend aus.“ Kritisch spitzte die Trophäenjägerin die perfekt geschminkten Lippen, sodass diese aussahen wie eine kleine säuerliche Himbeere, und suchte nach dem Markenetikett des Kleides.

„Tatsächlich?“ Honey stieß einen leisen Pfiff aus. „Etwa wieder mit Billy, dem Kerl mit den Ringelsocken?“

Lucille schnaubte. Für ihren Geschmack war ihre Schwester viel zu hingerissen von Billy. Was Mimi an ihm fand, mit seiner lächerlichen Haartolle und der violetten Röhrenhose, die geradezu unanständig eng war für einen Mann von über achtzig, blieb ihr ein Rätsel.

Honey sah zu Boden, um ein Schmunzeln zu verbergen. Sowohl Lucille als auch Mimi lebten in der beständigen Furcht, die andere könnte eines Tages einfach fortgehen, doch die eigenen Erfahrungen hätten sie eigentlich eines Besseren belehren sollen. Männer waren gekommen und gegangen in ihrer beider Leben, doch dem festen Band zwischen den Geschwistern hatten romantische Verstrickungen nie etwas anhaben können. Honey kannte die Kraft einer solchen Verbindung, hatte sie doch ihre prägenden Jahre warm und geborgen zwischen ihrer älteren Schwester Bluebell und der jüngeren, auf den nicht minder fantasievollen Namen Tigerlily getauften Schwester verbracht. Ihre Mutter Jane Jones, eine gescheiterte Schauspielerin, die früher sehr unter dem Spitznamen „unscheinbare Jane" litt, hatte dafür gesorgt, dass ihre Töchter niemals diese Würdelosigkeit der Anonymität ertragen mussten.

Honey sortierte die Kleidungsstücke zu zwei Stapeln, einen zum Waschen, einen zum Bügeln, und machte sich dann daran, das Klebeband von einem alten, eingedrückten Karton abzuziehen. Der moderige Geruch nach schon lange ausrangierten Habseligkeiten schlug ihr entgegen, als sie den Deckel hochklappte. Gerade wollte sie die oberste Lage vergilbten Zeitungspapiers entfernen, als im Büro das Telefon klingelte.

„Das ist wahrscheinlich Mimi, die sagen will, dass sie immer noch unpässlich ist", vermutete Lucille und zog empört die Augenbrauen hoch.

Honey musste schmunzeln bei der Vorstellung, dass jemand sich im reifen Alter von dreiundachtzig Jahren so sehr von der Leidenschaft hatte mitreißen lassen, dass er deshalb nicht zur Arbeit gehen konnte. „Das will ich doch schwer hoffen."

Doch als sie den Hörer abnahm, wurde sie gleich doppelt

enttäuscht. Erstens war keine liebestrunkene Mimi am Apparat, sondern – und das bescherte ihr die zweite Enttäuschung – Christopher, der Leiter des Ladens und der daran angeschlossenen Seniorenresidenz. Ein Mann mit großem Einfluss und keinerlei Charisma, was er hinter einer Fassade schon beinahe krankhaften, unhöflichen Arbeitseifers verbarg.

„Personalsitzung. Siebzehn Uhr. Kommen Sie pünktlich, sonst fange ich ohne Sie an."

„Aber wir schließen erst um fünf."

„Dann schließen Sie eben früher. Sie sind schließlich nicht gerade ein Supermarkt, oder? Und bringen Sie die beiden alten Frauen nicht mit. Nur bezahltes Personal. Verstanden?"

„Laut und deutlich, Christopher, laut und deutlich." Honey seufzte, nachdem er einfach aufgelegt hatte. „Jawohl, machen Sie's auch gut", murmelte sie ins Nichts. Würde es den Mann umbringen, wenn er wenigstens so tat, als besäße er einen Funken Anstand? Der Himmel wusste, wie er es schaffte, dass Menschen ihre gebrechlichen Verwandten in seine Obhut gaben; Honey hätte ihm nicht einmal einen Hamster anvertraut. Eine Schande, dass ihre finanzielle Sicherheit ausgerechnet in seinen kleinen, verschwitzten Händen lag.

Einige lange und ereignisreiche Stunden später stellte Honey zwei Einkaufstüten draußen auf der Stufe vor der Haustür ab und rieb sich die schmerzenden Finger. Konservendosen mit Baked Beans und Tomaten waren zwar nicht sonderlich leicht zu tragen, aber dennoch unverzichtbar auf der Einkaufsliste einer nicht kochenden Köchin.

Sie erschrak, nachdem sie die Tüten wieder aufgenommen hatte und die Tür beim Aufdrücken über knirschendes Glas schrammte. Verdammt, hatte man bei ihr eingebrochen? Honey betrachtete verwirrt die intakten Buntglasscheiben der Haustür, bis sie die rosa Tulpen entdeckte, die überall auf dem Boden verstreut lagen – dieselben Tulpen, die sie in ihrer Lieblings-Glasvase erst vor ein paar Tagen in den Flur gestellt hatte, damit er etwas einladender wirkte. Zumindest *war* es ihre Lieblingsvase gewesen – bis jetzt, denn sie ließ sich garantiert nicht mehr zusammenkleben. Wer auch immer sie zerbrochen hatte, hatte ganze Arbeit geleistet.

Der großen Wasserpfütze auf dem Boden nach zu urteilen, musste das Ganze erst vor kurzer Zeit passiert sein, und da alles andere auf dem gemeinsamen Flur tipptopp aussah, kam wohl nur ein potenzieller Täter infrage. Nur einer würde hier hereinkommen und die Vase zerschlagen, ohne sich die Mühe zu machen, hinterher den Schaden zu beseitigen oder wenigstens einen Entschuldigungszettel zu hinterlassen.

Tausend Dank, Johnny Depp.

Honey schob die Haustür mit dem Rücken zu und lehnte sich dagegen. Dieser Tag war von Stunde zu Stunde immer schrecklicher geworden. Christophers Worte während der Personalversammlung hallten in ihr nach: „Mittelkürzungen. Drohende Schließung. Sechs Monate Frist."

Dem Laden stand das Wasser bis zum Hals, und wenn sie nicht bald neue Mittel auftrieben, würden sie schon innerhalb weniger Monate schließen müssen. Nicht nur der Wohlfahrtsladen, das ganze Seniorenheim war davon betroffen: Den über dreißig Bewohnern drohte die Zwangsräumung. Was sollte man tun, wenn man mit siebenundneunzig plötzlich obdachlos wurde? Honey hatte keine Ahnung, und Christopher hatte darauf auch keine Antworten geben können.

Der Tag war noch schlimmer geworden, als sie mit den schweren Einkaufstüten im überfüllten Bus neben einem betrunkenen Teenager gestanden hatte, der mindestens zweimal ihr Hinterteil begrapscht hatte. Zu seinem Glück war keine Bohnendose an seinem Kopf gelandet, Honey hatte einfach keine Kraft mehr zum Streiten gehabt. Bis jetzt.

Der Anblick der im Flur verstreuten vertrocknenden Blumen und ihrer kaputten Vase wurde für sie zum berühmten Tropfen, der das Fass zum Überlaufen brachte.

„Hey, Rockstar!“, brüllte Honey zur Wohnung des neuen Nachbarn hinüber, während sie sich vorsichtig einen Weg über die Scherben bahnte. Sie stellte die Tüten vor ihrer Wohnungstür ab. „Das war meine Lieblingsvase, nur damit du Bescheid weißt!“

Sie hielt inne. Stille, obwohl sie sich sicher war, eine Bewegung hinter der Tür wahrgenommen zu haben.

„Also gut, ich schicke dir die Rechnung, ja?“ Eigentlich hatte sie die Vase im Laden entdeckt und für nur fünfzig Pence gekauft, aber sie war hübsch gewesen. Dass der neue Nachbar es offensichtlich vorzog, zu schweigen, machte sie umso wütender. Sie war davon überzeugt, dass er zu Hause war, obwohl sie sich nicht erinnern konnte, ob sie Licht in seiner Wohnung gesehen hatte, als sie vorhin an seinen Fenstern vorbeigegangen war. Neuer Tag, neue Katerbekämpfung. So ein Pech aber auch.

„Du bist nicht der Einzige, der heute einen miesen Tag hatte, weißt du. Ich verliere womöglich meinen Job!“ Sie verzog das Gesicht, kaum dass ihr die Worte über die Lippen gekommen waren. Weshalb gestand sie einem völlig Fremden ihre Sorgen? Schlimmer noch, sie *brüllte* sie jemandem zu, der eindeutig vom

Scheitel bis zur Sohle arrogant war und sich garantiert nicht im Geringsten dafür interessierte.

Hal lag auf dem Sofa, die Augen hinter der dunklen Brille geschlossen. Obwohl er hellwach war, bemühte er sich krampfhaft, ganz ruhig zu bleiben. Viel lieber wäre er nach draußen gestürmt und hätte das Erdbeermädchen in Stücke gerissen. Diese bescheuerten, verdammten Blumen!

Nach draußen stürmen. Sehr lustig. Am Nachmittag hatte er fast zehn Minuten gebraucht, um über den Flur zu gehen. Er hatte nur die verdammte Haustür aufmachen wollen, um den Vertreter draußen davon abzuhalten, weiterhin so lautstark dagegenzuhämmern, dass einem fast die Schädeldecke zersprang.

Wer zum Teufel stellte überhaupt frische Blumen in einen öffentlichen Hausflur? Woher hätte er wissen sollen, dass sie da waren? Regel Nummer eins im Zusammenleben mit einem Blinden: Stelle nie unerwartete Hindernisse in den Weg. Andererseits hatte das Erdbeermädchen wahrscheinlich noch gar nicht bemerkt, dass er blind war. Ein Glück, denn sonst hätte sie sicher sofort in den gleichen Modus geschaltet wie die meisten anderen Leute heutzutage in seiner Umgebung: in diese Übelkeit erregende Mischung aus Anteilnahme und den verzweifelten Versuchen, ihm bei jeder kleinsten Kleinigkeit zu helfen. Er wollte nicht das Stocken ihrer Stimme hören, wenn ihr klar wurde, dass er nicht sehen konnte, also blieb er still auf dem Sofa liegen und hörte stattdessen zu, wie sie ihn beschimpfte. Aber selbst wenn er gewollt hätte, sollte er sich besser nicht draußen sehen lassen. Nicht mit einer nassen Hose und blutverschmierten Händen, die er sich völlig zerschnitten hatte beim Versuch, die Scherben aufzusammeln.

Hal wusste ganz genau, was sie denken würde. Er roch nach Whisky und sah zweifellos so aus, als hätte er versucht, sich die Pulsadern aufzuschneiden. Und obendrein erweckte er sicher den Eindruck, als hätte er sich in die Hose gemacht. Ein neuer Tiefpunkt, selbst in seinem neuen Leben.

Und sie glaubte, einen schlechten Tag gehabt zu haben! Sie hatte ja keine Ahnung, wie ein *wirklich* schlechter Tag aussah.

Honey stellte ihre Einkäufe auf die Arbeitsplatte in der Küche und kehrte mit Besen und Kehrschaufel in den Flur zurück. Kurz hatte sie gehofft, ihr kleiner Wutausbruch hätte vielleicht das schlechte Gewissen des Mannes gegenüber geweckt und ihn dazu veranlasst, aufzuräumen, aber sie hatte kein Glück. Seine Wohnungstür blieb weiterhin geschlossen, und die Blumen lagen noch immer verstreut herum. Honey sammelte sie vorsichtig auf und fing dann an, die Scherben zusammenzufegen. Auf nassem Boden war das ein etwas schwieriges Unterfangen.

Etwas Rotes fiel ihr auf, das sich mit Wasser und Glassplittern vermischte. Sie runzelte die Stirn und hielt inne. Wenn das Blut war, hatte er vielleicht doch versucht aufzuräumen. Oder, o Gott, er hatte sich vielleicht verletzt und ihre Blumen versehentlich umgeworfen; vielleicht hatte er irgendeinen Anfall gehabt oder sich an den Scherben die Schlagadern aufgeschnitten und lag genau in diesem Moment sterbend in seiner Wohnung, und dann waren allein ihre Tulpen daran schuld. So, wie sich dieser Tag entwickelte, erschien es ihr keineswegs unmöglich, dass sie selbst aus Versehen ihren Nachbarn ermordet hatte.

Als der Boden wieder sauber war, trat sie ein paar Schritte auf seine Tür zu und lauschte. Nichts. Sie hob die Hand, um anzuklopfen, hielt aber im letzten Augenblick inne. Was sollte sie denn sagen, wenn er öffnete? *Wenn Sie tot oder verletzt sind, tut mir das leid, aber wenn nicht, scheren Sie sich zum Teufel?*

„Hallo?“, rief sie zögerlich. Weiterhin blieb alles still, und sie geriet langsam, aber sicher in Panik. „Hallo?“ Sie versuchte es noch einmal, diesmal etwas energischer. Immer noch keine Reaktion. Kraftvoll hämmerte sie mit der Faust an seine Tür. „Ist alles in Ordnung mit dir?“

Sie presste ein Ohr an die Tür und lauschte angestrengt. War das ein Rascheln?

Hal fluchte lautlos vor sich hin und richtete sich mühsam auf. Das Erdbeermädchen entpuppte sich langsam als echte Nervensäge. Warum hämmerte die Frau unentwegt an seine Tür? Wollte sie allen Ernstes Geld für diese bescheuerte Vase?

„Hallo, ich weiß, dass du da bist! Ich habe gerade gehört, wie du dich bewegt hast.“

Hal schüttelte den Kopf. Das war ja, als wohnte man Tür an Tür mit Miss Marples übereifriger Enkelin! Sie musste unmittelbar an seiner Tür lauschen.

„Antworte bitte, ja? Ist alles in Ordnung?“

Verdammt. Sie mischte sich jetzt schon ein und wusste noch nicht einmal, dass er blind war. Er nahm sich fest vor, das auch möglichst lange vor ihr geheim zu halten. Heftiger Schmerz durchzuckte ihn, als er die verspannten Schultern straffte und die verletzten Hände bewegte.

Sie musste ihn auch dabei gehört haben, denn sie hämmerte

noch lauter an seine Tür. „Brauchst du Hilfe?“, rief sie, während er sich zur Wohnungstür vortastete. Herrje, sie klang, als sorge sie sich um einen alten Nachbarn, der vielleicht über seinen Rollator gestürzt war.

Sein Ärger nahm zu. „Was muss ich tun, damit du verschwindest?“, grollte er hinter der geschlossenen Tür und hörte sie pusten, als hätte sie vorher den Atem angehalten. Wie dramatisch.

„Bist du immer so unhöflich?“ Ihr Tonfall klang schlagartig nicht mehr besorgt, sondern scharf.

„Nur zu Leuten, die mir auf die Nerven gehen.“ Sie sog geräuschvoll die Luft ein, und zum ersten Mal seit seinem Umzug musste er lächeln.

„Ich gehe dir auf die Nerven? Hast du deshalb meine Vase zerbrochen und die Blumen auf dem Boden liegen lassen? Weil ich dir *auf die Nerven* gehe?“ Die Tatsache, dass sie ihn anbrüllte, bereitete ihm ein geradezu absurdes Vergnügen. Niemand hatte ihn in letzter Zeit mehr angeschrien.

„Ja, das trifft es in etwa.“

Diesmal trat sie vor Zorn mit dem Fuß gegen die Tür. „Du Ekel! Was habe ich dir denn getan? Außer, dass ich die Frechheit besessen habe, den Rauchmelder auszulösen und dich dabei zu stören, deinen verdammten Kater auszukurieren?“ Ihr unnatürlich schnell gehender Atem verriet, wie wütend sie war. „Nun, du hast dir definitiv den falschen Tag ausgesucht, um dich mit mir anzulegen!“

Hal hätte beinahe laut aufgelacht. Miss Marple junior hatte sich soeben in Rambo verwandelt. Er verschränkte die Arme, lehnte sich an die Tür und wartete, dass sie fortfuhr.

„Im Gegensatz zu deinem besteht mein Leben nicht nur aus

Partys und Katern. Ich trage Verantwortung. Ich habe einen Job. Menschen sind auf mich angewiesen.“

Ihre Worte lösten eine so plötzliche Wut in Hal aus, dass er nach der Klinke tastete und die Tür aufriss. „Eine einzige große Party? Sieht *das* für dich danach aus?“, schnauzte er sie an und wies mit dem Arm in seine Wohnung.

„Nein“, konterte sie bissig, „ich würde eher sagen, das ist deine Höhle. Ein Ort, wo du dich verkriechen und dich von deinem Kater erholen kannst.“

Hal hörte die Verachtung aus ihrer Stimme heraus und wusste, dass ihr sein heruntergekommenes Aussehen aufgefallen sein musste.

„Sieh dich doch bloß an! Du stinkst nach Alkohol und was weiß ich wonach noch. Du müsstest dich mal rasieren und dich umziehen …“

Sie verstummte, und ihm war klar, dass sie lauter falsche Schlüsse zog. Das machte ihn rasend. Vor dem Unfall hatte er nicht zu hysterischen Anfällen geneigt, aber seitdem fiel es ihm sehr viel schwerer, Ruhe zu bewahren. Die Vorwürfe dieser Frau wirkten auf ihn, als hätte ihm jemand eine Handgranate mit gezogenem Stift entgegengeschleudert.

„Meine Höhle?“, brüllte er. „Meine verdammte *Höhle*?“ Er spürte, wie ein Lachen ganz tief in seinem Innern aufstieg, nur fühlte es sich eher wie etwas Dunkles und Hässliches an, das sich den Weg nach oben bahnte, und als es seinen Mund verließ, war es eine Mischung aus Gelächter und einem wütenden Aufschrei. „Das ist nicht meine Höhle“, stieß er hervor, als er wieder sprechen konnte. „Das ist mein gottverdammtes Gefängnis.“

Das Erdbeermädchen schwieg, aber ihr flacher Atem verriet ihm, dass es immer noch da war und ihn ansah.

„Wie soll ich das bitte verstehen?“, sagte sie irgendwann. Der Zorn war aus ihrer Stimme gewichen, stattdessen schwangen darin jetzt Verwirrung und vielleicht sogar eine Spur von Furcht mit.

Hal hörte das und wusste, dass er sie am Haken hatte. Jetzt würde es ein Leichtes sein, ihr den Rest zu geben, ihr zu enthüllen, dass er blind war – und sie dazu zu bringen, sich tausendfach zu entschuldigen. In seinem früheren Leben hatte er immer danach gestrebt, alles unter Kontrolle zu haben, und dieses Bedürfnis gewann jetzt auch in Bezug auf sie die Oberhand. Seine aggressive Art hatte ihm zu einem kometenhaften Aufstieg zu einem der berühmtesten Starköche des Landes verholfen. Und er hatte alles daran geliebt. Das Geld. Die teuren Autos. Die Mädchen. Ein Mädchen ganz besonders. All das hatte er auf einen Schlag durch einen winzigen Moment der Ablenkung verloren.

Mit einem Schlag war das Leben völlig anders. Es bestand aus den vier Wänden dieser Wohnung, aus dem Tagesprogramm im Fernsehen, das er zum Glück nicht sehen konnte und am liebsten auch nicht hören wollte, und aus Mikrowellenessen, das nach den Behältern schmeckte, in denen es geliefert wurde.

Er rieb sich über das Gesicht und seufzte. Alles, alles hatte er verloren, aber das war nicht die Schuld des Erdbeermädchens. Fast alles hatte sich in seinem Leben verändert, aber Frauen Angst einzujagen war noch nie seine Art gewesen – und er wollte jetzt auch nicht damit anfangen.

„Nein“, befand er schließlich, „du hast recht. Du verstehst das nicht, und ich hoffe dir zuliebe, dass du es nie verstehen musst. Kann ich jetzt gehen, nachdem du die hilfreiche Pfadfinderin gespielt und nach deinem bedürftigen Nachbarn gesehen hast?"

Hal hörte, wie sie Luft holte und um Antwort rang, doch er schloss die Tür, damit er die Erwiderung nicht hören musste.